Victoria Scott • Dante Walker – Seelenretter

Foto: © Victoria Scott

DIE AUTORIN

Victoria Scott ist die Autorin der erfolgreichen Serie »Feuer & Flut« und der »Dante Walker«-Serie. Nach »Dante Walker – Seelensammler« kommt jetzt mit »Dante Walker – Seelenretter« der zweite Band ihrer wunderbar romantischen Serie um den attraktiven Dante und seinen Job als »Seelensammler« für den Teufel. Victoria Scott lebt mit ihrem Mann in Dallas, Texas.

Weitere Bücher der Autorin bei cbt:

Dante Walker – Seelensammler (31010, Bd. 1)

Feuer & Flut (16293, Bd. 1)
Salz & Stein (16345, Bd. 2)

Mehr zu cbj/cbt auch auf Instagram @hey_reader

Victoria Scott

Dante Walker – Seelenretter

Aus dem Amerikanischen
von Michaela Link

cbt

Dieses Buch ist auch als E-Book erhältlich.

FSC www.fsc.org
MIX
Papier aus verantwortungsvollen Quellen
FSC® C014496

Verlagsgruppe Random House FSC® N001967

1. Auflage
Erstmals als cbt Taschenbuch April 2017

Die Originalausgabe erschien unter dem Titel
»The Liberator« bei Entangled Teen, LLC, New York

Übersetzung: Michaela Link
Lektorat: Lars Schiele
Umschlaggestaltung: init | Kommunikationsdesign,
Bad Oeynhausen
unter Verwendung des Originalmotivs
von © Ryan Royce
jb · Herstellung: RN
Satz: Buch-Werkstatt GmbH, Bad Aibling
Druck: GGP Media GmbH, Pößneck
ISBN: 978-3-570-31097-7
Printed in Germany

www.cbt-buecher.de

*Für Mom, die mir die Magie
der Bücher gezeigt hat.
Und für Dad, der mich
gelehrt hat durchzuhalten.*

» … und werden sie in den Feuerofen werfen;
da wird sein Heulen und Zähneklappern.«
Matthäus 13:50

Früher war ich ein Sammler. Ich habe für den Teufel persönlich gearbeitet. Falls du gesündigt hast, wenn ich in der Nähe war, hast du bei mir dafür bezahlt. Aber dann habe ich ein Mädchen kennengelernt. Sie war alles, was ich nicht war – gütig, ehrlich, tugendhaft. Und am Ende habe ich, obwohl es eigentlich mein Job gewesen wäre, ihre Seele in die Hölle zu zerren, alles geopfert, um sie vor Dämonen wie mir zu retten.

Heute heißt es, ich sei wiedergeboren. Dass ich eine zweite Chance als Befreier hätte. Aber ich will dir was verraten: Ich bin kein Engel. Ich war nie einer, und ich werde auch nie einer sein. Ich bin einfach böse, Baby. Vielleicht liegt es an meiner Erziehung, vielleicht an den üblen Erbanlagen.

Vielleicht liegt es auch einfach nur daran, dass das Schlechtsein mir im tiefsten Grund meiner Seele gefällt. Peng!

Dante Walker

UNMORALISCH

Manch einer steigt durch Schuld,
und mancher fällt durch Tugend.
William Shakespeare

1

Bin halt kein Engel

Echte Männer schlagen die Beine nicht übereinander. In einem Notfall, wenn man zum Beispiel sein Gemächt sortieren muss, kann ein Kerl den Knöchel aufs Knie legen. Aber das war's auch schon. Es sollte nichts rumbaumeln. Man sollte nicht ein Bein schlapp über dem anderen liegen haben, und man sollte definitiv – *definitiv* – nicht mit dem baumelnden Fuß wippen.

Der Typ vor mir bricht diese Männerregel. Und noch ungefähr ein Dutzend andere.

Er trägt eine Brille mit schwarzem Gestell, die er garantiert nicht braucht, und einen Burberry-Schal, der genauso unecht ist wie er selbst. Schlimmer noch, er schlürft Champagner aus einem verflixten Sektglas.

Und er redet mit Charlie, *meinem* Mädchen.

Und bringt sie zum Lachen.

Die Musik der Party wummert und hallt von den Kellerwänden wider. Ich habe keine Ahnung, wie ich hierhergekommen bin, und ganz bestimmt weiß ich nicht, wie Charlie mit diesem Heini, der seine Gefühle rauslassen kann, am anderen Ende des Raums gelandet ist. Ich hebe die Flasche an die Lippen und beobachte, wie der Kerl seine langen Beine auseinandernimmt und wieder übereinanderschlägt.

Wahrscheinlich bringt sein Tampon ihn um.

Ich weiß genau, warum dieser Typ Charlie auf die Pelle rückt. Sie ist wunderschön. Aber ich darf mich nicht beschweren. Schließlich habe ich ihr das angetan.

Vor einem Monat habe ich vom großen Boss, auch bekannt als Herr der Unterwelt, den Auftrag bekommen, Charlies Seele einzusammeln. Als echter Überflieger habe ich alle Register gezogen, um den Job zu erledigen. Warum auch nicht? Ich war schließlich ein Sammler aus der Hölle, und es stand eine dicke Beförderung auf dem Spiel. Also habe ich Charlie als Gegenleistung für ihre Seele etwas angeboten, dem sie nicht widerstehen konnte – *Schönheit*. Und das habe ich jetzt davon. Man kriegt, was man verdient.

Ein Mädchen stolziert langsam vorbei und sieht sich an mir satt. *Ich weiß, Schmusemund. Ich bin verdammt heiß. Aber du versperrst mir die Sicht.*

Ich verscheuche Stielauge mit einer lässigen Handbewegung. Sie verdreht die Augen und klackert auf billigen High Heels davon.

Als ich Charlie wieder sehen kann, fallen mir fast die Augen aus dem Kopf. Der Mann, der seine innere Weiblichkeit entdeckt hat, hat den Arm um die Rückenlehne ihres Stuhls gelegt und lehnt sich viel zu weit zu ihr hin. Ich warte einen Moment, um zu sehen, wie Charlie reagiert. Sie lehnt sich ihm nicht entgegen, aber sie weicht auch nicht zurück.

Ich guck mir diese Scheiße nicht mehr an.

Ich versuche aufzustehen, aber ich taumele und falle sofort auf den Stuhl zurück. *Oh Mann*, denke ich, *ich bin hackedicht*. Ich halte mich fest und versuche noch einmal aufzustehen, diesmal mit Erfolg. Ein Typ neben mir streckt die Hand aus, und ich klatsche ab.

Dann überwinde ich den Abstand zwischen Charlie und mir. Sie schaut auf und hebt die Mundwinkel zu einem vorsichtigen Lächeln.

»Hey«, sagt Dumpfbacke. Er sieht mich an, als wäre *ich* derjenige, der stört.

»Oh, hey«, antworte ich. »Soll ich wiederkommen, wenn du mit meiner Freundin fertig bist?«

»Dante«, wirft Charlie ein, die spürt, dass ich kurz vorm Ausrasten bin.

Ich lege ihr die Hand auf die Schulter und drücke sie sanft, aber ich starre ihm dabei ins Gesicht.

Der Kerl sieht Charlie an, dann mich. »Entspann dich. Wir haben nichts getan.« Seine Worte sind unschuldig, aber er reckt das Kinn dermaßen arrogant vor, dass mir die Faust juckt.

»Natürlich nicht«, sage ich. »Warum holst du dir nicht was zu trinken?« Ich deute mit dem Kopf zum anderen Ende des Raumes. »Da drüben.«

Der Mann erhebt sich und baut sich vor mir auf, der Geruch seines Rasierwassers brennt mir in der Nase. Er stupst die schwarzrandige Brille an, und ich überlege, ob ich sie ihm abnehmen soll, da ich kaum noch geradeaus gucken kann.

Dumpfbacke schaut auf Charlie hinab und lächelt breit. »Ich hoffe, wir sehen uns mal wieder, Charlie«, bemerkt er. »Wir haben viel gemeinsam.«

Ich reibe mir das Kinn, damit ich ihm seins nicht breche. Der alte Dämon in mir will ihm den Schädel dafür einschlagen, dass er Charlie auch nur angesehen hat, aber dann würde ich Krach mit ihr kriegen, und das will ich nicht riskieren. Nichts ist es wert, ihr wieder wehzutun.

Charlie steht auf und hakt mich unter. Ihre Lippen streifen mein Ohr, und ich bekomme eine Gänsehaut. »Vorsicht, Dante. Ich gehöre dir nicht.« Sie zieht sich ein wenig zurück und lächelt, obwohl ich sehe, dass sie immer noch ein bisschen sauer ist. Sie legt den Kopf schief. »Außerdem kannst du sie nicht alle umbringen.«

Ich schaue ihr in die blauen Augen. Sie strahlen und sind hellwach und ganz anders als meine, die bestimmt total blutunterlaufen sind. »Ich kann's versuchen.« Ich umfasse mit beiden Händen ihr Gesicht und senke meinen Mund auf ihren.

Sie küsst mich für einen Moment, dann zuckt sie zurück. Sie legt die Hand vor den Mund. »Du hast geraucht.«

»Na und?«

»Ich dachte, du wolltest aufhören.« Sie schlingt die Arme um sich und ist viel zu weit weg.

»Warum sollte ich aufhören?«, frage ich. »Ich bin schon tot. Es schadet mir nicht.«

»Aber jetzt bist du ein Engel«, gibt sie zurück.

»Komm, hör auf«, sage ich, aber die goldene Fußfessel um meinen Knöchel erinnert mich daran, dass Charlie recht hat. Der Oberguru, auch bekannt als Herr des Himmels, hat mir noch eine Chance gegeben, nachdem ich gestorben war, als ich Charlie vor den Sammlern der Hölle gerettet habe. Er meinte, ich könne als Befreier des Teams Himmel nützlich sein, aber er irrt sich – denn ich bin kein Engel.

Ich schnappe mir eine Flasche Tequila vom Tisch und nehme einen Schluck, dann stößt eine Rotte betrunkener Mädels mit mir zusammen. Sofort läuft mir der Tequila in den Hals und das Hemd hinunter. Ich lasse die Flasche sinken und wische mir das dunkelrote Jackett ab.

»Verdammt noch mal«, knurre ich.

Charlie schüttelt den Kopf. Sie ist enttäuscht, dass ich mich nach meiner Wiedergeburt als Engel nicht in einen Goldjungen verwandelt habe. Aber ich kann es nicht ändern, denn tief in mir drin bin ich immer noch ein Dämon.

Sie zieht mir das Jackett aus und legt es sich über den Arm. Der Ausdruck in ihren Augen macht mich fertig. Er sagt, dass sie mich trotzdem akzeptiert. Obwohl ich mich nicht wie ein Engel benehme. »Wir sollten hier verschwinden«, bemerkt sie.

»Warum? Wegen diesem Kerl?«

»Nein, weil …«

»Weil du denkst, ich bin betrunken.« Ich nicke, als hätte ich den Nagel auf den Kopf getroffen. »Mädel, ich bin stocknüchtern.«

Charlie lacht und schüttelt den Kopf. Dann greift sie in meine Jackentasche, zieht die Schlüssel für Elizabeth Taylor, meinen liebesapfelroten Escalade, heraus und lässt sie vor meiner Nase baumeln. »Komm, ich fahre.«

Ich ziehe sie an mich und hauche ihr meinen heißen Atem über den Hals. »Du sagst, dass du mich nach Hause bringen willst?«

Sie lehnt sich an mich. »Ganz genau.«

»Dann nichts wie los«, brülle ich. »Bring mich nach Hause und mach mit mir, was du willst.«

Charlie zischt mich an, ich solle still sein, da sich schon die Leute umdrehen. Ich zeige ihnen meinen harten Stinkefinger und lasse mich von meinem Mädchen nach draußen ziehen.

»Einsteigen«, sagt sie und deutet auf Elizabeth Taylor.

Ich verbeuge mich, als sei sie meine Königin und ich ihr einfacher Diener. Dann steige ich auf den Beifahrersitz und drehe Rob Zombie auf volle Lautstärke. Charlie fährt zum Haus ihrer Großmutter. Ich schaue hinüber, als ich bemerke, dass sie nach den Skittles in ihrer Tasche greift, und stoße einen zufriedenen Seufzer darüber aus, dass manche Dinge sich nie ändern. Zum ersten Mal frage ich mich, ob es mit diesen viel zu harten, viel zu bunten Bonbons eine besondere Bewandtnis hat.

Sie biegt in die Einfahrt ein und stellt die Musik aus. Das zweistöckige weiße Haus ist mit roten und weißen Lichterketten geschmückt – aufgehängt von mir. Natürlich mit dem Hinweis, dass ich so was sonst eigentlich nicht tue. Oma macht das normalerweise selbst, hat es dieses Jahr aber nicht gepackt. Sie ist jetzt schon eine ganze Weile krank, und obwohl sie versucht hat, es vor Charlie zu verheimlichen, bin ich mir ziemlich sicher, dass ihr Adoptivkind genau weiß, was los ist, selbst wenn Charlie das nicht zugeben will.

»Möchtest du hierbleiben, während du ausnüchterst?«, fragt Charlie und nimmt meine Hand.

»Mädel, ich hab dir doch gesagt, ich bin …«

»Stocknüchtern.« Sie verdreht die Augen. »Na klar.«

Ich richte meine Fingerpistole auf sie und drücke ab. »Kluges Mädchen.«

Sie schüttelt den Kopf. »Betrunkener Junge.«

Ich springe aus Elizabeth Taylor und gehe auf das Haus zu. Dann beschließe ich, auf Händen und Knien zu kriechen, weil das bequemer ist. Ich lasse mich fallen und sage Charlie, dass sie sich auf meinen Rücken setzen und mich wie ein Pferd reiten soll.

Sie tut es, ohne zu zögern.

Ich bin sofort wieder scharf auf sie.

Vor dem Haus ihrer Großmutter hält Charlie inne. »Wir treffen uns in meinem Zimmer, okay?«

Ich stehe auf und salutiere wie ein Soldat. Da ich Angst habe, dass Oma mich erwischt, werfe ich mir meinen Schatten über – das ist meine Fähigkeit, mich dank der Fußfessel an meinem Knöchel unsichtbar zu machen. Dann gehe ich zu dem Gitter unter ihrem Fenster. Zweimal falle ich runter und lande im Gebüsch. Als ich endlich siegreich bin, schüttele ich meinen Schatten ab, und Charlie schiebt das Fenster hoch, damit ich hineinkriechen kann.

Ihr Bett ist ein Leuchtturm für meine betrunkenen Knochen, und ich stolpere darauf zu und breche zusammen. Charlie setzt sich neben mich und streicht mir das Haar aus der Stirn. Sie beugt sich vor und bläst mir kühl über den Hals. Binnen Sekunden steht mein ganzer Körper in Flammen. Ich stemme mich hoch und sehe sie an.

Es sind sechs Wochen vergangen, seit die Hölle Charlie Cooper ins Visier genommen hat. Fünf Wochen, seit ich ihre Seele eingesammelt habe. Selbst jetzt trage ich sie bei mir. Ich hebe die Hand an die Brust und erinnere mich. Charlie legt ihre Hand um meine und schließt die Augen. Vermutlich denkt sie auch daran. Ich frage mich, ob sie das Gleiche wie ich empfindet, was ihre Seele betrifft. Dass sie sich irgendwie seltsam anfühlt. Ich sage mir, dass es daran liegt, dass *sie* es ist; es ist ihr bestimmt, Großes zu tun, natürlich muss ihre Seele sich anders anfühlen. Aber manchmal bin ich mir da nicht so sicher.

Es ist schwer, das zuzugeben, denn mit das Angesehenste an meinem alten Job als Sammler war das Wissen, wann man eine Seele in sich aufgenommen und wann man sie erfolgreich in der Hölle eingelagert hatte. Eine Seele in der Brust fühlt sich nicht wie ein Ziegelstein an, ganz im Gegenteil. Eine Seele ist federleicht, und zwei Seelen unterscheiden sich manchmal nur auf so subtile Weise, dass es regelrecht verwirrend ist. Aber

Sammler sind stolz darauf, eine Seele in ihrem Körper zu spüren. Es ist wie bei einem Chirurgen, der den Schnitt an der richtigen Stelle macht, ohne die Verletzung zu sehen. Das Gefühl, dieses *Wissen* ist nicht greifbar, aber es ist trotzdem da.

Doch bei all den Seelen, die ich in mir getragen habe, all den Unterschieden, die ich gespürt habe – so etwas habe ich noch nie erlebt.

Ich frage mich oft, warum ich ihre Seele nicht einfach in ihren Körper zurückgeben kann, aber Valerie sagt, das sei unsicher. Dass sie beim Oberguru gelagert werden müsse, wo sie unerreichbar sei. Mir ist immer noch schleierhaft, warum wir das nicht sofort tun.

Als ich Charlie beobachte, stockt mir der Atem. Ihr blondes Haar fällt ihr in Wellen über die Schultern, und ihre Haut strahlt, wie man es nur bei Menschen sieht, die glücklich sind. Eines Tages wird dieses Mädchen die Welt retten. Ihre Barmherzigkeit und ihre Arbeit werden Trelvator hervorbringen: hundert Jahre Frieden. Aber jetzt, allein in diesem Zimmer, gehört sie mir.

Ich küsse ihre geschlossenen Lider, und als sie die Augen aufschlägt, kommen zwei blaue Edelsteine zum Vorschein. Ich umfasse ihre Lippen mit meinen, lasse die Zunge in die Wärme gleiten. Ich spüre, wie ihr Körper auf meine Berührung reagiert. Bevor sie protestieren kann, lege ich ihr die Arme um die Taille und ziehe sie in einer fließenden Bewegung unter mich.

Ich spreize ihre Schenkel mit dem Knie und lasse mich hinab. Der Blick dieser blauen Augen ruht auf meinem Gesicht, und ich sehe, wie sich ihr Puls an ihrem Hals beschleunigt. Ich drücke die Lippen auf diese Stelle und höre Charlie geräuschvoll ausatmen.

»Charlie«, flüstere ich.

Sie reagiert, indem sie mir mit den Fingern durchs Haar fährt und mich näher heranzieht. Ihre Finger gleiten mir den Rücken hinauf und hinunter, als zeichne sie die Linien meines Drachen-Tattoos nach.

Ich küsse sie und verliere den verflixten Verstand. Ich sehne mich danach, ihr näher zu sein, ihr zu zeigen, wie nah wir einander sein können. Aber ich will auch, dass es für Charlie perfekt ist, denn wenn jemand ein perfektes erstes Mal verdient, dann sie.

»Dante«, murmelt sie leise, aber ich weiß bereits Bescheid. Sie ist noch nicht so weit, und ich mache ihr keinen Vorwurf. Ich war in den letzten Wochen nicht gerade der ideale Freund.

Ich will mich erheben, warte aber noch. Ich kann es mir nicht verkneifen, sie noch ein letztes Mal zu küssen. Also drücke ich meinen Mund auf ihren, greife nach unten, ziehe ihre Schenkel hoch und reibe mich an ihr. Sie stöhnt, und das Geräusch berührt meine Lippen und erregt mich. Ich denke gerade ernsthaft über meinen früheren Entschluss nach, Geduld zu haben – als es laut durchs Haus kracht.

Charlie packt mich am Ellbogen, und wir lauschen.

Da ist es wieder, lauter diesmal.

»Die Tür«, sagt Charlie. »Es ist jemand an der Tür.«

Ich rolle mich auf die Seite, und Charlie springt vom

Bett und verlässt den Raum. Ich folge ihr und sehe, wie sie die Treppe hinunterpoltert. Als sie die Hand nach dem Türknauf ausstreckt, schreit mein Verstand.

»Warte«, brülle ich im Flüsterton. Obwohl ich mir ziemlich sicher bin, dass Sammler sich nicht die Mühe machen würden anzuklopfen, bin ich trotzdem besorgt, dass jemand nach Mitternacht draußen vor ihrem Haus steht. Ich jogge die Treppe hinunter und ziehe Charlie hinter mich. Erst dann öffne ich die Tür.

Wie ein roter Blitz dreht eine Frau sich zu mir um.

Valerie.

Der Feuerkopf um die zwanzig mit dem leuchtend roten Haar ist eine Befreierin. Sie hat mir geholfen, Charlie vor Rector zu retten, dem Oberhaupt der Sammler, aber sie würde mich eher kastrieren, als zuzugeben, dass wir Freunde sind.

»Hattest du nicht gesagt, dass du mit Max Urlaub machst?«, bemerke ich.

»Verschoben.« Valerie will ins Haus gehen, aber ich halte sie am Handgelenk fest.

»Nein«, sage ich mit Blick nach oben, wo Oma schläft. »Wenn du reden willst, lass uns rausgehen.«

Sie zieht ihre schlanken Schultern hoch und tritt mir mit elegantem Hüftschwung aus dem Weg. Als Charlie uns folgen will, hebt Valerie die Hand. »Ich muss allein mit Dante sprechen, Schätzchen.«

Ich lege den Arm um Charlie und ziehe sie an mich. »Alles, was du mir zu sagen hast, kannst du auch ihr sagen.«

Valerie sieht mich lange an. »Na schön.«

Sie greift in ihre Handtasche und nimmt einen länglichen weißen Umschlag heraus.

»Oh, *Hölle,* nein«, murmele ich, als mir ein Schauer über den Rücken jagt. »Nimm diesen Mist weg.«

»Was hast du denn gedacht? Dass Er wegsieht, während du dir den Arsch abfeierst?« Valerie knallt mir den Umschlag vor die Brust. »Du hast noch keine einzige Seele für den Himmel gesiegelt, Dante. Du hast praktisch um einen Auftrag gebettelt.«

Ich kann förmlich spüren, wie Charlies Miene sich aufhellt. Sie hat um etwas gebetet, das mich aus meiner Sündenspirale herauszieht. Und jetzt ist ihr Wunsch erfüllt worden.

Ich winde mich und weiche vor dem Umschlag zurück, als hätte er Scheidenpilz. »Sag dem Oberguru, dass ich gerade nicht kann.«

»Es gehört noch eine Nachricht von Ihm dazu.« Valerie sieht Charlie an, dann wieder mich. »Du bist auf Probe.«

»Auf Probe?«, wiederhole ich lachend. »Ooh, jetzt habe ich aber Angst.«

Die habe ich wirklich. Schreckliche Angst. Denn ich bin zwar ein harter Typ, aber er ist ... ihr wisst schon ... *Gott.*

»Du hast zwei Möglichkeiten«, fährt Valerie fort und ignoriert meinen Spott. »Entweder übernimmst du diesen Auftrag, oder du gibst deine Fußfessel ab.«

Ich balle die Hände zu Fäusten. »Wow, das ist aber

großzügig. Ich kann also nach Seiner Pfeife tanzen, oder ich kann endgültig sterben? Echt nett.«

Valerie zuckt mit den Achseln. »Du hast Ihm keine große Wahl gelassen.« Sie hält mir den Umschlag wieder hin, und diesmal nehme ich ihn entgegen. Ich bin so betrunken, dass ich mir vorstelle, er verbrenne mir die Hand. Vielleicht tut er das ja auch. Wer weiß?

»Schöne Grüße von Max«, sagt Valerie, bevor sie zu ihrem Auto geht.

Charlies Augen sind vor Überraschung rund. Wir wussten beide, dass ich jetzt für den Oberguru arbeite, aber *darauf* war keiner von uns vorbereitet. Sie erholt sich schnell, stellt sich auf die Zehenspitzen und drückt mir die Lippen an den Hals. »Das wird toll, du wirst schon sehen«, sagt sie. »Komm wieder rein, wenn du so weit bist.« Sie küsst ihre Fingerspitzen und drückt sie mir auf die Lippen. Dann geht sie ins Haus und schließt die Tür hinter sich.

Ich blicke auf den Umschlag in meiner Hand. Minutenlang stehe ich einfach nur da, betrunken, taumelnd und voller Panik, was wohl in dem Brief steht. Dann erwache ich mit einem Ruck aus meiner Trance und reiße mich zusammen. Wie schlimm kann es schon sein?

Ich reiße den Umschlag auf, ziehe das Schreiben heraus und beginne zu lesen.

Und dann lache ich.

Denn eher fahre ich zur Hölle als ins arschkalte Denver, um ein Mädchen namens Aspen zu befreien.

2
Sumo-Ringer

Valerie steigt gerade in ihren Wagen, einen schwarzen Mercedes S500, als ich bemerke, dass sich noch etwas in dem Umschlag befindet. Ich greife hinein und ziehe zwei kleine gebogene Elfenbeindinger heraus, die wie Hörner aussehen. Eins ist etwas größer als das andere, und beide verwirren mich völlig.

Ich rufe Valerie zu: »Hey, Red.«

Sie dreht sich um, sieht mich an und macht ein Gesicht, als frage sie mich, was ich wolle, und verfluche gleichzeitig meine Existenz.

»Was ist das?« Ich halte die Hörner hoch.

»Woher soll ich das wissen?« Sie zuckt mit den Achseln. Doch anstatt sich in den Wagen fallen zu lassen, hält sie inne und schaut über die Motorhaube zu mir herüber. Ihr Blick wird sanfter. »Sie sind von deinem Vater.«

Valerie steigt ein, lässt den Mercedes an und fährt davon. Ich habe weitere Fragen an sie, Fragen, die sie schon seit Wochen ignoriert. Aber im Moment scheinen sie nicht so wichtig zu sein. Nicht, wenn ich auf die Hörner in meiner Hand starre. *Von meinem Vater,* hat sie gesagt. *Meinem Vater, der Minuten vor mir bei ei-*

nem Autounfall gestorben ist. Und den ich seitdem nur ein einziges Mal gesehen habe.

Als ich an ihn denke, fühlt sich meine Brust an, als stünde sie in Flammen. Er hat mir diese beiden halbmondförmigen Dinger gegeben, und ich habe nicht die geringste Ahnung, was sie sind. Die Tatsache, dass er mir überhaupt etwas hinterlassen hat, haut mich um. Es ist, als würde er zeigen, dass er mich liebt. Der Gedanke an meinen Dad erinnert mich auch an meine Mom – daran, dass Rector mit ihr ausgegangen ist, um mehr über mich zu erfahren und um mir zu zeigen, dass er den Menschen, an denen mir etwas liegt, zu nahe kommen kann. Mein Dad hat mir gesagt, er habe dieses Problem im Keim erstickt. Ich bin mir nicht sicher, wie er das angestellt hat, aber wenn ich eins weiß, dann das: Dad wird dafür sorgen, dass dieses Arschloch nie wieder in ihre Nähe kommt. Game over.

Über mir höre ich ein Klopfen. Als ich hochschaue, sehe ich Charlie im Fenster stehen, ihre schmale Gestalt vom Schein einer Lampe eingerahmt. Ich lasse die beiden Elfenbeinhörner in die Tasche gleiten. Mein einziger Wunsch ist es, Charlie Cooper zu beschützen, denn auch wenn Sammler ihre Seele geholt haben, heißt das nicht, dass die gleichen Leute nicht wiederkommen, um sich auch noch ihren Körper zu holen. Doch es scheint unmöglich, sie zu beschützen, wenn mir keiner sagen will, was zum Teufel los ist.

Ich verstehe nicht, warum ich Charlies Seele nicht sofort im Himmel abliefern kann.

Und ich verstehe wirklich nicht, warum Valerie sich jedes Mal, wenn ich sie danach frage, benimmt, als hätte ich ihr gerade gesagt, dass ich es mit ihrer Mutter treibe. Als sei *ich* der Mistkerl, weil ich Fragen stelle.

Charlie winkt aus ihrem Fenster, und ich hebe die Hand. Sie bedeutet mir, hinaufzukommen, und ich möchte nichts lieber als das. Also schiebe ich meine Fragen fürs Erste beiseite und mache mich auf den Weg zu ihrem Zimmer. Sie sitzt auf dem Bett, und trotz der Gedanken, die mir den Kopf verstopfen, reagiert mein Körper auf ihren Anblick. Sie trägt dieses weiße Spitzenteil, das Mädels sonst nur in Filmen tragen, und sie sieht so unschuldig aus, dass ich schreien könnte. Ich will dieses Mädchen vor dem Bösen auf der Welt beschützen, aber gleichzeitig will ich alle möglichen bösen Dinge mit ihr anstellen. Möglichst in dem Bett, auf dem sie sitzt. Oder auf dem Fußboden. Ich bin da nicht wählerisch.

»Wirst du es tun?«, fragt sie und zieht sich ihr blondes Haar über die Schulter.

»Über dich herfallen? Ja.«

Sie lächelt, senkt jedoch den Blick. »Du weißt, was ich meine.«

Ich setze mich neben sie und kämpfe gegen den Impuls an, ihr dieses sahnesüße Nachthemd vom Leib zu reißen. »Ich will nicht darüber nachdenken.«

Ich sehe sie an, und sie hält meinem Blick stand. Ich erwarte, dass sie sagt, ich müsse es tun. Dass ich eigentlich keine Wahl hätte. Aber stattdessen sagt sie nur:

»Dann lass es. Geh einfach ins Bett.« Ihr Grinsen wird breiter. »Mit mir.«

Meine Augenbrauen schießen in die Höhe.

Sie lacht. »Das habe ich nicht gemeint.«

Aber es ist zu spät. Ich nehme sie in die Arme und bedecke ihren Körper mit meinem. Bevor ich die Lippen auf ihren Mund presse, halte ich inne und schaue sie an. Schaue sie wirklich an. Mit den Daumen streiche ich ihr das Haar von den Wangen. Dann lasse ich den Blick über ihr Gesicht wandern, ihren Hals, ihre zarten Schultern. Sie sieht aus wie eine Puppe. Und obwohl sie jetzt makellos ist, erinnere ich mich noch daran, wie sie früher war – an ihre dicke Brille, ihr schiefes Lächeln, ihre Wangen, die knallrot wurden, wenn sie aufgeregt war. Es ist lächerlich, aber manchmal vermisse ich das.

Ich beuge mich vor und küsse die Stelle zwischen ihren Schlüsselbeinen. Dann streiche ich mit den Lippen über ihren Hals und auf ihr Ohr zu.

»Dante«, flüstert sie. Ich höre sofort auf, weil ich bereits weiß, was sie braucht.

Als ich den Kopf hebe, sehe ich, dass ich recht habe. Sie hat Tränen in den Augen, und ich verliere fast den Verstand, als ihr eine davon übers Gesicht läuft und auf das Kissen tropft. »Ist schon gut«, murmele ich sanft. Ich schiebe mich hinter sie und lege ihr die Arme um die Taille. Dann ziehe ich sie an mich und lasse sie weinen.

Ich lasse sie um ihren Freund Blue trauern, der durch die Hand eines Sammlers gestorben ist.

So geht es Charlie in vielen Nächten. Tagsüber ist alles in Ordnung, aber sobald sie sich im Bett zusammenrollt und Zeit zum Nachdenken hat, findet Blue einen Weg in ihren Kopf. Dass Annabelle, ihre verbleibende beste Freundin, von ihren Eltern Stubenarrest bekommen hat, macht es vermutlich nicht besser.

Charlie muss immer weinen, wenn sie Valerie getroffen hat. Nicht dass wir in letzter Zeit allzu viel von ihr zu sehen bekommen hätten. Aber wenn wir alle zusammen sind, ist es schwer, nicht daran zu denken, wer in jener Nacht noch bei uns war.

Und in Wahrheit trauere ich ebenfalls um Blue. Ich habe den Jungen nie wirklich gemocht … bis zum Schluss. Bis mir klar wurde, dass er ein verdammter Clark Kent war, ein Superman in Alltagskleidung, der für Charlie sein Leben riskieren würde.

In diesem Moment habe ich begriffen, dass wir beide genau das Gleiche wollten – Charlies Glück.

Als ich die Augen öffne, versucht die Sonne, mich zu ermorden. Sie scheint mir ins Gesicht und lässt meinen Kopf dröhnen. Vielleicht ist es auch mein Kater, der mir diese Kopfschmerzen bereitet, aber die Sonne und ich sind trotzdem keine Freunde.

»Hmmm …«, murmelt Charlie neben mir. Meine Arme sind noch um ihre Taille geschlungen, und mir wird plötzlich klar, dass ich letzte Nacht in ihrem Bett eingeschlafen sein muss. Wenn Oma aufwacht und mich hier findet, lässt sie mir ein Bad ein und schmeißt den Toaster hinterher.

»Morgen, Süße«, sage ich, so leise ich kann.

»Morgen, du heißer Typ«, erklingt eine eindeutig männliche Stimme hinter mir.

Ich wirbele mit rasendem Herzen herum und sehe auf der anderen Seite des Raumes Max auf einem Stuhl sitzen. »Du siehst so heiß aus, wenn du wach wirst.« Er greift sich ins Haar. »Deine Haare sind dann so sexy vom Schlaf zerwühlt.«

Charlie rührt sich nicht von der Stelle, aber ich spüre, wie sie lacht. »Dein Freund ist irgendwie unheimlich, Dante«, bringt sie heraus.

»Max, was zum Teufel machst du hier?«, frage ich und ziehe die Decken weiter hoch, obwohl ich – leider – vollständig angezogen bin.

»Die eigentliche Frage lautet, warum habe ich so lange gewartet, bei euch mitzumischen?«, antwortet er und erhebt sich von seinem Stuhl. Ein schelmisches Lächeln kriecht ihm übers Gesicht.

»Nein«, sage ich und versuche, so ernsthaft wie möglich zu gucken. »Untersteh dich, Alter.«

Max beginnt auf der Stelle zu laufen, und sein Lächeln wird breiter, bis er aussieht wie ein Geisteskranker. »Los geht's!« Bevor ich ihn aufhalten kann, rennt Max auf das Bett zu und springt auf uns drauf. »Oh! Oh, es fühlt sich sogar noch besser an, als ich gedacht habe.« Er rollt sich auf uns hin und her, während Charlie lacht und ich mich frage, warum ich mit einem solchen Vollidioten befreundet bin.

Ich packe Max mit ganzer Kraft am Hemd und rolle ihn über die Bettkante. Er fällt mit rudernden Armen aus dem Bett. Ein lauter dumpfer Aufprall, dann nichts mehr.

Ich warte mehrere Sekunden, bevor ich mich über den Bettrand beuge, um nach ihm zu sehen. Max liegt mit dem Gesicht nach unten auf dem Boden, die Arme und Beine angewinkelt wie eine tote Spinne. »Du bist nicht wirklich verletzt«, bemerke ich.

»Ich glaube ... ich glaube, wegen dir habe ich jetzt Spina bifida. Du musst jemanden anrufen.«

»Das ist eine Erbkrankheit«, seufze ich und werfe mich zurück auf mein Kissen. Eine Sekunde später hebt er ganz, ganz langsam den Kopf über die Bettkante. Das ist eins der beunruhigendsten Dinge, die er je getan hat. »Max, gibt es einen bestimmten Grund für diesen Besuch?«, frage ich. Ich würde furchtbar gern so tun, als würde er mich ärgern, aber er weiß und ich weiß, dass wir beide dieses Spiel lieben: das Spiel, in dem ich so tue, als sei er eine Nervensäge, und er so tut, als sei er ein verdammter Zirkusclown.

Er steht auf und lässt sich wieder auf den Stuhl fallen. »Valerie hat mich geschickt.«

Ich werfe mir den Arm über die Augen. »Natürlich.« Neben mir macht Charlie Anstalten aufzustehen, und ich strecke sofort die Hand nach ihr aus. Sie kreischt und windet sich aus meinem Griff.

Ich beobachte, wie sie um das Bett herumgeht und Max das Haar zerzaust. Max hechelt wie ein Hund. Es ist ein bisschen verstörend, denn er ist achtundzwanzig und Charlie siebzehn. Sie grinst mich an. »Ich mache Waffeln.«

Meine Miene hellt sich auf.

»Ja«, fährt sie fort. »Und Speck.«

Ich sehe Max an und nicke in Charlies Richtung. »Das ist mein Mädchen.«

»Ganz genau«, stimmt er mir zu.

»Aber an deinem Geburtstag mache trotzdem ich das Frühstück«, rufe ich Charlie nach. Dann sehe ich Max an und füge hinzu: »Charlie wird bald volljährig.«

Charlie bleibt an der Tür stehen und deutet auf eine andere Tür gegenüber, auf das Zimmer, in dem ihre kranke Adoptivmutter oder Oma, wie wir sie nennen, schläft. Sie hebt den Finger an die Lippen, und ich nicke verstehend. *Weckt sie nicht auf,* sagt Charlie. Aber als sie fortgeht, frage ich mich, ob sie weiß, wie krank Oma wirklich ist. Charlie ist nicht dumm, und ich denke, sie weiß, dass etwas nicht stimmt. Aber ich habe immer noch keine Ahnung, ob sie die ganze Wahrheit versteht: dass Oma sich nicht mehr erholen wird. Es gibt Tage, an denen ich es ihr sagen möchte, aber Oma hatte lange vor mir eine Beziehung zu Charlie. Und ich versuche, das zu respektieren. Außerdem hat Charlie ihrer Oma noch nicht offengelegt, wer ich bin. Vielleicht sind Geheimnisse zwischen ihnen üblich.

Max lehnt sich auf dem Stuhl zurück und verschränkt die Hände hinterm Kopf. »Also, Alter. Wir müssen über diesen Auftrag reden.«

»Lass uns lieber darüber reden, warum du nicht in

die Flitterwochen gefahren bist«, sage ich. »Du hast sie *verschoben?* Du, der du seit deinem elften Lebensjahr davon träumst, eine Frau auf eine einsame Insel zu locken?«

Max saugt scharf die Luft ein und wendet den Blick ab. Seine Augen werden schmal, als leide er Schmerzen, aber dann dreht er sich mit einem schnellen Lächeln wieder um. »Wir haben beschlossen, doch noch eine große Hochzeit zu feiern und Schluss mit diesem ›in aller Stille‹ zu machen. Danach fahren wir in die Flitterwochen.«

»Guter Mann«, erwidere ich. »Es gehört sich nicht, keine Party für die Freunde zu schmeißen, wenn die Gelegenheit sich bietet.«

»Wo wir gerade von Partys sprechen …« Max legt die Unterarme auf die Knie und beugt sich vor. »Ich habe gehört, du hast in letzter Zeit ziemlich gefeiert.«

»Willst du mir jetzt auch noch Stress machen?«, frage ich.

»Ernsthaft, D. Du weißt, du bist mein Kumpel, aber übertreib's nicht mit dem Scheiß. Ich weiß, dass du im Herzen ein Dämon bist; das weiß jeder. Du brauchst es nicht zu beweisen, okay?«

Ich schaue ihn mit zusammengepressten Lippen an. Mir ist klar, dass er nur mein Bestes will, aber er hat keine Ahnung, was in meinem Kopf vor sich geht. Dass ich das Gefühl habe, als würde ich nirgendwo mehr hingehören. Ich bin kein Dämon, und ich bin ganz sicher kein Engel, obwohl der Oberguru mir eine Befreierfessel um den Knöchel geschnallt hat. Ich habe noch nie sauber gelebt, und jetzt soll ich nach Denver fliegen und irgendeinem Mädchen beibringen, wie man ein reines Leben führt, und Stück für Stück so ganz nebenbei ihre Seele für den Himmel befreien? Macht mal halblang. »Ich tue, was ich tue, Max.«

»Ich hasse dich.« Max richtet sich auf dem Stuhl auf. »Aber ich liebe dich auch. Auf rein sexuelle Art.«

»Solltest du überhaupt hier sein?« Ich ignoriere seine letzte Bemerkung.

Er zuckt mit einer Schulter. »Du hast genug von Leuten, die deine freien Abende hinterfragen, ich habe genug von Leuten, die meine Anwesenheit hinterfragen.«

»Der Unterschied ist«, entgegne ich, »dass ich nicht Gefahr laufe, dass die Sammler uns finden.«

Max zuckt zusammen, als hätte ich ihn geschlagen, aber es ist die Wahrheit. Die Sammlerkette, die er trägt, könnte die anderen Sammler, Rector eingeschlossen, direkt zu unserer Haustür führen. Nicht dass es eine Rolle spielen würde. Meine Fußfessel sendet selbst genug Signale aus. Und sie wissen eh, wo wir zu finden sind. Ich habe versucht, Charlie zu überreden, unterzutauchen, aber sie hat sich geweigert wegzugehen, nachdem die Sammler, mich selbst eingeschlossen, in Peachville eingefallen sind. Vor all dem hat sie in diesem großen weißen Haus gelebt, und jetzt lebt sie immer noch hier. Ihre Worte, nicht meine. Ich vermute, es ist wegen Oma. Weil sie ihren Vormund nicht bitten will, umzuziehen.

Es ist eigenartig, dass Befreier und Sammler sich jetzt aktiv bekämpfen. Bevor ich Valerie begegnet bin, wusste ich nicht einmal, dass es Befreier gibt. Aber nach dieser Nacht im Wald, in der Rector Charlies Seele gestohlen hat, war die Grenze gezogen. Jetzt stehen wir auf verschiedenen Seiten. Die Befreier wollen Charlies Körper beschützen, damit sie uns in einen hundertjährigen Frieden führen kann, und die Sammler wollen … irgendwas, was wir noch nicht wissen.

Mir wird klar, dass es keinen Grund gibt, Max das Gefühl zu geben, dass er etwas falsch macht. »Hör mal. Wenn sie zurückkehren würden, hätten sie es längst getan. Sie wissen, dass sie verloren haben. Ich habe Charlies Seele gesammelt, und Rector wäre so sicher hinter mir her wie der Teufel hinter der armen Seele, wenn er nicht Blue getötet hätte. Weil es den Sammlern aber nicht gestattet ist, Menschen zu verletzen, halten sie wahrscheinlich den Ball flach, um keinen Krieg mit dem Oberguru anzuzetteln. Daher ist bei uns erst mal alles gut. Und bei dir auch.«

»Wir müssen über die Bezeichnung ›großer Boss‹ reden«, bemerkt Max. »Muss gründlich überarbeitet werden, findest du nicht? Schließlich ist er ja eigentlich nicht mehr unser Boss.«

Ich reibe mir das Kinn und spüre Bartstoppeln. Es erstaunt mich immer noch, dass ich zu so was wie Bartwuchs fähig bin, obwohl ich streng genommen tot bin. »Ex-Boss?«, schlage ich vor.

»Lahm«, antwortet Max. »Der Aufseher?«

Ich stoße ein scharfes Lachen aus. »Nicht schlecht. Er ist ein Unterdrücker.« Ich reibe die Hände und denke angestrengt nach. »Ich hab's.«

»Gib's mir«, sagt Max. Ein aufgeregtes Leuchten geht über sein Gesicht.

»Lucille. Es klingt wie Luzifer, aber mit einem Hauch Weiblichkeit.«

Ich erwarte, dass Max lacht, aber das tut er nicht. Stattdessen wird er sehr ernst und rutscht an die Stuhlkante. »Dante?«

»Ja?«

»Wenn ich dir sagen würde, Lucille sei ein Flittchen, würdest du mir glauben?«

»Ja.«

Max lacht und will etwas hinzufügen, aber ich hebe die Hand, um ihn abzuwürgen. Ich bin mir nicht sicher, ob ich recht habe, bis ich die Nase in die Luft halte und schnuppere. Dann schließe ich verzückt die Augen. Speck. »Es ist fertig.« Als ich die Augen öffne, sehe ich, dass Max anscheinend bereit ist, von seinem Stuhl aufzuspringen. »Wehe.«

Er zuckt, als würde er mir ein Wettrennen die Treppe runter liefern. Oder sich auf mich stürzen. Ich bin mir nicht sicher, was davon, aber ich bin auf beides gefasst. Ich schnippe mit dem Finger, nur um ihn zu ärgern, und er springt auf.

Auf mich. Er stürmt eindeutig auf mich zu.

Wir verschränken die Arme wie Sumo-Ringer und ächzen wie die Schweine, um die wir kämpfen.

»Es gibt ... wahrscheinlich genug ... für uns beide«, presst Max knurrend hervor.

Ich werfe mich mit vollem Gewicht gegen ihn, wohl wissend, dass er diesen lächerlichen Kampf nicht gewinnen wird. Und es ist ein Kampf. Denn für knusprigen, fettigen Speck würde ich alles tun. »Dann hör auf, mit mir zu kämpfen ... du ... Spinner.«

»Okay«, sagt Max lässig, und gleichzeitig tritt er zur Seite und stürmt auf die Treppe zu.

Mein Schwung lässt mich nach vorn fallen und ich schlage auf dem Boden auf. Dann laufe ich hinter ihm her. Ich glaube, dass ich es immer noch als Erster in die Küche schaffen kann – als etwas meine Aufmerksamkeit erregt. Ich drehe mich zu Charlies Fenster um und verziehe verwirrt das Gesicht.

Als ich näher komme, verwandelt sich meine Verwirrung in Angst. Das, was meine Aufmerksamkeit erregt hat, ist ein Typ, den ich noch nie gesehen habe. Er schaut zu Charlies Fenster hoch, und irgendetwas sagt mir, dass er schon seit einer ganzen Weile da steht.

Bevor ich nachdenken kann, drehe ich mich um und renne los.

3
Spanner

Ich sehe Max am Rand meines Gesichtsfeldes, als ich am Fuß der Treppe lande, aber ich kann sein Gesicht nicht sehen. Ich konzentriere mich ausschließlich darauf, nach draußen zu gelangen und herauszufinden, wer um Charlies Haus herumschleicht.

»Gewonnen, Wichser!«, höre ich Max rufen, als ich die Tür aufreiße.

Ich schließe sie nicht hinter mir; ich stürze einfach hindurch und auf die Straße. Als ich den Gehweg entlangpirsche, schaue ich nach links und rechts. Ich entdecke ihn – er entfernt sich von Charlies Haus. Er ist ungefähr eins achtzig groß und trägt eine leuchtend blaue Baseballkappe. Das kleine »C«-Logo auf der Rückseite würde ich überall erkennen, weil es in meiner Heimatstadt zu Ehren meines Lieblingsteams entworfen wurde – der Chicago Cubs.

»He, Spanner«, brülle ich mit rasendem Puls. »Bleib stehen.«

Der Mann dreht sich nicht einmal um und schaut auch nicht über die Schulter. Er geht nicht schneller. Er geht einfach weiter. Ich denke fast, dass ich übergeschnappt sein muss, weil ich früher dieser Typ gewesen bin, der immer gechillt drauf war, und jetzt bin ich plötzlich dieser muskelbepackte Irre, der auf offener Straße Männer jagt. Aber ich war *gechillt,* bevor ich Charlie begegnet bin. Ich war *gechillt,* bevor ich angefangen habe, mich um jemand anderen zu kümmern als um mich selbst.

Jetzt bin ich ein anderer Typ.

»Alter, bist du taub oder was?«, frage ich, lauter diesmal. Er ist nur wenige Meter entfernt, als er um eine Ecke biegt und ich ihn aus den Augen verliere. Ich jogge, dann renne ich auf die Straßenbiegung zu. Mein Herzschlag beschleunigt sich, und ich atme schwer. Fünf Wochen lang war ich nervös und habe darauf gewartet, dass so etwas passiert. Jetzt habe ich einen Kerl dabei erwischt, wie er Charlie ausspioniert. Ich spüre kein Dargon – das Material, aus dem unsere Fußfesseln bestehen –, aber vielleicht bin ich dafür zu panisch. Ich versuche, mich zu beruhigen und zu konzentrieren, aber das ist schwer, wenn ich einem unheimlichen Kerl hinterherrenne, der außer Sicht ist. Die Kurve ist nah, und ich laufe noch schneller. Schweiß brennt mir auf der Stirn. Ich biege um die Ecke …

… und krache in den riesigen Burschen hinein.

Er packt mich an den Schultern. »Immer langsam, Kumpel. Pass auf, wo du hinläufst.«

Voller Adrenalin ringe ich den Kerl zu Boden und drücke seine Schultern auf das Pflaster. Dann beuge ich mich dicht vor sein Gesicht und knurre: »Wer bist du?«

»Nein, wer bist *du?*«, stößt der Mann, der so alt wie ich zu sein scheint, mühsam hervor. »Du bist der, der mich gerade angegriffen hat.«

»Ich bin der, der dich begraben wird, wenn du mir nicht sagst, was du vor ihrem Haus gemacht hast.« Ich stoße seine Schultern zurück auf den Asphalt, um ihm das unmissverständlich klarzumachen.

»Vor ihrem Haus?« Er scheint verwirrt. Dann entspannen sich seine Züge, als es ihm dämmert. Oder vielleicht, weil ihm gerade eine überzeugende Lüge eingefallen ist. »Oh, Mist. Das muss Easton gewesen sein. Mein Bruder. Hatte er eine blaue Baseballkappe auf?«

Ich entspanne mich ein wenig, denn das hatte er. Mein Blick wandert über den Mann unter mir, und ich entscheide, dass dies nicht dieselbe Person ist, die Charlie beobachtet hat. *Dieser* Typ ist noch größer und breiter als ... Easton. »Er hat meiner Freundin ins Fenster geschaut«, belle ich, die Muskeln immer noch angespannt.

»Hör mal, kannst du mich aufstehen lassen?«, fragt er. »Ich will nicht gegen dich kämpfen.«

Ich schaue ihm tief in die Augen, und was ich sehe, gefällt mir nicht. Seine offenen Hände, sein schiefes Lächeln – er gibt sich fast zu große Mühe zu zeigen, dass er harmlos ist. Aber ich kann ihn nicht ewig auf den Boden drücken, so gern ich das täte, daher stehe ich auf und reiße ihn mit mir hoch. »Rede.«

Nachdem er sich das dunkelblaue Hemd abgeklopft hat, hält er mir die Hand hin. »Ich bin Salem.«

Ich funkele seine Hand an, bis er sie zurückzieht und in die Tasche stopft.

»Hör zu, mein Bruder ist harmlos«, erklärt er und lässt die Schultern kreisen. »Er hatte vor ein paar Jahren einen Autounfall, und seitdem ist er Matsche im Kopf.«

Salems Kiefer mahlt, als sei er erregt, aber da bin ich mir nicht sicher. Ich blicke über die Schulter, bis ich mir sicher bin, dass Charlie nirgendwo zu sehen ist.

»Vor dem Unfall hatte Easton ein Mädchen«, fährt Salem fort. »Und manchmal ist er verwirrt. Aber er wird keinen Ärger machen. Ich schwöre.«

Ich mustere Salem von Kopf bis Fuß. »Einszweiundachtzig, würde ich sagen. Dunkles Haar bis unter die Ohren.« Ich beuge mich ein wenig vor. »Grüne Augen, die verschlagen wirken.«

»Was machst du da?«, fragt Salem, und ich sehe Zorn in seiner Haltung auffunkeln. Ich wusste, dass er ihn verbirgt.

»Ich präge mir dein Gesicht ein«, antworte ich. »Damit ich dich begrüßen kann, wenn ich dich oder deinen Bruder jemals wieder in der Nähe ihres Hauses sehe.« Ich lege die Betonung auf »begrüßen«, damit er es kapiert.

Salem lächelt, aber in seinem Lächeln blitzt etwas Dunkles auf. »Du wirst uns nicht noch mal sehen.«

Ich schaue ihn lange an, dann nicke ich, denn was kann ich sonst tun? Und wenn ich mich irre, wenn dieser Kerl doch was taugt, dann verwandele ich mich wirklich in einen Soziopathen mit Verfolgungswahn.

Ich drehe mich um und gehe zurück. Ich achte höllisch darauf, nicht zurückzuschauen und ihn anzufunkeln, denn das würde bedeuten, dass ich unsicher bin, und dieser Kerl muss wissen, dass ich keine Angst vor ihm habe.

Als ich auf das Haus zugehe, sehe ich, dass Charlie mit einem Pfannenheber in der Hand in der Tür steht. Obwohl ich angespannt bin, kann ich mir ein Grinsen nicht verkneifen. In ihrer Nähe komme ich mir manchmal dermaßen wie ein Mädchen vor, dass ich das Gefühl habe, ich würde mir jede Sekunde ein Diadem kaufen und meine Periode bekommen.

»Was ist denn los?«, fragt sie. Ich erwarte, dass sie besorgt wirkt, aber sie wirkt stark. Sie hat den Kopf in den Nacken gelegt und die Schultern gestrafft. Es ist, als sei sie darauf vorbereitet gewesen. Als habe sie darauf gewartet, einzugreifen und die Sache in die Hand zu nehmen. Charlie wiegt knapp überhaupt nichts, aber im Moment sieht sie wild entschlossen aus.

Ihre Körpersprache ist so dermaßen heiß, dass ich über sie herfallen möchte.

Ich überlege, ob ich ihr überhaupt von dem Mann erzählen soll. Ich will sie nicht aufregen, aber mit ihren Augen versichert sie mir, dass sie damit umgehen kann. »Es war jemand hier draußen«, berichte ich. »Er hat auf der Straße gestanden und zu deinem Fenster hochgeschaut.«

»Hast du etwas gespürt? Eine andere Fußkette?«, fragt sie. Ich schüttele den Kopf, und ihre Schultern entspannen sich. »Dann komm rein und iss den verdammten Speck.«

Ich reiße die Augen auf. »Du hast gerade geflucht. Das war nicht sehr damenhaft.«

»Rein mit dir«, befiehlt sie, eine Hand in die Hüfte gestemmt.

Ich gebe mir alle Mühe, sorglos zu wirken, aber ich kann nicht vergessen, was ich bei Salem gespürt habe – als würde mit ihm und seinem Bruder irgendetwas nicht stimmen. Aber Charlie hat recht. Ich habe keine Kette gespürt, und ohne die können Sammler nicht überleben. Wahrscheinlich war es nur irgendein Mistkerl, der ein hübsches Mädchen gesehen hat und glotzen wollte. Trotzdem – als ich an ihr vorbei ins Haus gehe, drehe ich mich um und werfe einen Blick über die Schulter, um mich noch einmal davon zu überzeugen, dass beide weg sind.

»Es ist in Ordnung«, fügt sie leise hinzu. »Ich bin in Ordnung.«

Ich bleibe plötzlich stehen und umfasse ihr Gesicht mit beiden Händen. »Ich werde nicht zulassen, dass dir das, was damals in dieser Nacht passiert ist …«

»Ich weiß«, unterbricht sie mich.

Ich lasse sie los und gehe hinein, aber kaum bin ich im Haus, verpasst sie mir mit dem Pfannenheber einen Klaps auf den Hintern. Wie der Blitz reiße ich sie in meine Arme. Sie kreischt, und ich beuge sie fast bis auf den Boden und küsse sie lange und leidenschaftlich auf den Mund. Als ich endlich meine Lippen von ihren nehme, sieht sie mich an und sagt: »Wir haben Gesellschaft.«

Als ich aufschaue, sehe ich Valerie und Max neben dem Küchentisch stehen. Ich helfe Charlie auf die Füße und gehe einige Schritte auf den Rotschopf zu. Dann hake ich die Daumen in meinen geilen neuen roten Gürtel mit der Totenkopfschnalle. Besagter Gürtel soll mich darüber hinwegtrösten, dass Rector mir meine Lieblingsschuhe geklaut hat. Es funktioniert nicht ganz. »Dein Timing ist perfekt, Valerie«, erkläre ich. »Zu spät, um mir zu helfen.«

»Helfen wobei?«, fragt sie und ist sofort auf dem Sprung.

Ich deute mit dem Daumen in Richtung Tür. »Zwei Männer. Einer hat zu Charlies Fenster hinaufgestarrt. Der andere behauptet, es sei nur sein verrückter Bruder gewesen.«

Während Max zusieht, rennt Valerie zur Tür und schaut hinaus. Dann sieht sie mich mit sehr besorgtem Gesicht wieder an. »Hast du eine Fußfessel gespürt?«

Ich werfe Charlie einen verstohlenen Blick zu. Sie zieht eine Augenbraue hoch, als wolle sie andeuten, dass sie nicht die Einzige sei, die denkt, ich würde überreagieren. »Nein«, gebe ich zu. »Keine Fessel.«

Valerie dreht sich um und schlendert zurück in die Küche. Max lässt sie keine Sekunde lang aus den Augen. »Wir können es uns jetzt nicht leisten, Aufmerksamkeit zu erregen, Dante.«

»Da war ein Typ, der meine Freundin beobachtet hat«, sage ich und spucke jedes Wort einzeln aus.

»Überrascht dich das so sehr?«, fragt sie, und zum ersten Mal komme ich mir ein bisschen vor wie ein Idiot. Vorher habe ich mich gefragt, ob ich nicht *vielleicht* reif für die Anstalt sei. Jetzt ist mir, als *wisse* ich, dass ich es bin.

»Ich will trotzdem nicht, dass hier irgendwelche Typen wie brünstige Hunde rumhängen«, murmele ich.

»Irgendetwas sagt mir, dass du dich darum gekümmert hast«, entgegnet Red mit einem prüfenden Blick in einen Spiegel. »Außerdem hast du größere Sorgen. Zum Beispiel deinen Auftrag.«

»Bist du gekommen, um mich unter Druck zu setzen, Red?«

»Nein, ich bin gekommen, um mich davon zu überzeugen, dass du mal wieder betrunken bist. Stell dir meine Überraschung vor«, fügt sie auf ihre typische langsame, gleichmäßige Art hinzu. »Muss sich komisch anfühlen, so viel Blut in deinem Alkohol.«

Ich sehe Max Hilfe suchend an, aber er kaut auf der Unterlippe rum und betrachtet Valerie mit einer solchen Intensität, dass ich mich frage, wo er in Gedanken gerade steckt. »Max?«, frage ich.

»Hm?«, antwortet er, schaut aber weiter Valerie an.

»Hilfe?«

Endlich schafft er es, mich anzusehen. »Tut mir leid, Alter. Du bist auf dich allein gestellt.« Max steht auf und verlässt den Raum.

Ich sehe Valerie an. »Was hast du mit ihm gemacht, Red? Ihm gedroht, dass er keine blutsaugerischen Küsse mehr von dir kriegt?«

Sie richtet sich auf. »Wann brichst du zu deinem Auftrag auf?«

»Nicht das schon wieder«, seufze ich.

Valerie setzt sich an den Tisch. »Mir ist klar, dass du nicht wegwillst.«

»Ach, echt?«, knurre ich.

Sie sieht mir in die Augen. »Ja, echt.«

So gern ich Red wegen ihrer Beziehung zu Max aufziehe, glaube ich doch, dass die beiden sich sehr wichtig sind. Vielleicht versteht sie also wirklich, dass ich Charlie nicht allein lassen will. Was ich ihr aber nicht sage, ist, dass ich nicht nur wegen Charlie zögere. Ein Befreier zu sein – so zu tun, als sei ich jemand, der *gut* ist –, kommt mir nicht richtig vor. Ich war noch nie gut, und ich halte mich nicht an Regeln. Daher will mir die Vorstellung, ich sei diese Person, die Menschen rettet, einfach nicht in den Kopf.

Beim bloßen Gedanken daran dreht sich mir der Magen um, obwohl ich nicht benennen kann, was genau mich stört.

Ich brauche einen Drink.

Ich gehe zu Omas Vorrat und nehme eine staubige Champagnerflasche heraus. »Mimosas?«

Valerie atmet entnervt aus, und für einen Moment habe ich ein schlechtes Gewissen. Ich mag zwar so tun, als würde ich Valerie hassen, aber sie hat mir geholfen,

Charlies Seele zu retten, und dafür bin ich ihr dankbar. Aber ich kann nicht sein, was sie möchte, daher entkorke ich die Flasche und lausche auf das Zischen des Kribbelwassers. Nachdem ich mir ein Glas eingeschenkt habe, riskiere ich einen Blick in Charlies Richtung. Sie stellt Sirup und Butter auf die Theke und lächelt mir zu. Ich zucke zurück, als ich das Vertrauen in ihren Augen sehe. Ein bisschen habe ich das Gefühl, als würde ich nur darauf warten, dass dieses Vertrauen versiegt, als würde ich seine Belastbarkeit prüfen. Aber sie hört einfach nicht auf zu glauben, ich würde derjenige werden, für den sie mich hält.

Könnte ich nur sein wie sie.

Es ist leicht, Charlie zu bewundern. Aber wie sie in der Lage ist, mich so mühelos, so offen zu akzeptieren – das werde ich nie kapieren.

Max kommt in den Raum zurück. »Nicht dass ich gelauscht hätte – okay, vielleicht habe ich doch gelauscht, aber Val hat recht, D. Du musst diesen Auftrag erledigen.«

Ich sehe ihn an, und Kampflust setzt meine Muskeln in Brand.

»Du bist im Handumdrehen zurück«, fügt er hinzu. »Außerdem hast du keine andere Wahl. Wenn du nicht gehst, schmeißt der Oberguru dich raus.«

Ich schaue von Max zu Valerie. Sie nickt. Ich wollte dieses Gespräch vermeiden und dachte, wenn ich während der nächsten paar Tage benebelt bleibe, würde das Thema irgendwie von selbst verschwinden. Aber anscheinend ist dies eine Intervention, und ich muss entweder in einen Flieger steigen oder mir eine Grabstelle suchen.

»Von wem hast du überhaupt den Umschlag mit dem Auftrag bekommen? Der Oberguru hat ihn dir bestimmt persönlich überreicht, stimmt's?« Ich sage es spöttisch, aber ich hoffe fast, dass Valerie antwortet, sie habe den Umschlag tatsächlich von Gott selbst erhalten. Dass er ein solches Interesse an mir hat. Aber noch während ich das denke, weiß ich, dass ich mir etwas vormache.

»Kraven hat ihn mir gegeben«, antwortet sie.

Zack! Sie hat meine volle Aufmerksamkeit. »Unser Freund mit den weißen Flügeln?«

Sie zuckt mit den Achseln, als sei es keine große Sache, als hätten wir uns nicht alle das Hirn darüber zermartert, wie einem Befreier in der Nacht von Blues Tod Flügel wachsen konnten. Valerie, Max und ich haben viele Nächte erfolglos darüber nachgegrübelt, wie wir das auch hinkriegen können. Es wäre viel einfacher, wenn Valerie tun würde, worum wir sie gebeten haben, nämlich Kraven danach zu *fragen,* wie er sich Flügel hat wachsen lassen.

Ich lasse stöhnend den Kopf hängen und reibe mir mit der Hand, in der ich nicht die Champagnerflasche halte, die Schläfe. Ich weiß, dass die Antwort auf die Frage, was ich mit diesem Auftrag machen soll, einfach sein sollte. Aber sie ist es nicht. Als ich aufschaue, steht Charlie vor mir. »Charlie?«

»Tu, was du für richtig hältst, und mach dir über alles andere keine Gedanken«, rät sie mir.

Ich kneife die Augen zusammen. Sie klingt so sicher, so besänftigend. Ich möchte nicht weg von *ihr.* Charlie ist mein Glücklich-bis-ans-Ende-aller-Tage.

Als mir das einfällt, dass dieser Auftrag blitzschnell erledigt ist und dass er die einzige Möglichkeit ist, dafür zu sorgen, dass wir nicht ewig getrennt werden, weiß ich, dass ich gehen muss. Ich wollte meine neue Stelle als Soldat des Obergurus ignorieren. Ich wollte mein Leben als Dante leben, nicht als Befreier. Nicht als etwas, was ich nie wirklich sein werde.

Aber für Charlie schlüpfe ich in jede Rolle.

Ich drücke die Elfenbeinhörner in meiner Tasche und hole tief Luft. »Ich werde gehen«, erkläre ich. »Aber nur, wenn es eine höllische Abschiedsfeier gibt.«

Max zieht sein neues Telefon hervor, mit dem er während der letzten sechs Tage pausenlos angegeben hat, und drückt auf einige Knöpfe. Pulsierende Musik erfüllt meine Ohren, und ich hebe die Flasche. »Genau das meine ich.«

Max tanzt auf der Stelle, Charlie reicht mir einen Teller mit Speck und Waffeln, und Valerie tritt neben mich. Sie nimmt mir die Champagnerflasche aus der Hand, hält sie noch höher und übertönt die Musik: »Auf Aspen.«

Dann setzt sie die Flasche an die Lippen und trinkt.

4
Verbindung

Der Tag verging wie im Flug.

Oma erwachte wenige Minuten, nachdem unsere improvisierte Party begann. Doch sie wirkte nicht allzu verärgert. Sie kam einfach nur die Treppe herunter, setzte sich zu uns auf ihr großes Sofa und hielt sich an ihrer Wasserflasche fest. Aus der sie heimlich Wodka trinkt. Max und ich benahmen uns wie die Bekloppten und bestanden darauf, dass Valerie, die jetzt nüchtern war, uns in ihrem Mercedes herumfuhr. Wir hielten den Kopf aus dem Fenster und heulten die Nachmittagssonne und später den Mond an. Charlie saß zwischen uns, während wir durch Peachville, Alabama, gondelten und hier und da Halt machten, um Mutproben zu bestehen und den ganzen Schwachsinn mit Max' neuem Telefon aufzunehmen. Wir hielten außerdem vor The Wireless Hut, damit Valerie sich selbst ein Handy besorgen konnte, und in einem coolen Moment kaufte sie Charlie und mir auch welche. Ich hätte es selbst getan, aber ich konnte nicht. Ich konnte meine AmEx Black Card nicht mehr nutzen, da sie von der Hölle ausgegeben worden war.

Als wir wieder bei Oma sind, verabschiede ich mich

von Max. Er umarmt mich, klopft mir hart auf den Rücken, zieht dann seinen Schatten über und wird unsichtbar. Ich drehe mich zu Valerie um. »Danke für das Telefon.«

»Den Bedürftigen helfe ich gern«, erwidert sie.

Ich rümpfe die Nase. »Man kann mir vieles nachsagen, aber bedürftig bin ich nicht. Da wir gerade davon sprechen, wann bekomme ich meine neue Karte? Ist sie blau und glitzert, um den Himmel darzustellen?«

»Du bekommst sie morgen, sobald ich dich zum Flughafen gebracht habe.«

Stöhnend lege ich den Arm um Charlie. »Um wie viel Uhr?«

»Morgens um sieben«, antwortet Valerie.

Ich schüttele den Kopf. »Das hast du mit Absicht gemacht.«

Valerie lächelt und winkt, bevor sie in ihrem Mercedes verschwindet. Als sie mit heruntergekurbelten Fenstern davonfährt, höre ich das Klappern leerer Flaschen, die auf dem Rücksitz gegeneinanderklirren.

Charlie drückt mich. »Das war schön heute.«

Ich schließe die Augen und atme sie ein. Wer auch immer gesagt hat, »gleich und gleich gesellt sich gern« – sein Kopf hat in einem dunklen, übel riechenden Ort gesteckt.

Ich schmiege mich an ihren warmen Hals und küsse ihn. Mein Magen krampft sich zusammen, als sie mir über den Rücken und die Seiten streicht. Sie lässt die Hand weiter hinabgleiten, bis sie die Finger in meine Taschen steckt. Dann zieht sie mich enger an sich. »Bleibst du heute Nacht wieder hier?«

Ich hebe den Kopf. Ich kapiere gar nicht, wie sie daran überhaupt zweifeln kann. Es gibt keinen Ort, an dem ich lieber wäre. Bei dem bloßen Gedanken daran, dass ich von ihr getrennt und in Denver sein werde, macht sich ein flaues Gefühl in meinem Magen breit. Ich kann mir nicht vorstellen, meine Tage damit zu verbringen, mich zu fragen, wo sie gerade ist, und darüber nachzugrübeln, ob sie in Sicherheit ist. »Natürlich bleibe ich.«

Ich erwarte, dass sie lächelt, aber stattdessen zieht sie verwirrt die Augenbrauen zusammen. »Was ist das?«, fragt sie und gräbt tiefer in meiner Tasche.

Ich verkneife mir die unanständige Bemerkung, die mir auf den Lippen liegt, dann trete ich zurück und ziehe die Elfenbeinhörner heraus, die mein Vater mir gegeben hat. Bei all dem Gerede darüber, ob ich nach Denver fliegen würde, und der anschließenden Feier – ähm, Trauer – über meine Entscheidung habe ich ganz vergessen, ihr zu sagen, was sonst noch in dem Umschlag mit dem Auftrag war.

Ich werde angesichts der Chance, über meinen Vater zu sprechen, ganz aufgeregt. »Mein Dad hat sie mir geschickt.« Charlie klappt der Unterkiefer herunter. »Genau das habe ich auch gedacht.«

»Was ist das?«, haucht sie, ihre vollen, rosigen Lippen zu einem Lächeln verzogen.

»Frag mich was Leichteres.« Ich gebe beide Hörner

in Charlies ausgestreckte Hand. Es ist eine schwierige Transaktion, da ich genug Blubberbrause getrunken habe, um einen Traktor besoffen zu machen.

Charlie rollt die Hörner in ihrer Hand herum. »Irgendwie schwer«, bemerkt sie und reibt mit dem Daumen darüber. »Und so glatt.«

»Mir ist bloß schleierhaft, warum in dem Auftrag nichts davon gestanden hat«, sage ich. Charlie lässt die Hörner wieder in meine Hand fallen, und wir blicken sie beide verwirrt an. »Weißt du, was mir vielleicht helfen würde, es herauszukriegen?«, füge ich flüsternd hinzu.

Charlie beugt sich zu mir, und ihre Augen werden etwas größer.

Ich deute mit dem Kopf auf ihr Zimmer. »Dich nach oben zu bringen.«

Sie wirft den Kopf in den Nacken, wendet ihr Gesicht dem Nachthimmel zu und lacht, und ich muss unwillkürlich auf ihre Kehle schauen. Auf die weiche, sonnengeküsste Haut an ihrem Kinn, ihren Schlüsselbeinen und ihrer Brust. »Du bist schlimm«, gurrt sie.

»Der Schlimmste.« Ich lege ihr einen Arm unter die Schultern und den anderen unter die Kniekehlen und hebe sie auf die Arme. Ich möchte in aller Bescheidenheit anmerken, dass das Casanovas würdig gewesen wäre, nur lasse ich mittendrin eins der Elfenbeinhörner fallen. Ich versuche, mich vorzubeugen, um es aufzuheben, während ich gleichzeitig Charlie festhalte, aber Charlie meint, dass mir die nötigen motorischen

Fähigkeiten fehlen, um beides hinzukriegen. Schließlich streckt sie in dem Versuch, ihrem hart arbeitenden Freund zu helfen, den Arm aus und schnappt sich das Horn.

»Geschafft«, brüllt sie und stößt die Faust in die Luft.

Und dann passiert etwas.

Etwas *Elektrisches.*

Ein Strom schießt durch uns hindurch, und ich lasse Charlie fallen. Sie schlägt auf dem Pflaster der Einfahrt auf.

»Alles okay?«, frage ich. »Ich wollte nicht …«

Aber dann unterbreche ich mich, denn ich fühle etwas zwischen uns, das ich nicht begreife. Charlie steht langsam auf und lässt mich dabei nicht aus den Augen. Schwer atmend sehen wir uns an.

»Spürst du es auch?«, murmelt sie.

Ich lecke mir die Lippen und nicke.

»Machst du das?«

Ich schüttele den Kopf, sage jedoch nichts. Ich kann nicht sprechen. Ich bin zu überwältigt von dem, was geschieht.

»Ich kann …«, beginnt sie. »Ich kann dich *fühlen.*«

Ich schließe die Augen und versuche mich zu sammeln. Aber selbst mit fest zusammengekniffenen Lidern verändert sich nichts. Ich kann Charlie wahrnehmen. Es ist, als würde ich wissen, wo sie ist, ohne sie zu sehen.

»Wie ist das möglich?«, frage ich, als ich meine Stimme wiederfinde.

»Vielleicht haben wir zu viel getrunken«, meint sie,

obwohl ich merke, dass sie das selbst nicht glaubt, als ich die Augen wieder öffne.

»Es ist genauso, als ob ich einen Sammler oder Befreier in der Nähe spüre.« Plötzlich fällt es mir wie Schuppen von den Augen. Ich öffne die Hand und betrachte das elfenbeinerne Horn darin. Charlie sieht, wie ich mein Horn bestaune, dann schaut sie auf ihr eigenes Horn hinab.

»Wahnsinn«, sagt sie. Unsere Blicke begegnen sich, und sie lächelt. »Das war dein Dad. Vielleicht wollte er, dass wir sie uns teilen.«

Ich ziehe die Brauen zusammen, während ich versuche, das zu verdauen.

»Damit wir zusammen sind«, spricht sie weiter, »selbst wenn du fort bist.«

Ich packe das Horn, als sei es ein Rettungsanker, denn genau das ist es. Ich kämpfe gegen das Gefühl an, das in mir aufwallt. Mein Vater hat das für mich getan. Er weiß, wie ich für sie empfinde. Ich umfasse Charlies Gesicht mit beiden Händen und ziehe ihren Mund auf meinen. Selbst wenn ich morgen früh nach Denver aufbreche, werde ich in gewisser Weise immer hier bei ihr sein.

Und solange das so ist, wird dieser Auftrag ein Kinderspiel.

5
Sieht mir schon ähnlicher

Als Valerie in aller Herrgottsfrühe draußen vor Charlies Haus nach mir ruft, bin ich nicht erfreut. Sie dagegen sieht aus wie ein Kind an Weihnachten. Als könne sie es nicht erwarten, meine schlechte Laune zu genießen.

Ich werfe mir den Riemen meiner Louis-V.-Tasche über die Schulter und rolle den dazu passenden Koffer hinter mir her, als ich mit Charlie zu dem Mercedes gehe. Mein Escalade parkt immer noch vor dem Haus. Ich gebe Charlie die Schlüssel.

Sie nimmt sie entgegen. »Auf keinen Fall.«

Ich lache, obwohl ich das Gefühl habe, dass mir die Sonne einen Karatetritt ins Hirn verpasst. »Bis ich zurückkomme, gehört er dir.«

Charlie wirft die Arme um mich, und ich ächze laut auf. Ich wende mich ab, weil ich nicht will, dass sie sieht, wie sehr mir nach Schreien zumute ist. Dass ich mir die verdammten Augen aus dem Kopf reißen will, weil ich in ein Flugzeug nach Colorado steigen muss.

»Hey, Sonnenschein«, sagt Val, nachdem ich mein Gepäck in den Kofferraum geladen habe und auf den Rücksitz krieche. Ich nicke und verzichte darauf, sie zu verfluchen. Es ist zu früh zum Fluchen, selbst für einen Gangster wie mich. Charlie steigt neben mir in den Wagen und legt mir den Kopf an die Schulter.

»Pennt Max noch?«, frage ich.

»Wie ein Grizzly im Winterschlaf«, antwortet Valerie, und ich bin froh, dass sie die Antwort auf meine Frage kannte.

»Hey, Valerie«, wirft Charlie ein, »das ist aber ein schöner Trenchcoat.«

Red dreht sich auf ihrem Sitz um. »Wirklich? Ich habe auf einen Vorwand gewartet, ihn zu tragen.« Sie nickt in Richtung der dicken purpurgrauen Wolken und der kahlen Bäume draußen. »Es ist selbst im Dezember noch nicht so kalt, dass er nötig wäre. Aber ich trage ihn trotzdem.«

»Können wir los?«, frage ich. Valerie funkelt mich im Rückspiegel an, während ich die goldgerahmte Sonnenbrille vom Hemd pflücke und sie aufsetze. »Am besten sofort?«

»Du bist unverbesserlich«, stellt sie fest, legt aber trotzdem den Gang ein und fährt zum Flughafen.

»Wie soll ich in Denver bezahlen?«, frage ich. »Papa braucht Spielgeld.«

Valerie beugt sich vor, ohne den Blick von der Straße zu wenden, und wühlt in ihrer übergroßen Satintasche. »Gut, dass du mich daran erinnert hast«, sagt sie. »Hier.«

Ich nehme die Karte von ihr entgegen und drehe sie um. »Fahr rechts ran.«

»Warum?«, fragt sie. »Was ist los?«

»Weil ich gleich kotzen muss. Darum.« Ich schnipse die Karte zurück nach vorn. Sie prallt gegen die Windschutzscheibe und fällt auf den Boden. »Ich bin Dante Walker, und ich benutze keine Discover-Karten. Discover ist was für Rentner und Sparer.« Das letzte Wort spreche ich mit einem Schaudern aus.

Valerie gelingt es, sich zu bücken und die Karte aufzuheben. Dann wirft sie sie mir auf den Schoß. »Du bist jetzt ein Befreier, und deshalb musst du sparsam sein.«

»Nein, zum Teufel. Ich mag diesem Auftrag zwar zugestimmt haben, aber ich bin an ein gewisses Maß von süßem, schwülem Überfluss gewöhnt«, entgegne ich. »Außerdem, warum sollte ich sparen, während du einen Benz fährst?«

»Es war ein Bonus, weil ich meine Arbeit gut mache.« Valerie rückt ihre Türkiskette zurecht. »Stell dich nicht so an, Dante. Es wird dir guttun zu sehen, wie es auf der anderen Seite ist.«

Ich stecke die Discover-Karte in meine Gesäßtasche und habe sofort das Gefühl, als sei ich mit Flöhen und Ruß bedeckt. Als hätte ich gerade irgendeinem Weichpuper den Kamin gekehrt und sei drauf und dran, um mehr Haferbrei zu betteln.

Valeries Telefon vibriert. Sie zieht es aus der Handtasche. Im Rückspiegel kann ich zusehen, wie ihr Gesichtsausdruck sich von der Freude darüber, mir den Geldhahn zuzudrehen, zu Besorgnis wandelt.

Ich setze mich gerade hin. »Was ist los?«

Sie wirft mir im Spiegel einen Blick zu, und ihre Züge entspannen sich. »Nichts. Es wird dich vielleicht überraschen zu erfahren, dass ich noch ein anderes Leben habe, als dich mit mir herumzuschleppen.« Red mag versuchen, die SMS, die sie gelesen hat, als etwas Harmloses abzutun, aber als sie aufs Gaspedal tritt, bin ich mir da nicht so sicher.

Als wir den Flughafen in Birmingham erreichen, ist mein Magen verkrampft. Charlies Hand weicht nicht von meinem Knie, aber ich kann sie kaum ansehen. Irgendwie habe ich zwischen gestern Nacht und heute mein Selbstbewusstsein verloren, was diese Trennung betrifft. Ich habe immer noch das Elfenbeinhorn in der Tasche, und ich weiß, dass sie ihres haben muss, weil ich es spüren kann. Aber es scheint nicht genug zu sein.

Valerie parkt, und wir gehen zusammen zum Check-in-Bereich. Ich bin mir nicht sicher, warum Red es für nötig hält, mitzukommen. Wahrscheinlich will sie sich davon überzeugen, dass ich meinen Auftrag auch wirklich erfülle.

Selbst am frühen Sonntagmorgen wimmelt es auf dem Flughafen vor Menschen. Unter den Leuchtstoffröhren eilen Männer in Geschäftsanzügen und Kinder mit Lutscherflecken im Gesicht vorbei, auf dem Weg nach Mir-doch-egal. Das Quietschen und Rauschen der Rollkoffer ist ohrenbetäubend. Gelegentlich wird es von sporadischen Ansagen eines Flughafenangestellten unterbrochen, der klingt, als stehe er kurz davor, sich das Leben zu nehmen. Weihnachten ist eine schöne Zeit.

Da ist ein grässlicher Imbissstand mit kackfarbenem Kaffee und blättrigem Plundergebäck, das wahrscheinlich nicht blättrig sein sollte. Aber ich habe Hunger. Ich drängele mich an der Schlange nach vorn und lächle vor mich hin, als die Leute hinter mir sich murrend beschweren. Es wird das Highlight ihres Tages sein, ihren Freunden und Verwandten von »diesem Arsch in der Imbissschlange« zu erzählen.

Als mein Magen halbwegs zufrieden ist und ich eigentlich nur noch meine Taschen aufgeben muss, drehe ich mich zu Charlie um. »Hey, ähm …«, beginne ich. »Weißt du, ich würde gern kurz mit Valerie reden.«

Charlie wirkt ein wenig überrascht, nickt und lächelt aber trotzdem. »Aber vergiss nicht, dich von mir zu verabschieden.« Sie deutet auf einige Bänke, die ein kleines Stück entfernt an der Wand stehen. »Ich bin da drüben.« Ich will ihr sagen, dass ich das weiß, weil ich sie dort spüren würde, selbst wenn sie es mir nicht gesagt hätte. Aber ich gehe nur zu Red hinüber, die versucht hat, uns beiden ein wenig Privatsphäre zu lassen.

»Vor diesem Auftrag …«, beginne ich.

»Mir tust du damit keinen Gefallen; es ist dein Kopf, der auf dem Spiel steht.«

»Vor diesem Auftrag habe ich ein paar Fragen. Zunächst einmal will ich wissen, ob wir irgendetwas über Blues Tod gehört haben und darüber, ob der Oberguru sich dafür rächen wird.«

Ich bin mir nicht sicher, aber ich glaube zu sehen, dass Valeries Mundwinkel kurz nach oben zuckt. »Das ist geregelt.«

»Was, echt?«, frage ich, grinse und reiße die Fäuste in die Luft. »Haben wir jemanden hingeschickt, der so richtig auf die Kacke haut? Um ihnen zu zeigen, dass sie sich nicht mit den großen Hunden anlegen sollen?«

»Also bist du jetzt ein großer Hund?«

»Bin immer einer gewesen, Mädel. *Wuff.*«

Sie schüttelt den Kopf. »Ich glaube nicht, dass er deswegen Krieg will. Aber man kann nie wissen. Im Moment ist die Lage ziemlich unsicher.«

»Kommt das alles von Kraven?«

Valerie schürzt die Lippen, als ein Mann mit einem erbärmlichen Toupet sie fast umgerannt hätte. »Ja, von Kraven.«

»Er, der alle Antworten hat«, sage ich und schiebe die Daumen unter die Gürtelschnalle. »Okay, was ist mit Charlies Seele? Wann kann ich sie einreichen?«

Der Anflug eines Lächelns, den ich zuvor gesehen habe, verschwindet. »Charlies Seele ist eine Klasse für sich. Er muss sicher sein, dass sie darauf vorbereitet sind.«

»Und in der Zwischenzeit soll ich sie mit mir herumtragen? Warum soll sie bei mir sicherer sein als *irgendwo* da oben beim Oberguru?«

»Hast du ein Problem damit, sie zu tragen?«, fragt sie und tritt näher. »Denn wenn das so ist, nehme ich dir diese Last gerne ab.«

»Nein«, knurre ich. »Niemand außer mir fasst sie an.« Dann schaue ich zu den grellen Lampen hinauf und füge hinzu: »Es ist nur so, dass ihre Seele sich anders anfühlt, als sie sollte.«

»Hast du erwartet, dass sie sich anfühlt wie alle anderen?«, fragt sie und richtet sich gerade auf.

Ich weiß, dass sie wahrscheinlich recht hat, aber ich wollte eine zweite Meinung, damit ich nicht mehr denken muss, dass sie sich anders anfühlen *sollte*. Als ich zu den Bänken hinüberschaue, sehe ich Charlie an ihrem Handy, obwohl ich keine Ahnung habe, mit wem sie sprechen könnte. Eine blonde Haarsträhne fällt ihr ins Gesicht, und sie schiebt sie sich ordentlich hinters Ohr. Sie ist hier, so nah, dass ich binnen eines Herzschlags bei ihr sein könnte, aber ich habe jetzt schon das Gefühl, als sei sie beängstigend weit weg.

»Was ist, wenn ihr etwas zustößt, während ich weg bin?«, frage ich. »Was ist, wenn die Sammler zurückkommen, um ihre Arbeit zu beenden?«

Valerie tut etwas sehr Ungewöhnliches. Sie legt mir eine Hand auf die Schulter. »Wenn die Sammler wirklich demnächst aufsteigen, dann nicht wegen Charlie.«

Ich weiß, was sie sagen will. Ich hatte in den letzten Wochen den gleichen Gedanken, wollte ihn aber nicht akzeptieren. »Wenn ich ihre Seele in mir trage, sind sie hinter mir her.«

Valerie nickt zögernd. Dann nimmt sie die Hand von meiner Schulter und wirft Charlie einen Blick zu. »Sie werden ihr nichts tun. Noch nicht. Nicht, wenn sie ihre

Seele nicht haben. Denn wenn sie sie jetzt töten, gehen ihr Körper und ihre Seele an uns.«

Ich schüttele den Kopf. »Es klingt, als würdest du über Frachtgut reden.«

»Du weißt, dass ich etwas anderes meine.«

»Wenn du gewusst hast, dass sie es auf mich abgesehen haben, warum hat der Oberguru mich dann nicht mit Vollgas zu einem Auftrag geschickt und von Charlie getrennt? Warum hat er bis jetzt damit gewartet?«

»Es mussten erst gewisse Vorkehrungen getroffen werden.« Valerie nimmt eine Zigarette aus der Handtasche und zündet sie sich an. Ich bin mir ziemlich sicher, dass sie hier nicht rauchen darf, aber, hey, was juckt mich das?

»Was für Vorkehrungen?«, hake ich nach.

Valerie stößt eine Rauchwolke aus und schaut an mir vorbei. »Ich darf mit dir nicht darüber sprechen.«

Wut kocht in mir hoch. »Wie wäre es dann, wenn ich hierbleibe, bis du es mir sagst? Scheiß auf diesen Auftrag.«

Valeries Blick trifft meinen. »Du gehst. Du gehst, weil du weißt, dass du nicht hättest bleiben dürfen. Weil du weißt, dass du mehr Schaden anrichtest, wenn du bleibst, so sehr du sie auch selbst beschützen willst.«

Ich kneife die Augen fest zusammen und atme tief durch die Nase ein. Sie hat recht. Ich weiß, dass sie recht hat. Aber deshalb tut es nicht weniger weh fortzugehen. »Du beschützt sie«, teile ich Valerie mit, und es ist eher eine Feststellung als eine Frage.

»Mit meinem Leben.«

Ohne nachzudenken reiße ich Red in die Arme. Sie versteift sich sofort, aber schließlich entspannt sie sich und klopft mir unbeholfen den Rücken.

»Runter von mir, du Pilz«, sagt sie in meine Schulter, aber ohne die geringste Bosheit.

Ich lasse sie los und schaue wieder zu Charlie. Valerie geht zu den Bänken, und Charlie kommt zu mir, legt mir die Arme um den Hals und zieht meinen Kopf zu ihrem herunter. Als ihre Lippen meine berühren, sagt sie: »Ich habe eine Überraschung für dich.«

»Ich hasse Überraschungen«, entgegne ich.

»Selbst Überraschungen, die dich regelmäßig auf dem Basketballfeld unterpflügen?«, bemerkt jemand hinter mir.

Ich grinse an Charlies Mund, dann drehe ich mich um und sehe Annabelle. Ihr kurzes, schwarzes Haar und ihr wie mit dem Lineal gezogener Pony lassen sie aussehen wie Mia Wallace aus *Pulp Fiction*. Aber ihr Körper ist ganz und gar nicht wie der von Uma Thurman. Annabelle ist wie ein Backsteinhaus gebaut – ein Backsteinhaus, das eine Amazone geheiratet hat. »Wie ich sehe, bist du ausgebrochen«, erwidere ich.

»Quatsch, ich hab den ganzen Scheißladen abgefackelt.« Annabelle hebt die Faust, als hätte sie gerade mehrere Tausend Gefangene aus Alcatraz herausgeführt. Dann zieht sie mich in eine Umarmung, die mir fast das Rückgrat bricht.

»Wieso hast du noch mal gesessen?«, frage ich, als sie mich loslässt.

»Eins und Bruch gleich Einbruch, Holmes«, antwortet sie mit ihrer besten Straßenstimme.

Charlie lacht. »Ja, oder du hast dich rausgeschlichen, um dich mit Bobby zu treffen.«

Ich sehe Annabelle mit hochgezogenen Augenbrauen an. Sie beißt sich auf die Unterlippe und schwankt wie ein verlegenes Schulmädchen von einer Seite zur anderen. »Du warst unartig, Annabelle«, sage ich. »Ich kann das nur gutheißen.«

Annabelle stemmt eine Hand in die Hüfte. »Ich bin halt eine begehrenswerte Frau«, schnurrt sie. »Jedenfalls wollte ich dir Tschüs sagen. Char meinte, dass du ein Fräulein in Nöten retten musst, aber in ein paar Tagen zurück sein wirst.«

»Darauf läuft es hinaus.«

»Dann lass ich euch zwei jetzt mal allein, damit ihr euch die Zunge in den Hals stecken könnt.« Annabelle winkt über die Schulter.

Als ich ihr nachsehe, verkrampfe ich mich. Denn ich muss mich von Charlie verabschieden. Ich versuche, die richtigen Worte zu finden, als Charlie mir eine Hand auf den Arm legt und mich mit einem wunderbar perfekten Lächeln anschaut. »Soll ich dir was zeigen?«

Ich nicke, doch ich komme nicht darüber hinweg, wie glücklich sie zu sein scheint. Als würde es ihr überhaupt nichts ausmachen, dass ich sie verlasse. Eine Männerstimme macht eine Durchsage, und Charlie greift sich in den Ausschnitt und zieht das Elfenbeinhorn heraus. Es hängt an einer alten Silberkette.

»Meine Oma hat mir diese Kette geschenkt, als ich ihr den Anhänger gezeigt habe.« Charlie schließt die Hand um das Horn. »Sie hat das kleine Loch oben drin entdeckt.«

Ich kneife die Augen zusammen, nehme mein eigenes Horn aus der Tasche und sehe es mir genau an. Und tatsächlich, auch in mein Horn ist ein kleines Loch gebohrt. »Cool«, sage ich.

Charlies Lächeln verschwindet. »Ich werde dich vermissen.«

»Wirklich?«, frage ich, und meine Stimme klingt heiserer, als ich wollte.

Sie sieht mich entgeistert an. »Natürlich werde ich dich vermissen«, bekräftigt sie. »Warum fragst du das?«

Ich zucke die Achseln. »Was diesen Auftrag betrifft, wirkst du ziemlich fröhlich.«

Charlies Miene hellt sich wieder auf, und ihre blauen Augen strahlen. »Ja, weil ich weiß, dass du deine Sache großartig machen wirst.« Sie legt grinsend den Kopf schräg. »Weil ich weiß, dass du ein guter Mensch bist und Gutes tun kannst.«

Mir brennt eine Sicherung durch. Ich weiß, dass es wahrscheinlich die Angst ist, dass sie ohne mich nicht sicher sein wird, aber ich habe auch Angst, dass es nicht stimmt, was sie sagt. »Vielleicht will ich gar nicht gut sein, Charlie. Vielleicht will ich nur ich sein.« Ich beuge mich zu dicht zu ihr vor und schlage mir mit der Faust auf die Brust. »Vielleicht bin ich verdorben bis ins

Mark. Und vielleicht wünschte ich, du wärst ein bisschen mehr wie ich.«

Sie wird mir den Stinkefinger zeigen. Ich weiß es. Ich habe diesen Abschied verkackt, und jetzt wird sie mir sagen, dass ich in zehntausend Meter Höhe aus dem Flugzeug springen soll. Aber stattdessen schnappt sie nach Luft, als hätte ich ihr einen Schlag in die Magengrube verpasst, und blickt zu Boden.

»Charlie …«

»Du und ich, wir schaffen das schon«, sagt sie so ruhig, dass es fast schon beängstigend ist. Sie hebt den Blick. »Verstehst du? Du willst nicht gehen, weil du Angst hast, von mir getrennt zu sein. Angst davor, wie du dich ohne meinen Einfluss verhalten wirst.«

Mir platzt fast der Schädel auf, denn sie hat recht. Ich habe mich dagegen gewehrt, ein Befreier zu werden, und das Einzige, was mich daran gehindert hat, der Dante Walker zu werden, der ich zu Lebzeiten war, ist Charlie. Ich habe Angst, dass ich nicht gut sein kann.

Charlie legt mir die Hand auf die Brust. »Du bist mir wichtig. Du wirst mir immer wichtig sein, egal wo du gerade bist.« Sie lächelt. »Und so weit ist Denver nun auch wieder nicht weg.«

Ich ziehe sie an mich und halte sie fest. Ich habe einen Auftrag zu erfüllen. Und vor allem muss ich lernen, ein Befreier zu sein. Ich habe meine Verwandlung von einem Dämon in einen … ist ja auch egal, jedenfalls habe ich sie viel zu lange vor mir hergeschoben. Da kann ich genauso gut auch jetzt loslegen.

Als ich mich etwas besser fühle, hebe ich den Kopf, um Charlie anzusehen, doch mein Blick fällt auf Valerie an ihrem Handy. Es ist nicht das Telefonieren, das meine Aufmerksamkeit erregt hat – es ist der Ausdruck auf ihrem Gesicht. Sie hat eine tiefe Falte zwischen den Augen und die Lippen zu einem schmalen Strich zusammengepresst. Es scheint, dass ihr Gesprächspartner am anderen Ende der Leitung ihr etwas Wichtiges mitzuteilen hat. Sie weicht dem großen Menschenstrom aus und macht dabei einige Schritte auf uns zu.

Ich beuge mich so weit vor, wie es geht, ohne Charlie zu erschrecken.

»... die beiden Schriftrollen«, sagt Red ins Telefon. »Ja, ich verstehe, dass sie wichtig ist ... fliegt jetzt los. Und sobald er da ist, wird Charlie sicher sein. Genau.« Sie nickt und blickt zu uns herüber.

Ich schaue auf Charlie hinab. »Hast du gehört, was ich gesagt habe?«, fragt sie.

Ich umfasse ihre Wangen mit beiden Händen und nicke. Sie soll nicht denken, dass ich sie ignoriere, aber ich muss hören, was Valerie sonst noch sagt. Red mag zwar behauptet haben, dass sie mir vertraut, aber ich bin mir nicht sicher, ob das auf Gegenseitigkeit beruht.

»Warum kann keiner sie lesen?«, fragt Valerie, und ich freue mich, einen ganzen Satz aufgeschnappt zu haben. »... jetzt keine Rolle. Ja, wir sehen uns dann im Bienenstock.« Sie nimmt das Telefon vom Ohr und steckt es ein. Ich setze ein Pokerface auf und schaue wieder Charlie an.

Sie muss mitbekommen haben, dass ich abgelenkt war, aber sie lässt es sich nicht anmerken. Sie wirkt sogar selbst ein bisschen abgelenkt, als sei sie in Gedanken verloren. Ich überlege, ob ich Valerie frage, was das Ganze sollte, aber die Enge in meiner Brust sagt mir, dass es etwas Wichtiges ist, und wenn sie es uns sagen wollte, hätte sie es längst getan, was bedeutet, dass ich geheim halten muss, dass ich ihr Gespräch belauscht habe.

Valerie hat mich dazu gedrängt, diesen Auftrag anzunehmen – nicht dass ich eine Wahl gehabt hätte. Und jetzt habe ich den Verdacht, dass es um mehr geht als um die Befreiung dieses Mädchens, Aspen. Vielleicht beschütze ich Charlie wirklich, indem ich fortgehe, und nicht nur, weil ich – die Zielscheibe der Sammler – mich von Charlie fortbewege, sondern wegen etwas Größerem. Ich bin mir nicht sicher, was das sein könnte, aber ich kriege es raus. Bis dahin verlasse ich mich auf mein Bauchgefühl. Und mein Bauchgefühl sagt, dass ich schleunigst aus Alabama verschwinden sollte.

Ich nehme Charlie noch einmal in den Arm und lege meine Stirn an ihre. Und dann drücke ich unsere Lippen aufeinander. Als unsere Münder sich treffen, schießt eine heiße Welle der Energie und der Sehnsucht durch mich hindurch. Meine Hände kriechen an ihrem Rücken empor, und ich ziehe sie enger an mich. Sie schlingt mir die Arme um den Hals und stellt sich auf die Zehenspitzen. Als unsere Zungen sich ganz leicht berühren, kracht ein Donnerschlag in meiner Brust. Wir sind in der Öffentlichkeit, alle paar Sekunden schieben sich Leute an uns vorbei. Aber jedes Mal, wenn ich sie so in den Armen halte, sie so *küsse*, vergesse ich alles um mich herum. »Du wirst mir fehlen, mein Engel«, flüstere ich. Dann lasse ich sie los und gehe fort, solange ich noch kann.

Hinter mir höre ich Charlie murmeln: »Du mir auch.«

Aber ihre Worte klingen angestrengt, als habe sie sich in ihrem eigenen Kopf verlaufen.

6
Wutraser

Nach einer Stunde Flug geht mir Valeries Gespräch immer noch im Kopf herum. Wen hatte sie gemeint, als sie sagte, sie sei wichtig? Aspen? Was sind die beiden Schriftrollen? Und was zum Geier ist der Bienenstock?

Diese Gedanken schwirren mir unproduktiv im Kopf rum. Aber bevor ich sie loslasse, nehme ich mir fest vor, Max zu bitten, ein bisschen für mich herumzuschnüffeln. Es ist riskant, weil er mich vielleicht bei Valerie verpetzt. Aber ich setze auf die Karte »Bruder vor Luder«.

Ich will gerade die Flugbegleiterin heranwinken, um eine Bloody Mary zu bestellen, als ich in der Reihe hinter mir ein zappeliges Mädchen bemerke. Es sieht aus wie ungefähr sieben und beugt sich ganz schön zudringlich über einen alten Typen, um aus dem Fenster zu sehen. Es ist, als würde das Mädchen ihn überhaupt nicht sehen. Und dieser alte Knacker sieht aus, als hätte er es gründlich satt, für alle unsichtbar zu sein.

Das Mädchen beugt sich ganz nach vorn, und Wandelnder Tod stößt es mit der Schulter zurück auf seinen Platz. Keine große Sache. Die Kleine klettert einfach wieder über ihn weg. Der Mann sieht sich um, als suche er ihre Eltern, aber er findet sie nicht. Nachdem er das Kind erneut mit der Schulter weggeschubst hat, blafft er: »Du bist sehr unhöflich.«

Das Mädchen setzt sich sofort wieder richtig hin, die Augen so groß wie Untertassen. »Es tut mir leid«, sagt es mit einem Riesengrinsen. »Ich will nur gucken, ob es stimmt.«

Der Mann seufzt. »Ob was stimmt?«

»Ob man von hier oben wirklich Aliens sehen kann«, antwortet das Mädchen und zieht seine dunkelblaue Weste enger um sich.

Die Leute um den Mann kichern, und obwohl ich gegen ein Lächeln ankämpfe, gewinnen meine Lippen und zucken in die Höhe. Ich beiße mir innen auf die Wange und warte darauf, wie der Mann reagiert. Zuerst gar nicht. Er sieht das Mädchen nur an, als sei es verblödet. Dann starrt er wieder aus dem Fenster.

Ich drehe mich um und schaue nach vorn, während ich mich frage, wie die Leute das machen. Wie sie in der Holzklasse reisen und dabei nicht vorsätzlich ranzige Erdnüsse in sich hineinstopfen, bis sie ersticken. Etwas später schaue ich aus reiner Langeweile wieder zu dem alten Mann und dem Mädchen und stelle fest, dass sie die Plätze getauscht haben. Ich muss lachen, und die Frau neben mir wirft mir einen besorgten Blick zu. Ich achte nicht auf sie und mustere den Mann, der das kleine Mädchen beobachtet. Er scheint sich darüber zu freuen, dass es grinsend aus dem postkartengroßen Fenster schaut. Als das Mädchen die Nase an die Scheibe drückt, zeigt er mit dem Finger auf etwas. Das Mädchen kichert und knufft ihn leicht in die Seite.

Ich wette, dass Charlie als Kind auch so war.

Aus anderen Leuten bessere Menschen machen und all dieser Scheiß.

In dem Moment überlege ich, was ich jetzt tun könnte. Charlie hat diese Macht, Menschen zu bessern, und ich habe die Macht, sie dafür zu belohnen. Wenn ich es so sehe, scheint es nicht ganz so überwältigend zu sein. Ich bin eigentlich kein Befreier. Und ich werde nie so gut wie Charlie sein. Aber ich habe beschlossen, diesen Auftrag anzunehmen, und da ich eh schon Sachen mache, bei denen mir nicht wohl ist, kann ich genauso gut aufs Ganze gehen.

Ich verdrehe die Augen und stöhne. Mit angewidert hochgezogenen Lippen setze ich ein Siegel frei, so wie früher, als ich ein Sammler war. Genau wie immer leuchtet das Seelenlicht des Mannes auf. Aber anstelle eines roten Siegels kommt ein blaues aus meiner Brust.

Ich balle die Hände zu Fäusten und muss mich beherrschen, damit ich nicht den Sitz aus dem Boden reiße. Meine Farbe ist *Rot.* Ist es immer gewesen. Ich habe nicht die leiseste Ahnung, was der Oberguru da oben sich dabei gedacht hat. Als das Siegel auf den alten Mann zuschwebt, versuche ich, mich zu beruhigen. Meine Jeans sind blau. Und niemand sieht in einem Paar Stoffschuhe besser aus als ich, also ist Blau vielleicht gar nicht so schlecht.

Der alte Mann hat noch eine ganze Menge Seelenlicht übrig. Tatsächlich hat er nur wenige schwarze briefmarkengroße Sündensiegel. Meine Siegel heften sich normalerweise an das Seelenlicht an. Aber dieses blaue nicht. Stattdessen schwebt es zu einem bereits existierenden Sündensiegel und landet darauf. Und genau wie Valeries rosa Glitzersiegel beginnt es, die Sünde aufzulösen. Es ist ein komisches Gefühl zu beobachten, wie mein Siegel jemandem einen Gefallen tut, statt ihm zu schaden.

Obwohl ich weiß, dass es lächerlich ist, komme ich mir ein bisschen wie ein Verräter vor.

Seufzend erinnere ich mich an den Sammler, der ich früher war. Und obwohl ich mich wirklich dazu zwingen muss, kann ich nicht anders, als mit dem Pistolenfinger auf den Kerl zu schießen und leise zu sagen: »Peng.«

Nachdem wir in Denver gelandet sind, gehe ich zu dem Mietwagenstand. Valerie hat mir eine SMS geschickt, während ich in der Luft war, und geschrieben, dass sie unter meinem Namen einen Wagen reserviert hat.

Die Spannung bringt mich um.

Ich zeige dem Typen vom Wagenverleih meine Discover-Karte, und – ich schwöre es bei der Seele meiner Mama – er rümpft angewidert die Nase. Er hält die Karte mit spitzen Fingern und tippt mit der anderen Hand etwas in den Computer ein. Dann wirft er mir die Karte wieder hin. Es überrascht mich, dass er nicht nach einem Feuchttuch greift, um sich meine Armut von den Händen zu wischen.

»Einer meiner Mitarbeiter kommt draußen gleich zu ihnen«, sagt er, ohne mich anzusehen. Ich schiebe die Karte wieder in die Tasche und halte ihm den Mittelfinger direkt vor die Nase. Er blickt nicht auf.

Draußen warte ich neben meinem Gepäck und klammere mich verzweifelt an die Hoffnung, dass Valerie es gut mit mir gemeint hat. Aber als ich einen lindgrünen Kia Rondo um die Ecke fahren sehe, weiß ich, dass meine Hoffnung vergeblich war. Ich weiß auch, dass Red irgendwo da draußen Tränen lacht. Dass sie sich mein Gesicht vorstellt und sich fragt, ob ich jetzt gerade mein Auto sehe.

Der Typ hinter dem Lenkrad springt aus der Fahrertür. »Dan Walker?«

»Dante«, korrigiere ich ihn. »Ich heiße Dante.«

Er zuckt mit den Achseln, als spiele es keine Rolle.

Ich deute auf den grünen Wagen, als er mir die Schlüssel aushändigt. »Lassen Sie mich raten … acht PS und so schicke Stoffsitze, dass jede Frau freiwillig die Beine breit macht.«

Der Mann dreht sich um und geht weg. Er ist ein wichtiger Mensch, und er hat wichtige Termine. Viel zu wichtig für einen Tagelöhner wie mich.

Ich krieche in meine Bumskarre und lasse einen Motor an, der klingt, als gehöre er in ein Kinderauto. Dann drehe ich die Plastik-Stereoanlage hoch und fahre auf die Straße zu meinem Auftrag, während Widerwille in meinen Adern kocht.

Als ich die I-70 entlangbrettere, erwarte ich Berge, die

sich bis zum Himmel erstrecken. Aber von Weitem sehen sie mehr aus wie Brüste in Mädchen-BHs, als hätten sie noch einen langen Weg vor sich, bevor sie richtige Gipfel werden. Ich kurbele das Fenster runter, atme durch die Nase ein und rieche Kiefern. Dann kurbele ich das blöde Fenster wieder hoch, denn draußen ist es arschkalt. Ich gehe in Gedanken den Inhalt meines Koffers durch und frage mich, ob ich genug warme Sachen für dieses bösartige Wetter dabeihabe.

Alles außerhalb meines dicken Schlittens ist mit einer Schneedecke überzogen. Als die Nachmittagssonne darauf herabscheint, glitzert es. Oder so was.

Charlie würde es hier gefallen.

Mit reiner, ungefilterter Aufregung fahre ich zu der Adresse, die Valerie mir gesimst hat. Meine Unterkunft wird sicher genauso hammermäßig sein wie mein Fahrzeug. Obwohl ich seit einer halben Stunde unterwegs bin, sehe ich immer noch nicht die Abzweigung, die ich nehmen soll. Irgendwann beschließe ich, dass ich zu weit gefahren bin. Ich schaue in den Rückspiegel und frage mich, ob ich die Ausfahrt sehen kann.

Aber das Einzige, was ich sehe, ist eine schwarze Limousine, die mir viel zu dicht an der Stoßstange klebt.

Ich beschleunige und verfluche den aggressiven Fahrer, aber er bleibt an mir dran.

»Na schön, Arschgesicht«, murmele ich. »Dann wollen wir uns verflucht noch mal abregen.« Ich tippe meine Bremsen an und schaue in den Spiegel, um zu sehen, ob er es kapiert.

Tut er nicht. Er beschleunigt stattdessen und kommt meiner Stoßstange noch näher.

Viel zu nah.

Und das ist der Moment, in dem mein Frust in Angst umschlägt. Meine Schultern verkrampfen sich, und mir schwirrt der Kopf von der Frage, wer das sein könnte. Ich steige aufs Gas und konzentriere mich angestrengt, aber ich spüre keine Fußfessel. Das Einzige, was ich spüre, ist Charlie bei sich zu Hause. Ich bin mir nicht sicher, wer bei ihr ist oder was sie tut, aber sie ist da. Und mein Bauchgefühl sagt mir, dass Valerie auch da ist und sie beschützt.

Dieses Wissen macht es mir sehr viel leichter, das zu tun, was ich als Nächstes tun werde, nämlich mir diesen Kerl vorzuknöpfen.

Ich trete das Gas durch und fahre auf die nächste Ausfahrt zu. Ich blinke früh genug, damit er mir folgen kann, wenn er will. Und als ich von der Straße abbiege, sehe ich tatsächlich die schwarze Limousine das Gleiche tun. Kommt mir gerade recht. Es hat mich echt sauer gemacht, gestern diesen Easton vor Charlies Haus rumschnüffeln zu sehen. Ich würde nichts lieber tun, als ein bisschen Dampf abzulassen.

Nachdem ich auf die schmalste Straße eingebogen bin, die ich finden kann, werde ich langsamer, bereit, diesem Typen gründlich Bescheid zu sagen. Aber bevor ich dazu komme, macht mein leuchtend grünes Auto einen Satz nach vorn.

»Verdammte Scheiße«, brülle ich. »Der hat mich gerade gerammt.«

Zuerst halte ich es für ein Versehen und vermute, dass dieser Kerl sauer ist, weil ich ihn gebremst habe, und dass er mich nur bedrängen, aber nicht anfahren wollte. Aber als ich zurückblicke, sehe ich, dass er beschleunigt. Und dann fügt sich alles zusammen. Dieses Arschloch will mich nicht nur erschrecken, er will mir wirklich wehtun.

Meine Arme umklammern das Lenkrad, als ich meinen Kia Rondo hochjage. Der Kia gibt ein unangenehmes, schrilles Winseln von sich, ohne das geringste Knurren. Wenn mein Herz nicht rasen würde, würde ich es zum Schreien komisch finden. Aber im Moment habe ich Angst, dass dieser Irre lebensmüde ist ... oder ein Tranchiermesser dabeihat. Deshalb ist es nicht lustig. Kein bisschen.

Ich reiße das Lenkrad nach rechts herum, beschleunige und steige mit dem Fuß aufs Gas. Mein Magen krampft sich zusammen, als ich in den Rückspiegel spähe und feststelle, dass ich diesem Kerl nicht entkommen werde. Ich muss immer wieder denken: *Wo sind die verdammten Cops, wenn man sie braucht?*

Mein Kopf fliegt nach vorn, als mein Wagen wieder von hinten gerammt wird.

Ich fahre schneller.

Winzige Häuser und kahle Felder rauschen vorbei, und ich frage mich langsam panisch, wann diese Straße zu Ende ist. Und was dann passiert. Ich habe mich noch nie so hilflos gefühlt. Selbst in der Nacht im Wald mit Charlie und Rector hatte ich meinen Körper, auf den ich mich verlassen konnte – meine Beine, um zu rennen, meine Fäuste, um zu kämpfen. Aber jetzt, jetzt bin ich einfach ein Typ in einem zerbeulten Auto, der in der Klemme steckt.

Bei dem Gedanken schlägt meine Panik in Zorn um. Für wen hält dieser Kerl sich? Ich bin Dante Walker. Ich bin zweimal gestorben und das hält mich nicht davon ab, auf der Welt zu sein. Und dieser verhaltensauffällige Drecksack rammt mich, weil er einen schlechten Tag hatte?

Ich glaube nicht.

Als ich auf die Bremse springe, knallt die schwarze Limousine voll in mich rein. Die Hupe plärrt und hört nicht wieder auf. Das Geräusch hallt in meinem Kopf wider. Aber das ist mir scheißegal, ebenso wie die Tatsache, dass meine Muskeln einen Dauerkrampf zu haben scheinen. Mich interessiert nur, diesem dämlichen Scheißhaufen zu zeigen, mit wem er sich anlegt. Ich reiße die Tür auf und steige aus. Wenn er eine Waffe hat, meinetwegen. Ich werde die Kugel mit der Brust annehmen wie das Tier, das ich bin.

Ich ramme den Finger gegen seine getönten Scheiben. »Steigen Sie aus dem Wagen.«

Obwohl ich nicht erkennen kann, wie der Kerl aussieht, kriege ich doch mit, dass er über die Schulter schaut. Als ich seinem Blick folge, sehe ich, dass ein weiterer Wagen auf uns zufährt. Der Bursche mag glauben, dass ihm das helfen wird, aber da irrt er sich. Er hatte seinen Spaß; jetzt bin ich an der Reihe.

In der Absicht, ihn aus dem Wagen zu zerren, reiße ich an der Beifahrertür. Die Tür ist verschlossen. Egal. Ich lege den Kopf schräg und bedenke den Kerl mit einem kalten Lächeln. Dann hole ich aus und ramme die Faust durchs Fenster. Glas explodiert.

Gerade als ich mich vorbeuge, um einen Blick auf den Fahrer im Innern zu werfen, spritzen seine Hinterreifen Erde auf, und er braust davon. Das Einzige, was ich sehe, bevor er verschwunden ist, ist ein Branding auf seinem rechten Bizeps. »Feigling«, schreie ich, obwohl Sekunden zuvor ich derjenige war, der geflüchtet ist.

Einige Momente später fährt ein silberner SUV rechts ran. Eine Frau Mitte vierzig lässt das Fenster runter. Ihr Gesicht ist besorgt, als sei sie nicht sicher, ob es die richtige Entscheidung war, anzuhalten.

»Ist alles in Ordnung?«

Ich bin immer noch geladen, aber ich nicke und sehe den Heckleuchten der Limousine nach. »Mir geht es gut«, bringe ich heraus. »Danke, dass Sie angehalten haben.« Als ich wieder zu der Frau hinüberschaue, lege ich die Stirn in Falten. »Es war nett von Ihnen, nach mir zu sehen.« Die meisten Leute wären einfach vorbeigefahren, vor allem eine Frau, die allein Auto fährt.

Sie lächelt, obwohl ich sehe, dass sie immer noch ein bisschen nervös ist. »Kein Problem.« Mit Blick auf meinen Wagen fügt sie hinzu: »Soll ich Sie mitnehmen?«

Ich wickele meine blutigen Knöchel in mein Shirt und erwidere ihr Lächeln. Manchmal sind gute Menschen ganz schön cool. »Ach was, die Karre läuft noch.« Ich deute mit dem Kopf auf den Kia und seinen kaum hörbaren Motor.

Die Frau atmet aus, als sei sie erleichtert. »Also dann. Passen Sie auf sich auf.«

»Warten Sie.« Ich greife nach ihrem offenen Fenster, bevor sie losfährt, und die Bewegung erschreckt sie. Dann knipse ich ihr Seelenlicht an. Genau wie ich erwartet habe, ist die Seele dieser Braut blitzsauber. Es dauert nur einige wenige Sekunden, um ein blaues Siegel freizusetzen. Dann nehme ich die Hand von ihrem Wagen. »Schon gut. Vergessen Sie, was ich sagen wollte.« Sie fährt los und hat nicht die geringste Ahnung, dass sie gerade einem Typen eine Mitfahrgelegenheit angeboten hat, der streng genommen tot ist.

Ich schätze, beim zweiten Mal ist es nicht mehr so nervenaufreibend, als Befreier zu siegeln.

Nachdem die Braut weg ist, beruhige ich mich und krieche in meinen demolierten Wagen. Dann starre ich benommen geradeaus. Was zum Teufel ist gerade passiert? Und wer zum Teufel war dieser Typ? Höchstwahrscheinlich bloß irgendein Arschloch mit schlechtem Benehmen. Aber es bereitet mir trotzdem Bauchschmerzen.

Er war kein Sammler, sage ich mir. *Das ist die Hauptsache.*

Ich bin erst seit einer Stunde in Denver, und schon errege ich Aufmerksamkeit, würde Valerie sagen. Vielleicht sollte ich diese Sache der alten Lästerschlange gegenüber besser nicht erwähnen. Sie würde mich verurteilen. Sie würde sagen: »Wieso bist du der Einzige, dem so eine Scheiße passiert, Dante?«

Während ich tief durchatme, reibe ich mir ein paar Mal übers Gesicht. Dann wende ich den Wagen und fahre in Richtung Highway.

»Diese Bergbewohner sind völlig beknackt«, murmele ich.

Mein Telefon vibriert in meiner Tasche. Als ich es herausziehe, sehe ich eine SMS von Charlie.

ICH WÜNSCHTE, DU WÄRST NOCH HIER.

Da wären wir schon zu zweit, denke ich.

7

Heiligenschein aus Rauch

Nachdem ich mich in meiner reizenden Bleibe von einem Hotel niedergelassen habe, auch bekannt als Holiday Inn, wo es so erlesenen Luxus wie kostenlose Eiswürfel und Duschhauben gibt, fahre ich zu Aspens Wohnhaus. Es ist die allerletzte Adresse, die Valerie mir gesimst hat, und ich berste vor Vorfreude, dieses bezaubernde Mädchen kennenzulernen.

Nein.

Als ich auf mein Telefon hinabschaue, frage ich mich, ob ich genug Zeit habe, Charlie anzurufen, bevor ich mein Ziel erreiche. Aber dann sehe ich meine Abzweigung und beschließe, mit ihr zu reden, sobald ich mich orientiert habe. Außerdem will ich diesen Auftrag hinter mich bringen. Je eher ich damit fertig bin, desto schneller kann ich wieder zu Charlie nach Hause.

Bei diesem Gedanken fallen mir wieder Valeries Worte ein: »*Weil du weißt, dass du mehr Schaden anrichtest, wenn du bleibst, so sehr du sie auch selbst beschützen willst.*« Ich denke auch an das, was Valerie am Flughafen gesagt hat. Dass *sie* wichtig sei. Aber meine Frage bleibt bestehen: *Hat sie über Charlie gesprochen oder über Aspen?*

Ich schüttele den Gedanken ab und suche nach Aspens Adresse. Ich bin auf der richtigen Straße, sehe aber keine Häuser. Nachdem ich alle SMS durchgegangen bin, geht mir auf, dass Valerie überhaupt keine richtige Adresse geschickt hat, sondern nur einen Straßennamen. Wie dumm ist das denn? Wie konnte sie die verdammte Hausnummer vergessen? Und wie konnte ich losfahren, ohne daran zu denken, das zu überprüfen? Ich will Red gerade eine SMS schicken, als mir etwas auffällt. Ein Haus. Oder vielleicht sollte ich es ein Hotel nennen. Oder eine Burg. Denn ein Haus macht sich nicht so breit, als würde es alles verschlingen, was ihm im Weg steht.

Schlagartig wird mir klar, warum Valerie mir keine Nummer gegeben hat: Die Straße wurde nur für dieses Haus gebaut. Denn ein Haus dieser Größe braucht eine ganze Straße für sich allein. Außen ist es mit dunkelroten und schwarzen Ziegeln verkleidet, und die vielen englischen Fenster haben eine Rautenverglasung. Dichte Efeuranken kriechen die Mauern empor wie die Finger eines Kobolds, kahle knorrige Bäume umgeben den Besitz. Das Haus und das gesamte Grundstück sind von einer Schneedecke überzogen.

Obwohl das weiße Puder etwas Jungfräuliches hat, sieht das Haus so aus, als könne der große Boss – ähm, Lucille – es sein Zuhause nennen.

Als ich auf ein überdimensioniertes Eisentor zufahre,

bemerke ich einen dieser Kästen, bei denen man um die Erlaubnis bitten muss, das Gelände zu betreten. Ich verenge die Augen, weil ich noch nie für irgendetwas um Erlaubnis gebeten habe und nicht vorhabe, jetzt damit anzufangen.

Als würde das Tor meine Gedanken lesen, gleitet es ächzend und klappernd auf.

Ich zögere nur einen Herzschlag und schlage mit der Faust leicht aufs Lenkrad. Dann krieche ich in dem fast schrottreifen lindgrünen Kia Rondo über die gepflasterte Einfahrt auf dieses total kranke Herrenhaus zu. Aber ich mache mir keinen Kopf darüber, denn ich weiß, dass dieses Mädel einen Blick auf mich werfen und wissen wird, dass es der Inhalt des Wagens ist, der zählt.

Als ich nur noch wenige Meter von der Tür entfernt bin, bringe ich den Wagen zum Stehen und lege den Parkgang ein. Es hat nur ungefähr sechseinhalb Stunden gedauert, um diesen Haufen Blech von dem Eisentor hierherzubringen, daher bin ich ziemlich zufrieden mit mir. Ich schnappe mir meine schokoladenbraune Cordjacke vom Sitz, stelle den Motor ab und steige aus. Ich habe null Gedanken darauf verschwendet, wie ich dieses Mädchen erkennen oder was ich sagen werde, wenn ich ihm gegenüberstehe, aber ich bin ein Meister im Improvisieren, also was soll's.

Während ich lässigen Schrittes auf den Eingang zugehe, straffe ich die Schultern und fahre mir mit der Hand durchs Haar. *Showtime.*

Als die Haustür auffliegt, bleibe ich stehen.

Ein Mädchen meines Alters stürmt heraus und rennt den Weg entlang. Sie ist mehrere Meter von mir entfernt, aber ich kann sie deutlich sehen. Langes schwarzes Haar, helle Haut, nicht ganz so schlank wie Charlie und etwas größer. Sie bewegt sich mit einer erschreckenden Anmut, *wie eine Schlange,* denke ich.

Sie trägt einen langen schwarzen Mantel, gelbe Leggins und schwarze Stiefeletten – eine Modepuppe mit einem Hauch von Grufti. Ein Mann erscheint in der Tür, und als das Mädel sich umdreht und ihm den Stinkefinger zeigt, bemerke ich, dass ihre Hände in schwarzen fingerlosen Handschuhen stecken.

»Komm sofort wieder her«, brüllt der Mann. »Aspen, das ist das letzte Mal. Ich schwöre bei Gott, jetzt ist endgültig Schluss.«

Das Mädchen, Aspen, wirft den Kopf in den Nacken und lacht. Dann dreht sie sich um und eilt auf die Einfahrt zu. Als sie mich endlich bemerkt, funkeln ihre wilden grünen Augen, als seien sie von innen beleuchtet. Sie bleibt stehen, mustert mich von Kopf bis Fuß. Dann schaut sie hinter mich.

»Ist das dein ... Wagen?«, fragt sie und spricht das letzte Wort betont angewidert aus.

»Allerdings«, sage ich ohne zu zögern. »Willst du hier weg?«

Aspen wirft dem Mann, der ihr Vater sein muss, einen zornigen Blick zu und deutet mit dem Kopf auf den Kia. »Ich fahre.«

Ich werfe ihr die Schlüssel zu und steige auf den Beifahrersitz. Dann halte ich mich am Angstgriff fest, während sie mit quietschenden Reifen davonrast. Als ich einen Blick zu Aspen werfe, die meinen Wagen fährt, als sei sie in einem Scheiß-Videospiel, komme ich zu dem Schluss, dass Improvisieren immer noch funktioniert. Und dass ich vielleicht ein Buch für diese ganzen verklemmten Manager mit ihren Taschenplanern und zusammengekniffenen Arschbacken schreiben sollte. »Wo fahren wir hin?«, frage ich.

Aspen gräbt ein Zigarettenpäckchen aus der Manteltasche. Sie zündet sich eine an und sucht den Knopf, um das Fenster herunterzulassen.

»Du musst es mit der Hand machen«, sage ich ihr.

Sie reißt sich die Zigarette aus dem Mund. »Was zum Teufel soll das denn heißen?«

»Dass du das Fenster mit diesem Griff herunterkurbeln musst. Ist das dein Ernst?«

Aspen dreht die Kurbel, bis die Scheibe herunterkriecht. Dann sieht sie mich an. »Wer bist du? Und was hast du vor meinem Haus zu suchen?«

Mir schwirrt der Kopf. Ich bin nicht auf diese Fragen vorbereitet, aber ich bleibe cool, weil ich eine Antwort habe, die immer funktioniert. Ich lege den Kopf schräg und schenke ihr meinen besten sexy Blick mit einem trägen Halblächeln. »Interessiert dich das?«

Sie lässt den Blick über mein Gesicht und meinen Körper wandern. Sie zuckt mit den Achseln. »Nicht wirklich.«

Ich erwarte, dass sie mich mädchenhaft anschwärmt.

Nicht dass ich es darauf anlege, das würde ich Charlie nicht antun. Niemals. Aber es ist einfach so, dass mein Aussehen normalerweise eine gewisse Reaktion hervorruft. Und so wie Aspen »nicht wirklich« gesagt hat, klang es, als würde sie sich für überhaupt nichts interessieren.

Einige Minuten später fahren wir vor einem Gebäude vor, das ein Mietshaus zu sein scheint, aber dafür sieht es zu schick aus, daher vermute ich, dass es vielleicht Eigentumswohnungen sind. Die vollverglaste Fassade ragt zehn Stockwerke in die Höhe. Aspen parkt, steigt aus dem Wagen und bedeutet mir mit dem Kopf, ihr zu folgen. Dabei bemerke ich ein kleines Nasenpiercing, einen Diamanten. Schick.

Wir gehen einen langen Flur mit vielen Spiegeln und Kristalllampen entlang. Als wir einen Aufzug betreten, drückt Aspen den Knopf für das achte Stockwerk. Dann sieht sie mich an. Zigarettenrauch umwabert ihr schwarzes Haar wie ein Heiligenschein. »Der neunte Stock ist für Firmenärsche reserviert.«

Ich bin mir nicht sicher, warum sie das Bedürfnis verspürt, mir das zu erklären, aber ich nicke nur.

Dann versuche ich wieder *den Blick*.

Nichts.

Während der Aufzug nach oben kriecht, sieht sie mich mit passivem Interesse an. »Wie heißt du? Und wie wär's, wenn du mir diesmal antwortest, statt mir diesen dämlichen« – sie wedelt mir mit der Hand vor dem Gesicht herum – »Schlafzimmerblick zuzuwerfen.«

Mir bleibt fast die Luft weg. Noch nie hat ein Mädchen aus meiner Lieblingsnummer die Luft rausgelassen. Es bringt mich ein wenig aus dem Tritt, aber ich fange mich schnell. Wenn sie dieses »Mich-bringt-nichts-aus-der-Fassung«-Spiel spielen will, dann bin ich dabei. Denn niemand zieht die gleichgültige Nummer so ab wie ich.

Ich öffne die Hand und schnippe mit den Fingern in Aspens Richtung. »Zigarette.«

Sie hebt eine Augenbraue, holt jedoch ihr Päckchen hervor und gibt mir eine. Ich zünde sie an ihrer brennenden an und blase die erste himmlische Lunge voll Rauch über meinen Kopf. Dann strecke ich die Hand aus und sage: »Dante Walker.«

Aspen beäugt meine Hand, dann schüttelt sie sie. »Nette Jacke«, bemerkt sie, als die Aufzugtüren endlich aufgleiten. »Armani?«

»Natürlich.« Ich nehme einen Zug. »Wie alt bist du?«

»Was geht dich das an?«

»Gar nichts.«

Sie steigt aus dem Aufzug und lässt den Blick über den Rest meines Outfits wandern, das genug kostet, um die Pinguine zu retten. Zum ersten Mal zucken ihre Mundwinkel in die Höhe. »Ich bin siebzehn, *Dante.*«

Während ich Aspen folge, komme ich zu dem Schluss, dass sie definitiv nicht *wichtig* scheint. Ich frage mich auch, warum man mich immer ausschickt, um Mädchen einzusammeln, die siebzehn sind. Kann man das nicht mal mischen und mich einer Oma oder einem Kind zuweisen? Außerdem frage ich mich, warum Aspen mich so schnell adoptiert hat. Aber ich hinterfrage es aus Prinzip nicht, wenn mir etwas Gutes in den Schoß fällt, also versiegele ich einfach den Mund und halte mit ihr Schritt.

Aspen klopft an Tür 817 und tritt hindurch. Die Wohnung besteht aus Licht: heller Steinboden, cremefarbene Wände, weiße Möbel und raumhohe Fenster an der Rückwand. In der Ecke sitzt einer der emomäßigsten Jungs, die ich je gesehen habe.

Das Mädchen, das ich einsammeln soll, klappert mit seinen hochhackigen Stiefeletten über den Steinboden und wirft sich auf eine weiße Ledercouch. Der Junge in der Ecke beobachtet jede meiner Bewegungen, was nicht schwer ist. Im Wesentlichen stehe ich in der riesigen Küche und versuche, ungezwungen zu wirken.

Aspen wedelt mit der Hand zwischen mir und dem Jungen hin und her. »Lincoln, das ist Dante. Dante, Lincoln.«

Emo-Lincoln erhebt sich wie ein Panther von seinem Stuhl und durchquert den Raum. Er baut sich etwas zu nah vor mir auf und sieht mich mit einem offenen Auge an. »Ich werde dir eine Frage stellen, und ich werde wissen, ob du lügst.«

»Komm runter, Lincoln«, sagt Aspen, obwohl sie sich nicht bewegt hat und gleichgültig klingt.

Lincoln kommt noch näher, und die Kupferringe in seiner Augenbraue zucken. »Kann ich dir vertrauen?«

Ich lache, weil ich nicht weiß, was ich sonst tun soll. »Ja, Mann. Du kannst mir vertrauen.«

»Lügner!«, brüllt Lincoln. »Er lügt.«

»Lincoln«, bellt Aspen mit erhobener Stimme. »Er gehört zu mir. Er ist cool.«

Der Junge schiebt sich das fettige, schwarze Haar hinter die Ohren. Dann senkt er den Blick, die Augen immer noch weit aufgerissen und wild. »Tut mir leid, Alter«, sagt er, als er den Kopf wieder hochreißt. »Ich muss vorsichtig sein.« Seine Tarnjacke raschelt, als er zu seinem Stuhl zurückkehrt.

Ich sehe Aspen mit hochgezogener Augenbraue an.

»Sein Dad ist ein hohes Tier in der Regierung.« Sie hält ihre Zigarette über den Kopf, und ich bemerke, dass ihre Fingernägel gelb lackiert sind. »Niemand weiß genau, was er macht, aber er ist im Verteidigungsministerium oder so. Er ist nie da, und Lincolns Schwester und seine Mom leben in South Dakota. Daher haben wir diese Bude meistens für uns allein.«

Ich sehe Lincoln an, der aus dem Fenster blickt, als halte er Ausschau nach einem Heckenschützen. Auf seinen Handrücken ist das Wort »Hase« tätowiert – was immer das bedeuten mag – und aus seinem Shirtausschnitt lugen weitere Tätowierungen hervor, fast so, als versuchten sie, ihm den Hals hinaufzukriechen.

Aspen hat ihre Zigarette zu Ende geraucht und drückt sie aus. Dann sieht sie mich an, bis ich ihren Blick erwidere. »Also, Dandyboy«, sagt sie. »Hast du Bock auf Party?«

8
Glühwürmchen

Aspen ruft irgendwo an. Eine halbe Stunde später verkündet sie, es sei Zeit zu gehen. Ich bin bereits ein bisschen ungeduldig. Als *Lucille* mir den Auftrag gegeben hat, Charlie einzusammeln, gab es eine Frist. Und Valerie hat angedeutet, dass es diesmal auch eine gibt. Bis jetzt habe ich zwei Tage mit Aufschieben und Reisen vertrödelt. Jetzt, da ich endlich hier bin, bin ich mir nicht sicher, wie ich vorgehen soll. Dieses Mädchen hat offensichtlich Probleme, und ich schätze, dass es meine Aufgabe ist, ihr Vertrauen zu gewinnen und ihr zu zeigen, wie man *richtig* lebt. Ich habe keine Ahnung, wie ich ihr das zeigen soll, wenn ich es selbst nicht kann.

Aber ich muss mir was einfallen lassen, wenn ich meine Fußfessel behalten und zu Charlie zurückkehren will.

»Bist du so weit?«, fragt Aspen. »Sie sind unten.«

Ich habe keinen Schimmer, wer *sie* sind, aber ich weiß, dass mein bester Plan im Moment darin besteht, Aspen einfach nur zu beobachten. Festzustellen, was mit ihrem Leben nicht stimmt, und darauf dann irgendwie aufzubauen. Also nicke ich. »Gehen wir.«

Aspen lächelt dünn, als Lincoln sich vordrängt, als bewache er uns vor einem unsichtbaren Feind.

Als wir draußen sind, weint mein Herz. Es *heult.* Vor mir steht eine so herrliche Schönheit, dass sie Tränen verdient. Es ist ein BMW 760i, schwarz wie der Tod, mit 535 PS, Nachtsichtgerät und einem TwinPower-Turbo-V12-Motor. Peng! Ich überlege, sie von hinten zu nehmen, beschließe aber, sie wenigstens dieses eine Mal mit Respekt zu behandeln.

Lincoln, Aspen und ich steigen in den Wagen, als die Sonne hinter den schneebedeckten Bergen verschwindet. Ein hochgewachsenes Mädchen auf dem Beifahrersitz winkt uns zu, und der Typ hinter dem Lenkrad dreht sich um und grinst mich an. »Bist du ein Freund von Miss Lockhart?«, fragt er. Seine Zähne sind weiß wie Vogelscheiße, sein gegeltes Blondhaar steht ihm vom Kopf ab wie einer Zeichentrickfigur, er hat eine Miami-Bräune, ein L.-A.-großes Ego, und ich kann ihn nicht ab.

»Ja«, bestätige ich. »Wie schnell beschleunigt dieses Baby?«

»Von null auf hundert in vier Komma fünf.« Blondie dreht sich wieder um und fährt los.

Der Motor knurrt wie ein verdammter Löwe.

Und ich bekomme voll den Ständer.

Musik dröhnt aus allen Ecken des Raumes, während die Party tobt. Zum millionsten Mal checke ich mein Telefon. Ich habe Charlie seit unserer Ankunft mehrere SMS geschickt, aber sie hat keine einzige beantwortet. Ich kämpfe die Panikattacke nieder und sage mir, dass Valerie und Max bei ihr sind und dass ich keinen Grund zur Sorge habe.

Auf der anderen Seite des Raums gibt Aspen sich die Kante. Sie tut es nicht, um Spaß zu haben. Sie tut es, um sich abzuschießen. Ihr dunkles Haar fällt ihr in die Augen, und sie lässt es dort. Eine Horde von Männern umkreist sie und behält sie im Blick. In diesem dunklen Raum – Leiber, die zum Rhythmus der Musik pulsieren – ist Aspen wie ein Glühwürmchen, das die Aufmerksamkeit der Leute erregt und dann blinkt und verschwindet. Sie hebt einen langen, dünnen Arm, und die Leute um sie herum fallen in ihren Trinkspruch ein. Sie brüllt etwas, das ich nicht verstehe.

Lincoln kommt zu mir und lehnt sich an die Wand. »Es sind die beiden da«, erklärt er.

Ich beuge mich zu ihm vor und versuche, ihn über die Musik hinweg zu verstehen. »Was?«

Er deutet mit dem Kopf auf Aspen. »Sie war schon immer ein bisschen so wie jetzt. Aber seit die beiden aufgetaucht sind, ist es noch schlimmer geworden.«

Ich folge seinem Blick und sehe endlich, von wem er spricht – es geht um den Kerl, der uns herkutschiert hat, mit dem Blendaxlächeln und dem stacheligen Haar. Und um das Mädchen, das mitgefahren ist. Sie ist groß, das brünette Haar zu einem Pferdeschwanz gebunden, der ihr fast bis zum Hintern reicht. Ich hatte ihr zuvor keine Aufmerksamkeit geschenkt, aber jetzt tue ich es.

Während ich das Paar betrachte, beginnt meine Haut zu kribbeln. Die anderen sehen Aspen an, weil sie sie kennenlernen wollen, weil sie etwas von ihr wollen. Aber diese beiden beobachten sie, als sei sie ein Experiment. Als hätten sie gerade Bier in den Trinknapf eines Hundes gekippt und würden sich jetzt zurücklehnen, um zu sehen, was passiert.

Ich runzle die Stirn und nehme die beiden genauer in Augenschein. Irgendetwas an ihrer Gestalt ist merkwürdig. Es ist mir im Auto nicht aufgefallen – meine Gedanken waren bei der Innenausstattung des BMW –, aber jetzt, da ich das Duo beobachte, verstehe ich, warum Lincoln sie nicht mag.

»Wie lange kennt sie sie schon?«, frage ich Lincoln.

Er wühlt die Hände in die Taschen seiner Tarnjacke und klimpert mit irgendwas. Gott allein weiß, was er da drin hat. »Nicht lange. Ein paar Tage. Aber du siehst ja, wie sie ist. Sie liest neue Freunde auf wie Straßenhunde. Die meisten Menschen ignoriert sie einfach.« Er deutet mit dem Kinn auf die Gruppe um Aspen, die Leute, durch die sie einfach hindurchschaut. »Aber bei anderen ist es so, als würde sie sie aufsaugen.« Als ich den Blick wieder zu Lincoln wende, starrt er mich an. »Alle nehmen etwas von ihr. Geld. Sex. Glück.« Er ballt die Hände zu Fäusten. »Was wirst du nehmen?«

Lincolns Frage trifft mich unerwartet, und ich weiß nicht, was ich antworten soll. Also lasse ich es sein. Ich sehe einfach nur wieder zu Aspen hinüber, und meine Gedanken über das seltsame Paar, das uns hergefahren hat, sind vergessen. Aspen steigt auf einen Tisch und hebt ihre behandschuhten Hände in die Luft. Von ringsumher drängen Menschen auf sie zu. Sie wollen ihr näher sein. Sie wollen sie berühren. Wollen sie *sein.* Ein anderer Beobachter würde sie vielleicht für ein Mädchen halten, das alles hat: Schönheit, Geld, eine Wahnsinns-Ausstrahlung. Ihre Augen sprühen vor Lebenslust. Das ist es, was ihre Zuschauer verführt. Die Art, wie sie tut, was sie will, *sagt,* was sie will. Aber ich sehe hinter ihre Augen, und ich kenne die Wahrheit. Ich weiß, dass hinter der grünen Iris und der starken Persönlichkeit Leere ist.

Aspen nickt mir mit einem Lächeln zu, das noch leerer ist. Dann schlingt sie die Arme um den Leib und lässt den Kopf nach hinten fallen.

Sie tanzt auf dem Tisch, hoch über allen anderen.

Ich hole Luft und knipse ihr Seelenlicht an. Genau wie ich vermutet habe, ist der verbliebene Schein inmitten der üblichen schwarzen Sündensiegel kaum noch wahrnehmbar. Sie trägt sogar einige bunte Sammlersiegel – ich frage mich, wie sie die bekommen hat. Aber bei ihrem Reichtum ist sie wahrscheinlich schon überall auf der Welt gewesen. Und irgendetwas sagt mir, dass Aspen sich gerne an Orten rumtreibt, an denen Sammler gute Geschäfte machen – Städte wie Las Vegas, New Orleans und Miami.

Ich beobachte sie und habe keine Ahnung, wie ich diesen Auftrag erfüllen soll. Vor allem aber habe ich Angst, dass dieses Mädchen mich mühelos zu sich herablocken könnte. Denn das Leben, das sie führt, kenne ich nur allzu gut.

Sie sieht mich an, und ein Schauer läuft mir über den Rücken.

Wie soll ich ein Mädchen befreien, das genauso ist wie ich?

Auf dem Rückweg in mein Hotelzimmer denke ich immer noch über diesen Auftrag nach. Ich habe damit gerechnet, dass Aspen Probleme haben würde, aber nichts derart Extremes. Es ist, als sei sie nicht mehr auf dieser Welt, als sei sie bereits tot.

Ich konnte Aspen heute Abend kaum ohne Zwischenfälle nach Hause bringen. Wie soll ich sie dazu bringen, diesen selbstzerstörerischen Lebensstil zu ändern? Ich frage mich, ob Lincoln mir bei dieser Aufgabe beistehen könnte. Sie scheint ihm etwas zu bedeuten, was meiner Sache dienlich sein könnte, aber er misstraut mir auch.

Als ich mein Hotelzimmer aufschließe und hineingehe, richten sich meine Gedanken auf Gage und Lyra, die den BMW gefahren haben.

Dann vergesse ich alles andere. Mein Zimmer ist verwüstet.

Die Nachttischlampe liegt auf dem Boden. Der Inhalt meines Koffers ist über den ganzen Raum verteilt. Handtücher hängen von den Vorhängen. Ein Mülleimer ist auf dem Schreibtisch ausgekippt worden. Und wohin ich auch sehe, liegen Papiertücher. Mein Zimmer sieht aus wie ein Streich unter Freunden, nur dass ich in Denver keine Freunde habe.

Als ich ins Badezimmer gehe – wobei ich über meine sechshundert Dollar teuren Olga-Berluti-Schuhe steige –, sehe ich, dass etwas auf dem Spiegel steht:

Kannst du mich jetzt hören, Befreier?

Ich stolpere zurück und wäre um ein Haar in die Wanne gefallen. Ich packe den Handtuchhalter und richte mich auf. Vor Wut tanzen mir Sterne vor den Augen. Irgendjemand legt sich mit mir an. Ich spüre gerade niemanden, aber ich weiß, dass es ein Sammler ist. Woher sonst kann er wissen, dass ich ein Befreier bin?

Die Frage ist, welcher Sammler? Ist es Patrick, der rauflustige Mistkerl, der immer darauf aus ist, sich bei Lucille lieb Kind zu machen? Oder vielleicht Kincaid mit seinen aufmerksamen Knopfaugen? Ich denke über Anthony nach – einen Gorilla von einem Sammler – und komme zu dem Schluss, dass er es nicht gewesen sein kann. Genauso wenig Zack; er hat nicht den Mumm, mich allein zu schikanieren. Es gibt noch einen anderen Sammler, der es gewesen sein könnte, aber ich muss nur an seinen Namen denken, und schon schnürt sich mir die Kehle zusammen.

Rector, Rector, spottet mein Verstand.

Ich stürze aus dem Raum, schnappe mir mein Handy und rufe Charlies Nummer an.

»Komm schon, geh ran. Geh ran«, murmele ich.

Als ihre Mailbox anspringt, werde ich panisch.

Während ich ihrer aufgezeichneten Nachricht lausche, nehme ich das Elfenbeinhorn aus der Tasche und konzentriere mich darauf, wo sie ist. Nicht bei sich zu Hause, aber auch nicht weit davon entfernt. Ich kann ihre Gefühle nicht lesen und verfluche das Horn, weil es mir nicht mehr liefert. Da ich heute schon zwei Nachrichten hinterlassen habe, drücke ich auf »Beenden« und schaue nach, wie spät es ist: 01:28 Uhr.

Ich gehe in dem verwüsteten Zimmer auf und ab und frage mich, wie schnell ich einen Flug zurück nach Alabama bekommen kann. Schließlich tippe ich Valeries Nummer ein und schlage mir mit der Faust auf den Oberschenkel, während es klingelt.

Sie hebt ab, und ihre Stimme klingt verschlafen. »Was willst du?«

»Ein Sammler ist in meinem Zimmer gewesen«, brülle ich. »Wo ist Charlie?«

Ich höre ein leises Klicken und schließe daraus, dass Red eine Lampe einschaltet. »Charlie ist auf einer Party«, antwortet sie. »Max ist bei ihr. Ich habe gerade mit ihm gesprochen. Wie meinst du das, ein Sammler ist in deinem Zimmer gewesen?«

Ich lasse den Blick über den Boden und die überall verstreuten Klamotten, Socken und Boxershorts schweifen. »Irgendjemand hat mein Zeug im Zimmer verteilt und mir eine Nachricht auf dem Badezimmerspiegel hinterlassen.«

»Und wie lautet sie?«

»›Kannst du mich jetzt hören, Befreier?‹« Ich lasse mich auf mein Bett fallen. »Bist du dir sicher, dass es Charlie gut geht?«

»Absolut«, antwortet sie. »Noch mal zu der Nachricht …« Reds Stimme verliert sich, als denke sie nach. Ich erwarte, einen beunruhigten Unterton zu hören, aber er ist nicht da. »Ich würde mir deswegen keine Sorgen machen.«

»Wie bitte?«, frage ich. »Ich glaube, ich habe den Schluss nicht ganz mitgekriegt. Es klang, als hättest du gesagt: ›Mach dir deswegen keine Sorgen‹, und ich *weiß,* dass das nicht richtig sein kann.«

Durch das Telefon höre ich Red seufzen. »Hör zu, manchmal werde ich dir befehlen, dass du etwas unternehmen sollst. Und manchmal werde ich dir sagen, dass du dir keine Sorgen machen sollst. Und heute sage ich: Mach dir keine Sorgen. Wir kümmern uns darum.«

Ich sehe mich nach der versteckten Kamera um, denn dies muss ein verdammt schlechter Scherz sein. »Also wollt ihr mir einfach ein bisschen Befreier-Dargon verpassen und sinnlose Aufträge verteilen? Lass dir was gesagt sein, Prinzessin: So läuft das bei mir nicht.«

»So lief das bei dir nicht, als du ein Sammler warst«, entgegnet Valerie gelassen. »Jetzt arbeitest du für den Oberguru, und bei uns gibt es eine gewisse Hierarchie, genau wie in der Hölle.«

»Und mein Rang ist?«

»Ganz unten«, antwortet Red. »Ich gehe jetzt ins Bett.«

»Wie kannst du mich so abservieren? In meinem Zimmer war ein Sammler. Ein *Sammler.* Wir haben diese Typen seit über einem Monat nicht gesehen, und jetzt sind sie wieder da. Sie machen sich bemerkbar. Sie wissen, wo ich bin. Wahrscheinlich sind sie hier, um Charlies Seele zu stehlen. Klingt das für dich irgendwie bedrohlich?«

Langes Schweigen am anderen Ende der Leitung. »Charlie ist nicht in Gefahr. Das versichere ich dir. Beende deinen Auftrag, damit wir über deine Rückkehr nach Peachville sprechen können.«

»Über meine Rückkehr sprechen?«, brülle ich. »Oh, ich kehre zurück, Red. Ich komme nach Hause, und dann …«

»Dante, stopp«, unterbricht sie mich und erteilt mir plötzlich Anweisungen. »Ich möchte, dass du mir ganz genau zuhörst. Es ist von entscheidender Wichtigkeit, dass du dieses Mädchen befreist. Denkst du vielleicht, der Oberguru würde dich nach allem, was mit Charlie und dem Menschen passiert ist, bitten, diesen Auftrag zu übernehmen, wenn es nicht wichtig wäre?«

Also hat sie von Aspen gesprochen, als sie am Flughafen telefoniert hat. »Dieser Mensch, der uns geholfen hat und dabei draufgegangen ist«, sage ich, »hieß Blue.«

»Ich gehe ins Bett«, erwidert Valerie. »Ich habe schon zu viel gesagt.«

»Du hast noch überhaupt nichts Nützliches gesagt. Verrate mir, warum Aspen so wichtig ist!« Ich warte auf eine Antwort, bis ich es begreife – Valerie hat aufgelegt.

Zitternd vor Zorn schleudere ich das Telefon quer durch den Raum. Dann reiße ich die Decken vom Bett und pfeffere sie an die Wand. Als Nächstes greife ich nach der schweren umgekippten Lampe und werfe sie nach dem Fernseher. Bei dem splitternden Geräusch des Aufpralls überrollt mich eine Welle der Befriedigung.

Ich trete einen der herumliegenden Schuhe gegen das Glasfenster.

Ich reiße ein potthässliches Bild von der Wand.

Ich zerre die Matratze aus dem Rahmen und drehe sie um.

Meine Freundin, die Tausende von Meilen entfernt ist, geht nicht ans Telefon, wenn ich anrufe. Ich habe keine Ahnung, wie ich ein Mädchen wie Aspen dazu bringen soll, mal über Gott nachzudenken, oder warum sie überhaupt eine Rolle spielt. Und jetzt meint Valerie, ich solle mir keine Sorgen machen wegen des Sammlers – der Typ war in. Meinem. Zimmer.

Ich stoße den Schreibtisch um, dann suche ich nach einem anderen Wurfgeschoss. Aber es gibt nichts mehr. Und obwohl mein totes Herz vor Zorn pocht, weiß ich, dass das alles nichts nützt. Ich reiße mir das Hemd über den Kopf und laufe mit nacktem Oberkörper im Raum auf und ab.

Ein Gedanke blitzt in meinem Kopf auf. Ich schaue geradeaus, aber meine Augen sehen nichts Bestimmtes. Ich denke nach … denke nach.

Oder vielleicht erinnere ich mich eher.

Ich erinnere mich daran, wie Rector schwarze ledrige Flügel aus dem Rücken gesprossen sind. Und wie Kravens weiße leuchtende Flügel hinter ihm in der Luft hingen. Ich weiß nicht, warum ich mir jetzt ihre Flügel ausmale. Max und ich haben im Lauf der letzten paar Wochen eine Million Mal darüber nachgegrübelt, und obwohl das Thema Flügel Valerie nicht zu überraschen schien, vermute ich, dass sie nicht weiß, wie sie funktionieren.

Ich habe in der Vergangenheit versucht, mein eigenes Paar Flügel heraufzubeschwören, denn ich war zu dem Schluss gekommen, dass, wenn Rector und Kraven welche haben, ich vielleicht auch über welche verfüge. Aber ohne Erfolg. Andererseits habe ich es nie versucht, während ich in *dieser* Verfassung war, während jedes Nervenende vor Wut glühte, als stünde ich in Flammen.

Grollend wie ein Erdbeben reiße ich die Arme weit auseinander und rufe nach Flügeln. Ich brülle, und mein ganzer Körper bebt. Schweiß tropft mir von der Brust. Dunkles Haar fällt mir in die Augen. Meine Muskeln schreien vor Schmerz. Ein brennender Geruch steigt mir in die Nase. Aber ich beschwöre sie weiterhin, denn ich glaube, dass sie da sein müssen.

Und plötzlich geschehen zwei Dinge.

Mein Telefon klingelt, und etwas Lautes donnert durch den Raum.

9

Charlies neues Kleid

Ich lege den Kopf schräg und begreife, dass das Donnern daher kommt, dass jemand an meine Hoteltür klopft. Aber das ist mir egal. Ich sehe nur Charlies Namen auf meinem Telefondisplay leuchten. Ich rase durch den Raum, schnappe mir das Handy und nehme den Anruf an.

»Was läuft?« Ich versuche, chillig rüberzukommen, aber stattdessen klinge ich so, als hätte mir gerade jemand in die Eier getreten. »Ich hatte dich angerufen.«

Super, du beschissene Witzfigur, denke ich. *Echt ganz toll.*

Dieser ganze Beziehungskram ist neu für mich. Mir wird sofort klar, dass ich nicht gut darin bin, dass ich den Teil mit der Zuneigung irgendwie übersprungen habe und direkt zum wahnsinnigen Stalker geworden bin, der rund um die Uhr alles von seinem Opfer wissen will.

»Heeeey, Mr Walker«, zwitschert sie.

Total betrunken. Das ist Charlie. Ich weiß es, weil ich nüchtern bin. Wie ist das möglich?

Irgendein hartnäckiges Arschloch klopft weiter an

meine Tür, deshalb durchquere ich den Raum und reiße sie auf. Eine Frau steht vor mir, deren Gesicht so rot wie eine Bloody Mary ist. Sie hält mir einen Zeigefinger von der Größe eines Maiskolbens vors Gesicht. »Sie müssen leise sein«, zischt sie.

»Okay!«, blaffe ich zurück. Dann schlage ich die Tür zu, bevor die Frau noch irgendetwas hinzufügen kann, und setze mich auf die umgedrehte Matratze. »Charlie«, sage ich in das Telefon, »geht es dir gut?«

Sie lacht. »Es geht mir *richtig* gut. Annabelle und ich waren bei einer Weihnachtsfeier.«

Ich weiß nicht, wieso, aber ich bekomme ein flaues Gefühl im Magen. »Ach ja? Hattest du Spaß?«, ist, was ich sage, aber was ich sie in Wirklichkeit fragen will, ist: »Warum gehst du aus? Solltest du mich nicht vermissen? Außerdem, seit wann magst du Partys? Ich dachte, du siehst dir lieber zu Hause einen Film an?« Denn ehrlich, ich war immer derjenige, der sie zu Partys geschleppt hat, was also hat sich verändert?

»Ja, es hat echt voll Spaß gemacht«, schnurrt Charlie. »Wie läuft der Auftrag? Wie ist Aspen so? Ist sie ... ist sie hübsch?«

Ich bin erleichtert, dass sie sich wegen Aspen Sorgen zu machen scheint. Ich schätze, selbst jemand wie Charlie kann eifersüchtig werden, denn obwohl sie jetzt absolut umwerfend ist, vergisst sie manchmal, sich selbst so zu sehen. Und manchmal vermisse ich die skurrile Schönheit der alten Charlie.

Ich will sie gerade beruhigen und ihr sagen, dass ich

nur Augen für sie habe, als im Hintergrund eine Stimme erklingt – Annabelle vermutlich. »Hast du ihm erzählt, dass du dich fast umgebracht hättest?«

Ich springe auf. »Wovon redet sie?«

»Nichts«, antwortet Charlie, den Mund zu dicht am Hörer. »Auf der Party haben wir gewettet, wer unter Wasser am längsten die Luft anhalten kann. Und rate mal? Rate mal, was passiert ist?«

»Du hast gewonnen?«, sage ich. Ich kann mir ihr lächelndes Gesicht vorstellen, daher ist es schwer für mich, mich aufzuregen. Aber mir gefällt der Gedanke nicht, dass Charlie in volltrunkenem Zustand Lasst-uns-fast-ertrinken gespielt hat. Und wieso zum Teufel sind sie im Dezember überhaupt schwimmen gegangen?

»Stimmt«, antwortet sie. »Und er hat gesagt, ich könnte das nicht.«

Ich schwöre bei allem, was rot, speckig und köstlich ist, wenn ich erfahre, dass es Max war, der sie herausgefordert hat, dann reiße ich ihm das Skrotum ab. »Wer hat gesagt, dass du es nicht kannst?«

»Dieser Typ, mein neuer Nachbar. Die Party war bei ihm.«

Mir gefriert das Blut in den Adern. »Charlie, wie heißt dieser Typ?«

Sie schweigt am anderen Ende der Leitung, und ich will gerade wieder anfangen, mit Sachen zu schmeißen. Aber dann fällt mir ein, dass die Frau mit den Riesenpfoten an meine Tür geklopft und mich gebeten hat, leise zu sein, daher lasse ich es bleiben.

»Er heißt Salem.«

Der Schreibtischstuhl fliegt mit lautem Gepolter an die Wand. So viel zum Thema Zurückhaltung. Ich werfe einen Blick zur Tür und erwarte, die Frau mit den Muskeln wieder klopfen zu hören, aber es kommt nichts.

»Charlie, sein Bruder war der Kerl, der vor deinem Fenster rumgeschlichen ist«, erkläre ich, so gelassen ich kann.

»Ja, Easton.« Sie verkündet es, als würden wir über Tupperware sprechen. »Pass auf, Salem hat mir alles über euren Streit erzählt. Ich soll dir ausrichten, es tue ihm wirklich leid, was geschehen ist. Er hat mich ständig gefragt, wo du bist. Er meinte, er wünschte, du wärst bei der Party gewesen, dann hätte er dir zeigen können, dass sein Bruder ein guter Mensch ist.« Charlie verstummt, und ich weiß, dass sie an den Nägeln kaut. »Sie sind wirklich in Ordnung, Dante. Wenn du wieder da bist, werdet ihr drei bestimmt dicke Freunde.«

»Ich will, dass du dich von diesen Kerlen fernhältst«, stoße ich durch zusammengebissene Zähne hervor. Mehr bekomme ich nicht raus, denn jetzt erinnere ich mich an den herausfordernden Blick, mit dem Salem mich angesehen hat. Und nun macht er Charlie betrunken, bringt sie dazu, unter Wasser die Luft anzuhalten, und spielt den netten Kerl. Um es ganz unverblümt zu sagen: Er ist ein Schmierlapp.

»Okay, erstens: Sie sind wirklich nett.« Charlie wird lauter. »Und drittens: Ich tue, was ich will.«

Ich sage ihr nicht, dass sie nur zwei Dinge benannt hat, nicht drei. Und ich springe nicht in einen Flieger nach Alabama und fessele sie ans Bett, wie ich es am liebsten tun würde (aus verschiedenen Gründen). Stattdessen kneife ich die Augen zusammen und antworte: »Ich weiß. Es ist nur so, dass diese Kerle …«

»Diese Kerle haben den ganzen Abend mit Max verbracht. Er hat sie gemocht. Das hat er gesagt.«

Das lässt mich tatsächlich zögern. Weil ich Max vertraue, ehrlich. Wenn er mit diesen Typen zusammen war und nichts Verdächtiges an ihnen gespürt hat, dann sehe ich vielleicht wirklich schon Gespenster. Vielleicht muss ich mich auf den Sammler konzentrieren, der heute Nacht in meinem Zimmer war, statt auf die Tatsache, dass zwei Männer Charlie zu einer Party eingeladen haben.

Von denen ich einen dabei erwischt habe, wie er zu ihrem Fenster hochgestarrt hat.

Okay, okay. Ich hebe die Hand, als würde ich mit mir selbst verhandeln. *Ich lasse es gut sein.*

»Du siehst so heiß aus«, lallt Annabelle im Hintergrund. »Ich kann nicht glauben, dass du es tatsächlich angezogen hast.«

In meinem Kopf bricht der beschissene 4. Juli aus – überall explodieren Feuerwerkskörper. Aber ich beiße mir auf die Lippe und bleibe ruhig. »Du hast wohl ein neues Outfit, was?«

»Er kann alles hören, was du sagst«, erklärt Charlie Annabelle.

»Gut. Alles, was ich sage, ist magisch«, erwidert Annabelle. »Kann er mich hören, wenn ich sage: ›Scheiß auf Bobby!‹?«

Charlie lacht, bevor sie zu unserem Gespräch zurückkehrt. Als sie mir antwortet, kann ich beinahe Blut schmecken. »Bobby hat heute Abend ein anderes Mädchen geküsst. Zwischen ihm und Anna ist es aus.« Innerhalb eines Atemzugs wechselt ihre Stimme von traurig zu aufgeregt. »Und ja! Ich bin einkaufen gegangen und habe mir ein neues Kleid zugelegt.«

»... das einer American-Girl-Puppe passen würde.« Annabelle johlt vor Lachen.

»Ich wette, du siehst heiß aus«, sage ich. Und es ist die Wahrheit. Ich kann sie mir genau vorstellen, ihre langen Beine, ihren Hüftschwung und ihre großen, unschuldigen Augen. Ich wette, sie sieht aus wie Rotkäppchen und zieht auch alle möglichen Wölfe an.

»Ich sehe ziemlich gut aus«, lallt sie.

»Versuchs mal mit *hammermäßig«,* wirft Annabelle ein.

»Hammermäßig«, wiederholt Charlie. »Ich sehe hammermäßig aus. Und du siehst wunderschön aus, Annabelle. Bobby ist ein Idiot.«

Ich bewundere sie für ihre selbstbewussten Worte, obwohl ich weiß, dass sie zusammengesetzt eine Lüge ergeben. Sie hat sich in ihrer Haut noch nie wohlgefühlt, und mir fällt nichts ein, was daran etwas ändern könnte.

Ich erwäge kurz, den Sammler zu erwähnen, der in

meinem Zimmer war, entscheide mich aber dagegen. Ich will ihr keine Angst machen, und ich weiß, dass Valerie und Max für ihre Sicherheit sorgen. Für den Moment wäre es wahrscheinlich das Beste, das Gespräch zu beenden und Feierabend zu machen. Und sie dann vielleicht morgen früh wieder anzurufen, wenn sie nüchtern ist. Aber noch während ich das denke, ist mir klar, dass es schwer wird, aufzulegen. Ich *kenne* Charlie und ich weiß, dass sie weiterreden möchte, bis die Sonne aufgeht.

Charlie gähnt durchs Telefon. »Hey, ich mache besser Schluss. Ich muss vor der Schule morgen ein bisschen die Augen zumachen.«

Mir klappt der Unterkiefer runter. *Sie* muss Schluss machen? Im Versuch, mir einen letzten Rest Würde zu bewahren, erhole ich mich schnell und antworte: »Ja, ich bin auch ziemlich erschlagen.« Und dann, weil mein Herz bei dem Gedanken, dass sie wirklich gleich auflegen wird, zu rasen beginnt, füge ich hinzu: »Hey, wie viele Tage sind es noch bis zu den Winterferien?«

Ich kenne die Antwort auf diese Frage bereits, und Charlie stutzt, als *wisse* sie, dass ich es weiß. »Nur noch diese Woche, und dann kann ich mich so richtig austoben.«

»Austoben, hm?«, wiederhole ich. »Das gefällt mir überhaupt nicht.«

Charlie lacht unbefangen. »Gute Nacht, Dante.«

Ich kneife die Augen zusammen. »Gute Nacht, Engel. Sag Annabelle, dass mir das mit Bobby leidtut. Der Typ ist ein Schwachkopf.«

»Warte«, sagt Charlie, als wolle ich sofort auflegen, was nicht der Fall ist. »Du weißt, dass du mir fehlst, oder?«

Ich fahre mir mit der Hand übers Gesicht und grinse. »Schön, das zu hören. Du fehlst mir auch.«

Charlie legt auf, und ich sitze mehrere Sekunden lang da und drücke mir weiterhin das Telefon an den Kopf, bevor ich mich auf der nackten Matratze zurücklehne. Gedanken an Salem und Easton versuchen, sich in mein Bewusstsein zu drängen, aber ich schiebe sie beiseite und denke an Charlie.

Das Elfenbeinhorn in der Faust, konzentriere ich mich auf Charlie, wie sie im Bett liegt. Ich denke daran, wie sie aussieht, wenn sie lacht, und wie ihre Haut riecht. Und mir schnürt sich die Kehle zu, wenn ich daran denke, dass sie heute Abend wie jemand völlig anderer geklungen hat.

Trotz der Angst, die mich zuvor überkommen hat, klammere ich mich an Valeries Beteuerung, dass für den Moment alles gut ist.

Mir fallen die Augen zu, und ich versinke in einen tiefen Schlaf.

10

Hier bin ich und hier bleibe ich

Auf der Fahrt zu Aspen denke ich an den Sammler, der mir letzte Nacht einen Besuch abgestattet hat. Ich kann nicht viel tun, außer weiter auf der Hut sein, denn ich kann ja schlecht durch Denver rennen und versuchen, eine Fußfessel in meiner Nähe zu spüren. Blöd.

Also konzentriere ich mich stattdessen auf meinen Auftrag. Ich konzentriere mich auf die Tatsache, dass Valerie gesagt hat, Aspen sei wichtig, obwohl das tausend verschiedene Dinge bedeuten könnte. Ich weiß, dass es nicht ihre Schuld ist, dass man mich geschickt hat, um sie zu befreien, aber im Moment bin ich stinkig. Schließlich wäre ich schon wieder bei Charlie, wenn Valerie ihren Scheiß auf die Reihe kriegen würde. Deshalb bin ich heute Morgen nicht gerade Mitarbeiter des Monats. Aber ein Job ist ein Job, und keiner kann so gut wie ich Tricks abziehen, um etwas hinzukriegen.

Es ist schmerzhaft früh, als ich Aspens Tor passiere und die Einfahrt hinauffahre, aber ich muss dieses Mädel erwischen, bevor es zur Schule aufbricht. Nachdem ich den Motor abgestellt habe und den Weg hinaufgegangen bin, bleibe ich stehen und bewundere mich in der Glastür. Ich sehe richtig klasse aus, wenn ich das mal so sagen darf: roter Pullover mit V-Ausschnitt, dunkle Jeans, Designer-Kampfstiefel und genug Testosteron, um Nicki Minaj zu befriedigen. Peng!

Ich klopfe einmal an die drei Meter hohe Tür und warte, bis sich ein kleines Fenster öffnet. Ein Mann beäugt mich, als sei dies *Der Zauberer von Oz* und als sei er der verdammte Torwächter der Smaragdstadt.

»Wie läuft's?«, frage ich ihn und stopfe die Hände in die Taschen. »Ich will Aspen zur Schule abholen.«

Die Tür schwingt auf, und ein älterer Typ mit Aspens grünen Augen sieht mich an. Er ist stämmig und hat fast keinen Hals. Und er tut sich mit seiner viel zu engen Anzugkrawatte keinen Gefallen. »Wer sind Sie?«, fragt er. So muss es sich anhören, wenn ein Alligator sprechen lernt: kehlig und alle Zähne gefletscht.

»Dante Walker.« Ich strecke die Hand aus, weil Eltern auf so was stehen, aber der Typ deutet nur mit dem Kopf hinter sich.

»Sie ist oben«, sagt Krokodil-Mann. »Ich muss jetzt zur Arbeit, also macht keinen Blödsinn.«

Ich will ihm sagen, dass er sich keine Sorgen zu machen braucht, dass wir losmüssen und dass ich mir gern Zeit lasse, wenn ich Blödsinn mache. Aber ich entscheide mich dagegen und trete stattdessen beiseite, als Aspens Dad sich an mir vorbeischiebt und zur Garage geht. Ich nehme das als Stichwort, seine bescheidene Behausung zu betreten, daher gehe ich hinein und schließe die Tür hinter mir.

Mir fallen fast die Augen aus dem Kopf. Ich komme nicht gerade aus ärmlichen Verhältnissen, aber einen solchen Prunk und Protz habe ich noch nie gesehen. Hier sieht's aus wie der erste Treffer, den man erhält, wenn man auf Google nach »Amerikaner, die von Kinderarbeit profitieren« sucht. Als ich nach unten schaue, sehe ich, dass ich auf original italienischem Steinboden stehe. Die Art von Boden, die Risse bildet und alles aufsaugt, was verschüttet wird, mit der man aber anderen Leuten zeigt, dass man viel, viel mehr Geld hat als sie.

Außerdem hängt an ausgewählten Stellen Designer-Tapete. Arme Leute glauben, Tapeten seien out, aber das liegt daran, dass sie eine Generation hinter den Reichen herhinken. Und es immer tun werden. Die Wohlhabenden werden immer sagen: »Was hassen die Armen denn gerade? Aha, Tapeten. Gut. Dann sind Tapeten bei uns schwer angesagt.«

Eine geschwungene Treppe, die jede Disney-Prinzessin vor Glück weinen lassen würde, windet sich nach oben. Bei ihrem Anblick würden die meisten Mädchen vermutlich losrennen und sich jedes Hochzeitsmagazin kaufen, das sie in ihre schlichten Finger kriegen können.

Aber nicht Aspen. Ich habe nur einen Abend mit ihr verbracht und sie beobachtet, und ich weiß jetzt schon, dass sie sich noch nie vorgestellt hat, wie sie in einem Hochzeitskleid aussehen würde.

Aus irgendeinem Grund nehme ich an, dass Aspens Zimmer oben ist, daher steige ich leise die Treppe rauf. Oben angelangt, bleibe ich stehen und schaue in beide

Richtungen eines Flurs, der ganz in Gold und Weiß gehalten ist. Ich beschließe, nach links zu gehen, und werde bald von dröhnenden Bässen belohnt.

Wenigstens hat das Mädel Musikgeschmack, denke ich, während ich auf den tiefen, schreienden Gesang zuschlendere.

Ich drücke die angelehnte Zimmertür ganz auf und erblicke ein Mädchen, das genauso aussieht wie Aspen, aber nur halb so alt ist. Als es mich sieht, reißt es die Augen auf.

»Aspen«, ruft es erschrocken.

Ich hebe die Hände und gebe mir Mühe, unschuldig auszusehen. »Tut mir leid, ich suche eigentlich nach …«

Schmerz schießt mir die Wirbelsäule hoch, als ich gegen eine Wand krache. Aspens Gesicht ist dicht vor meinem, und sie drückt mir den Unterarm gegen den Hals. Als sie mich erkennt, zieht sie ihn ein wenig zurück, aber nicht viel. Während sie mir den Sauerstoff abschneidet, kann ich nicht umhin zu bemerken, dass sie wieder fingerlose Handschuhe trägt; das Paar von gestern war schwarz und das von heute ist hellgrün.

»Was soll das hier werden?«, knurrt sie. »Wer zur Hölle *bist* du?«

»Dandyboy höchstpersönlich«, presse ich hervor. Dieses Mädel passt in eine Wrestling-Show. Den nötigen Charme dafür hat sie schon mal.

Aspen sieht ihre Schwester an, die näher gekommen ist. Und der Blick, den sie ihrer kleinen Schwester zuwirft, sagt mir, was ich wissen muss; Aspen würde alles tun, um sie zu beschützen. »Bleib in deinem Zimmer, Sahara. Mein *Freund* und ich werden ein bisschen miteinander plaudern.«

Sahara nickt, ihre großen, verletzlichen Augen immer noch aufgerissen.

Aspen packt mich am Arm und führt mich den Flur entlang. Ich könnte sie problemlos überwältigen, aber ich lasse sie ihr Ding durchziehen. Immerhin ist es ganz amüsant.

Nachdem meine Gefängniswärterin mich in ein Schlafzimmer gestoßen hat, das ganz in Rot- und Schwarztönen gehalten ist, dreht sie sich zu mir um. »Hör zu, ich war gestern leicht neben der Spur, deshalb muss ich zugeben, dass ich eben nicht wusste, wer du bist. Aber jetzt bin ich wieder fit«, verkündet sie. »Und als Erstes will ich wissen, was zur Hölle du im Zimmer meiner Schwester zu suchen hast?«

»Was für eine Ausdrucksweise«, erwidere ich kopfschüttelnd und unterdrücke ein Gähnen, denn ernsthaft, dieses Mädchen langweilt mich.

Aspen tritt näher, um euer aller Lieblingsdante einzuschüchtern, aber das klappt so was von nicht.

»Ich bin deinetwegen hier, nicht ihretwegen«, antworte ich, nachdem mir wieder eingefallen ist, dass ich mich für den Auftrag mit dem Mädchen anfreunden muss. »Ich wusste nicht, welches Zimmer deins war.«

»Jetzt weißt du's«, sagt sie und bricht den Blickkontakt ab. Das deute ich als Zeichen ihrer Nervosität, was mir wiederum verrät, dass sie sich in meiner Gegenwart unwohl fühlt, obwohl sie einen auf furchtlose Frau macht. Und das, meine Freunde, bedeutet, dass es Zeit wird, Lügen zu verbreiten.

»Aspen, hör zu, dein Dad und mein Dad arbeiten zusammen. Ich bin hergeschickt worden, um nett zu dir zu sein, um meinem Vater einen Vorteil zu verschaffen. Aber ich würde mir lieber den Arm absägen, als seine verdammte Marionette zu sein. Also habe ich stattdessen beschlossen, rüberzukommen und dir das Leben zur Hölle zu machen.« Ich greife nach den Zigaretten von ihrem Nachttisch, ziehe eine heraus und zünde sie an. »Inzwischen bin ich zu dem Schluss gekommen, dass mir die Sache selbst dafür zu sehr am Arsch vorbeigeht.«

Einer von Aspens Mundwinkeln zuckt in die Höhe. »Was für eine Ausdrucksweise.«

Ich grinse und biete ihr eine Zigarette aus ihrem eigenen Päckchen an, wohl wissend, dass Charlie nicht happy wäre, mich wieder rauchen zu sehen. Aber hey, sie feiert schließlich Partys. Aspen nimmt die Zigarette. »Sollten wir nicht auf den Spielplatz gehen?«

»Wir haben Winterferien.« Aspen setzt sich aufs Bett, schaut aus dem Fenster und nimmt lange Züge aus ihrer Zigarette. Ich folge ihrem Blick und bemerke, dass die Berge von hier aus größer wirken. Weniger wie Minititten und mehr wie ein Mamabusen. Ich lasse mich auf einen schwarzen Wildledersessel in der Ecke fallen und bewundere die silbernen Polsternägel an seiner runden Rückenlehne. Nobel, nobel.

Aspen sieht wieder zu mir herüber, und der kleine

Diamant in ihrer Nase glitzert im Licht. »Du hasst also deinen alten Herrn?«

Ich weiß bereits, dass Aspen ihren eigenen Dad verabscheut. Vielleicht irre ich mich ja auch, aber irgendetwas sagt mir, dass man sich innerlich von den Eltern gelöst hat, wenn man ihnen den Stinkefinger zeigt. Eingedenk dieser Erkenntnis bemerke ich: »Ich würde ihn als Haiköder verwenden, wenn ich könnte.«

Aspen bricht in hemmungsloses Gelächter aus. »Das Gefühl kenne ich.«

Ich blase einen perfekten Rauchring in die Luft und schaue mir ihr Zimmer genauer an. Um dieses Mädchen abzuliefern, muss ich wissen, was sie dazu motivieren könnte, ein reineres Leben zu führen. Und die beste Voraussetzung dafür ist, ihren natürlichen Lebensraum zu studieren.

Sie hat ein schmales Doppelbett, obwohl sie hier drin locker drei große Betten unterbringen könnte, und der Boden ist mit einem schwarzen Teppich ausgelegt, den sie sich sicher selbst ausgesucht hat. Ein kleiner Kronleuchter hängt von der Decke, und die Wände sind mit roten und weißen Farbspritzern bedeckt. Vor dem hohen Fenster steht ein riesiger schwarzer Ledersitzsack. Insgesamt ist der Raum für einen Rockstar entworfen worden und sieht aus wie ein Kartenspiel.

Charlie würde das knallige Rot bestimmt gefallen. Vielleicht hätte sie gern selbst dieses Zimmer, obwohl alle Welt sie sich eher in etwas Rosafarbenem und Glitzrigem vorstellen würde.

Als ich mir den Bereich um den Sitzsack genauer ansehe, bemerke ich, dass auf der Fensterbank kleine Gerätschaften stehen. Ich erhebe mich von dem Zuhältersessel und gehe durch den Raum. Aspen sieht, wo ich hinwill, und springt auf die Füße.

»Das sind meine«, sagt sie, und ich bin überrascht über den besitzergreifenden Ton in ihrer Stimme.

Ohne sie zu beachten, trete ich näher heran. Es sind Spieldosen. Das heißt, keine richtigen Spieldosen, sondern nur die kleinen mechanischen Teile mit den silbernen Stiften und Kämmen. An jedem Spielwerk befindet sich seitlich eine kleine Kurbel. Ich möchte unbedingt an einer drehen, habe aber plötzlich das Gefühl, als seien meine Hände zu groß und klobig. Aspen steht mit besorgtem Gesicht neben mir. Sie schnippt ihre Zigarette in einen verchromten Mülleimer, als hätte sie sie sowieso nie gewollt. »Machen die wirklich Musik?«, frage ich sie.

Sie schaut böse an mir vorbei auf die Instrumente, und ich bemerke ihren blauen Lidschatten. Ich frage mich, warum sie ihn trägt, denn Mom – die auch grüne Augen hat – hat immer gesagt, diese Farbe sei Gotteslästerung.

»Ja, sie funktionieren.« Aspen geht um mich herum, als würde sie die Spielwerke bewachen. Dann – vielleicht, weil sie merkt, dass ich unbedingt eins in die Hand nehmen möchte – wählt sie eins aus der hinteren Reihe aus. Sie rollt es zwischen ihren Händen auf und ab und wirft mir einen langen Blick zu. Es ist, als vermittele sie mir stumm, wie viel ihr diese Dinge bedeuten, obwohl sie es niemals laut aussprechen würde. Sie wendet den Blick ab, hält mir die Spieluhr hin und tut angestrengt so, als sei es ihr egal, ob ich das Gerät mit dem Absatz zertrete.

Ich schiebe mir die Zigarette in den Mundwinkel, nehme das Spielwerk von ihr entgegen und drehe an der winzigen Kurbel. Aus dem kleinen Spielzeug erklingt Musik, und ich kann mir ein Lachen nicht verkneifen. Es ist unglaublich. Ich habe keine Ahnung, warum, aber es ist so. Aspen wendet sich ab und geht sich eine neue Zigarette holen. Sie steckt sie an und rollt sich wie eine Sprungfeder auf dem Bett zusammen, als würde sie bei einer falschen Bewegung von mir quer durch den Raum schnellen.

»Warum hast du sie?«, frage ich mit dem Sargnagel im Mund.

Sie zuckt mit den Achseln. »Warum nicht?«

Ich drehe die Kurbel noch ein paar Mal und stelle das Spielwerk dann genau dahin zurück, wo es war. Anschließend sehe ich mich wieder im Raum um, um zu schauen, was ich sonst noch finden kann. Mein Blick fällt auf ein Damebrett. Zuerst halte ich es für Deko, da ihr Zimmer in Rot und Schwarz gehalten ist. Aber das Brett und die Spielsteine sind blau und gelb und sehen zu kunstvoll aus, um zum Spielen gedacht zu sein. Ich weiß aus eigener Erfahrung, dass das Spielzeug reicher Kinder immer extravagant ist. Selbst so ein Mist wie ein Brettspiel. Ich strecke die Hand nach einem gelben Damestein aus.

»Nicht!«, brüllt Aspen und beugt sich vor. »Lass … lass einfach die Finger von den Sachen.« Mein Arm erstarrt mitten in der Luft, und ein kalter Schauer überrieselt mich. Die meisten Leute würden annehmen, sie sei eine verwöhnte Göre, die nicht will, dass andere mit ihrem Spielzeug spielen. Aber als ich die verborgene Furcht in ihren Augen erkenne, weiß ich, dass das nicht stimmt.

»Wovor hast du Angst, Aspen?«, frage ich leise. Und dieses Mal interessiert mich wirklich, was sie sagen wird. Ich weiß, dass Aspen gern feiert, aber bisher habe ich gedacht, sie sei halt ein Mädchen, dessen Daddy ihm keine Aufmerksamkeit schenkt. Jetzt bin ich mir da nicht mehr so sicher.

Ich lasse den Blick über ihr dunkles Haar und das kleine Nasenpiercing gleiten, sehe zu, wie sie die Hände zu Fäusten ballt und wieder öffnet, und betrachte ihre fingerlosen Handschuhe.

Aspen spielt mit einer kleinen Silberkette an ihrem Hals. Es ist eine unbewusste Geste, die mir aber trotzdem auffällt. Die Kette hat keinen Anhänger, sie ist schlicht und nackt, als hätte ihr Käufer den wichtigsten Teil vergessen.

Ich trete einen kleinen Schritt näher. »Aspen?«

Blitzschnell springt sie auf. »Guck mich nicht so an. Ich warne dich. Wage es ja nicht, mich anzugucken, als hättest du Mitleid mit mir.« Sie stößt mit dem Finger in meine Richtung. »Ich habe alles. Und ich brauche ganz sicher keinen Angeber, der so tut, als sei ich diejenige, die Hilfe braucht.«

Angeber?, schreit es in meinem Kopf. *Moi?* Aber dann fällt mir wieder ein, dass ich topmodisch gekleidet bin, aber einen zerbeulten Kia fahre.

Ich überlege, ob ich die Sache auf sich beruhen lassen soll, aber ich bin noch nie vor einer Herausforderung zurückgeschreckt. Und dieses Mädel schmeißt mit Herausforderungen um sich, als wäre sie bei den Olympischen Spielen. Mit drei schnellen Schritten trete ich an sie heran, packe sie an den Armen und reiße sie so herum, dass sie meinem Blick nicht ausweichen kann. »Menschen wegstoßen kannst du wirklich super, oder?«, knurre ich mit der Zigarette im Mund. »Weg, weg, weg. Das ist Aspen.« Ich sehe ihr forschend ins Gesicht, während ich noch einmal über das nachdenke, was ich gerade gesagt habe. »Du stößt sie ab oder ziehst sie an, stimmt's? So nah, dass sie dich nicht mehr richtig sehen können.« Ich halte die Zigarette in der Hand und spreche ihr ins Ohr. »Ich lasse mich nicht so einfach herumschubsen, Süße. Und es gibt nur eine, von der ich mich so anziehen lasse.«

Aspen schlägt in einer schnellen Bewegung meine Arme weg und stößt mich vor die Brust. »Hau ab!«

Ich stolpere zurück, und wir sehen uns schwer atmend an. Da ist nicht das kleinste bisschen sexuelle Spannung zwischen uns. Wir sind nur zwei Kaputte, die sich zum ersten Mal sehen.

»Ich gehe hier nicht weg«, erkläre ich ihr. Ich habe keine Ahnung, warum ich das sage. Es kommt einfach so raus. Aber sobald ich es ausgesprochen habe, weiß ich, dass es wahr ist. Ich will Aspen gar nicht retten. Nicht wirklich. Selbst wenn Valerie darauf besteht, dass sie für den Oberguru wichtig ist. Aber ich werde sie nicht sich selbst überlassen.

Aspen murmelt etwas.

»Sprich lauter«, belle ich.

»Ich sagte: ›Du wirst weggehen.‹ Alle gehen weg.« Ihre Steinhaut entspannt sich, als habe sie jetzt erst begriffen, was sie gerade gesagt hat.

»Quatsch.« Ich drücke meine Zigarette in einem roten Aschenbecher aus. »Ich habe gerade nichts Besseres zu tun.«

Aspen lacht. Es ist ein nervöses Lachen, aber es hilft, denn jetzt grinsen wir beide wie Vollidioten.

»Kann ich jetzt rauskommen?«, ertönt eine leise Stimme.

Aspen und ich wirbeln herum. Ihre Schwester Sahara steht in der Tür. Sie sieht aus wie acht, und mir fällt auf, dass sie sich so wie Aspen kleidet, ganz in Schwarz mit einem Klecks einer anderen Farbe. Sahara mogelt sich in den Raum, als Aspen sie nicht sofort wegschickt. Sie tritt vor ihre ältere Schwester hin, und Aspen legt ihr die Arme um die Schultern.

»Das ist Dante«, sagt Aspen. Ihr Blick bohrt sich in mich hinein, als warne sie mich, nichts über unseren super seltsamen Moment zu verraten.

»Schön, dich kennenzulernen.« Sahara streckt die Hand aus wie eine Geschäftsfrau, und ich schlage ein.

»Fester Händedruck«, meine ich zu dem kleinen

Mädchen. »Du könntest Fahrerin in der Formel 1 werden.«

Sahara lacht und schaut zu ihrer Schwester auf. Aspens Schultern entspannen sich, während sie beobachtet, wie wir miteinander umgehen, und ich denke unwillkürlich, dass Sahara verdammt cool ist.

»Willst du mein neues Kleid sehen?«, fragt Sahara mich.

Ich reibe mir gespielt nachdenklich über das Kinn. »Kommt drauf an, ob du eine ehrliche Meinung verträgst, denn eine andere bekommst du von mir nicht.«

»Okay.« Sahara geht zur Tür und lächelt, als gehöre ihr die ganze Welt.

Ich sehe Aspen in die Augen, und sie nickt mir zu. Dann drängt sie sich an mir vorbei auf den Flur, und ich folge ihr dicht auf den Fersen. Wir gehen hintereinander in Saharas Zimmer, und ich komme nicht darüber hinweg, wie seltsam das alles ist. Dass Aspen und ich noch vor wenigen Augenblicken verschlüsselt über ihr verkorkstes Leben gesprochen haben. Und jetzt hängen wir mit ihrer kleinen Schwester ab, als wären wir beste Kumpels. Aber genau darum geht es hier: Aspen kann in null Komma nichts eine andere Tonart anschlagen. Genau darauf war ich immer stolz – dass ich, je nachdem, wer im Raum war, verschiedene Gesichter aufsetzen konnte.

Aspen und ich sind uns sehr ähnlich; wir zeigen der Welt, was sie sehen soll, und verstecken alles andere.

Als ich beobachte, wie Aspen Sahara sanft zwischen

den Schulterblättern berührt, wird mir bewusst, dass sie etwas hat, das ich nie gehabt habe – jemanden, an den sie sich klammern kann. Eine Schwester. Ich habe keine Geschwister, aber ich habe mich immer gefragt, wie es wäre.

Mir wird plötzlich schwindelig, als ich begreife, warum ich gesagt habe, dass ich Aspen nicht verlassen werde. Weil sie genauso ist wie ich. Wir hätten verwandt sein können.

Sie hätte meine Schwester sein können.

11
Ein Blick aus der Hölle

Aspen und ich verbringen den Morgen mit Sahara. Es ist erstaunlich, wie leicht es ist, einfach nur zu chillen, wenn ein Kind im Raum ist. Es ist sogar leicht zu vergessen, dass vergangene Nacht ein Sammler in meinem Zimmer war. Und dass er vielleicht immer noch in der Nähe herumlungert, trotz Valeries Versicherung, es bestehe kein Grund zur Beunruhigung. Oder dass ich keine Ahnung habe, warum Aspen für den Oberguru wichtig ist.

Irgendwann kommt Lincoln. Er huscht durchs Haus, als suche er nach Sprengstoff, dann lässt er sich in einem Sessel in Saharas Zimmer nieder und lackiert sich die Nägel schwarz.

»Das ist sehr männlich«, sage ich ihm, als er uns das fertige Ergebnis zeigt.

»Es ist schwarz«, antwortet er, als ob das einen Unterschied machen würde.

»Klar.« Ich ziehe eine Augenbraue hoch und sehe Sahara an, die lacht. Sie kommt wie eine Katze auf mich zu, als wolle sie mir näher sein und gleichzeitig, dass ich zu ihr komme. Ich mache zwei schnelle Schritte und nehme sie auf den Arm. Sie ist acht und nicht gerade ein Fliegengewicht, aber immer noch leicht genug. Ihr dunkles Haar schwingt mit, als ich sie im Kreis herumwirbele. Dann stelle ich sie ab und kitzele sie, bis sie keine Luft mehr kriegt.

Keine Gnade den Schwachen.

Als ich Aspen einen Blick zuwerfe, erwarte ich, dass sie mit ihrer Schwester mitlacht. Stattdessen starrt sie mit leerem Gesichtsausdruck auf den Boden. Ich spüre, dass Lincoln mich mustert, und sehe ihn an. Er hat Sorgenfalten auf der Stirn, sagt aber nichts.

Aspen reißt den Kopf hoch. Sie neigt ihn zur Seite, als lausche sie auf etwas. Als es an der Haustür klingelt, wird mir klar, dass sie draußen jemanden gehört haben muss. Sie erhebt sich von Saharas Bett und geht zur Treppe. Lincoln und ich tauschen einen weiteren Blick, dann stehen wir beide auf, um ihr zu folgen. Wer immer auch gerade klingelt – ich kann diesen Störenfried nicht gebrauchen. Aspen war gerade konzentriert. Mit ihrer Schwester rumzuhängen tut ihr gut, und wenn ich ihre Seele befreien soll, ist die Nähe zu Sahara vielleicht der beste Weg.

Ich weiß nicht, wie lange es dauern wird, einen Menschen zum Guten zu leiten, denn ich habe sie bisher immer nur zum Bösen verführt. Es ist nicht besonders schwer, jemanden davon zu überzeugen, seinen dunklen Begierden nachzugeben. Aber jemanden davon zu überzeugen, von diesen Begierden abzulassen, könnte ein bisschen mehr Zeit in Anspruch nehmen. Ich werde ein leuchtendes Beispiel der Reinheit sein müssen (nicht einfach) und ihr zeigen, wie schön das Leben sein kann, wenn man es sauber lebt (das wird mich umbringen). Alles in allem denke ich, da ich so ein absoluter Überflieger bin, dass ich diesen Fall in einer guten Woche in Sack und Tüten haben kann.

Aspen kommt am Fuß der Treppe an und öffnet die Mammuttür. Sie knirscht in den Angeln, und ich sehe Gage und Lyra draußen stehen. Na toll. Dass diese beiden Nesselquallen ihre Fangarme um sie schlingen, hat mir gerade noch gefehlt.

Gage streckt den Kopf durch die Tür und sieht Lincoln und mich am Geländer. »Was läuft, Jungs?«, ruft er mit charmantem Lächeln, als sei er Robin aus der alten Schwarz-Weiß-Serie. Er sieht wieder zu Aspen und sagt etwas, das ich nicht verstehe. Sie nickt und schaut zu Lincoln hoch.

»Hey, bleibst du bei meiner Schwester, solange ich weg bin?«

»Nein«, gibt er scharf zurück, sodass die Ketten an seiner Tarnjacke klirren. »Bleib einfach hier bei uns, Aspen.«

Ihr Blick gleitet zu mir. Mir wird klar, dass sie mich bitten will, den Babysitter zu spielen, mir aber noch nicht ganz vertraut – nicht bei ihrer Schwester. »Komm schon, Mann«, sagt sie und richtet den scharfen Blick ihrer grünen Augen wieder auf Lincoln. »Ich mache dir die Haare, wenn ich zurückkomme.«

Ich betrachte den Jungen neben mir mit gerunzelter

Stirn. Dann sehe ich den blonden Haaransatz. »Bleib hart«, sage ich zu ihm. Ich weiß nicht, warum ich so dagegen bin, dass Aspen mit Gage und Lyra loszieht, mal abgesehen von dem, was Lincoln mir erzählt hat. Dass es Aspen schlechter geht, wenn sie mit ihnen zusammen ist. Und vielleicht auch, weil ich sehe, wie sie sie anschauen, als hätten sie ganz bestimmte Pläne für sie.

Lincoln zuckt mit einer dünnen Schulter und murmelt: »Sie wird eh gehen. Ich lasse Sahara nicht allein.« Er verengt die mit Kajal umrandeten Augen und ruft nach unten: »Lass mich hier nicht versauern.«

Aspen wirft ihm eine Kusshand zu und schiebt sich durch die Tür.

»Äh, Moment, Prinzessin.« Ich gehe die Treppe hinunter und starre Gage die ganze Zeit in die Augen. »Ich komme mit.«

»Ich glaube nicht«, blafft Lyra.

Ich halte ihr die Hand vors Gesicht und spreche zu Gage. »Entweder ich komme mit, oder Aspen bleibt hier.«

Gage lacht und lässt seine Neonzähne aufblitzen. »Sie ist schon groß. Wenn sie dich nicht dabeihaben will, dann kommst du nicht mit.«

Aspen beißt die Zähne zusammen, als sei sie sauer über mein Verhalten, aber da ist noch etwas anderes in ihrem zornigen Blick – eine weitere Herausforderung vielleicht. »Er kann mitkommen«, erklärt sie. Dann verzieht sie den Mund zu einem Lächeln, aber es reicht nicht bis zu ihren Augen.

»Prima.« Ich grinse Gage an, nur um ihn richtig sauer zu machen. Dann drehe ich mich wieder zu Lincoln um. Ich weiß nicht viel über diesen paranoiden Kerl in Gothic-Kluft, aber Aspen scheint ihm wichtig zu sein, was mir vielleicht nützlich sein kann. Und wenn ich ehrlich bin, mag ich ihn deswegen, denn Aspen braucht jemanden, dem sie wichtig ist. Ich nicke, um ihm mitzuteilen, dass ich alles im Griff habe, aber Lincoln schaut nur zu, wie Aspen zur Tür hinausgeht, und kehrt dann in Saharas Zimmer zurück.

Als ich mich wieder umdrehe, sieht Gage mir in die Augen. »Bist du so weit, Schönling?«

Ich winde mich innerlich, denn »Schönling« ist Max' Spitzname für mich. *Max'*. Nicht seiner. Ich beschließe, zu Gages Gunsten im Zweifel für den Angeklagten zu entscheiden, aber es ist wichtig, dass wir eine gute Beziehung aufbauen. »Ich heiße Dante, du Arschloch. Wenn du mich das nächste Mal anders nennst, mach ich dich platt. Kapiert?« Ich schlage ihm auf den Arm, als seien wir Kumpel, und dränge mich an ihm vorbei.

Hinter mir höre ich Gage lachen, aber ich bin mir nicht sicher, ob das Lachen echt ist. Falls ja, könnten wir Freunde werden. Es sind schon verrücktere Dinge passiert.

Aspen hat sich bereits auf dem Rücksitz des BMW 7 niedergelassen – oder der Naturgewalt, wie ich ihn getauft habe – und hat die Knie an die Brust gezogen. Sie wippt mit dem Kopf im Rhythmus der wütenden Musik, die Lyra eingeschaltet hat, und der Beat geht mir unter die Haut.

»Hast du kein Auto?«, frage ich Aspen, als ich mich neben sie setze.

Sie deutet mit dem Kopf auf die Garage. »Mein Alter hat die Schlüssel konfisziert.«

Als wir uns von Aspens Festung von einem Haus entfernen, klebt mein Blick an der Garage, denn wenn Aspen diese Hütte ihr Zuhause nennt, würde ich morden, um zu erfahren, wie ihr Schlitten aussieht. Ich schaue sie wieder an und will fragen, was sie da drin versteckt, aber sie hat sich bereits mit glasigem Blick in der Musik verloren.

Gage dreht sich auf dem Fahrersitz um und grinst mich an. »Anschnallen, *Dante.*«

Lyra dreht die Lautstärke hoch, und Gage tritt aufs Gaspedal.

Er fährt schnell.

Und es fühlt sich gut an.

Eine halbe Stunde später biegen wir in ein dicht besiedeltes Viertel ein, in dem die Hersteller von Kool-Aid und Ramen-Nudeln vermutlich einen Großteil ihres weltweiten Umsatzes erzielen. Gage biegt hinter einem kleinen blauen Haus in eine Gasse ein. Nachdem er den Parkgang eingelegt hat, sieht er mich im Rückspiegel an. Dann hält er einen Finger an die Lippen und zwinkert mir zu.

Ich ziehe es in Erwägung, ihm eins aufs Auge zu geben, beschließe dann aber, gnädig über seine Arschlochaktion hinwegzusehen.

Er steigt aus dem Wagen, und wir folgen ihm. Als wir zu einer Garage am Ausgang der Gasse kommen, dreht er sich zu uns um. »Seid ihr bereit, auszuflippen?«

Aspen schlingt die Arme um den Oberkörper. »Zeig uns einfach, was drin ist«, gibt sie mit todernster Miene zurück.

Gage sieht sich um und rollt klappernd das Tor auf. In der Garage stehen drei Motorräder, die viel zu klasse für diesen Stadtteil aussehen. Ich weiß nicht viel über Fahrzeuge mit nur zwei Rädern, aber mein Herz schlägt jetzt schon schneller, denn ich mag alles, was einen Motor hat.

Lyra betritt mit schwingendem langem Zopf den Raum. Sie ist ganz in Weiß gekleidet – weiße Bluse, weiße Leggins, weiße hochhackige Schuhe –, weswegen ich vermute, dass sie nichts von Gages Idee gewusst hat. Aber es hindert sie nicht daran, sich umzudrehen und mit einem Lächeln zu sagen: »Abgefahren.«

Gage geht an uns vorbei und wirft ein Bein über eine gelbe Suzuki mit der Aufschrift *Hayabusa*. Ohne eine Sekunde zu zögern, steigt Lyra hinter ihm auf und hält sich an seinen Oberschenkeln fest. »Der alte Knacker wird nicht mal merken, dass sie weg sind«, erklärt Gage. Er deutet mit dem Kinn auf die anderen beiden Motorräder, während sein Blick fest auf mir ruht. »Zwei Maschinen, zwei Spieler.«

Mein Kopf hämmert vor Aufregung, denn dies ist

mein altes Ich. Ich bin der Typ, der sich ohne nachzudenken den ganzen Stolz von jemand Unbekanntem *borgen* würde. Aber dieser Jemand kann ich nicht mehr sein. Weil ich mit Charlie zusammen bin und weil sie glaubt, dass ich einer von den Guten sein kann. Ich umfasse das Horn in meiner Tasche, und meine Gedanken schießen dorthin, wo sie ist …

… und Zorn durchzuckt mich. Denn Charlie ist nicht zu Hause. Sie ist auch nicht in der Schule. Aber sie ist irgendwo *in der Nähe* ihres Hauses, was bedeutet, dass sie wahrscheinlich die Mittagspause bei Salem verbringt.

Kurz bin ich besorgt, aber dann erinnere ich mich daran, wie sie für ihn und seinen Bruder eingetreten ist. Ich erinnere mich auch daran, dass sowohl Max als auch Valerie bei ihr sind und sie davor beschützen, etwas Gefährliches zu tun.

Also ist sie einfach dort … und hängt rum.

Als ich das Knurren eines anspringenden Motors höre, bin ich sofort voll da. »Wenn du mitkommen willst, solltest du dich besser beeilen«, singt Lyra.

Aspen steigt rittlings auf eine gewittergraue Maschine mit einem Auspuff, der so breit ist wie mein Bizeps. Sie lässt den Motor an, als hätte sie das schon eine Million Mal gemacht, obwohl ihre verkrampfte Haltung mir etwas anderes mitteilt. Sie sieht mich durch das hochgeklappte Visier ihres Helms mit wild blitzenden Augen an. »Bist du sicher, dass du nichts Besseres zu tun hast?«

Sie zitiert, was ich ihr vorhin gesagt habe. Ich weiß,

dass ich sie von dieser Maschine runterholen muss, denn so ein Mist trägt einem Siegel für die Hölle ein, nicht für den Himmel. Aber das Grollen der Motorräder – oh Scheiße, dieses *Grollen* – kriecht mir unter die Haut; es dringt durch sämtliche Körperöffnungen in mich ein und erstickt meine Entschlossenheit. Ohne nachzudenken berühre ich den Totenschädel an meinem roten Gürtel. Er fühlt sich kühl und beruhigend an.

Mein Blick landet auf der dritten Maschine. Scheiße Mann, sie ist kirschrot. Und sie ruft meinen Namen. Ich mache einen Schritt vorwärts, lege die Hände auf die Chromgriffe und besteige sie. Dann lasse ich den Motor an, setze einen Helm auf und schließe ekstatisch die Augen. Als ich sie wieder öffne, lächelt Gage mich an ...

Und in seinen Augen ist etwas, das ich nur in der Hölle gesehen habe.

Der Anblick sollte mir Angst machen. Er sollte mir sagen, dass ich von dem verdammten Motorrad steigen und Aspen hier wegschaffen sollte. Aber zum ersten Mal, seit ich Charlie verlassen habe, bin ich in Gedanken nicht bei ihr, sondern im Hier und Jetzt – ich habe eine Bestie zwischen den Beinen, eine leere Straße, die darum bettelt, gepflügt zu werden, und eine Herausforderung in Gages Augen, die ich mir nicht entgehen lassen werde.

Ich werfe den Kopf in den Nacken und heule wie ein Tier den offenen Himmel an.

Dann lasse ich die Bremse los und donnere in die Nachmittagssonne hinaus.

Das Letzte, was ich sehe, bevor mein Blick sich auf die Straße richtet, ist ein fleischfarbenes Tattoo, das unter Gages Ärmel hervorlugt. Und ich schwöre bei allem, was unheilig ist, dass ich es irgendwo schon mal gesehen habe.

12
Ich will sie

Nachdem wir mehrere Stunden mit den Maschinen Rennen gefahren sind, geben wir sie schließlich zurück. Der Besitzer hat immer noch nicht bemerkt, dass sie weg sind, also ist nichts Schlimmes passiert, schätze ich. Wir lassen sie in der Garage stehen und springen in die Naturgewalt. Dann fahren wir zu MäcDreck, bevor wir bei Aspen aufschlagen, um Lincoln einzusammeln.

Gage lehnt sich auf die Hupe, während er sich Fritten in den Mund stopft. »Komm schon, Scheißkerl.«

Ich hätte beinahe gelacht, aber der Laut erstirbt mir in der Kehle, denn ich mag Lincoln. Und mir ist nicht klar, ob Gage ihn auch mag. Aus irgendeinem Grund bezweifle ich das. Es kommt mir so vor, als seien wir alle wegen Aspen hier, als wollten wir alle ein Stück von ihr abhaben, genau wie Lincoln gesagt hat, und das macht uns zu Rivalen. Trotzdem möchte ich gern glauben, dass Lincoln und ich auf der gleichen Wellenlänge liegen. Deshalb lache ich nicht.

Lincoln kommt aus dem Haus geschlendert und lässt den Blick über das Schlachtfeld schweifen wie ein Soldat im Krieg. Als er keinen Feindbeschuss feststellen kann, steigt er auf den Rücksitz und klemmt Aspen zwischen uns ein.

»Ist mein Dad zu Hause?«, fragt Aspen, die ihre leere Kette befingert.

Lincoln sieht sie an, dann schaut er zu Gage und Lyra. »Ja, er ist da. Bei Sahara. Er lässt dir seine besten Wünsche ausrichten.«

Aspen lacht und befiehlt Gage, uns von hier fortzubringen.

Er tut es.

Zehn Minuten später fahren wir bei einer anderen Party vor. »Ihr Denvertypen liebt eisgekühlte Getränke, wie?«, sage ich Aspen.

Sie zuckt leicht mit den Achseln, aber sie lächelt. »Tun wir. Kein Grund zur Eifersucht.«

Ich steige aus dem Wagen, und alle anderen folgen meinem Beispiel. »Ich bin nicht eifersüchtig auf deine beknackte Stadt, wo deine beknackten Fahrer mich von der Straße abdrängen wollen.«

»Was?«, fragt Aspen mit aufrichtiger Überraschung und vielleicht mit ein klein wenig Sorge im Gesicht.

»Vergiss es«, murmele ich, weil ich gerade beobachte, wie Gage mit Lyra über das tuschelt, was ich gesagt habe. Freaks.

Lincoln schaudert und stößt uns beide in Richtung des Hauses. »Können wir bitte reingehen? Ich frier mir hier draußen die Testikel ab.«

Ich klemme mir Lincolns Kopf unter den Arm und

schleife ihn ins Haus. Er rammt mir seinerseits den Ellbogen in den Schritt, und gemeinsam brechen wir mitten im Eingang auf dem Boden zusammen.

»Idioten«, sagt Aspen, aber ich merke, dass sie froh ist, dass wir gut miteinander auskommen. Als sie in den Raum gleitet, halten die Menschen inne. Sie bieten ihr einen Drink an, sie nehmen ihr den Nerzmantel ab, sie kriegen einen Orgasmus, als sie ihre grünen Jimmy Choos bemerken. Ich bin mit der Art vertraut, wie sie sich von ihnen verzehren lässt. *Es fühlt sich gut an,* erinnere ich mich. *Als sei es völlig wurscht, dass ich Mom scheißegal bin oder dass Dad nie da ist.*

Ich hole mir aus der Küche ein Bier und leere es in einem langen Zug. Dann lasse ich mich auf eine grenzwertige pastellfarbene Couch fallen, die so ziemlich das Netteste in diesem Laden ist, und ziehe mein Telefon aus der Tasche. Mein Rücken versteift sich, als ich sehe, dass ich eine SMS habe.

Mach, dass sie von Charlie ist.

Seit meiner Ankunft in Denver habe ich nur die eine SMS von ihr bekommen, und selbst die klang komisch. Ich brauche etwas, das mir bestätigt, dass sie immer noch mein Mädchen ist, dass wir immer noch *wir* sind, aber als ich nachsehe, von wem die SMS ist, krampft sich mir das Herz wie eine Faust zusammen. Die einzeilige Nachricht stammt von Annabelle:

SIEH DIR DEINE HEISSE BRAUT AN!

Meine Finger kribbeln, als ich feststelle, dass ein Foto an die Nachricht angehängt ist. Ich tippe das Icon an und stehe kurz vorm Schreikrampf, weil mein Handy ewig braucht, um das Bild runterzuladen.

Und dann sehe ich die süße Charlie.

Nur dass sie nicht süß aussieht.

Sie sieht sexy aus. Sie sieht *gefährlich* aus. Und vielleicht ist sie das auch, denn ich schramme haarscharf am Herzinfarkt vorbei, als ich ihren Rock sehe. »Was zum Teufel ist da los?«, murmele ich.

»Verdammt. Ist das deine Freundin?« Lincoln beugt sich über meine Schulter und begafft Charlies Figur.

Ich lasse mein Telefon sinken und sorge dafür, dass Lincoln meinen wütenden Blick mitkriegt. »Du hast zwei Sekunden, um wegzusehen, bevor ich dir die Augen aus dem Schädel reiße.«

Er lacht und fährt sich mit der Hand durch das fettige Haar. »Sorry. Gucken ist erlaubt.«

»Das denkst du.« Ich stehe auf und gehe raus in die Kälte. Es ist mir egal, dass Gage und Lyra Aspen schon wieder dermaßen abfüllen, dass man eine Schwimmweste damit ersäufen könnte. Es ist mir egal, dass es mein Job ist, ihre Seele für den Himmel zu siegeln. Wichtig ist mir nur, einen besseren Blick auf das Foto von Charlie zu werfen.

Ich stehe im Schnee, gehüllt in einen Mantel aus Dunkelheit, und mustere Charlie: ihr lachendes Gesicht, ihre großen blauen Augen. Und diesen verdammten Rock. Er sieht aus wie das Teil, das sie vor ein paar Wochen bei einer Party getragen hat, als sie etwas beweisen wollte, einer Nacht, die damit endete, dass ich sie aus einer

Scheune getragen habe. Aber es sieht so aus, als würde sie ihre neue Figur annehmen. Als hätte sie endlich begriffen, dass sie eine hat, und als wolle sie sie verdammt noch mal auch betonen. Ich mache ihr keinen Vorwurf. Wenn ich siebzehn Jahre mit einem durchschnittlichen Körper verbracht hätte, wäre ich auch wild darauf, mit meinen Reizen nicht zu geizen. Aber ich rede hier von Charlie. Das ist unter ihrer Würde. Oder?

Ich reibe mit dem Daumen über ihr Bild und zucke zusammen, als mein Telefon klingelt.

Es ist Charlie.

Aus irgendeinem dämlichen Grund schaue ich mich um, als suche ich nach jemandem, der mir sagt, was ich tun soll. Ich habe das Gefühl, als sei ich wieder in der Highschool, als ich noch lebte, als sei ich eine dieser hysterischen Cheerleaderinnen und kreischte: »Oh mein Gott. Er ruft an! Was mach ich denn jetzt? Soll ich rangehen?«

Ich schüttele den Kopf – was zum Teufel *mache* ich? – und drücke auf »Annehmen«. »Was geht?«, frage ich und entscheide mich für cool und gelassen und das genaue Gegenteil von dem, wie es mir geht.

Charlie schweigt für einen langen Moment. Die Stille macht mir die Brust so eng, als hätte ich ein Scheiß-Stachelschwein verschluckt. »Du fehlst mir«, sagt sie schließlich leise.

Das macht aber nicht den Eindruck.

Du hast kaum angerufen.

Salem scheint wichtiger zu sein als ich.

»Du mir auch«, antworte ich. »Ich wünschte, ich wäre bei dir.« Charlie ist wieder still. So still, dass ich denke, gleich legt sie auf. Ich verstehe nicht, was zwischen uns passiert ist. Ich kapiere nicht, warum vor zwei Tagen alles noch perfekt war und warum ich jetzt das Gefühl habe, als würde ich explodieren, wenn sie nichts sagt. »Ist alles okay?«, frage ich zu meiner eigenen Überraschung. »Ich meine, zwischen uns.«

»Klar«, erwidert sie. »Warum fragst du das?«

Wenn sie denkt, alles ist in Ordnung, dann will ich nicht weiter drauf rumreiten. Stattdessen versuche ich, das Gespräch voranzutreiben. »Nur so«, sage ich. »Wie läuft's zu Hause? In vier Tagen sind Winterferien, oder?«

»In drei. Donnerstag ist die letzte Prüfung.« Am anderen Ende der Leitung höre ich ein knipsendes Geräusch und vermute, dass Charlie an den Nägeln kaut. »Aber ich habe trotzdem Spaß.«

Mir sackt der Magen in die Kniekehlen. »Ja? Cool. Was hast du denn gemacht?«

»Alles Mögliche. Annabelle und ich sind zu einem Schwimmloch gefahren, obwohl es superkalt war. Es hat echt Spaß gemacht. Keiner dachte, dass ich von dem Felsen springen würde, aber ich habe es getan.«

»Von wo bist du gesprungen?« Ich schreie fast. »Warum springst du von Felsen, Charlie? Tu das nicht. Spring nicht von irgendwo runter.«

»Es war keine große Sache. Ich habe einfach nur Spaß.«

»Warst du mit ihm zusammen?«, frage ich. »Waren Salem und sein Bruder dabei?« Charlie schweigt, und obwohl ich mich dafür hasse zu fragen, hasse ich es noch mehr, dass sie zugibt, was ich bereits wusste. »Lass mich raten – er hat dir gesagt, dass du dich nicht traust.«

»Er behandelt mich nicht, als sei ich aus Zucker«, blafft Charlie.

Darauf kann ich nichts erwidern, denn ich weiß, dass ich sie so behandele. Aber das liegt daran, dass sie mir etwas bedeutet. Und zwar so viel, dass mir schlecht wird. Das sollte ich ihr sagen, aber ich sehe nur Salem vor mir, der Charlie ermutigt, zu trinken, unter Wasser die Luft anzuhalten oder von einem hohen Felsen zu springen. Und ich stelle mir vor, wie er dabei mit ihr feiert. Als sei er der total entspannte Typ und ich eine paranoide, schizophrene Spaßbremse.

»Wie läuft der Auftrag?«, erkundigt Charlie sich. Sie spricht wieder leise. Es ist, als sei sie hin- und hergerissen zwischen zwei Seiten von sich selbst, und ich wünsche mir so sehr, es ihr zu sagen, aber ich kann es nicht, denn mir geht es genauso. Ich habe noch keinen Handschlag für den Auftrag getan. Ich habe Aspens Seele noch kein einziges Mal gesiegelt. Ich habe nichts weiter getan, als mich in ihrer Welt zu verlieren, einer Welt, die ich schon viel länger kenne als die, die Charlie mir gezeigt hat.

»Ich werde diesen Auftrag schnell erledigen«, antworte ich, doch als die Worte meinen Mund verlassen, klingen sie wie eine Lüge.

»Ich wünschte, du würdest neben mir stehen, Dante«, bemerkt Charlie plötzlich.

»Dann leg nicht auf.«

Charlies Lachen klingt wie Glockenklingeln. »Annabelle ist gerade zurückgekommen.«

»Na und?«, sage ich. »Lass sie warten. Schick sie wieder weg. Was du willst. Nur bleib am Telefon.«

»Wir haben noch was vor«, erwidert sie. Ich merke, dass sie wieder innerlich zerrissen ist und mit sich selbst im Streit liegt.

»Sag ab.« Ich werfe über die Schulter einen Blick zum Haus, ob ich noch allein bin. »Das ist eh nicht dein Ding, jeden Abend auszugehen, wenn du Abschlussprüfungen hast.«

»Woher willst du das wissen?«, begehrt sie auf. »Du kennst mich doch erst zwei Monate.«

Ihre Worte treffen mich wie ein Schlag ins Gesicht, denn sie hat recht. Ich kenne sie noch nicht lange. Unsere Beziehung hat sich schnell entwickelt, so schnell, dass ich mich oft gefragt habe, ob die starke Verbindung, die wir gespürt haben, oder die paar Mal, in denen wir ein »Ich liebe dich« ausgetauscht haben, durch die Bedrohung der Sammler ausgelöst wurde oder vielleicht sogar durch meine Zerrissenheit, ob ich mich gegen Lucille stellen soll.

Seit ich fortgegangen bin, habe ich pausenlos darüber nachgedacht, dass keiner von uns »Ich liebe dich« gesagt hat, seit ich mit einer Befreierfessel um den Knöchel aufgewacht bin. Wenn wir zusammen sind, können wir die Hände nicht voneinander lassen. Aber das ist vielleicht nur Gier. Vielleicht ist es Bewunderung. Woher soll ich wissen, ob wir wirklich verliebt sind, wenn ich dieses Gefühl vorher noch nie erlebt habe? »Ich kenne dich«, ist alles, was ich flüstere. »Ich kenne dich, Charlie.«

Sie holt tief Luft, und es fühlt sich so an, als würde sie sie mir aus der Lunge stehlen. »Ich vermisse dich«, wiederholt Charlie. Gerade als ich denke, dass sie zu mir zurückkommt und mir sagt, dass wir reden können, solange ich will, höre ich Annabelle.

»Okay, ich hab den Stoff«, erklärt Annabelle im Hintergrund. »Lass uns in die Gänge kommen! Sprichst du mit D? Ich hab ihm ein Foto von dir in deinem unanständig heißen Kleid geschickt. Hey, Dante: Valerie und Max gehen heute Abend mit uns aus. Wir sind ganz brav. Aber deine Süße muss jetzt los.«

Charlie klingt, als würde sie mit Annabelle um das Handy ringen. Endlich höre ich Charlie in den Hörer sagen: »Ich ruf dich später wieder an.«

»Pass auf dich auf«, sage ich ins Leere. Mit dem Gefühl, gerade einen Schlag in die Nieren erhalten zu haben, trotte ich zurück ins Haus, die Finger vor Kälte ganz taub. Schnee knirscht unter meinen Schuhen, und als ich am Haus ankomme, trete ich sie mir auf einer Matte mit kleinen Hundespuren ab, auf der steht: »Pfoten abputzen«.

Als ich aufschaue, begegne ich Aspens Blick. Sie scheint etwas auf meinem Gesicht zu sehen, das ihr Sorgen macht, denn sie reißt sich von Gage und Lyra und dem Rest ihrer Blutegel los und kommt zu mir.

Sie fragt nicht, was los ist. Sie drückt mir einfach ihren Drink in die Hand und berührt sanft den Fuß des Glases, schiebt es hinauf zu meinem Mund. Sie schaut mir dabei die ganze Zeit in die Augen. Es ist, als wisse sie, dass mit mir etwas ganz und gar nicht stimmt, habe aber keine Ahnung, wie sie damit umgehen soll. Daher bietet sie mir an, was sie sich in derselben Situation wünschen würde – eine Chance zu vergessen.

Ich sehe die bernsteinfarbene Flüssigkeit und denke an Charlie. Denke daran, dass ich mit diesem Auftrag weitermachen und aufhören muss, mich ablenken zu lassen. Aber dann sagt Aspen: »Trink. Das hilft.«

Sie weiß nicht, was mit mir los ist, und es interessiert sie auch nicht. Sie hat mit ihren eigenen Problemen zu kämpfen. Aber sie weiß, dass der Alkohol in meiner Hand meine Sorgen ausblenden wird. Und sie hat recht. Ich habe keine Ahnung, wie ich mit dem Gefühl umgehen soll, dass die einzige Frau, an der mir jemals etwas lag, verschwindet und durch jemanden ersetzt wird, den ich nicht kenne. Aber eines weiß ich. Ich weiß, wie ich mich fühlen werde, wenn ich dieses Glas kippe und spüre, wie mir der Alkohol brennend die Kehle runterrauscht.

Also tue ich das, womit ich mich auskenne. Nur für heute Nacht lasse ich mein Unbehagen los und finde mich selbst wieder. Ich weiche Aspen nicht von der Seite. Sie macht Platz für mich. Ich sehe in ihren Augen, dass sie dankbar ist. Dass sie denkt, dass ich vielleicht Wort halten und bleiben werde. Und das nicht aus den falschen Gründen. Sie will nichts von mir, außer dass ich bleibe. Und ich will nichts von ihr, außer mich daran zu erinnern, wie ich früher war – frei, wild …

Lebendig.

Als die Sonne hinter den Bergen erscheint, wirft Aspen mir den Arm um die Schultern, als seien wir Freunde, seit sich die Erde dreht. »Wenn du dir irgendetwas wünschen könntest, Dante, was immer du willst, was wäre das?«, nuschelt sie.

Obwohl ich mit Alkohol zugedröhnt bin, kommt meine Antwort klar und schnell. »Sie. Ich will Charlie.«

13
Exkursion

Während der nächsten beiden Tage bleibe ich in Aspens Umfeld und gebe mir alle Mühe, nicht an das Mädchen in Alabama zu denken, das ich vermisse. Manchmal ermutige ich Aspen, mehr Zeit mit Sahara zu verbringen, weil ich hoffe, dass ihre kleine Schwester meine Arbeit vielleicht für mich erledigt.

Es funktioniert nicht.

Stattdessen entferne ich mich immer weiter von dem Mann, den Charlie irgendwie aus mir hervorgeholt hat, und verliere mich in meinem alten Lebensstil. Irgendwo im Hinterkopf weiß ich, dass ich ein Befreier bin. Dass ich nur wegen des Dargons um meinen Knöchel überlebe. Bisweilen frage ich mich, wie lange der Oberguru mir das noch durchgehen lässt. Angeblich ist er ein rachsüchtiger Anführer, daher kann das nicht mehr lange gutgehen.

Ich erwache an meinem vierten Tag in Denver, weil jemand an meine Tür hämmert. Ich vermute, dass es wieder die Frau mit den Männerhänden ist und dass ich letzte Nacht vielleicht wieder zu laut war. Wenn es so war, würde ich mich nicht mehr daran erinnern, wie mir mein pochender Kopf verrät.

Als ich die Tür öffne, steht Aspen vor mir, ganz in Schwarz bis auf fingerlose Handschuhe in schrillem Pink. Sie schießt an mir vorbei, nicht ohne meine Tätowierungen zu bewundern – den Drachen auf meinem Rücken und den Baum, der meinen Arm hinaufwächst und sich über meiner Schulter verzweigt. Abgesehen davon lässt sie meinem halbnackten Oberkörper die gleiche Aufmerksamkeit zuteil werden, die sie einem Bleistift der Stärke B schenken würde.

Sie betrachtet den Raum und krümmt sich dann, als hätte sie gerade die Infektionsquelle sämtlicher Grippeformen ausfindig gemacht. »Hast du nicht gesagt, dein Dad hätte eine Eigentumswohnung?«

Habe ich das gesagt? Wenn ja, erinnere ich mich nicht daran. Während meine Gedanken sich überschlagen, beschließe ich, die Mitleidskarte auszuspielen. Ich senke den Blick zu Boden und wende mich ab. »Der Scheißkerl ist schon eine ganze Weile weg.«

Aspen betrachtet die Möbel, die ich wieder in einen halbwegs ordentlichen Zustand versetzt habe. »Eltern können ganz schöne Arschlöcher sein, was?«

Ich nicke und denke: Je weniger ich sage, desto besser. Obwohl ich gern fragen würde, woher sie weiß, wo ich wohne.

»Zieh dich an.« Sie verzieht den Mund zu einem Lächeln. »Wir machen eine Exkursion.«

»Lieber würde ich den Kopf in einen Fleischwolf stecken«, gebe ich zurück. Aber in Wirklichkeit werde ich hingehen, wo immer sie hingeht.

Weil sie mein Auftrag ist.

Weil ich es verdammt noch mal hasse, allein zu sein.

»Wie bist du hierhergekommen?«, frage ich.

»Wir haben in Denver diese gelben Zauberwagen, die einen für Geld überall hinbringen.« Aspen beginnt, meine Sachen in eine Reisetasche zu stopfen, und rümpft die Nase – und den Nasen*ring* – wegen einiger meiner Modeentscheidungen, was ich höchst beleidigend finde.

»Das Hemd, von dem du so angewidert bist, kostet hundert Dollar«, erkläre ich ihr.

»Kein Wunder, dass es scheiße aussieht«, versetzt sie. Mir klappt der Unterkiefer runter, denn ich bin so was nicht gewöhnt. *Ich* bin der Reiche. *Ich* bin der mit den schönen Sachen, die jeder haben will. Aber nicht in ihrer Nähe, wie mir klar wird. Aspen ist wie ich, wenn ich jeden Morgen einen Milkshake aus Steroiden und Crack trinken würde. »Schreckliche Klamotten hin oder her, wir verlassen die Stadt. Ich muss hier mal raus.« Sie sieht mich aus dem Augenwinkel an, als erwarte sie eine Ablehnung. »Du bist derjenige, der gesagt hat, er habe sonst nichts vor.«

Zehn Minuten später rast Aspen mit meinem Schlampenschlepper aus Denver, als sei uns ein Tornado auf den Fersen. Und eine halbe Stunde später – sagt sie jedenfalls, ich habe gepennt – biegen wir in eine Stadt ein, die auf eine Postkarte gehört. Auf eine dreißig Jahre alte und vergilbte Postkarte. Es ist, als wären die dicht an dicht stehenden Läden und gepflasterten Straßen früher mal ein herrlicher Anblick gewesen, aber jetzt ist es ein Ort, von dem die Leute sagen, er werde eines Tages »zu neuem Leben erwachen«.

Aspen biegt in eine Lehmstraße ein und bahnt uns einen Pfad durch die Fichten. Erst jetzt komme ich auf die Idee zu fragen, wo wir hinwollen. Während der letzten paar Tage bin ich Aspen blind gefolgt. Früher sind die Leute mir gefolgt. Aber wie viele andere bin ich in Aspens Netz gefangen und habe zugelassen, dass ihre Bedürfnisse mich leer saugen.

»Wohin fahren wir?«, erkundige ich mich. »Und warum ist Lincoln nicht mitgekommen?«

»Das hier gehört meiner Familie.« Aspen spuckt das Wort *Familie* förmlich aus. »Lincoln meinte, er bleibe bei Sahara. Irgendjemand muss auf sie aufpassen, während Dad weg ist und weiß der Geier was tut.«

Ich sehe Aspen an und beobachte, wie ihre Knöchel sich um das Lenkrad krampfen. »Lincoln ist gut zu dir. Wart ihr schon mal im Bett?«

Aspen lacht. »Lincoln? Nein. Wir sind Freunde aus Kindertagen. Wir haben gemeinsame Erinnerungen an die Front. Wenn du ihn fragst, meint er das sogar genau so.«

»Er ist wirklich ein ziemlich scheues Reh«, erwidere ich. »Ich wette, sein militärischer Vater steht total auf seine Piercings.«

Aspen sagt nichts, sondern schüttelt nur den Kopf.

Ich lasse das Thema fallen und ziehe mein Handy aus der Gesäßtasche. Es hat nicht vibriert, seit wir losgefahren sind, daher weiß ich, dass nichts von Charlie da sein wird. Trotzdem brenne ich darauf, mit ihr zu reden, obwohl unsere Gespräche immer gezwungener geworden sind. Nur damit das klar ist: Wenn Salem und Easton aufhören würden, sie zu überreden, blöden Mist anzustellen, wäre zwischen uns alles in Ordnung.

Mein Gesicht wird warm, als ich sehe, dass ich neun versäumte Anrufe und vier Nachrichten auf der Mailbox von ihr habe.

»Was ist los?«, fragt Aspen.

»Meine Freundin hat ungefähr eine Million mal angerufen.« Fast gegen meinen Willen fange ich an, breit zu grinsen. Sie hat angerufen. Sie hat *oft* angerufen. Und mein verdammter Klingelton war ausgeschaltet. Ich sage mir, dass mit unserer Beziehung alles in Ordnung ist, sonst hätte sie nicht so oft angerufen, selbst wenn es um zwei Uhr morgens war. Wie immer überlege ich kurz, ob vielleicht etwas Schlimmes passiert ist, aber wenn das der Fall wäre, hätte wahrscheinlich jemand anders angerufen. Und ich will ihr mehr vertrauen.

Als Aspen vor einer schneebeladenen Hütte parkt, die für Zeus persönlich gebaut worden sein muss, versuche ich, meine Mailbox abzuhören. Der Empfang ist jedoch miserabel, und ihre Nachrichten sind vor lauter Störgeräuschen nicht zu verstehen. Ich greife in meine Gesäßtasche, um das Horn herauszuholen, das mein Vater mir gegeben hat, und halte es in der Hand. Aber ich kann Charlies Aufenthaltsort nicht gut lesen. Es ist beinahe so, als fühlte ich hier in Colorado nur mein eigenes Horn. Frustriert schaue ich zu Aspen.

»Kannst du mich in die Stadt zurückfahren?«, sage ich. »Ich kann meine Mailbox nicht abhören.«

»Nun werd mal locker, Dandyboy. Ich weiß, dass du deine Tage hast, aber alles wird gut. Sobald wir drin sind, erklär ich dir alles über Maxi-Binden, persönliche Hygiene und wie sich ein männlicher Penis anfühlt.« Aspen nimmt unsere Taschen aus dem Kofferraum und geht auf eine gewölbte Doppeltür aus Eiche zu. Der Art nach zu urteilen, wie sie die Treppe hinaufhuscht, ist sie offensichtlich wegen irgendetwas nervös – als warte sie darauf, dass etwas Großes geschieht.

Ich knirsche mit den Zähnen und stapfe durch den Schnee hinter Aspen her, wohl wissend, dass ich wahrscheinlich nur eine halbe Stunde durchhalten werde, bevor ich den letzten Rest meiner Männlichkeit wegwerfe und mich auf die Suche nach einem Signal begebe. Obwohl ich mir nicht sicher bin, warum Aspen mich hier hergebracht hat, bin ich froh darüber. Sie ist weg von Gage und Lyra und diesen ganzen Partys, und ich bin es auch. Das wird mir helfen, mich darauf zu konzentrieren, diesen Auftrag zu erfüllen. Und wenn ich ehrlich bin, ist diese Hütte der Hammer.

Das zweistöckige Blockhaus mit umlaufender Veranda sieht von außen aus, als sei es nur mithilfe von Baumstämmen und Lehm errichtet worden.

Eher mithilfe von erbärmlicher Plackerei und viel Geld, aber was soll's.

Das Innere bietet mehr davon: rustikal trifft reich in Form eines Geweih-Kronleuchters, eines Bärenfells, dunkler Ledersofas und karierter Chenille-Decken. Während ich durchs Haus gehe, entdecke ich sechs Schlafzimmer und genug Bäder, dass Schneewittchens sieben dreckige Zwerge sich alle zugleich auch untenrum gründlich reinigen können.

Nach meinem Erkundungsgang lasse ich mich auf eine Couch sinken und sehe Aspen zu, wie sie Feuer macht. Mein Verstand beginnt, die Sekunden zu zählen, und ich denke: jetzt oder nie. Es hat Spaß gemacht, sich in diesem Mädchen zu verlieren, aber ich weiß, wo mein Herz liegt, und nachdem ich gesehen habe, wie oft Charlie angerufen hat, weiß ich, dass ich mir nichts mehr wünsche, als zu ihr nach Hause zurückzukehren. Ich beschließe, dass ich das am besten schaffe, indem ich aggressiv mit Aspen umgehe. Vielleicht sollte ich Sahara zur Sprache bringen und fragen, ob ihre kleine Schwester ihrer Meinung nach nicht ein besseres Vorbild verdient hat.

Ich will gerade mit meiner Strafpredigt loslegen, als es an der Tür klopft. Aspen zuckt zusammen wie ein erschrockenes Reh, dann rennt sie durch den Raum. Ich rufe mir ins Gedächtnis, wer ich bin und dass da draußen immer noch irgendwo ein Sammler ist, und springe auf. »Wer ist da?«, frage ich sie.

Aspen erstarrt, bevor sie die Tür erreicht, als sei ihr etwas eingefallen. »Keine Ahnung.«

Sie dreht sich um und sieht mich an. Ihr Gesicht verrät nichts. Ich trete schnell vor sie hin, schirme ihren Körper mit meinem ab. »Geh zurück«, zische ich. Dann drehe ich den Knauf, ziehe die Tür auf …

… und Charlie Cooper lächelt mich an.

Aspen schlägt mir auf den Rücken. »Gott, wenn du dein Gesicht sehen könntest! Was dachtest du denn, wer da draußen ist?«

Ich höre ihre Worte, aber ich kann an nichts anderes denken als an Charlie. Sie steht vollkommen reglos da, ihre langen, schlanken Arme hängen locker herab. »Dante«, haucht sie.

Ich zögere keinen Moment. Ich reiße sie in die Arme und drücke sie an mich. Sie ist ganz nah, aber es ist nicht nah genug. Sie zu berühren ist so schön, dass es sich nicht in Worte fassen lässt. Als wir getrennt waren, habe ich ihre Seele in mir getragen. Aber jetzt habe ich auch ihren Körper. Und das genügt, dass mir schwindelig wird vor Glück.

Ich stelle sie ab und streiche ihr mit den Händen über die Wangen, den Hals. Ich schaue ihr ins Gesicht und präge es mir ein. Wir waren nur vier Tage getrennt, aber schon jetzt hatte ich vergessen, wie wunderbar sie ist. »Meine Charlie«, flüstere ich. Ich vergesse jeden angespannten Augenblick zwischen uns und all die leichtsinnigen Dinge, die sie getan hat, und beuge mich vor, um meine Lippen auf ihre zu drücken.

Aber bevor ich sie küssen kann, platzt Annabelle auf die Türschwelle und knallt eine übergroße Nike-Tasche gegen Charlie und mich. »Ihr habt doch wohl nicht gedacht, dass ich mir diesen Spaß entgehen lasse, oder?«

Charlie lacht, legt mir einen Arm um die Taille und sieht zu Aspen hinüber. »Ich kann dir gar nicht genug danken«, sagt sie, aber ich bemerke, wie sie Aspen anschaut und sie mustert.

Ich kann kaum fassen, dass Charlie hier ist, und erst recht nicht, was sie sagt. Als ich ihrem Blick zu Aspen folge, frage ich: »Das warst du?«

Aspen lächelt mich an, behält Charlie jedoch wachsam im Auge, als könnte sie ihre Entscheidung bereuen. »Ich habe dich gefragt, wenn du dir irgendetwas wünschen könntest ...« Sie zuckt mit den Achseln, als sei es nichts Besonderes. »Obwohl es mir ein Rätsel ist, wie ihr zwei mit einer Fernbeziehung klarkommt. Ist doch scheiße.«

Ich grinse Aspen an, und bevor ich irgendetwas anderes tue, siegele ich ihre Seele so dermaßen fest, dass mir beinahe schwindlig wird. Sie verdient es aber auch. Denn Aspen ist nicht gern allein, und ihr ist wahrscheinlich klar, dass meine Aufmerksamkeit sich von ihr auf meine Freundin verlagern wird, wenn Charlie hier ist. Aber sie hat es trotzdem getan. Sie hat Charlie und ihre beste Freundin einfliegen lassen, weil sie wusste, dass es mich glücklich machen würde.

»Also, was läuft?«, frage ich in die Runde, fast außer mir vor Freude. »Winterferien in der Hütte, nur wir vier?«

»Na ja ...«, erwidert Charlie. Bei der Art, wie sie das

sagt, verkrampfe ich mich. Ich betrachte das Horn, das auf ihrer Brust aufliegt, und begreife, dass es nicht mein eigenes Amulett war, das ich zuvor gespürt habe, sondern ihres. Weil sie hier war. Weil sie hier *ist*.

»Sei einfach gechillt, okay, Obi-Dan?« Annabelle funkelt mich an, als sei sie bereit für einen Ringkampf mit mir, wenn ich Einwände gegen das erhebe, wovon sie redet – was auch immer das sein mag.

Aber ich weiß nicht, wovon sie redet. Bis ich die beiden sehe.

Ich sehe zwei Männer hinter Annabelle auf die Hütte zukommen. Einer trägt eine blaue Cubs-Mütze, und der andere wirft mir ein verschlagenes Lächeln zu, ein Lächeln, das ich ihm gleich aus seinem verdammten Gesicht prügeln werde. Meine Hände ballen sich zu Fäusten, und als Charlie mich am Ärmel zupft, gehe ich raus, um sie abzufangen.

»Da ist noch mehr«, fleht Charlie. »Ich habe versucht, dich anzurufen.«

Sie zieht weiter an mir, aber es ist, als versuche ein Schmetterling, einen Bullen aufzuhalten. Ich habe geschworen, dass ich versuche, Charlie zu vertrauen, aber dieser Salem hat mit ihrem Leben gepokert und sie überredet, gefährliche Spielchen zu spielen. Und jetzt ist es Zeit, die Scheiß-Zeche zu zahlen.

»Warte, hör zu«, ruft Charlie. »Hör mir zu. Du wirst nicht glauben …«

Aber sie beendet ihren Satz nicht, denn jemand Neues tritt in mein Gesichtsfeld.

Charlie hört auf zu reden.

Mein Herz hört auf zu schlagen.

Der Typ schaut über meine Schulter hinweg zu Aspen und grinst. »Mann, ist die Alte heiß«, sagt er.

Es ist Blue.

14
Kein Blues für Blue

Ich stehe wie erstarrt da, als Salem und Easton an mir vorbei ins Haus gehen. Blue sieht mich weiter an und grinst extrabreit.

»Wie kann das …?« Meine Stimme verliert sich. »Ich dachte, du wärst …«

»To-to-to-tot?« Blue lacht, und seine Augen leuchten vor Freude. »Ist das das Wort, das du gesucht hast? Du dachtest, ich wäre *tot?*«

Ich schaue hinter mich, ob auch niemand gehört hat, dass er zugegeben hat, eine wandelnde Leiche zu sein.

»Guck nicht so überrascht.« Er stopft die Hände in die Taschen, lehnt sich auf den Fersen zurück und schaut zu irgendetwas nach oben. »Du bist nicht die einzige *besondere* Person, die es auf Erden gibt.«

Und dann kommt mir die Erleuchtung. Ich lasse mich auf den Boden fallen und reiße das Hosenbein seiner Jeans hoch. »Ha!« Ich schlage auf seine Fußfessel, und es ist mir etwas peinlich, dass ich sie nicht früher gespürt habe. »Todesstrafe auf Bewährung, habe ich recht?« Ich springe auf die Füße und werfe die Arme um Blue. Ich kann nicht anders. Ich dachte, der Kerl sei da draußen gestorben, und jetzt ist er hier und atmet ein und aus, als würde er dafür bezahlt. »Moment mal.« Ich trete zurück und sehe ihm in die Augen. »Du bist doch ein Befreier, oder?«

»Natürlich!« Blues Brust schwillt vor Stolz, und ich bemerke, dass sie nicht mehr so schmal ist wie früher. Bei seinem Anblick summt mein Körper. Ich begreife einfach nicht, dass er wirklich hier ist.

Als ich mich zu Charlie umdrehe, sehe ich, dass sie versucht, ihr Lächeln zu verbergen. Das Gleiche tut Annabelle. Doch Salem, Easton und Aspen wirken einfach nur ratlos, und das ist gut. Weder meine Zielperson noch die zwei verblödeten Zwillinge müssen wissen, was hier läuft.

»Ich bin gleich wieder da«, sage ich zu Charlie und drücke ihr die Hand. Sie nickt, dann ziehe ich die Tür hinter mir zu und zerre Blue von der Veranda. Obwohl der Schnee in der Morgensonne glitzert und mir der Geruch von Tannen in die Nase steigt, kann ich mich nicht entspannen. Denn Blue, von dem ich dachte, er läge zwei Meter unter der Erde, steht jetzt vor mir. Und das bedeutet nichts Gutes.

»Warum hat der Oberguru dich zu einem Befreier gemacht?«, frage ich. Ich habe eine ganze Reihe Fragen an diesen Kerl, und ich bin mir nicht sicher, warum dies die erste ist.

»Mehr Arbeitskräfte«, erwidert er professionell. »Schätze ich mal.«

»Mehr Arbeitskräfte wofür?«

Blue zuckt mit den Achseln. »Keine Ahnung.«

Nur sieht es nicht so aus, als hätte er keine Ahnung. Es sieht aus, als wisse er es ganz genau. Aber ich habe viel zu viele weitere Fragen, um mich zu streiten. »Wann bist du ein Befreier geworden?«

Er grinst. »Ein paar Tage, nachdem ich abgekratzt bin, aber ich habe erst vor einer Woche einen Auftrag bekommen.«

»Einen Auftrag?«

»Ja. Ich wurde ausgeschickt, um sie zu bewachen, nachdem man dich nach Denver verfrachtet hat.« Blue schaut zu der Hütte hinüber. Er spricht von Charlie. Was ich nicht verstehe, ist, warum er diesen entrückten Ausdruck auf dem Gesicht hat. Dann fällt mir wieder ein, wie heiß er auf sie war, als er noch gelebt hat. Ich schätze, manche Dinge ändern sich selbst nach dem Tod nicht – und eins dieser Dinge ist meine Fähigkeit, ihm in den Arsch zu treten, wenn er sie anmacht. Obwohl das angesichts seiner Größe nicht ganz so einfach sein wird.

»Du siehst anders aus«, bemerke ich. Und jetzt, da ich den Gedanken laut ausgesprochen habe, wird mir bewusst, wie sehr sich Blue verändert hat. Er hat Muskeln, Gesichtsbehaarung, und seine Locken sehen weniger nach nassem Hund und mehr nach Rockstar aus. »Hast du ein spezielles Befreier- Restyling bekommen?« Ich lache über meinen Witz, aber er wird rot, als hätte ich ins Schwarze getroffen. »Nein. Im Ernst? Du hast darum gebeten, so auszusehen?« Ich habe von Sammlern gehört, die Sonderwünsche an Lucille gerichtet haben, bevor sie ihre Fessel bekamen, aber ich dachte immer, das sei nur eine Geschichte. Jetzt bin ich mir nicht mehr so sicher, ob nicht doch mehr dran war und ob das nur für Sammler galt.

Blue tritt näher. »Charlie scheint mir in Sachen fester Freund eine andere Option zu haben.«

Ich runzle die Stirn, weil ich *weiß,* dass dieser Bursche mich nicht gerade herausgefordert hat.

Blues Mundwinkel zuckt in die Höhe, als würde er gleich eine Bombe platzen lassen. »Kannst du mich jetzt hören, Befreier?«

Diese Worte hallen wie ein Pistolenschuss durch meinen Kopf. »Du! Du warst das. Du hast mir diese Nachricht auf dem Spiegel hinterlassen!«

»Ich murmele nicht mehr, Sammler.«

»Ich bin kein Sammler mehr, du Würstchen.« Ich kann nicht anders, ich grinse genauso breit wie Blue, denn obwohl er meine Beziehung bedroht, bin ich glücklich zu sehen, dass ihm Eier gewachsen sind.

Blue lässt die Schultern kreisen, als sei er sich nicht sicher, wie er mir sagen soll, was ihn beschäftigt. »Wir müssen über etwas reden.«

Ich blicke zurück, ob auch niemand da ist, denn das, was er gleich loswerden wird, klingt ernst. Als ich mich wieder umdrehe, reibt Blue sich das Kinn, was verrückt ist, denn als ich ihn das letzte Mal gesehen habe, hatte er keines.

»Diese Typen, Salem und sein Bruder Easton«, beginnt Blue. »Ich mag sie nicht.«

Endlich sind wir zwei uns über etwas anderes einig als über meine Freundin. »Ja, genau! Warum haben Val oder Max nicht dafür gesorgt, dass Charlie den Kontakt zu ihnen abbricht?«, frage ich. »Übrigens, wissen Red und ihr Betthupferl überhaupt, dass du hier bist?«

Blue nickt. »Valerie wusste von meinem Auftrag, bevor ich es erfuhr. Max hat es unmittelbar vor der Reise herausgefunden. Charlie auch. Gar nicht so einfach, sich im Flugzeug mit dem Schatten unsichtbar zu machen.«

Ich denke daran, wie oft Valerie mir erklärt hat, dass Charlie sicher sei, dass sie sich um alles gekümmert hätten. Wahrscheinlich hat sie damit gemeint, dass Blue den Auftrag erhalten hat, mein Mädchen im Auge zu behalten. Es ist mir unheimlich, dass Blue Charlie gefolgt ist, dass er sie *beobachtet* hat, ohne dass sie davon wusste. Aber vermutlich diente es ihrem Schutz. Es erklärt auch, warum Charlie mich heute Morgen neun Mal angerufen hat. Sie muss das mit Blue erfahren haben und konnte es nicht erwarten, mir das zu sagen. Ich grinse bei diesem Gedanken, dann werde ich wieder ernst, als mir bewusst wird, dass Blue mich anstarrt. Und dass er meine Frage zu Salem und Easton immer noch nicht beantwortet hat.

»Also, warum lassen wir zu, dass sich diese wandelnden Bremsspuren in ihrer Nähe rumtreiben?«, frage ich.

Blue presst die Lippen zusammen. »Zuerst dachten wir, je mehr Menschen in ihrer Nähe seien, desto besser. Die Sammler wollen es nicht riskieren, jemand anderen zu verletzen. Also ist es besser, wenn sie auch außerhalb der Schulstunden in menschlicher Gesellschaft ist, stimmt's?«

»Und jetzt?«, hake ich nach, während meine Fäuste sich ballen. Red und Max mögen zwar gedacht haben, dass diese Witzbolde ihrer Sache helfen würden, aber ich habe die Brüder von Anfang an nicht gemocht. Je eher ich sie loswerden kann, umso besser.

»Jetzt diskutieren wir über die Vor- und Nachteile«, fährt er fort. »Einerseits besteht Charlies Ziel auf Erden ja gerade darin, ihre Wohltätigkeitsorganisation weiterzuentwickeln und Menschen Gutes zu tun. Sie hilft traurigen Gestalten gern, und wir können sie nicht alle wegjagen. Andererseits sind diese Kerle Arschlöcher.«

Ich nicke und drehe die Handflächen nach oben, als wolle ich sagen: *genau*.

Blue verliert seine professionelle Gelassenheit und seufzt. »Sie drängen sie andauernd, irgendeinen Scheiß zu machen, den ... Scheiß, den ...«

»Scheiß, den die meisten Leute unseres Alters machen?«, schlage ich vor und bin genauso frustriert wie er.

»Ja«, bestätigt er und sieht mir in die Augen.

Ich stöhne. »Wer hat die beiden überhaupt eingeladen? Charlie bestimmt nicht.«

»Keine Ahnung«, antwortet er. »Annabelle vielleicht. Aber warum sollte Charlie sie nicht einladen? Aspen hat gesagt, dass sie jeden mitbringen kann, den sie mitbringen will. Und ist es nicht typisch Charlie, neue Freunde woandershin mitzubringen, wo sie nicht eingeladen sind?«

»Ich verstehe immer noch nicht, warum wir sie nicht verscheuchen und Charlie mit anderen Menschen umgeben, die sie nicht zu Schwachsinnsaktionen überreden.«

»Wie sich in eine unterirdische Höhle abseilen?«, schlägt Blue vor.

»Sag mir, dass du lügst.« Das Blut pocht mir in den Schläfen.

Blue knirscht mit den Zähnen. »Schön wär's. Es ist, als wären sie Adrenalin-Junkies, und Charlie macht einfach mit.«

Ich wirbele auf dem Absatz herum und will zum Haus zurück. Im Moment ist mir alles andere egal; ich will nur Charlie beschützen. Und wenn ich dafür diese Typen vermöbeln muss, dann werde ich es tun. Blue packt mich am Arm, noch bevor ich drei Schritte weit gekommen bin, und reißt mich zurück, aber ich bin kaum zu bremsen. Blue ist zwar größer als früher, aber bei ihm verteilen sich keine neunzig Kilo Muskeln auf einen Meter achtundachtzig.

»Reg dich ab«, ruft Blue. »Wir werden sie beobachten. Heute Nacht werden wir sie beobachten. Und wenn einer von ihnen Charlie vorschlägt, etwas Dummes zu tun, dann kriegen sie einen Tritt in den Arsch.«

Ich höre auf, Blue hinter mir her zu zerren, und zögere. Über die Schulter sage ich: »Ich darf als Erster.«

Blue lacht. »Einverstanden. Aber lass die Finger von den Protein-Shakes, Hulk. Die tun da Kuhpisse rein.«

Ich drehe mich um und sehe Blue lange an. »Bist du wirklich hier?«

»In echt«, antwortet er.

»Wirst du dich an mein Mädchen ranmachen?«

»Darauf kannst du wetten.«

Ich lache, und ein Atemwölkchen steigt in den kalten Nachmittag auf. »Lass uns reingehen, bevor dir noch die Nudel abfriert.«

Als Blue und ich auf das Haus zugehen, erwische ich ihn dabei, wie er mich aus dem Augenwinkel ansieht. Sein Gesicht ist vor Sorge verzerrt, und ich bekomme ein flaues Gefühl im Magen. Ich packe ihn an der Schulter. »Gibt es da noch etwas, das du mir nicht erzählt hast?«

Blue beißt sich auf die Unterlippe. Dann schüttelt er den Kopf. »Nein.«

»Blue?«, hake ich nach und verstärke den Druck.

»Alter, hör auf auszuflippen. Wenn es noch etwas zu sagen gäbe, würde ich es sagen.« Er lächelt, und ich entspanne mich geringfügig. »Lass uns reingehen. Mir tut schon tierisch die Nudel weh.«

Ich beschließe, Blue fürs Erste zu vertrauen, folge ihm in die Hütte und schaue sofort nach Charlie. Sie sitzt hinter Aspen und flechtet ihr das Haar. Aspen sieht mich an, als sei sie sich nicht sicher, wie sie damit umgehen soll, dass Charlie so nett zu ihr ist. Ich frage mich, ob Charlie nicht deswegen freundlich ist, weil sie bei ihrer Ankunft Aspen so angesehen hat, als sei sie bereit, um ihren Mann zu kämpfen, wenn nötig.

Ungeachtet der Frage, warum sie nett ist, breitet sich in meiner Brust ein warmes Gefühl aus, als ich sehe, wie Charlie sich um Aspen kümmert. Es scheint fast so, als würde sie mir etwas Gutes tun, indem sie sich um Aspen kümmert, obwohl ich keine Ahnung habe, warum das so ist.

Annabelle, die nicht erfreut darüber ist, ihre beste Freundin zu teilen, starrt Aspen finster an.

Ich richte meine Aufmerksamkeit auf Salem und Easton, die sich auf der Couch lümmeln. Und dann schieße ich auf sie zu. Blue meint, ich soll mich nicht mit ihnen anlegen, aber das bedeutet nicht, dass ich sie nicht daran erinnern kann, wer jetzt auf Charlie aufpasst.

Ich quetsche mich zwischen die beiden und grinse sie nacheinander an, nur um sie zu ärgern.

»Kann ich dir helfen?«, fragt Easton.

Ich reiße den Kopf zu Easton herum und starre ihn an. *Das* habe ich nicht erwartet. Er funkelt mich für einen langen Moment an, und gerade als ich ihm eins aufs Maul geben will – Scheiß drauf, was ich Blue versprochen habe –, wirft Easton den Kopf in den Nacken und lacht.

»Tut mir leid«, sagt er, und seine dunklen Augen tanzen. »Ich hab nur Quatsch gemacht.«

Ich will ihm immer noch eine kleben.

Er streckt die Hand aus. »Mein Bruder hat mir erzählt, du hättest mich dabei ertappt, wie ich zu Charlies Fenster raufgeschaut habe. Mann, wenn das einer mit meiner alten Freundin gemacht hätte, hätte ich ihn wahrscheinlich umgebracht.« Sein Blick geht ins Leere, und das Lächeln rutscht ihm vom Gesicht. »Ich bin manchmal durcheinander.«

Als ich beobachte, wie seine Schultern herabsacken, tut er mir beinahe leid. Aber noch bin ich nicht bereit, ihn in Ruhe zu lassen. »Wie oft bist du durcheinander?«

Er zuckt zusammen, als hätte ich ihn wirklich geschlagen, und ich fühle mich mies. »Sagen wir einfach, ich bin nicht sonderlich beliebt bei den Damen.«

»Es ist okay«, ruft Charlie von der anderen Seite des Raumes, während sie so ein Gummiding um Aspens Zopf macht. »Es ist keine große Sache. Stimmt's, Dante?« Sie wirft mir einen wütenden Blick zu, und ich kann nur daran denken, wie gern ich sie küssen würde.

Ich schaue zu Salem, der sich in der Hütte umsieht wie ein Kind in einer Eisdiele. »Dieses Haus ist so was von cool«, murmelt er.

Und in diesem Moment ändere ich meine Meinung. Ich glaube, dass diese Jungs vielleicht tatsächlich harmlos sind und dass sie es wahrscheinlich nicht auf Charlie abgesehen haben. Viel wahrscheinlicher ist, dass die beiden Adrenalin-Junkies sind, die an einem aktuen Mangel an Hirnzellen leiden.

Aspen steht auf und verlässt Charlie wie eine nervöse Katze, die zu oft getreten worden ist und Freundlichkeit in diesem Ausmaß nicht länger traut. »Ich habe eine Idee für heute Abend«, verkündet sie und legt den Kopf schräg, sodass wir einen besseren Blick auf ihren Diamant-Nasenring haben. »Ein Freund hat mir erzählt, dass hier unten ein Rave stattfindet.«

»Ein Rave?«, wiederhole ich. »Wo sind wir denn, in den Neunzigern? Macht man das überhaupt noch?«

Aspen verdreht die Augen, und dann sieht sie aus irgendeinem Grund Blue an. »Hast du Lust?«

Blue reißt die Augen auf, bis sie fast explodieren. Anscheinend ist er doch nicht so selbstbewusst, wie er behauptet. »Ich? Ja, das klingt gut. Ich meine, das könnte Spaß machen.«

»Cool«, entgegnet sie. Dann zündet sie sich eine Zigarette an und geht in die Küche.

Ich stehe auf und trete vor Charlie hin, nicht länger imstande, die Hände von ihr zu lassen. Nachdem ich sie auf die Füße gezogen habe, schlinge ich die Arme um sie und drücke ihr den Mund auf den Hals. »Ich kann nicht glauben, dass du wirklich da bist«, flüstere ich auf ihre Haut.

Charlie versteift sich plötzlich in meiner Umarmung. »Hey, Aspen«, murmelt sie und tritt von mir weg. »Warum fangen wir nicht jetzt schon mit Vorglühen an? Warum warten?«

Mein Herz brennt wie eine Sternschnuppe. Es liegt nicht an dem, was sie gesagt hat, obwohl mich allein schon ihre Worte zusammenzucken lassen. Es ist die Tatsache, dass sie sich zurückgezogen hat. Ich habe sie an mich gedrückt, und sie hat einen Schritt zurück getan.

Als Charlie förmlich zu Aspen hinüberspringt und Aspen eine Flasche mit etwas Ungesundem hervorholt, klappt mir der Unterkiefer runter. Ich dachte, ich müsse *ein* Mädchen aus Schwierigkeiten heraushalten. Eines. Aber jetzt – während ich beobachte, wie Charlie nach der Flasche greift und fragt, wo die Party steigt – begreife ich, dass ich *zwei* habe.

Ich bin der geilste Typ unter der Sonne.

Ein Champion.

Aber ich habe nur zwei Augen, und ich kann nicht mit je einem je ein Mädchen im Blick halten. Nicht mal ich bin so gut.

Als Aspen Modest Mouse aus den Boxen dröhnen lässt und Charlie ihre Hände ergreift, um zu tanzen, kann ich nur denken: *Zum Teufel, nein.*

Blue sieht genauso besorgt aus wie ich. Und Annabelle wirkt einfach nur angepisst.

Und Salem – bei Salem läuft mir eine Gänsehaut über den Rücken. Denn er sieht Charlie an und tuschelt mit seinem Bruder, als laufe alles perfekt. Der Mann erwischt mich dabei, wie ich ihn beobachte, und ich richte mich auf.

Dann sehe ich es, diesen Glanz in seinen Augen, den ich bei meiner ersten Begegnung mit ihm bemerkt habe. Er verrät mir, dass er etwas verbirgt. Dass Charlie sich in eine Unbekannte verwandelt und Salem sie ansieht, als sei sie ein Zielobjekt. Und das bedeutet: Heute Abend kriegt jemand eine höllische Abreibung.

15
Kuckuck

Für den Rest des Nachmittags bringt Charlie mich völlig durcheinander. Ich ziehe sie an mich, und sie sinkt mir an die Brust, als sei sie ihr Zuhause – und dann reißt sie sich los und macht sich noch einen Drink. Ich ziehe eine Spur von Küssen über ihr Schlüsselbein und arbeite mich an ihrem Hals entlang zu ihrem Mund empor – und bevor unsere Lippen sich treffen, wendet sie sich ab.

Falls sie versucht, mich umzubringen, funktioniert es.

Einmal führe ich sie in eine Ecke, um sie zu fragen, was hier eigentlich los ist, aber sie stößt nur ein betrunkenes Lachen aus und erklärt, alles sei bestens. Aber ich weiß, dass es das nicht ist. Ich sehe es in ihren Augen, als wünsche sie sich nichts mehr, als meine Zuneigung anzunehmen und zu erwidern – wolle sich diesen Luxus aber nicht erlauben.

Als die Sonne endlich untergeht, verteilen wir sieben uns auf meinem lindgrünen Kia und Blues Mietwagen. Ich habe das Vergnügen, die beiden Brüder zu chauffieren, die Charlie vom Rücksitz aus anstarren und flüstern. Als ich sie im Rückspiegel beobachte, nehme ich

Charlies Hand. Sie erlaubt mir, sie zu halten, und Erleichterung durchströmt mich. Aber ich kann mich nicht vollkommen entspannen, nicht, während ich versuche zu hören, was Salem und Easton sagen.

Ich folge Aspen zwanzig Minuten lang, dann halten wir hinter einem leer stehenden Wal-Mart. Musik dringt aus dem Gebäude, und ich frage mich, wie lange es wohl dauert, bis die Cops den Laden hochgehen lassen. Andererseits frage ich mich angesichts der vielen mit Brettern vernagelten Läden in der Gegend, ob hier eigentlich überhaupt mal jemand vorbeikommt.

Charlie lässt meine Hand los und steigt aus dem Wagen. Sobald ich den Motor ausgeschaltet habe, eile ich zu Blue hinüber. »Die Brüder haben die ganze Fahrt über getuschelt.« Ich trete dicht vor ihn hin, damit sie mich nicht hören. »Das macht mich nervös, Alter.«

Blue wirft Salem und Easton einen finsteren Blick zu, dann schaut er wieder zu mir. Er atmet durch die Nase aus, als wolle er nicht zugeben, was er gleich sagen wird. »Seit wir hier sind, verhalten sie sich anders.«

»Inwiefern?«, frage ich, während Annabelle Handyfotos von Charlie macht.

Blue zuckt mit den Achseln. »Als wir noch in Peachville waren, haben sie sich normal benommen. Als wären sie einfach zwei ...«

»Idioten?«, ergänze ich.

Er nickt. »Ja. Genau. Selbst im Flugzeug waren sie harmlos. Zwei Hirnis, die mit der Kotztüte spielen.«

Aspen winkt, dass wir uns beeilen sollen, und gibt

uns pantomimisch zu verstehen, dass sie friert. Ich hebe einen Finger. »Als sie sich normal benommen haben, war Max dabei?«

»Ja«, bestätigt Blue. »Und?«

»Vielleicht geben sie sich gechillt, solange Leute zusehen.«

»Kann sein.« Blue boxt mich leicht gegen die Schulter. Die Geste ist seltsam, wenn man bedenkt, wie schildkrötenhaft zurückhaltend er früher war. »Sieh mal, Sammler können nicht ohne Fußfessel auf Erden wandeln. Und wir spüren nichts. Das bedeutet, dass alles okay ist. Wie ich schon sagte: Valerie meint, es hilft, wenn Charlie von Menschen umgeben ist, daher behalten wir die beiden wie vereinbart im Auge. Und sobald sie irgendeinen Scheiß bauen« – Blue klatscht sich die Faust in die Hand – »klatscht es. Aber keinen Beifall.«

Er hat nicht ganz unrecht. Es gibt wirklich nichts, was wir jetzt tun können. Wir sind alle nervös, weil wir wissen, dass ich Charlies Seele in meinem Körper trage und dass die Sammler jeden Moment wieder auftauchen und versuchen könnten, sie zurückzustehlen. Aber das wird vielleicht nie passieren. Lucille könnte beschließen, Charlies Seele zu vergessen und sich stattdessen darauf zu konzentrieren, wie er Trelvator stören kann – die hundert Jahre Frieden, die ihre Wohltätigkeitsarbeit herbeiführen wird –, sobald er beginnt. Klingt logisch. Es wäre viel hinterhältiger, auf der Lauer zu liegen und zuzuschlagen, wenn der Oberguru es nicht erwartet.

Es kann gut sein, dass die Fantasie mit Blue und mir

durchgeht. Klar machen mich Salem und Easton nervös. Aber ich kann es nicht riskieren, einen unschuldigen Menschen zu verletzen, denn dann wird man mir meine Fußfessel abnehmen. Und wenn ich nicht hier auf Erden bin, kann ich Charlie nicht beschützen, falls etwas passiert.

Als ich mich wieder zu dem riesigen Gebäude umdrehe, sehe ich, dass alle bis auf Charlie hineingegangen sind. Selbst Blue hat aufgehört zu diskutieren und ist auf dem Weg zur Tür.

Charlie lächelt mich an, und meine Füße bewegen sich auf sie zu, noch bevor ich überhaupt weiß, was ich tue. Sie trägt schwarze Strumpfhosen, kniehohe Stiefel und ein kurzes Kleid mit langen Ärmeln. Sie sieht so gut aus, dass es wehtut. Ich frage mich, wann sie das Outfit gekauft hat. Ich frage mich, *warum* sie das Outfit gekauft hat.

Sie streckt die Hand nach mir aus, und ihr Lächeln wird breiter. Ausnahmsweise einmal hinterfrage ich nicht, was zwischen uns geschieht, sondern nehme einfach nur ihr Angebot an und gehe hinein.

Die Musik schlägt mir entgegen wie Sommerhitze. Sie überflutet mich, und ich fühle mich schwerer, als sei ich mit dem Boden neu verwurzelt. Als ich zu Charlie hinabschaue, sehe ich, dass sie mich eingehend beobachtet. Ich streiche ihr mit dem Daumen über die Wange.

Und sie lässt meine Hand los.

Frust ertränkt jeden Gedanken, den ich habe. Das Einzige, worauf ich mich jetzt konzentrieren kann, ist

Charlie, wie sie auf Aspen zugeht, die bereits eine Stelle im Rampenlicht gefunden hat. Während rote und violette Laser über die tanzwütigen Raver zucken und ein DJ Techno auflegt, tanzt Aspen auf einem kleinen Tisch. Männer hören mit dem auf, was sie gerade tun, und sehen sie an. Sie erwidert ihre Blicke nicht, sondern schwingt die Hüfte und gibt jedem, der darum bittet, ein Stück von sich selbst. Ich habe das schon einmal gesehen. Es ist nichts Neues. Was ich noch nicht gesehen habe, ist meine eigene Freundin, die auf den Tisch klettert, um genauso mitzutanzen. Aspen macht Platz, behält sie aber vorsichtig im Auge.

Jeder Muskel in meinem Körper spannt sich an, während ich Charlie beobachte, wie sie mit peitschendem Haar und geschlossenen Augen die Faust im Takt der Musik in die Luft stößt. Sie hat zwar erst in ein paar Tagen Geburtstag, aber sie tanzt und feiert, als sei es heute.

Als ich einen Mann in einem weißen Pulli mit V-Ausschnitt sehe, der versucht, ihre Aufmerksamkeit zu erregen, habe ich genug. *Nichts* wird mich davon abhalten, Charlie von diesem Tisch zu holen und von dem ganzen Testosteron im Raum wegzubringen.

Nichts außer Annabelle.

Sie baut sich vor mir auf, einen dünnen roten Strohhalm zwischen den Lippen. »Wo willst du hin, Freundchen?«

»Ich will Charlie von dieser Bühne holen«, knurre ich und versuche, um sie herumzugehen.

Annabelle legt mir eine Hand auf die Brust. »Nur

mal langsam, Romeo. Ich weiß, dass du voll romantisch sein willst und ihr zeigen möchtest, wie wahnsinnig eifersüchtig und besitzergreifend du bist, aber hast du mal darüber nachgedacht, *warum* sie da oben auf diesem Tisch tanzt?«

»Ja, weil Salem und sein Zwillingsbruder einen schlechten Einfluss auf sie haben. Sie verändern sie.«

Annabelle runzelt verwirrt die Stirn. Dann entspannen ihre Züge sich zu einem Ausdruck der Verachtung. »Oh, Mann. Du bist ja noch mehr von dir eingenommen, als ich dachte.« Sie nimmt noch einen Schluck von ihrem Drink. Dann fügt sie hinzu: »Ich meine, du denkst wirklich, dass du nichts falsch machen kannst.«

Ich sehe Charlie an. Easton schiebt sich auf sie zu. Er ist kleiner als sein Bruder, aber trotzdem wie ein Linebacker gebaut. Er fährt sich mit der Hand durch das dunkle Haar, dann tritt er näher an den Tisch heran, auf dem Charlie tanzt.

»Wovon redest du, Annabelle?«, frage ich. Aber ich höre ihr gar nicht mehr richtig zu, denn ich entdecke Salem, der in der Ecke lauert, seinen Bruder beobachtet und in sein Handy spricht. Seine Augen sind groß, und jedes Mal, wenn ein violetter Laser über ihn hinwegzuckt, sehe ich, wie sie noch größer werden, noch aufgeregter.

»Charlie tut all das wegen dir«, erklärt Annabelle. »Wegen dem, was passiert ist …«

Ich höre nicht mehr, was sie sagt.

Ein Sturm explodiert in meiner Brust und kracht

durch den Rest meines Körpers. Denn Easton hat Charlie gerade einen Drink hinaufgereicht. Und dabei habe ich etwas unter seinem Ärmel hervorlugen sehen – ein Branding in Form eines »A«.

Das gleiche Tattoo, das ich bei dem Mann bemerkt habe, der mich mit seinem Wagen gerammt hat.

Das gleiche, das ich bei Gage gesehen habe, als er auf die Suzuki gestiegen ist.

Sie gehören zusammen.

Alle miteinander.

Mein Puls dröhnt mir in den Ohren, als ich mich an Annabelle vorbeischiebe und wie eine Lawine auf Charlie zustürze.

MONSTER

Jeder von uns ist sein eigener Teufel,
und wir machen uns diese Welt zur Hölle.
Oscar Wilde

16
Charlie schlägt zu

Ich vermeide den Blickkontakt mit Easton. Ich ziehe Charlie nur in die Arme und rase in den hinteren Teil des Kaufhauses, während ich hektisch nach Blue Ausschau halte.

Charlie wirft einen Blick in mein Gesicht und scheint zu wissen, dass etwas passiert ist. Sie dreht den Kopf schnell von einer Seite zur anderen und sucht nach dem Grund für meine Panik. Blue sieht mich, als ich nur noch wenige Schritte entfernt bin, und reißt die Augen auf. Er kommt herbeigeeilt.

Ich stelle Charlie auf die Füße und schiebe sie zu Blue.

»Nimm sie«, sage ich ihm. »Bring sie sofort hier raus.« Notfalls würde ich Blue dazu zwingen, aber er zögert nicht. Er packt Charlies Hand und schlängelt sich zwischen den Tänzern hindurch zur Tür.

Ich wirbele herum und suche nach Aspen und Annabelle. Wenn diese narbentätowierten Männer zusammengehören, dann sind sie wahrscheinlich entweder wegen mir oder wegen Charlie hier, aber ich werde die beiden anderen Mädchen nicht zurücklassen. Eine ist Charlies beste Freundin, mit der ich zufälligerweise auch befreundet bin. Und Aspen – als ich dieses Tattoo auf Eastons Arm gesehen habe, fiel mir wieder ein, dass die Welt, in der ich lebe, in Gut und Böse eingeteilt ist und dass man sich vor beiden nicht verstecken kann. Aspen ist mein Auftrag, und wenn ich für Team Oberguru spielen will, muss ich ihre Seele befreien. Außerdem ist Aspen … Aspen. Ich kann sie nicht zurücklassen.

Aber als ich nach ihr auf dem Tisch und nach Annabelle in der Menge suche, finde ich keins der beiden Mädchen. Jetzt frage ich mich, ob Blue es zum Auto geschafft hat. Nur dass ich ihm die Schlüssel nicht gegeben habe.

Mist!

Ich schwöre mir, zu den Mädchen zurückzukommen, und sprinte zur Tür, durch die Blue und Charlie verschwunden sind. Als ich hinaus in die Winternacht stürme, sehe ich Blue, wie er meine Freundin mit seinem Körper beschirmt. Easton und Salem schleichen sich wie Hyänen mit kalten, berechnenden Augen auf ihn zu. Ich hatte gehofft, dass wir uns davonstehlen könnten, bevor die Brüder bemerken, dass ich ihnen auf die Schliche gekommen bin, aber ich schätze, diese Chance habe ich verbockt, als ich mit Charlie in den Armen vor Easton davongestürzt bin. Als ich sie jetzt beobachte, erwarte ich, dass sie höhnisch grinsen. Ich erwarte, dass sie Blue beleidigen und ihren Plan enthüllen. Aber das tun sie nicht. Sie schieben sich einfach näher an ihn heran und analysieren die Lage.

Zwei gegen einen, scheinen sie zu denken. *Denn Charlie kann sich unmöglich selbst verteidigen.*

Ich schleiche an der Mauer entlang und ziehe meinen Schatten hervor, sodass ich unsichtbar bin. Blue macht den Eindruck, als schätze er die Entfernung zwischen Easton, Salem und sich ab. Wenn er zu lange wartet, hat er keine Chance. Zum Kämpfen braucht man Platz. Ich hoffe, er weiß das. Als ich daran zurückdenke, wie er im Leben war – ein magerer, murmelnder I-Aah –, kann ich mir nicht vorstellen, dass er es weiß.

Da greift er an wie ein Blitz, schießt auf Easton zu und verpasst ihm einen Kinnhaken. Während Easton sich erholt, stürmt Blue zu Salem und kracht wie eine Lokomotive in ihn hinein. Ich platze fast vor Stolz darüber, wie schnell er kehrtmacht und gegen beide Brüder kämpft. Doch obwohl mich seine Aggressivität aus den Socken haut, weiß ich, dass er sie nicht lange aufhalten kann. Anzugreifen, ohne Angst zu haben, dass man sterben könnte, verschafft einem einen gewissen Vorteil, aber das bedeutet nicht, dass man unbesiegbar ist.

Ich rase auf Salem zu. Er schaut in meine Richtung, unmittelbar bevor ihn eine unsichtbare Faust in den Bauch trifft. Er geht zu Boden, und ich schüttele meinen Schatten ab, damit Blue sehen kann, dass ich da bin. Nun konzentriert er sich auf Easton. Die beiden wälzen sich tretend und schlagend wie Hunde am Boden, während ich Salem auf die Füße zerre und wir stehend miteinander ringen.

Als ich mich umdrehe und nachschaue, ob Charlie in Sicherheit ist, platziert Salem zwei saubere Hiebe in meine Seite und mein Gesicht. Ich wirbele zu ihm herum und stoße ihn gegen die Mauer.

»Blue, leg Easton die Hände um die Kehle«, brülle ich. »Drück zu, bis er sich nicht mehr wehrt, aber bring ihn nicht um.«

»Lass ihn in Ruhe«, knurrt Salem und wirft sich gegen mich. Es gelingt mir, ihn festzuhalten, und ich hoffe, dass Blue hinter mir Easton überwältigt.

Es muss ihm gelungen sein, denn kurz darauf höre ich Blue sagen: »Na, kriegst du keine Luft mehr?«

»Denk dran, Blue, nicht zu stark«, sage ich, um Salem zu ärgern. »Sorg nur dafür, dass sein Bruder hier meine Fragen beantwortet.«

»Alles klar.« Seine Worte klingen angespannt, und ich schätze, dass ich nicht viel Zeit haben werde, bevor der Bruder sich losreißt.

»Erste Frage«, beginne ich und beuge mich zu Salem vor. »Wer zum Teufel seid ihr?«

»Fick dich.«

»Blue, kannst du ein bisschen fester zudrücken?«, bitte ich.

Es folgt eine kurze Pause, bevor Blue antwortet: »Ooh, das mag er aber gar nicht.«

»Wer seid ihr?«, wiederhole ich an Salem gewandt.

Der ältere Bruder schaut über meine Schulter und legt die Stirn in Falten. »Du weißt, wie ich heiße, Arschloch«, sagt er.

»Was hat dieses Tattoo auf dem Arm deines Bruders zu bedeuten?«

Salem reißt den Blick hoch. Ich kann die Überraschung in seinen Augen sehen.

»Dante?«, fragt Charlie.

»Alles in Ordnung, Engel«, sage ich ihr. »Wir lernen die beiden nur gerade ein bisschen besser kennen.« Ich stoße Salem härter gegen die Mauer. »Was bedeutet das Tattoo?«

»Ich weiß nicht, wovon zum Teufel du redest«, knurrt er.

»Blue?« Ich sage es wie eine Frage.

Salem schlägt um sich wie ein Wolf in der Falle. Ich packe sein Hemd und reiße es auf. Knöpfe springen ab, als ich ihm den Stoff vom Leib zerre.

»Was machst du da?«, brüllt Salem.

Endlich sehe ich das fleischfarbene Tattoo – das Branding –, von dem ich wusste, dass ich es finden würde. Es ist ein »A« in einem Kreis, das Zeichen für Anarchie, wenn ich mich recht erinnere. *»Dieses* Tattoo«, donnere ich. Ich habe es satt, keine Antworten zu bekommen. »Sag mir, was es bedeutet!«

Salem sieht seinen Bruder an und knirscht mit den Zähnen. »Wir haben alle eins. Es ist ein Branding. Es bedeutet, dass wir zu den Sirenen gehören.«

»Was zum Teufel ist das?«

Salem schüttelt den Kopf und sieht mich wütend an. »Keine Ahnung, Mann«, antwortet er. »Diese Typen sind zu uns gekommen und haben gesagt, sie würden uns alles besorgen, wenn wir tun, was sie wollen.«

»Euch was besorgen?«, bohre ich nach.

»Geld. Zeug, das wir brauchen.« Salem presst die Lippen aufeinander und schließt für einen Moment die Augen. »Geld, das meine *Familie* braucht.«

»Wer wollte das von euch? Wie heißen die Typen?« Ich warte auf seine Antwort, und mir wird kalt.

Salem öffnet die Augen und scheint nachzudenken. »Ich weiß es nicht mehr.«

»Nicht gut genug«, stelle ich fest. »Blue?«

»Hört auf, ihm wehzutun, verdammt noch mal.« Salem versucht, mir ein Knie in die Eier zu rammen, aber ich drehe mich rechtzeitig weg und stoße ihn zurück gegen die Mauer.

»Antworte mir, oder dein Bruder wird begraben.« Ich schaue ihm direkt in die Augen, damit er sieht, dass ich nicht bluffe.

»Ich schwöre, dass sie uns ihre Namen nicht genannt haben. Aber da war dieser Mann. Er hat im Hintergrund gestanden. Unheimlicher Kerl. Er hat nicht viel gesagt, aber wenn, dann total geschwollen, als käme er aus dem 17. Jahrhundert oder so.« Salem schweigt, als falle ihm noch etwas anderes ein. »Er hatte diese kackenhässlichen roten Schuhe an.«

Ich ziehe die Luft durch die Zähne ein, denn jetzt weiß ich Bescheid. Rector ist zurück. *Die Sammler* sind zurück, und sie benutzen Menschen als Werkzeuge. Die Haare auf meinen Armen stellen sich auf, als ich daran denke, wie Rector sich in der Nacht, in der er Charlie entführt hat, verwandelt hat. Wie sein Körper und sein

Gesicht zu etwas wurden, das mehr Ähnlichkeit mit einem Dämon als mit einem Menschen hatte. Ich fragte mich damals, wie viel Menschlichkeit noch in ihm übrig war, wenn es überhaupt noch etwas war. »Was solltet ihr für sie tun?«

Salem wirft einen Blick zu Charlie, und ich bin kurz davor, ihm die Kehle herauszureißen. »Wir sollten sie finden.« Er deutet mit dem Kopf auf Charlie. »Und wir sollten …«

»Und ihr solltet was?«, frage ich leise und kämpfe gegen den Impuls an zu schreien.

Salem sieht mich an. »Sie dazu bringen, sich zu verletzen.«

Ich reiße die Faust zurück, um ihm den Kiefer zu brechen, doch bevor meine Hand sein Gesicht trifft, höre ich ein lautes Klatschen. Als ich nach links blicke, sehe ich, wie Charlie die Hand ausschüttelt, das Gesicht rot vor Zorn.

Ich habe kaum Zeit zu verdauen, dass meine Freundin Salem eine geknallt hat, da ruft Blue etwas. Ich sehe, dass Easton am Boden vor Blue zurückweicht und auf die Füße kommt. Sein Blick sucht Charlie, und dann stürmt er wie ein tollwütiges Tier auf sie zu.

Ich hole aus, stürze mich auf Easton und lande einen sauberen Hieb auf seine Schläfe. Salem kracht mir in den Rücken, und im selben Moment höre ich jemanden neben uns brüllen.

Selbst vom Boden aus kann ich sehen, dass es Aspen und Annabelle sind, die hastig in Blues Mietwagen gestiegen sind. Aspens Fenster ist heruntergekurbelt, und Annabelle greift nach hinten, um die Seitentür aufzustoßen. Obwohl ich flach auf dem Boden liege, erkenne ich, dass Blue Charlie an die Hand nimmt und auf den Wagen zurast. Er verfrachtet sie ins Auto und dreht sich wieder zu mir um. Salem reißt mich auf die Füße, und ein vollständig wiederhergestellter Easton rammt mir die Faust in den Magen. Ich krümme mich stöhnend und frage mich, wie zur Hölle ich hier wegkommen soll. Eigentlich ist es mir wurscht, solange die anderen in Sicherheit sind.

Ich will Aspen mit einer Handbewegung ein Zeichen geben, dass sie sofort von hier verschwinden sollen. Aber als ich aufschaue, sehe ich Blue wie einen Tsunami auf die Brüder zuschießen. Er kracht in Salem hinein, der mich gepackt hält, und mir bleibt gerade genug Zeit, um Easton eine reinzusemmeln. Dann packe ich Blue an der Schulter und sprinte zu dem Wagen.

»Fahr, fahr!«, brülle ich Aspen zu, während wir auf sie zurennen.

Sie drückt das Gaspedal runter und setzt den Wagen in Bewegung. Sekunden später hechte ich auf die Rückbank und lande fast auf Charlie. Blue kracht voll in mich rein, und Aspen rast mit schlingerndem Heck von dem vereisten Parkplatz herunter, während Blue die Tür zuknallt.

Als ich spüre, dass wir auf der Straße sind, stoße ich einen erleichterten Seufzer aus.

»Ist irgendjemand ernsthaft verletzt?« Ich richte die

Frage an alle, gucke dabei aber Charlie an und lege die Arme um sie. Ich berühre jede Stelle, die ich berühren kann, um mich davon zu überzeugen, dass sie noch ganz ist. Sie schmiegt sich an mich, und unsere Blicke lösen sich keine Sekunde voneinander.

Für einen Moment sagt niemand etwas.

Schließlich ruft Blue: »Heilige Scheiße.«

»Nicht wahr? Das war ja wohl irre«, bemerke ich und sehe dabei immer noch Charlie an. Ein Lachen steigt in mir auf, obwohl ich weiß, dass es mehr aus Hysterie ist als aus echter Freude.

»Nein, sieh doch«, ruft Blue und zeigt hinter uns. »Ist das nicht dein Mietwagen?«

Ich drehe mich um und sehe meinen lindgrünen Kia Rondo auf uns zurasen.

»Diese verfluchte Karre«, murmele ich. Die Arschlöcher müssen während der Rauferei an meine Schlüssel gekommen sein. Als ich in meine Gesäßtasche greife, stelle ich fest, dass sie nicht das Einzige sind, das ich verloren habe – mein Elfenbeinhorn ist weg. »Aspen, du wirst aufs Gaspedal treten müssen.«

Aspen schaut in den Rückspiegel. »Ob du es glaubst oder nicht, dieser Schrotthaufen könnte es tatsächlich schaffen, uns zu überholen.«

Ich fahre herum, um sie anzusehen. »Du willst mich wohl verarschen. Diese lahme Ente könnte nicht mal einen Rollstuhl überholen.«

»Doch. Sie hat einen ähnlichen Motor wie unser Wagen, und sie ist leichter. Glaub mir, sie könnte.«

»Fahr einfach zu«, blaffe ich und bemerke, wie schnell die Scheinwerfer näher kommen.

Aspen schweigt. Als ich mich wieder umdrehe, sehe ich, dass ihre behandschuhten Hände das Lenkrad fester umklammern als zuvor.

»Was sollen wir jetzt machen?«, flüstert Annabelle.

Aspen schaltet das Radio ein und drückt so lange auf den Knopf, bis sie den Sender gefunden hat, den sie sucht.

»Was tust du da?«, brülle ich. »Hör auf rumzuspielen.«

Schwerer, treibender Rock wummert aus den Boxen, während Aspen beschleunigt. »Wir können ihnen nicht entkommen. Nicht mal mit mir am Steuer. Aber wir können für eine Weile Schritt halten. Lange genug.«

»Lange genug wofür?«, fragt Charlie. Sie spricht ruhig und beherrscht, und ich frage mich verwundert, wie sie so gelassen sein kann.

»Um zu mir zu fahren«, antwortet Aspen.

»In die Hütte?«, fragt Blue.

»Nein.« Aspen stellt das Radio lauter.

»Wir fahren den ganzen Weg zurück nach Denver?«, hake ich nach, während ich die Scheinwerfer hinter uns beobachte, die uns unverändert verfolgen. »Das dauert fast eine Stunde.«

»So lange werden wir nicht brauchen«, übertönt sie die Musik. »Und in der Zwischenzeit könnt ihr mir erzählen, wovor ich auf der Flucht bin.«

17
Weg

Der Wagen rast die Straße entlang, während Aspen auf unsere Antwort wartet.

Blue und ich sehen uns an, und schließlich zuckt er die Schultern. Also erzähle ich Aspen, was wir sind. Ich erzähle ihr von Trelvator und dass diese Männer mir Charlies Seele stehlen wollen und dass ich mit dem Auftrag nach Denver gekommen bin, ihre Seele zu befreien.

Ich erzähle ihr alles.

Zuerst glaubt sie uns nicht. Dann zeigt Blue ihr seinen Schatten, und als er verschwindet, kommt Aspen fast von der Straße ab. Im Nachhinein betrachtet war es vielleicht nicht unser genialster Plan.

»Mir wird schlecht«, sagt Aspen, als ich zum Ende komme.

»Fahr einfach weiter.« Ich schaue hinter uns und stelle fest, dass die Scheinwerfer des Kia Rondo immer noch zu sehen sind. Aber trotz Aspens früheren Zweifeln ist es ihr gelungen, etwas Abstand zwischen die beiden Fahrzeuge zu bringen.

»Also, diese Typen wollen Charlies Seele?«, hakt Aspen nach.

»Ja«, bestätige ich. »Aber als wir sie gefragt haben, sagten sie, ihre Befehle würden lauten, Charlie dazu zu bringen, sich zu verletzen, was total unlogisch ist, denn wenn die Sammler ihre Seele nicht haben, warum sollten sie es dann riskieren, dass sie stirbt, bevor sie sie zurückbekommen haben?«

Blue schaut mich an, eine tiefe Sorgenfalte zwischen den Brauen. Er wendet den Blick ab, bevor ich ihn wegen seines Gesichtsausdrucks fragen kann.

»Vielleicht dachten sie, dass ich nach Alabama zurückkehre, wenn sie verletzt wird, und dass sie sich dann ihre Seele schnappen könnten. Obwohl das auch Quatsch ist, denn sie hätten mich auch hier in Colorado erledigen können.«

Während ich all das sage, sehe ich Blue an. Er dreht sich noch weiter zum Fenster um, bis es aussieht, als versuche er, die Tür zu bumsen.

Jeder Muskel in meinem Körper verkrampft sich, als ich fortfahre: »Die einzige andere Erklärung wäre, dass ich Charlies Seele gar nicht habe.«

Blue dreht sich um und sieht mir in die zornigen Augen.

»Und dieser Salem und sein Bruder«, spreche ich weiter, »haben in Wirklichkeit versucht, Charlie dazu zu verleiten, sich umzubringen. Denn wenn sie ihre Seele schon haben, wäre das eine tolle Möglichkeit, als Nächstes ihren Körper zu holen. Kein Blut an ihren Händen, nichts, worüber der Oberguru sich beklagen kann, und die Hölle kriegt, was sie will – das Ende von

Trelvator und ein großes ›Fick dich‹ an den Gott, der ihre Geburt vorherbestimmt hat.« Ich beende meinen Vortrag, halte den Blick aber fest auf Blues Gesicht gerichtet. Trotz des Kloßes, der sich in meiner Kehle aufbaut, gelingt es mir herauszupressen: »Wie mache ich mich?«

Blue hält meinem Blick noch für einen Moment stand. Dann schaut er zu Boden.

Ich lasse mich in den Sitz zurückfallen. Dunkle Punkte schwimmen mir vor den Augen, und das Einzige, was mich davon abhält, durchzudrehen, ist Charlies Hand auf meiner.

Während ich mich aufs Atmen konzentriere, sage ich: »Ich habe ihre Seele nicht.«

»Ich sollte es dir nicht sagen«, murmelt Blue.

»Wann hast du es rausgefunden?« Ich balle meine freie Hand zur Faust. Obwohl ich schockiert bin, die Wahrheit zu hören, habe ich mich immer wegen des Gefühls von Charlies Seele in mir gewundert. Ich wusste, dass irgendetwas nicht stimmte. Seelen sind im Körper eines Sammlers schwer wahrnehmbar, sobald sie gesammelt sind, aber ich dachte immer, ich hätte die Fähigkeit des *Wissens* perfektioniert. Ich denke an den Flughafen zurück, kurz bevor ich Alabama verlassen habe, und erinnere mich, dass Valerie lahme Ausreden dafür vorgebracht hat, warum ich Charlies Seele noch nicht in den Himmel bringen konnte. Ich nehme an, ihre Manipulation und mein Wunschdenken haben beide etwas zu dieser Situation beigetragen.

Ich erinnere mich auch an die Nacht meiner Auseinandersetzung mit Rector und den anderen Sammlern, als Rector seine Brust kurz gegen meine gepresst hat, bevor er geflohen ist.

Wie konnte ich nur so dumm sein?

Mein Ärger braucht ein Ventil, daher wende ich mich zu Blue.

Er leckt sich die Lippen und zögert, als hätte er Angst, etwas Falsches zu sagen. »Valerie hat es mir erzählt, bevor ich hierhergekommen bin. Sie meinte, mein Auftrag habe sich geändert. Dass ich Charlie beschützen soll und …«

»Und was?«, knurre ich.

Blue beäugt Aspens Hinterkopf. »Und dafür sorgen soll, dass du deinen Auftrag erledigst.«

Ich packe ihn am Kragen und würde ihm am liebsten die Fußkette mit den Zähnen herunterreißen.

»Valerie hat gesagt, es sei zwingend geboten, dass du Aspens Seele befreist«, stößt Blue mit großen Augen hervor. »Das war ihr Ausdruck: *zwingend geboten*. Sie hat außerdem gesagt, dass der Oberguru dich für etwas Wichtiges brauche. Etwas Großes. Und sobald du diesen Auftrag erledigt hättest, würde er wissen, dass er dir vertrauen kann.«

»Und wie soll ich das anstellen, wenn diese Typen« – ich zeige mit dem Daumen auf den Wagen, der hinter uns herjagt – »versuchen, Charlie umzubringen?« Sobald ich den letzten Satz ausgesprochen habe, lasse ich Blue los. Denn jetzt denke ich nur, dass *Charlie* im Wagen ist. Und dass all das wahrscheinlich neu für *Charlie* ist.

Ich drehe mich zu ihr um und sehe, dass sie ins Leere starrt. Sie hält meine Hand so fest umklammert, dass ich meinen Puls in der Handfläche spüren kann.

»Charlie?«, flüstere ich. »Hast du es gewusst?«

Sie schüttelt den Kopf, sieht mich jedoch nicht an.

»Hab keine Angst, ich werde nicht zulassen, dass dir etwas passiert.« Ich versuche, ihr Kinn hochzudrücken, damit sie mich ansieht, aber sie widersetzt sich. »Hörst du? Ich werde ihnen nicht erlauben, dir auch nur ein Haar zu krümmen. Also hilf mir, selbst wenn ich …«

»Lasst mich raus«, flüstert Charlie.

»Was?«, sage ich.

»Sei nicht dumm«, fügt Annabelle durch zusammengebissene Zähne hinzu. Schätze, dass sie auch sauer auf Blue ist, weil er uns nicht alles gesagt hat.

»Lasst mich raus«, wiederholt Charlie lauter.

Ich ergreife ihre andere Hand und drücke ihre Hände zwischen meinen. »Du verstehst das nicht. Sie wollten dich dazu bringen, dass du dich umbringst. Und jetzt werden sie es vielleicht einfach selbst erledigen. Deshalb darfst du nicht aus dem Wagen steigen. Ich erlaube es dir nicht.«

Charlie sieht mich direkt an, und in ihren Augen tobt ein blaues Feuer. »Ich werde nicht hier sitzen bleiben, während ihr euer Leben für mich riskiert«, stellt sie mit einer Stimme fest, die ich noch nie zuvor gehört habe.

Sie klingt kühn, sogar verwegen. »Lass mich aus diesem Wagen.«

In diesem Moment habe ich Angst, dass Charlie ihren Willen bekommt. Dass sie sich aus dem fahrenden Auto auf den Asphalt stürzen wird, wenn sie dadurch ihre Freunde retten kann.

Aspen schaltet sich ein. »Halt die Klappe, Süße. Wenn du wirklich in der Lage bist, diesem Höllenloch hundert Jahre Frieden zu bescheren, dann geht es hier nicht nur um dich. Kapiert?«

Charlie reißt den Kopf zu Aspen herum. Sie sieht sie lange an. Und endlich, als ich das Gefühl habe, ich müsse platzen, wenn sie nicht bald reagiert, dreht sie sich langsam zum Fenster um.

Aus dem Augenwinkel sehe ich, dass Aspen im Fahrersitz zusammensackt, als hätte sie die ganze Zeit den Atem angehalten und erst jetzt ausgestoßen. »Zwingend geboten«, flüstert sie.

»Bilde ich mir das nur ein«, fragt Blue, »oder holen sie auf?«

Ich schaue durch die Heckscheibe und es sieht tatsächlich so aus, als kämen sie näher. »Aspen, sind wir ...«

»Wir sind in fünf Minuten da.« Aspen greift nach ihrem Handy und tippt eine SMS. Es ist ein Wunder, dass sie das bei fast hundertfünfzig Kilometern pro Stunde hinkriegt. Es ist ein Wunder, dass dieser schrottreife Mietwagen überhaupt hundertfünfzig schafft. Sie steckt ihr Telefon weg, und bald darauf bemerke ich, dass wir uns tatsächlich ihrem Haus nähern, wie sie gesagt hat.

Aber es gibt ein Problem. Bis jetzt sind wir über leere Straßen gebrettert. Jetzt kommen wir in die Stadt, und selbst um ein Uhr an einem Freitagmorgen sind andere Autos unterwegs, zwischen denen Aspen sich hindurchschlängeln muss.

»Es läuft folgendermaßen«, verkündet Aspen. »Vor meiner Haustür werde ich meinen Arsch aus diesem Wagen schwingen, und Blue, du springst auf meinen Sitz und fährst.«

»Du lässt uns im Stich?«, fragt Annabelle.

Aspen schaut sie an. »Machst du mir deshalb einen Vorwurf?«

Annabelle schüttelt mit weißem Gesicht den Kopf.

Aspen lächelt. »Wir sind fast da. Blue, bist du bereit?«

Blue schaut über seine Schulter. »Sie sind ziemlich dicht dran.«

»Mach dir keinen Kopf«, erwidert Aspen. »Ich kümmere mich drum.«

Ich sehe Blue an. »Ich fahre«, sage ich ihm. »Du bleibst einfach ruhig sitzen.« Ich weiß nicht, was Aspen vorhat, aber ich weiß, dass ich Charlie hier rausbringen muss, und wenn Aspen das sinkende Schiff verlassen will, wird sie es früher oder später tun, ohne dass ich sie aufhalten kann. Ich hätte nicht von ihr erwartet, dass sie uns im Stich lässt, aber sie hat uns so weit gebracht, nachdem sie erfahren hat, dass wir ihr nicht gesagt haben, wer wir wirklich sind. Sie hat mehr getan, als die meisten Menschen tun würden.

Als wir uns Aspens Straße nähern, kommt ein Truck in Sicht, der direkt vor der Einmündung parkt. Aspen bremst leicht ab, um die Kurve zu schaffen, und in dem Moment streckt Lincoln den Kopf aus dem Fenster des Trucks. Das beantwortet vermutlich die Frage, wem Aspen gerade eine SMS geschickt hat.

Lincoln stößt eine Art Kriegsgeheul aus, und ich kann gerade noch das irre Grinsen auf seinem Gesicht erkennen, bevor wir vorbeirasen. Dann setzt er den Truck in Bewegung und blockiert die Straße.

Ich lache, während ich ihn beobachte, obwohl ich mir irgendwie Sorgen mache, was Salem und Easton ihm antun könnten. Andererseits kann er wahrscheinlich auf sich selbst aufpassen. Ich würde sogar in fast jeder Prügelei Geld auf Lincoln setzen. Wenn man irre genug ist, behält man die Oberhand.

»Mach dich bereit!«, brüllt Aspen. »Wir sind fast da.«

Und dann halten wir an.

Aspen stürzt aus dem Wagen und rast auf ihr Haus zu.

Bevor ich mich rühren kann, stößt Blue mich zurück, springt nach vorn und drückt aufs Gaspedal.

»Verdammte Scheiße, Blue«, rufe ich.

Aber er hört mich nicht. Er wendet aus irgendeinem unbekannten Grund den Wagen, und da dieser Privatweg eine Einbahnstraße ist, beschleunigt er, um Salem und Easton entgegenzufahren. Aber bevor wir zu schnell sind, springt Charlie aus dem Auto.

Blue steigt voll in die Eisen, und selbst Aspen dreht sich verwirrt um, als Charlie auf sie zustürmt. Erst guckt sie besorgt, doch dann scheint sie es zu akzeptieren und winkt uns weiter. »Verschwindet von hier«, ruft Aspen.

Blue zögert lange genug, dass ich die Tür öffnen kann, denn ich werde Charlie auf keinen Fall zurücklassen.

»Vertraut mir!«, schreit Aspen.

Und Blue tut es.

Der Wagen macht einen Satz nach vorn, und ich werde in meinem Sitz nach hinten geworfen. Ich büße fast meine Finger ein, als die Tür zuknallt.

»Halt an, du Arschloch!«, brülle ich.

Selbst Annabelle scheint unsicher zu sein, ob er das Richtige tut. Sie scheint auch zu verängstigt zu sein, um zu sprechen.

»Stopp den verdammten Wagen«, wiederhole ich.

Blue beißt die Zähne zusammen. »Wir müssen Salem und Easton aufhalten.«

Ich denke schnell nach. »Ja, okay. Lass Annabelle aussteigen. Wir haben jetzt Lincoln«, füge ich hinzu, obwohl Blue nicht weiß, wer Lincoln ist. »Zu dritt sind wir schneller als sie.«

Blue schüttelt den Kopf, und der Tacho rast nach oben. »Nein. Wir werden mitten in sie hineinrasen.«

»Was?«

Annabelle stemmt die Hände gegen das Dach. »Ich will nicht sterben. Ich darf nicht sterben. Ich war noch nie verliebt. Ich hatte noch nicht mal Sex. Ich darf nicht sterben, ohne Sex gehabt zu haben.«

Blue nickt. Er nickt so heftig, dass er sich bestimmt eine Muskelzerrung holt. »Wir. Machen. Sie. Jetzt. Fertig.»

Lincolns Truck und der Kia Rondo schieben sich zusammen, als würden sie sich küssen. Schwarzer Rauch steigt hinter den Reifen des Trucks auf, und mir wird klar, dass Lincoln versucht, ihren Wagen zurückzudrängen. Ich überlege, ob ich ins Lenkrad greifen soll, damit Blue anhält. Aber dann denke ich an Charlie und Aspen, die im Haus in Sicherheit sind. Ich will nicht, dass diese Kerle sie anfassen. Ich wünschte nur, Annabelle wäre bei ihnen und ebenfalls in Sicherheit.

»Lass Annabelle aussteigen«, sage ich ruhig.

»Ja, lass mich aussteigen«, sagt Annabelle mit zitternder Stimme.

»Nein«, bellt Blue und fährt schneller.

»Blue!«, ruft Annabelle. »Bitte. Bitte, ich will das nicht. Ich will nicht …«

»Fahr rechts!«, schreie ich. »Du darfst sie nicht rammen, Blue. Da rechts ist Platz. Fahr! Fahr! Blue, vertrau mir, wie du Aspen vertraut hast. Fahr rechts! Jetzt!«

Blue zögert, dann reißt er das Lenkrad gerade noch rechtzeitig nach rechts herum. Wir rasen haarscharf an Lincolns Truck vorbei und schießen durch den schwarzen Rauch. Und Sekunden später sehe ich durch die Heckscheibe das, was ich kurz vorher entdeckt habe – einen Wagen.

Einen *anderen* Wagen.

Er ist elegant. Er ist gelb.

Es ist ein Ford Shelby GT 500.

Und er fährt auf uns zu, wobei er knurrt wie ein wütender Grizzly. Aspen sitzt hinterm Steuer und Charlie auf dem Beifahrersitz.

»Fahr rechts ran«, brülle ich.

Blue kommt mit quietschenden Bremsen zum Stehen. Wir stürzen zu dem Sportwagen hinüber, öffnen Türen und schlagen sie zu.

Aspen tritt aufs Gaspedal.

Und dann sind wir weg, Baby.

Wir sind *weg*.

18
Der Kuss des Dämons

Wir fahren mehrere Stunden, bis wir sicher sind, dass wir nicht verfolgt werden, und bis unsere Nerven sich beruhigt haben. Dann hält Aspen auf dem Parkplatz eines Hotels und mietet uns Zimmer für die Nacht – oder vielmehr für den Morgen.

Wir beschließen, ein paar Stunden zu schlafen und dann weiterzufahren. Wir sind auf dem Weg nach Peachville, denn uns fällt nichts Besseres ein, als zu Valerie und Max zu fahren. Gemeinsam sind wir stark und so was. Annabelle meint, ich solle Val anrufen, aber ich weiß, dass Blue das bereits getan hat, und mir ist heute Nacht nicht nach einem Gespräch mit Red zumute.

Als ich mich jetzt auf mein Bett fallen lasse, fühle ich mich nach allem, was passiert ist, schwer wie Blei. Ich hatte ihre Seele gar nicht. Der Oberguru muss vermutet haben, dass die Sammler es als Nächstes auf Charlies Körper abgesehen haben. Warum hat er mich dann zu einem Auftrag geschickt? Blue sagte, mein Auftrag, die Befreiung von Aspen, sei entscheidend. Er sagte, ich würde für etwas Großes geprüft. Aber was könnte wichtiger sein, als über Charlie zu wachen?

Charlie.

Seit sie in Aspens Hütte angekommen ist, war ich kaum einen Moment mit ihr allein. Und obwohl ich erschöpft und am Verhungern bin, will ich nichts anderes, als mit ihr allein zu sein. Aber vorher muss ich mit Aspen sprechen. Sobald ich mich vergewissert habe, dass sie bei uns bleiben wird, kann ich mich auf Charlie konzentrieren.

Ich warte vor Aspens Zimmer darauf, dass sie die Tür öffnet. Aber sie tut es nicht, nicht einmal, nachdem ich mehrmals geklopft habe. Dann schüttele ich den Kopf, denn mir wird klar, wo sie ist.

Ich gehe über den Marmorboden zum Aufzug und fahre ins Erdgeschoss. Dort – in der Ecke der Bar, eingehüllt in eine Rauchwolke – ist Aspen. Als ich näher komme, sehe ich, dass sie sich eine blaue Flasche von hinter der Theke gegriffen hat und sie unter dem Tisch in der Hand hält. Ich schiebe mich neben sie.

»Gibst du mir was ab?«, frage ich.

Aspen reicht mir wortlos die Flasche. Ich nehme einen kleinen Schluck, und meine Brust wird warm. Als ich sie ihr zurückgebe, lasse ich meine Hand auf ihrer verweilen. Aber sie dreht sich immer noch nicht um, um mich anzusehen.

»Alle wollen was von mir.« Aspen kneift die Augen zusammen. Sie trägt wieder den blauen Lidschatten. »Das sagt mir Lincoln dauernd.«

»Aspen …«

»Aber meine Seele?«, fährt sie fort und zuckt zusammen. »Du willst meine *Seele?*«

Ich nehme die Hand weg. »Sie ist für den Himmel. Die meisten Menschen wollen das.«

Aspens grüne Augen blitzen auf. »So sollte das nicht laufen. Dass tote Leute herumspazieren und Seelen siegeln. Man sollte leben, und dann sollte man wieder zu Staub werden.« Sie schluckt und sieht auf ihre Zigarette hinab. Mit heruntergezogenen Mundwinkeln und nachdenklich gerunzelter Stirn sieht sie eher wie eine Erwachsene aus als wie eine Siebzehnjährige. »Wie funktioniert das? Hast du mich schon gesiegelt?«

Ich nicke. »Einmal. Als du Charlie hast herfliegen lassen, um mich zu sehen. Das war selbstlos.« Ich streiche mir mit den Händen über die Jeans. »Ich könnte es jetzt wieder tun. Es wäre richtig nach dem, was du heute für uns getan hast. Es war unglaublich, wie du uns von Salem und Easton weggebracht hast.«

»Wage es ja nicht«, blafft sie.

Ich versteife mich. »Aspen, du willst in den Himmel, wenn du stirbst, denn die Alternative ist nicht gut. Glaub mir.«

»Lass es einfach bleiben.« Aspen nimmt noch einen Zug, dann drückt sie die Zigarette in einem Plastikaschenbecher aus. Sie schaut in meine Richtung. »Man kann sich dem, was man getan hat, nicht entziehen. Wenn man ein schlechter Mensch war, bleibt man schlecht. Es gibt für die Verdammten keine Erlösung, Dante Walker.«

Das tat weh. Ich rücke von ihr ab und schweige. Dann hole ich tief Luft, weil mir plötzlich alles klar geworden ist. »Was hat dein Vater dir angetan?«

Ihr Blick schnellt hoch. »Fick dich.«

Sie steht vom Tisch auf, aber ich halte sie am Handgelenk fest. »Warum bewahrst du diese Spieluhren auf?«

»Weil ich sie mag«, antwortet sie und will die Hand zurückziehen.

Ich halte sie fest. »Was ist mit dem Damebrett?«

Ihre Augen brennen vor Zorn und versengen mein Inneres. Ich kann die Hitze an ihrem Handgelenk beinahe spüren.

Ich schaue auf die Kette, die sie trägt, die ohne Anhänger. »Hat er dir diese Kette geschenkt?«

Aspen holt aus und schlägt mir hart ins Gesicht. Ich lasse sie los. Sie wirbelt auf dem Absatz herum, um zu fliehen, aber sie kommt nur ein paar Schritte weit, bevor sie in Charlie hineinknallt.

Charlie ist ein gutes Stück kleiner als Aspen, aber sie wirkt majestätisch. Aspen bleibt stehen. Ihre Brust hebt und senkt sich schnell, aber sie versucht nicht, an Charlie vorbeizukommen. Sie steht einfach nur da und wartet.

Ich auch.

Langsam streckt Charlie die Hand aus. Da ist kein Mitleid in ihrem Blick. Es ist Mitgefühl. Ihre Finger finden Aspens Hand. Als ich wieder hinschaue, zieht Charlie Aspen die fingerlosen Handschuhe aus.

Lautlos trete ich hinter Aspen und schaue ihr über die Schulter. Eine maßlose Wut explodiert in mir, als ich ihre offenen Handflächen sehe. Sie sind mit runden, rosafarbenen Narben übersät. Beinahe so, als hätte jemand sie mit Zigaretten verbrannt.

»Hat er dir das angetan?«, knurre ich.

Mein Herz wird schwer wie Stein, als ich sehe, dass sie weint.

Ich trete näher, doch Charlie hebt die Hand. Dann legt sie den Arm um Aspen. »Lass uns schlafen gehen.«

Als die beiden sich entfernen, stehe ich mit offenem Mund da wie ein Höhlenmensch.

Als sie um die Ecke verschwinden, denke ich darüber nach, was ich gerade gesehen habe. Wenn ihr Vater ihr das wirklich angetan hat, hoffe ich, dass seine Seele in der Hölle schmort. Ich presse die Lippen zusammen und denke über meinen Auftrag nach. Jetzt, nachdem ich eine Vorstellung davon habe, was sie zu Hause durchgemacht haben könnte, kommt es mir nicht mehr so seltsam vor, dass der Oberguru mich geschickt hat, um sie zu befreien.

Das Problem ist, dass ich immer noch nicht weiß, ob ich der Richtige für den Job bin.

Wer sonst würde sie so verstehen wie ich?, überlege ich mir. *Wir sind in der gleichen Lage, wir wünschen uns beide Eltern, die uns wahrnehmen.*

Nachdem ich die Narben auf ihren Händen gesehen habe, scheinen mir meine eigenen Dämonen gar nicht mehr so groß zu sein. Und obwohl ihre Qual nicht zu übersehen ist, beantwortet das noch immer nicht die Frage, warum der Oberguru will, dass ihr mehr geholfen wird als jedem anderen jungen Menschen, der missbraucht wird.

Ich warte noch etwas, bevor ich in mein Zimmer zurückkehre. Als ich dort ankomme, steht Charlie vor meiner Tür. Ich überwinde die Entfernung zwischen uns und lege ihr die Hände auf die Hüften. Diesmal erlaubt sie mir, sie so nah an mich heranzuziehen, wie ich will.

»Geht es ihr gut?«, frage ich. Charlie nickt an meiner Brust. »Hat ihr Dad ihr das angetan?«

Sie schaut auf. »Sie sagt, es gehe ihm jetzt besser. Dass er verwirrt gewesen sei, nachdem ihre Mutter sie beide verlassen hat.«

Ein Knurren steigt in meiner Kehle auf. »*Verwirrt* am Arsch! Ich bringe ihn um.«

»Sie braucht keine Rache«, widerspricht Charlie. »Sie braucht jemanden, dem sie wichtig ist. Das ist alles.«

»Lincoln bedeutet sie etwas«, zische ich. »Die Leute mögen sie. Sie braucht diesen Scheißhaufen nicht.«

»Lass sie erst mal in Ruhe.« Charlie drückt meine Hand. »Gehen wir rein.«

Als sie das sagt, verschwindet mein Ärger. Denn obwohl ich nach Denver zurückfahren und dort ein Blutbad anrichten will, vermisse ich meine Charlie. Ich vermisse ihr Lächeln und ihren Willen, an das Beste in einem Menschen zu glauben. Und ich vermisse ihren Körper unter meinem.

Ich öffne die Tür zu meinem Hotelzimmer, gehe hindurch und lasse dabei Charlies Hand keinen Moment lang los. Als hätte ich Angst, dass sie sich sonst wieder zurückzieht. Mein Herzschlag beschleunigt sich aus einem anderen Grund als bei dem Gedanken an Aspens Dad. Denn jetzt möchte ich nur mit Charlie reden. Sie fragen, was mit uns beiden los ist. Ich hätte nie gedacht, dass ich mal derjenige sein würde, der ein Mädchen anfleht, sich zu öffnen. Aber Gefühle verwandeln selbst einen Platzhirsch wie mich in ein Schoßhündchen.

Ich führe Charlie zum Bett. Sie setzt sich, während ich vor ihr auf und ab gehe. Ich scheine das oft zu tun, seit ich Charlie Cooper begegnet bin – auf und ab gehen.

Wie ein Tier.

Wie ein Irrer.

»Warum bist du aus dem Wagen gestiegen?« Ich versuche, ruhig zu sprechen. »Vor Aspens Haus? Warum bist du rausgesprungen? Du hast gewusst, dass mir das einen Mordsschrecken einjagen würde. So was darfst du nicht machen.«

»Ich wusste, dass sie uns nicht im Stich lassen würde.« Charlie faltet die Hände auf dem Schoß. Sie sieht würdevoll aus. Und ich habe eine Scheißangst. Angst, dass ich ihr nicht mehr so wichtig bin wie früher, und dass das der Grund ist, warum es so leicht für sie war, aus dem Wagen zu springen. Angst, dass wir zu früh *ich liebe dich* gesagt haben.

»Woher hast du gewusst, dass sie uns nicht im Stich lassen würde?«, frage ich scharf. »Du kannst es nicht gewusst haben.«

Auf und ab, auf und ab, auf und ab.

»Doch«, beharrt sie. »Ich konnte sie nicht allein lassen.«

»Was ist mit mir? Mich hast du allein gelassen!« Charlie sagt nichts, daher steigere ich mich weiter in meine schlechte Laune hinein, und meine Stimme wird mit jedem Wort lauter. »Was, wenn dir etwas zugestoßen wäre? Es geht um dich und mich, Charlie. Nicht um dich und Blue oder dich und Aspen. Um uns. Bedeuten *wir* dir denn gar nichts? Bedeute *ich* dir gar nichts?«

Charlie steht auf und geht zur Tür.

»Wage es nicht, durch diese Tür zu gehen«, sage ich. Ich versuche, stark zu klingen, aber meine Stimme zittert. Und meine Beine zittern. Alles zittert. Denn ich brauche eine Antwort von ihr, und wenn sie jetzt geht …

Charlie bleibt stehen. Leise, so leise, dass ich sie fast nicht hören kann, sagt sie: »Ich kann nicht so sein, wie du mich haben willst.«

»Was?« Ich stehe wie erstarrt da und bin doch erleichtert, dass sie überhaupt etwas gesagt hat, irgendwas.

Charlie bleibt mehrere Sekunden lang still. »Am Flughafen hast du gesagt, du wünschtest, ich wäre mehr wie du.« Sie schweigt, und ich zermartere mir das Hirn, um mich daran zu erinnern, wovon sie redet. Als es mir wieder einfällt, krampft sich mir der Magen zusammen. »Ich habe es versucht, Dante. Ich habe neue Freunde kennengelernt – Menschen, die ich für Freunde gehalten habe. Ich habe Dinge getan, die ich normalerweise nicht tun würde. Ich habe getanzt, wenn mich jemand darum gebeten hat, und getrunken, wenn mir jemand etwas angeboten hat.« Sie dreht sich um, sodass wir einander ansehen. »Ich habe mich anders angezogen, ich habe jede Mutprobe mitgemacht, und ich habe immer zuerst an mich selbst gedacht und dann erst an andere. Statt mit Annabelle alte Filme anzusehen, habe ich mir nach einer langen Partynacht den Sonnenaufgang angeschaut. Ich bin zu jemandem geworden, der ich nicht bin. Und das habe ich alles für dich getan.« Charlie stößt einen langen Atemzug aus. »Aber ich habe es dir übel genommen. Denn in Wirklichkeit will ich nicht so sein wie du. Ich möchte einfach nur ich sein. Ich werde mich nicht ändern, und du wirst immer wollen ...«

»Stopp.«

Charlies Mund bleibt offen, aber sie spricht kein weiteres Wort.

»Was ich vor dem Flug nach Denver gesagt habe ...« Ich setze neu an, denn ich will dieses Gespräch nicht vermasseln. »Ich will nicht, dass du dich änderst. Seit ich dir zum ersten Mal begegnet bin, habe ich gewusst, dass du nicht so bist wie ich. Du warst besser. Du *bist* besser. Ich wünschte, ich könnte du sein. Dein ganzes Leben ... es bedeutet etwas. Es bedeutet etwas so Großes, dass Engel und Dämonen dich umschwirren und versuchen, ein Stück davon abzukriegen. Du kümmerst dich um andere Menschen statt nur um dich selbst. Du kümmerst dich wirklich um sie. Nicht, weil du dich dann besser fühlst, sondern weil sie sich dann besser fühlen.« Ich trete näher vor Charlie hin. Sie weicht nicht zurück.

»Ich liebe es, wie du bist, Charlie. Ich liebe es so sehr, dass es mich zerreißt. Wenn ich daran denke, was passieren würde, wenn ich dich nicht hätte – *dich*, das Mädchen das du warst, als ich dir begegnet bin –, habe ich das Gefühl, als bekäme ich keine Luft.« Ich fahre mit dem Daumen über die Kuhle unter ihren Lippen. »Mein ganzes Leben wollte ich immer nur nehmen. Aber seit es dich gibt, will ich dir alles geben – jedes Tier im Meer, jeden Stern am Himmel ... mein eigenes Herz. Ich liebe dich, Charlie. Ich liebe dich einfach so, wie du bist.«

Es ist mir egal, ob es zu früh ist, diese Worte zu sagen, oder ob sie wirklich jemals genauso empfunden hat. Scheiß drauf.

Ich küsse sie.

Ihre Lippen bewegen sich auf meine zu, zögernd zuerst, dann hungrig. Mein Herz pocht, als ich begreife, dass sie sich diesmal nicht zurückziehen wird. Ich lege ihr beide Hände um die Taille und ziehe sie näher heran. Ich verliere mich im Geschmack ihrer Lippen. Ihr Haar fällt ihr über die Schultern, und ich atme den süßen Blütenduft ein, während ich eine Spur von Küssen ihren Hals hinunterziehe. Charlie legt mir die Arme um den Hals und schmiegt sich an mich, während sich in meiner Magengrube ein Feuer entfacht. Ihre Finger bohren sich mir in den Rücken, und ein leises Stöhnen entfährt mir, als sie mir mit den Händen über die Brust, die Hüften und bis unter den Hosenbund meiner Jeans streicht. Jede Stelle, an der sie mich berührt – jede Stelle, an der meine Lippen sie berühren –, erwacht zum Leben. Ich wandere mit den Händen an ihrer Taille hinauf bis zu ihren Schultern, dann presse ich mich enger an sie, sodass ich beinahe spüren kann, wie unsere Herzen im gleichen Takt schlagen.

Ich flüsterte ihr ins Ohr: »Ich liebe dich, Charlie. Ich liebe dich.«

Ich kann nicht aufhören, es zu sagen.

Jedes Mal, wenn ich sie küsse.

Ich liebe dich.

Jedes Mal, wenn ihre Finger sich an meinem Hals hinauf in mein Haar schieben.

Ich liebe dich.

Als ich sie hochhebe und mit ihr zu meinem Bett hinübergehe.

Ich liebe dich.

Charlie legt sich auf eine weiße Decke. Ihr blondes Haar bildet einen Heiligenschein um ihre großen blauen Augen, ihren rosigen Mund und ihre cremeweiße Haut …

Offene Arme.

Ich habe einen Kloß im Hals, als ich mich auf sie hinabsenke und ihre Schenkel spreize. Und für einen Moment bin ich mir nicht sicher, ob ich das kann. Es scheint immer verkehrt. Es ist nie der richtige Zeitpunkt. Aber als Charlie mein Gesicht mit beiden Händen umfasst und mir in die Augen sieht, verfliegt alle Unsicherheit.

»Wenn ich eine Seele hätte«, sage ich, »würde ich sie dir schenken.«

Charlie zieht mich näher heran, sodass unsere Lippen sich fast berühren. Sie legt mir eine Hand aufs Gesicht, und in ihren Augen steht Zuneigung. »Meine Seele magst du nicht haben, Dante. Aber du wirst immer mein Herz haben.«

Und dann ist es vorbei.

Mein Leben, wie ich es gekannt habe, ist vorbei.

Ihr Shirt gleitet mühelos über ihren Kopf, und mein ganzer Körper brennt vor Erwartung, sie auf eine neue Weise zu berühren. Mit zitternden Händen öffne ich den Knopf ihrer Jeans und ziehe sie herunter, halte inne, um ihre Knie zu küssen und die Innenseite ihres Knöchels. Charlie richtet sich auf und zieht mir das Hemd aus, und mit langsamen, sanften Bewegungen – zwischen Küssen an neuen, empfindlichen Stellen – fällt der Rest unserer Kleidung zu Boden.

Charlie schlüpft unter die weiße Decke. Ich lege mich zu ihr, und mein Atem geht tief und schnell.

Ich halte über ihr inne und schaue dieses Mädchen an, das ich vor einigen Monaten kennengelernt habe, dieses Mädchen mit dem breiten Lächeln und dem kristallklaren Lachen. Und dem Herz. Ich drücke ihr die Lippen auf die Brust und hauche einen Kuss dorthin, wo ich das Herz wummern spüre.

»Ich werde dich ewig lieben«, höre ich sie flüstern.

Und obwohl ich es hundert Mal, tausend Mal gesagt habe, sage ich es wieder.

»Ich liebe dich, Engel. Für immer.«

Mit überquellendem Herzen und einer Träne, die Charlie über die Wange rollt …

Sind wir zusammen.

19
Für immer

Als ich aufwache, ist es Mittag. Die Sonne fällt durch die Vorhänge und wirft einen sanften Schimmer auf Charlies nackte Haut.

Als ich sie im Schlaf betrachte, in die Decken eingerollt, quillt mir Liebe aus allen Poren. Ich zögere für einen Moment und betrachte sie, sicher und glücklich, bevor ich ihr die Lippen auf die Schulter drücke. Sie gibt einen leisen Laut von sich und raschelt unter den Laken.

Als mein Herz sich an die vergangene Nacht erinnert, fühlt es sich an, als sei es außerhalb meines Körpers. So etwas habe ich noch nie erlebt. Es ist nicht mein erstes Mal mit einem Mädchen, aber es ist das erste Mal, dass es mir mehr um die Person ging, mit der ich zusammen war, als um mich. Selbst jetzt mache ich mir Gedanken darüber, wie sie sich heute Morgen fühlen wird. Ich mag zwar das Horn verloren haben, das mein Vater mir gegeben hat, aber das ist in Ordnung, denn jetzt sind Charlie und ich auf diese unglaubliche Weise miteinander verbunden. Ich hoffe nur, dass sie diese Verbindung nicht bereut.

»Ich brauche Pfannkuchen«, höre ich Charlie murmeln.

Ich lache zu laut, erleichtert, dass sie normal zu sein scheint. Nachdem ich den Arm über ihren schmalen Körper gelegt habe, schmiege ich mich an sie und atme ein. Ich kann den Orangenduft ihres Shampoos auf dem Kissen unter meinem Kopf riechen.

Es macht mich wieder wahnsinnig vor Lust.

»Habe ich mich nicht klar ausgedrückt, was die Pfannkuchen betrifft?«, fragt sie.

Kichernd küsse ich sie einmal, zweimal aufs Ohr, dann mache ich mich auf, ihr etwas zu essen zu suchen. Als ich mich erhebe, hält sie meine Hand fest.

Sie sieht mich an, und ein unbefangenes Lächeln gleitet über ihre Züge. »Mir geht es gut.«

»Ich habe mir keine Sorgen gemacht«, erwidere ich. Sie zieht eine Augenbraue hoch, und ich weiß, dass sie mir nicht glaubt. Was sie auch nicht sollte. »Geht es dir wirklich gut?«

»Du und ich, Dante.« Sie lehnt sich auf dem Kissen zurück. »Genau wie du gesagt hast.«

»Du wolltest Speck, richtig?« Ich ziehe mir die Jeans an.

»Dante.«

»Einen knusprigen Berg Speck. Geht klar. Ich nehme das Handy mit, falls du mich brauchst.« Ich gehe zur Tür, bereit, irgendjemandem tüchtig auf die Nerven zu gehen, damit meine Frau etwas zu essen bekommt. Aber ich muss noch eines loswerden, bevor ich den Raum verlasse. »Ich habe das ernst gemeint, was ich gestern Nacht gesagt habe, Charlie. *Für immer.*«

»Für immer«, höre ich sie leise wiederholen. Und dann, gerade als ich durch die Tür trete, fragt sie: »Dante, gefällt es dir, wie ich jetzt aussehe? Ich meine, ist es besser?«

Ich trete zurück in den Raum und sehe ihr in die Augen. »Du bist atemberaubend, Charlie. Du bist jetzt der Hammer, das weißt du. Aber du warst auch vorher schon der Hammer. Das konnte nicht jeder sehen, aber manchmal macht das eine Frau nur umso reizvoller. Die Schönheit, die nicht weiß, dass sie schön ist. Das Mädchen, auf das niemand zu achten scheint, aber für den Richtigen ist sie wie ... wie ein Lichtstrahl. Du warst ein Lichtstrahl, Charlie«, füge ich hinzu. »Es tut mir nur leid, dass ich so lange gebraucht habe, um ihn zu sehen.«

Charlie lächelt so breit, dass mir das Herz wehtut. Ich hasse mich dafür, dass ich ihr das nicht früher gesagt habe.

»Ich habe keine Skittles mehr.« Sie grinst. »Geh und hol mir welche, mein Prinz.«

Und das tue ich.

Die Tür fällt hinter mir ins Schloss. Ich gehe zum Aufzug und fahre in die Lobby. Obwohl mein Herz bei Charlie im Zimmer zu bleiben scheint, fange ich unwillkürlich an, mir Sorgen zu machen, während ich mich von ihr entferne. Nicht nur wegen dem, was gestern Nacht zwischen uns geschehen ist, und wegen der Frage, die sie gerade gestellt hat, sondern wegen dem, was da draußen lauert.

Diese Sirenen könnten in genau diesem Moment Jagd auf uns machen. Bis jetzt war es Salems und Eastons Ziel, dass Charlie sich umbringt, damit sie es dann als Unfall bezeichnen können. Aber jetzt? Werden sie es selbst erledigen? Was ist mit Gage und Lyra? Vielleicht wissen sie etwas über dieses Oberwichtige, von dem Blue sagt, der Oberguru teste mich dafür. Vielleicht wissen sie sogar, warum Er Aspen so unbedingt haben will. Warum sonst hätten sie um Aspen herumschleichen und sie zur Sünde verführen sollen? Sie wollten, dass ich mit meinem Auftrag scheitere. Und was ist mit der Sirene, die versucht hat, mich von der Straße abzudrängen? Das war völlig neben der Spur.

Während ich über all das nachgrübele, fällt mir ein, dass ich mich mit Max kurzschließen muss. Feststellen, ob er irgendetwas rausgefunden hat. In den letzten Tagen habe ich mich nur in Aspen verloren und ihren Lebensstil übernommen, statt ihr zu helfen. Aber jetzt muss ich wieder gut in Form sein, und ich brauche jede Hilfe, die ich kriegen kann.

Ich grabe mein Handy aus der Tasche, suche mir ein stilles Fleckchen und wähle Max' Nummer. Während es klingelt, frage ich mich, wie es wäre, wenn ich mein Telefon verlieren und jemand zufällig darauf stoßen würde. Der Finder hätte eine hübsche Kurzwahlliste von Engeln und Dämonen.

Ich lächele vor mich hin, weil ich so witzig bin, als Max an den Apparat geht.

»Alter«, begrüßt er mich, und es klingt, als koste

es ihn seine ganze Kraft, dieses eine Wort auszusprechen. Ich will ihn fragen, ob es ihm gut geht, aber zuerst kommt das Geschäftliche an die Reihe.

»Die Sammler haben Menschen angeheuert, um für sie zu arbeiten«, platze ich heraus.

Max sagt nichts.

»Max?«

»Du machst Witze.« Seine Stimme wird lauter. »Ist das dein Ernst? Woher weißt du das?«

Ich erkläre ihm alles, und er sagt angemessen oft *oh Mist* und *oh Scheiße.*

»Okay, ich rufe Val an«, sagt Max. »Ihr braucht uns.«

»Lass mal, ich rufe sie gleich selbst an.« Ich schweige kurz. »Hey, du behältst sie doch im Auge, wie ich gesagt habe?«

»Wie ein Adler, Alter. Ich klebe an ihr wie ein verdammter Pleitegeier.«

»Und, hast du was rausgefunden?«, frage ich. »Etwas, das sie verbirgt?«

»Ach, das«, antwortet er. »Nein, nicht wirklich.« Mir wird klar, dass Max gerade zugegeben hat, dass er seine eigene Verlobte stalkt. »Oh, Moment. Neulich habe ich gehört, wie sie was am Telefon gesagt hat. Etwas über Stollen, was immer das sein soll.«

»Stollen?«, sage ich verwirrt. Dann fällt mir etwas ein. »Meinst du *Rollen?* Schriftrollen?«

»Oh, ja. Schriftrollen.« Max räuspert sich. »Zwei Schriftrollen. Es ging darum, dass eine sich im Besitz des Himmels befindet und die andere im Besitz der Hölle. Anscheinend kann niemand lesen, was draufsteht. Also, Lucille und der Oberguru können sie wahrscheinlich lesen, ›die Könige‹, so heißt es, aber das war's. Also tappt der Rest von uns im Dunkeln, was zum Henker hier eigentlich los ist. Ziemlich erschreckend.«

Zwei Schriftrollen, die nur die Könige lesen können – bei dem Gedanken bekomme ich eine Gänsehaut.

»Sonst noch was?«, frage ich.

»Valerie redet kaum noch mit mir«, murmelt er.

Ich reibe mir mit der Hand übers Gesicht. Max ist mein bester Freund, aber wenn Menschen versuchen, Charlie etwas anzutun oder sie zu töten, habe ich wirklich keine Zeit für seine Beziehungsprobleme. »Max …«

»Ich weiß. Wir reden später. Nicht am Telefon«, unterbricht er mich. »Zu schmerzhaft.«

»Ruf mich an, falls du irgendetwas Neues rauskriegst.« Ich verdrehe die Augen. »Und bleib wegen Valerie cool, Mann. Ihr kriegt das schon hin.«

»Meinst du?«, fragt er und klingt wie eine Achtjährige.

»Ich muss Schluss machen, Alter.«

Max brummt etwas und legt auf. Sekunden später rufe ich Red an. Ich bin erst seit zehn Minuten wach, habe aber jetzt schon das Gefühl, als müssten wir uns beeilen. Ich kann hier nicht untätig herumstehen, während die Sammler und Sirenen da draußen sind. Red geht beim zweiten Klingeln ran.

Ich setze sie über alles ins Bild, und genau wie Max ist sie der Meinung, dass wir sie brauchen.

»Wir haben überlegt, einen Flug zu buchen, um schneller nach Hause zu kommen«, erkläre ich. »Aber wir wollten nicht zu lange an einem Ort festsitzen.«

»Nein, das ist gut«, antwortet Valerie. Ihre Stimme klingt schon fast wieder normal, obwohl ich ihr Gesicht von Sorgenfalten gezeichnet vor mir sehe. »Niemand hat damit gerechnet. Dass die Sammler zurückkehren? Klar. Aber dass sie mit Menschen spielen? Lucille hat offensichtlich immer weniger Hemmungen, einen Krieg zu entfesseln. Ich werde Kraven anrufen und dafür sorgen, dass ihr schnell wieder hier seid.«

»Den Typ mit den Flügeln?«, frage ich und genieße die Tatsache, dass Red unseren Spitznamen für meinen ehemaligen großen Boss benutzt hat, obwohl das völlig untypisch für ihre sonst so förmliche Art ist.

»Ja, Dante. Der Typ mit den Flügeln.«

»Wird er uns auf dem Rücken hier rausfliegen?«

Valerie antwortet nicht. Sie redet nicht gern über Kravens Fähigkeit zu fliegen. Wahrscheinlich, weil sie nicht weiß, wie er es macht oder warum er es kann und sie nicht. »Ich melde mich bald wieder.«

»Hey, Red«, sage ich. »Danke, dass du mir das von Blue erzählt hast. Das war echt nett von dir.«

»Charlie wollte es dir selbst sagen«, erklärt Valerie. »Außerdem war ich nicht sehr zufrieden mit ihm, nachdem er dir in Denver einen Besuch abgestattet hat.«

Nun, das ist immerhin etwas. Zumindest war Valerie sauer, dass Blue mich geärgert hat, indem er mir eine unheimliche Botschaft auf den Hotelspiegel geschrieben hat. Arsch. Obwohl es schön gewesen wäre, wenn sie zugegeben hätte, dass sie wusste, dass er es war, als ich damals meine Sorge zum Ausdruck gebracht hatte. Oder, wo wir gerade dabei sind, wenn sie mir bei der Gelegenheit gesagt hätte, dass sie wisse, dass ich Charlies Seele nicht habe.

»Ich schätze mal, die Sirenen sind wahrscheinlich hinter mir her, richtig?«, stelle ich sie auf die Probe. »Ich meine, sie wollen bestimmt einfach nur Charlies Seele zurückhaben.«

Valerie sagt nichts.

»Hallo?«, frage ich mit vor Sarkasmus triefender Stimme. »Haben wir plötzlich eine schlechte Verbindung oder was ist los?«

»Blue hat mir erzählt, dass du Bescheid weißt«, sagt Valerie schließlich. »Hör zu, Dante, wir haben es selbst gerade erst herausgefunden. Kraven hat dir vor einigen Tagen nachts einen Besuch abgestattet und zurückgemeldet, dass du ihre Seele nicht hast. Aber wir wollten nichts sagen, bis wir sicher waren, dass die Sammler sie haben.«

Ich frage nicht, wann Grusel-Kraven mich besucht hat oder wie sie schließlich die Wahrheit rausgefunden haben. Es ist mir egal. »Du hättest es mir sagen sollen. In der Sekunde, in der du Verdacht geschöpft hast, hätte ich darüber Bescheid wissen sollen.«

»Ich durfte es dir nicht sagen. Bei den Befreiern ist alles ganz genau geregelt«, sagt sie. »Ich habe dir das schon einmal erklärt: Du hast keine Ahnung, wie bürokratisch es bei uns zugehen kann.«

»Engel und Amtsschimmel, wer hätte das gedacht?«, knurre ich mit wachsendem Ärger. »Weißt du was? Vielleicht schnappe ich mir Charlie und haue ab. Wenn die Sirenen uns gefunden haben, wird es nicht lange dauern, bevor die Sammler auch da sind. Wenn ihr mich nicht auf dem Laufenden halten wollt, dann ist es Zeit für mich, allein zu arbeiten. Und noch eins: Mein Bauchgefühl meint, ich soll Charlie außer Landes schaffen, ohne dass ich meinen Auftrag oder einen neuen Befreier mitschleife.«

»Jetzt hör mir mal gut zu«, faucht Valerie. »Aspens Sicherheit ist Charlies Sicherheit. Verstanden?«

»Nein, das verstehe ich überhaupt nicht!«

Valerie seufzt. »Pass auf, ich verspreche dir, dass ich versuchen werde, dich besser auf dem Laufenden zu halten. Ich weiß, dass Charlie dir viel bedeutet, das sieht man schon daran, wie sehr du dich verändert hast.«

Schuldgefühle liegen mir im Magen wie glühende Kohlen. Denn wie sehr habe ich mich eigentlich verändert, wenn ich Charlie nur aus den Augen sein musste, um sofort wieder in alte Gewohnheiten zu verfallen?

»Ist schon gut«, murmele ich. Es fällt mir schwer zu sprechen. »Mir ist klar, dass der Oberguru nicht alles enthüllen kann, aber du musst mir eins verraten: Was sind die beiden Schriftrollen?«

»Wer hat dir davon erzählt?«, fährt Valerie mich an.

»Wen juckt's?«, antworte ich und freue mich, sie überrascht zu haben. »Was ist das?«

Red hält inne. »Ich bin nicht befugt …«

»Ja, ja. Hierarchie und Bürokratie und Papierkram und dieser ganze Scheiß. Vergiss es einfach; ich krieg das schon selbst raus.« Ich mache es Red nicht leicht, aber ich lasse ihr auch einen Ausweg, denn ich will wirklich nicht, dass sie Ärger bekommt, weil sie nicht die ehrbare Befreierin spielt. Ich weiß, dass sie das System respektiert, und daran werde ich nichts ändern.

Daher überrascht es mich, was Valerie als Nächstes sagt: »Die Schriftrollen sind zwei jahrhundertealte Dokumente mit genau dem gleichen Wortlaut«, berichtet sie mit stockender Stimme. »Als Lucille aus dem Himmel verbannt wurde und das Dargon stahl, aus dem unsere Fußfesseln gemacht wurden, stahl er auch eine der Schriftrollen. Ich habe mir sagen lassen, dass er sie lesen kann, die anderen Dämonen aber nicht.«

Meine Gedanken überschlagen sich. Ich kann nicht glauben, dass Valerie weiß, dass Lucille den Rest vom Dargon des Obergurus gestohlen hat. Ich dachte, dass ich der Einzige sei, der diese Geschichte kennt, aber vermutlich ist der Oberguru großzügiger mit der Information umgegangen als mein ehemaliger großer Boss.

»Was Lucille nicht weiß«, fährt Red fort, »ist, dass der Text auf dem Dokument, das er gestohlen hat, für ihn bestimmt war. Gott wusste, dass er es stehlen würde, und es sollte eine Art letzte Chance sein.«

»Eine letzte Chance?«

»Genau. Gott wollte, dass Lucille seine Pläne für die Zukunft der Menschheit kennt. Wenn ich es richtig verstehe, ist er der Ansicht, dass Lucille wieder in den Himmel darf, wenn er Gottes Pläne nicht stört.«

»Warum sollte der Oberguru ihm diese Chance geben?«

»Weil er barmherzig ist.«

»Weil er *rachsüchtig* ist«, widerspreche ich. »Weil er es gar nicht erwarten kann, Lucille wieder rauszuschmeißen, wenn er scheitert.«

»Eines Tages wirst du es kapieren, Dante«, sagt Valerie. »Aber ich werde nicht versuchen, dich davon zu überzeugen, wie großartig Er ist.«

»Oh, du bist ihm also begegnet?«

Nichts.

»Hab ich's mir doch gedacht.«

»Ich muss Schluss machen«, sagt sie. »Ich spreche mit Kraven. Wir holen euch hierher zurück. Pass einfach auf dich auf.«

Ich lege auf, und erst als die Leitung tot ist, wird mir bewusst, dass Valerie mir gesagt hat, ich solle auf mich aufpassen. Nicht auf Annabelle oder Aspen oder auch nur auf Charlie. Auf mich selbst. Ich bin mir nicht sicher, wie der Oberguru arbeitet, aber einige seiner Befreier sind ziemlich cool. Und vielleicht bedeutet das etwas.

Als ich das Telefon in meine Tasche stopfe, sehe ich Blue auf mich zukommen. Ich bin immer noch sauer, dass er das Geheimnis von Charlies Seele vor mir verborgen hat. Ich meine, Valerie muss ihre jüngste Beförderung schützen, daher verstehe ich, dass sie nichts vermasseln will. Aber Blue? Er ist ein neuer Befreier, genau wie ich. Ich dachte, wir seien Freunde. Oder so was in der Art.

Als er näher kommt, vergesse ich meinen Zorn und denke stattdessen an das, was vergangene Nacht in meinem Zimmer geschehen ist. Wenn er von Charlie und mir wüsste, wie würde er reagieren? Es spielt keine Rolle, denn ich werde es ihm niemals erzählen – und auch sonst niemandem, was das betrifft. Dieser Augenblick gehörte uns und geht keinen anderen etwas an.

»Hey«, begrüßt Blue mich und wischt sich Puderzucker vom Mund. Ich schaue hinab und sehe eine Packung Mini-Donuts in seiner Hand. Manche Dinge ändern sich wohl nie. »Ich will mich dafür entschuldigen, dass ich dir nichts von Charlies Seele gesagt habe. Vor Aspens Hütte hätte ich dir beinahe davon erzählt.«

»Und warum hast du es nicht getan?«

Blue senkt den Blick zu Boden, und mein größter Ärger verraucht. Er fährt sich mit der Hand durch die Locken. »Ich versuche, an den Plan vom Oberguru zu glauben.«

»Das ist alles?«, frage ich. »Etwas Besseres hast du mir nicht zu bieten?«

Blue reißt den Kopf hoch. »Wenn er einen Plan hat, der Charlies Sicherheit vorsieht, dann bin ich dabei, egal, wer bei der Umsetzung draufgeht. *Sie* ist meine Priorität. Kapiert?«

Ich hebe die Hände. »Schon gut, Casanova. Lass den Schwanz in der Hose.« Einige Männer wären verunsichert, wenn jemand wie Blue das Bedürfnis hätte, ihr Mädchen zu beschützen, aber ich bin erleichtert. Sollte mir jemals etwas zustoßen, würde er eher sterben, als zuzulassen, dass Charlie etwas Schlimmes passiert. Er ist schon einmal für sie gestorben.

Blue grinst. »Zwischen uns ist alles klar?«

Ich stoße mit der Faust gegen seine. »Alles bestens. Aber das nächste Mal polier ich dir die Fresse, du Wichser.« Dann schaue ich mich um und füge hinzu: »Hast du Aspen gesehen? Wir müssen los.«

»Das habe ich mir auch gerade gedacht«, antwortet Blue. »Ich gehe Annabelle und Aspen wecken und treffe euch dann in zehn Minuten hier unten. Cool?«

Ich nicke, und er geht davon. Dann fällt mir etwas ein. »He, woher hast du die Donuts?«

Er deutet mit dem Kopf auf den vorderen Bereich der Lobby. »Verkaufsautomat.«

Nachdem ich das Gerät um sämtliche Mini-Donuts, Zimtschnecken und Skittles erleichtert habe, gehe ich zurück zu meinem Zimmer. So sacht ich kann, öffne ich die Tür. Charlie liegt im Bett und schnarcht leise.

Ich lächle vor mich hin … bis es mir wieder einfällt.

Bis mir wieder einfällt, dass ihre Seele fort ist. Aus irgendeinem Grund fällt mir, während ich mit den Armen voller Schleckerkram vor dem Bett stehe, mit schmerzhafter Klarheit ein, dass es meine Schuld ist. Dass ich der Grund bin, warum sie Sündensiegel gesammelt hat, der Grund, warum sie ihre Seele verwirkt hat: damit Rector, der oberste Sammler, mein Leben verschont. Die

Sammler und Sirenen versuchen, Charlie zu töten, und es ist meine Schuld.

Das Herz schmerzt mir in der Brust.

Ich habe ihr das angetan. Aber ich werde es ungeschehen machen.

Ich werde ihre Seele zurückbekommen, denke ich. *Egal wie.*

Knallbunte Päckchen fallen zu Boden. Irgendetwas geschieht, etwas *Ungeheuerliches.* Ein reißendes Gefühl breitet sich über meinem Rücken aus, und mir klingeln die Ohren. Mein ganzer Körper fühlt sich an, als würde er umgestülpt, als drängten meine Rippen sich durch meine Wirbelsäule hinaus. Und ich rieche Rauch. Es *brennt.*

Ich begreife undeutlich, dass Charlie bei mir ist und meinen Namen ruft, aber ich kann sie kaum hören. Jemand schreit. *Ich* schreie.

Ich schlinge mir die Arme um den Leib und falle zu Boden, dann rolle ich mich auf die Seite und kreische. Charlie rennt aus dem Zimmer. Der Schmerz kommt weiter, schneller, stärker. Knochen brechen. Muskeln reißen.

Es zerreißt mich.

Ich schreie, bis meine Lungen explodieren, bis ich nicht mehr atmen kann.

20
Seht sie euch an

Mein Verstand wiederholt immer wieder dasselbe Mantra.

Aufhören-aufhören-aufhören!

Und dann ist der Schmerz plötzlich weg.

Blue stürzt ins Zimmer, dicht gefolgt von Charlie. Er fasst mich am Arm und zieht mich auf die Füße. Mir wird furchtbar schwindelig, aber abgesehen davon geht es mir gut.

»Er hat geschrien«, sagt Charlie mit zitternder Stimme. Sie legt den Arm um mich, und die beiden führen mich zum Bett. Ich setze mich.

»Was ist passiert?«, fragt Blue. Er legt mir eine Hand auf die Stirn, als sei er meine Mama. Ich schlage sie weg.

»Ich habe kein Fieber, du Idiot«, sage ich. »Ich bin nur …«

Ich bin nur was? Fast zerbrochen? Hätte beinahe meine Eingeweide auf dem Teppich mit dem Kringelmuster verteilt? Tief in mir weiß ich, was gerade passiert ist, aber ich will es nicht sagen. Nicht jetzt. Nicht, bis ich mir sicher bin.

»Ich hatte nur einen Krampf«, erkläre ich und merke, wie lächerlich das klingt.

Besser als: *Ich glaube, mir wollten gerade Flügel aus dem Rücken schießen.*

Charlie sieht mich an, als wolle sie sagen, dass sie es mir nicht abkauft. Aber sie bedrängt mich auch nicht. »Sag uns einfach, dass es dir gut geht.«

»Ach, Quatsch«, unterbricht Blue sie. »Sag uns, warum zum Teufel du geschrien hast, denn ich bin mir ziemlich sicher, dass es kein Krampf war.«

Während der nächsten Minuten stellt er mir immer wieder die gleiche Frage, und ich wiederhole die gleiche Antwort – ich hatte einen Krampf. Es ist seltsam, aber die Einzige, mit der ich jetzt reden will, ist Valerie. Und ich baue darauf, dass sie Wort halten und bald bei uns sein wird.

»Lass gut sein, Blue«, knurre ich. »Ich rede mit Valerie über meine Muskelkrämpfe.«

Im selben Moment treten Annabelle und Aspen ein und zanken wegen irgendetwas. »Sie gehen sich schon den ganzen Morgen an die Gurgel«, meint Blue, während er mich immer noch unsicher betrachtet. Ich frage mich, ob er wie Max und ich über Rectors und Kravens Flügel nachgedacht hat. Ich bin mir nicht sicher. Aber wenn, dann ahnt er vielleicht, was ich gerade erlebt habe. Glücklicherweise scheint er es auf sich beruhen lassen zu wollen. Ich dagegen habe eine ausgewachsene Panikattacke und gebe mir alle Mühe, sie mir nicht anmerken zu lassen.

Als Annabelle Aspen mit einem Wort beschimpft, das so ähnlich wie *Kotze* klingt, eilt Charlie ins Badezimmer. Sie kommt mit einem feuchten Handtuch zurück und streicht mir damit über die Stirn. Das Handtuch erinnert mich daran, wie ein Sammler Max mit einem Feuerlöscher k. o. geschlagen hat und er die Nacht mit einem Hotelhandtuch auf dem Kopf verbracht hat. Das war die gleiche Nacht, in der ich ihm gesagt habe, dass ich mich gegen Lucilles Anweisungen stellen und Charlies Seele nicht einsammeln werde.

»Wir müssen los.« Ich rappele mich hoch und schwanke eine Sekunde. Charlie ergreift meinen Arm. »Aspen, hast du deine Schlüssel?«

Aspen wirft Annabelle einen letzten angewiderten Blick zu, bevor sie sich zu mir umdreht. »Ja, ich habe sie.«

»Dann lasst uns verschwinden.« Ich versuche, cool zu bleiben, aber mein Herz hämmert immer noch wie wild.

Als wir zu Aspens Wagen hinübergehen, behält Blue mich im Auge. Er scheint sich wirklich Sorgen zu machen, und ich kann nicht behaupten, dass es mir unangenehm ist, dass ich ihm etwas bedeute.

Aber ganz gleich, wer sich um mich sorgt, ich kann nur an diese verdammten Flügel denken. Ich will sie haben, aber diese Folter will ich nicht noch einmal erleben. Um meinen aufgewühlten Magen zu beruhigen, versuche ich erst mal, an etwas anderes zu denken. An Charlie. An Valerie, die mir gesagt hat, Aspens Sicherheit sei Charlies Sicherheit. An Oma und ihre Wasserflaschen voller Wodka. Irgendetwas anderes.

Es funktioniert nicht. Nicht, als wir in den Wagen steigen und uns anschnallen. Nicht, während Aspen nach Osten Richtung Alabama fährt. Nicht einmal, als es draußen dunkel wird.

Und viel später, als wir einen schmierigen Diner verlassen, nachdem wir uns was zu essen reingehauen haben, denke ich immer noch daran.

Charlie drückt meine Hand, und obwohl alle Lampen auf dem riesigen Parkplatz durchgebrannt sind, kenne ich jeden Zentimeter ihres Gesichtes gut genug, um es immer noch klar sehen zu können.

»Du bist so still«, bemerkt sie.

Ich nehme ihre Hand und ziehe sie näher heran. Vor uns streiten Annabelle und Aspen sich darüber, ob Schwarz-Weiß-Filme richtungsweisend oder total veraltet sind. Blue geht einige Schritte hinter ihnen, als warte er darauf, dass die beiden vom verbalen Schlagabtausch zum Haareziehen übergehen. Er will für diese Show einen Platz in der ersten Reihe, und ich kann es ihm nicht verdenken.

»Ich weiß, was im Zimmer passiert ist«, erklärt Charlie. »Ich weiß, warum du geschrien hast.«

Ich bleibe mitten im Schritt stehen.

Sie schmiegt sich an mich und legt mir die Arme um die Taille. Während sie mir fest ins Gesicht schaut, schiebt sie die Hände zu meinen Schulterblättern hoch. Ihre Finger gleiten über die Stelle, an der ich den meisten Schmerz verspürt habe, doch jetzt bekomme ich nur eine Gänsehaut. Ich schließe bei ihrer Berührung die Augen und neige den Kopf zu ihrem Hals hinab.

»Hast du Angst?«, fragt sie. »Dass es wieder passiert?«

Ja.

»Nein«, antworte ich schroff.

Hinter mir höre ich, wie Autotüren geöffnet werden, und weiß, dass die drei Komiker gleich unseren zarten Moment zerstören werden. Aber bis dahin lasse ich mich von Charlie beruhigen und versuche, das Gleiche für sie zu tun.

Als Aspens Stimme erklingt, überrascht mich das nicht. Was mich überrascht, ist ihr Tonfall. Hinter Charlie bemerke ich vier Gestalten, die sorgfältig darauf achten, in den Schatten zu bleiben.

Ich halte Charlie fester und drehe uns langsam um, sodass ich zwischen ihnen und ihr stehe. Dann beuge ich mich vor und umfasse ihr herzförmiges Gesicht mit beiden Händen. Ich drücke ihr die Lippen auf den Geißblattmund …

Und dann stoße ich sie von mir in Sicherheit und schieße auf die Schatten zu.

Blue ist eine Sekunde später da und rammt Gage die Faust in den Magen.

Ich lande einen Treffer bei Salem, bevor die anderen drei – Easton, Gage und Lyra – wie die Schmeißfliegen über mich herfallen. Ich boxe und trete und bekomme einen Adrenalinstoß, als Charlie aufschreit. Ein Blick in ihre Richtung sagt mir, dass Annabelle sie festhält, und obwohl Charlie versucht, sich loszureißen und uns zu helfen, ist Annabelle viel stärker.

Dem Oberguru sei Dank.

Schmerz explodiert in jeder Faser meines Körpers, als die vier Sirenen ihre Fäuste auf meine Muskeln und Knochen prasseln lassen. Irgendwann höre ich, wie mein Handy in meiner Tasche zerbricht, und weiß, dass es um Leben und Tod geht. Blue versucht, mir zu helfen, aber es reicht nicht. Wir sind zwei gegen vier, und wir können von Glück sagen, wenn wir es schaffen, die drei Mädchen unversehrt hier wegzubringen.

Bei dem Gedanken, dass Charlies Leben auf dem Spiel stehen könnte, schiebe ich den Schmerz beiseite und konzentriere mich auf eine Sirene zurzeit. Die erste, die ich sehe, ist Lyra. Ich zögere nur kurz, bevor ich aushole, denn es ist nicht unter meiner Würde, einer Schlampe eine zu verpassen, wenn sie versucht, Charlie zu töten. Doch bevor ich ihr meine Faust ins Gesicht rammen kann, kippt sie um.

Ich meine, sie

Kippt.

Bums.

Einfach.

Um.

Über ihr steht Aspen, und wir starren sie fassungslos an. Mit wutblitzenden Augen und etwas Rotem, das an ihrer dunklen Kleidung aufleuchtet, sieht sie aus wie eine Schwarze Witwe vor dem Angriff.

»Schnapp dir diese Schlampe«, brüllt Gage Easton zu, und er sagt es so drängend, dass es klingt, als hätten sie es die ganze Zeit über auf Aspen abgesehen.

Blue will ihn aufhalten, als er an ihm vorbeirennt, aber Easton ist plötzlich gewandt wie ein Weltklassestürmer, dreht sich wie ein Tänzer und entwischt durch eine Lücke. Bevor ich Aspen zurufen kann, dass sie zurückgehen soll, stürzt er sich auf sie.

Und dann kippt er auch um.

Aspens Hände sind erhoben, als sei sie Bruce Lee, als könne sie es gar nicht erwarten, den nächsten niederzuschlagen, der so blöd ist, auf sie loszugehen. Und ich denke bloß: *Wieso kann dieses Mädchen besser kämpfen als ich?*

Während Salem abgelenkt ist, versetze ich ihm einen Hieb in den Magen und schicke ihn zu Boden. Binnen Sekunden ist er wieder auf den Beinen, und jetzt fallen er und sein Bruder, der sich inzwischen erholt hat, über mich her. Mein Rücken schlägt auf dem Beton auf, und Kieselsteine bohren sich in meine Haut, als Easton mir einen Tritt in die Rippen verpasst. Vom Boden aus sehe ich hinter den Brüdern eine dunkle Gestalt aufragen. Es ist Aspen; sie hat noch nicht genug.

Sie hackt Salem die Handkante ins Genick, und er geht wie ein gefällter Baum zu Boden. Easton fährt herum und will Aspen an die Kehle. Kein Problem. Sie wirbelt nur mit den Armen, schlägt seine Hände weg und rammt ihm die Faust in die Nieren.

»Ich hoffe, du pisst einen Monat lang Blut«, zischt sie.

Als Nächstes landet sie einen Tritt in Lyras Seite, bevor sie sich wieder Gage vornimmt. Sie ist wie ein Tornado und mäht mit kontrolliertem Zorn alles nieder, was ihr in den Weg kommt.

Blue zieht mich auf die Füße. Sobald ich aufrecht stehe, will ich Aspen helfen, aber er hält mich fest. »Sieh sie dir an«, sagt er und wischt sich Blut aus dem Mundwinkel. »Sie ist unglaublich.«

Ich zögere und sehe diesem Mädchen mit den fingerlosen Handschuhen dabei zu, wie es vier Sirenen mit der gleichen Mühelosigkeit zurückschlägt, mit der es sich die Nägel lackieren würde. Aspen braucht unsere Hilfe nicht. Und Blue hat recht – sie ist unglaublich.

Charlie windet sich endlich von Annabelle los und rennt auf mich zu. Ich komme ihr auf halbem Wege entgegen und halte sie mit mehr Kraft zurück als ihre beste Freundin.

»Wir müssen dich von hier wegbringen«, sage ich mit Blick zu Annabelle und hoffe, dass sie versteht, dass sie Aspens Wagen nehmen und verschwinden soll. »Wir holen Aspen und kommen gleich nach.« Als ich mich umdrehe, sehe ich, dass Blue sich wieder in den Kampf gestürzt hat, und Adrenalin durchflutet mich. »Geh«, befehle ich Charlie und versuche, sie zu Annabelle zurückzuschieben.

»Den Teufel werde ich tun«, brüllt Charlie. Wie ein Kaninchen, das sich gegen einen Kojoten wehrt, reißt sie sich irgendwie los und springt zu Aspen hinüber.

»Charlie!« Ich renne hinter ihr her, bis ich das Geräusch eines näher kommenden Wagens höre, vermutlich der Besitzer des Diners oder die Cops. Wie lange kämpfen wir schon gegen die Sirenen? Es kommt mir wie Stunden vor, aber in Wirklichkeit waren es wahrscheinlich nur ein paar Minuten.

Ein grüner 4Runner schießt über den Parkplatz. Jemand springt aus der Fahrerseite heraus.

Max!

Max ist vor mir bei Charlie, wirft sich das zierliche Mädchen ohne jegliche Rücksicht über die Schulter und eilt zurück zu seinem SUV.

»Nein, warte«, rufe ich. Erleichterung überflutet mich, dass er wirklich hier ist. Mein bester Freund ist da. »Nimm Aspens Wagen.«

Er wirft einen Blick zu dem Ford Shelby. »Oh, verdammt«, sagt er, bevor er die Richtung wechselt und auf das Auto zurennt. Er verfrachtet Charlie auf die Rückbank, und Annabelle klettert vorne rein.

»Blue«, ruft Max. »Steig in den Wagen.«

Blue wirft einen Blick zu Max und macht sich dann gleich wieder daran, Lyra von Aspen wegzuziehen.

»Blue, jetzt komm!«, donnert Max. In seiner Stimme schwingt eine Autorität mit, die ich noch nie zuvor gehört habe.

Diesmal gehorcht Blue. Er springt zu Charlie auf den Rücksitz.

Jetzt bin ich an der Reihe, Aspen zu holen. Ich sprinte auf sie zu. Nachdem sie Salem einen letzten rechten Haken auf die Schläfe verpasst hat, rennt sie los, reißt die Schlüssel aus ihrer Tasche und wirft sie mir im Laufen zu.

Aspen schwingt sich auf die Rückbank, und Max wirft sich mit einem Hechtsprung über Charlies, Aspens und Blues Schoß. Sie stöhnen unter dem Aufprall, während ich den Motor anlasse und aufs Gas trete. Im Rückspiegel sehe ich die vier Sirenen hinter den Diner laufen, wahrscheinlich zu Gages BMW.

»Was ist der Plan, Max?«, frage ich. »Wir haben nicht viel Zeit.«

»Nimm den Freeway sechs Meilen nach Osten, fahr in Lancaster ab und dann nach rechts«, weist er mich von der Rückbank aus an. »Dort wartet ein Flugzeug.«

Ich nicke. »Wie zum Teufel hast du uns gefunden?«

»Der Tracker in deinem Handy, Mann.« Max kichert wie ein Kleinkind.

»Mein verdammtes Handy hatte einen Tracker?«, knurre ich, froh, dass es jetzt weg ist. »Wer war das?«

»Alter, ernsthaft?«

Ich schätze, er braucht wirklich nichts mehr zu sagen. Valerie hatte darauf bestanden, dass Charlie und ich uns Handys zulegen und dass sie sie für uns kaufen würde. Ich verdrehe die Augen und beschließe, es auf sich beruhen zu lassen, denn schließlich hat Max uns gerade sicher dort rausgeholt.

Ich nehme die Abfahrt und biege auf einen kleinen Landeplatz ein. Dort steht nur ein Flugzeug, cremeweiß gestrichen mit einem rotbraunen Rennstreifen. Auf der Seite steht: BUCK'S PLANE CORP.

Ich bringe das herrliche Muscle-Car in Parkposition und steige aus. Bald darauf sitzen wir sechs im Flugzeug, und Buck selbst schießt die Rollbahn entlang. Aspen blickt durch ein Fenster auf den Wagen, den wir stehen lassen haben, und meine Schuldgefühle kochen plötzlich hoch. Sie hat für uns so viel zurückgelassen – ihre Schwester Sahara, ihren Freund Lincoln und ein verdammt schickes Auto. Ich würde gern ihre Seele als Dankeschön siegeln, beschließe aber, ihren Wunsch zu respektieren und sie in Ruhe zu lassen.

Ich drehe mich zu Charlie um. Sie legt mir eine Hand aufs Bein, und ich schenke ihr ein schwaches Lächeln, als das Flugzeug sich vom Asphalt in die Luft erhebt. Hinter uns bombardiert Blue Aspen mit Fragen. Wo sie gelernt hat zu kämpfen. Ob sie ihm diese Griffe und Techniken beibringen kann. Und ein wenig leiser: Ob sie okay ist. Ob sie sich da wirklich sicher ist?

Ich konzentriere mich auf den Boden, der unter uns dahinrauscht, und denke über die gleichen Fragen nach. Aber mehr als alles andere frage ich mich, warum die Sirenen gegen Aspen gekämpft haben, als gäbe es nichts Wichtigeres, als sie in ihre Gewalt zu kriegen. Ich mustere Aspen, dieses Mädchen, das mich schon so oft überrascht hat.

Wer bist du?

Ich schaue wieder auf die Landebahn und sehe weder Gages Wagen noch sonst eine Spur von den Sirenen. Und aus irgendeinem Grund macht mir das noch mehr Sorgen.

21

Vergehen

Draußen vor den Fenstern des Privatflugzeugs ist die Wolkendecke auf gleicher Höhe mit den Flügeln. Das ist für mich immer das Schönste an einem Flug, wenn es so aussieht, als könne man nach draußen gehen und auf wattiger Weiche ein Nickerchen halten.

Als Charlie eingeschlafen ist, beugt Max sich zu mir rüber. Es ist das erste Mal, dass ich ihn wirklich ansehe, seit wir vor einigen Minuten abgehoben haben. Eine Sorgenfalte gräbt sich zwischen seine Augenbrauen, und seine Mundwinkel zeigen nach unten. Ich bedeute ihm, auf meiner anderen Seite Platz zu nehmen.

»Was ist los?«, flüstere ich, um Charlie nicht zu wecken.

Max schüttelt den Kopf. »Valerie.«

Ich hätte es wissen sollen. Max hat uns gerade nach James-Bond-Manier aus einer ernsten Situation herausgehauen, und er macht sich Sorgen um ein Mädchen. Trotzdem, er ist mein Freund. Und wenn er jemanden zum Zuhören braucht, will ich für ihn da sein, egal, was sonst gerade passiert.

»Erzähl.« Ich lehne mich an die Kopfstütze und schenke ihm meine volle Aufmerksamkeit.

Er sieht auf seine Hände hinab. »Wir wollten ja eigentlich heiraten, weißt du? Aber ich schätze, dass man Valerie mitgeteilt hat, dass sie sich nicht mit einem Sammler einlassen darf. Es spielt keine Rolle, dass ich schon seit einer gefühlten Ewigkeit nicht mehr als Sammler aktiv bin. Nein, sie interessieren sich nur dafür, woher meine Fußfessel stammt.«

Ich lege meinem Freund eine Hand auf die Schulter. »Von wegen freier Wille. Ich meine, jetzt mal ehrlich. Das ist doch scheiße.«

»Das habe ich auch gesagt. Ich meine, bei dir und Charlie geht es doch auch. Warum ist das erlaubt?« Max hebt den Kopf. »Ich dachte, auf der anderen Seite sei alles anders. Ich habe immer gehört, der Oberguru diskriminiere niemanden und sei versöhnlich und so was.«

»Und was machst du jetzt?«

Er zuckt mit den Achseln. »Was soll ich schon machen? Val sagt, wir müssten uns Zeit lassen. Dass der Oberguru vielleicht einsehen wird, dass ich nicht in meine alten Gewohnheiten zurückverfalle, auch wenn das bedeutet, dass Lucille mich in kleine Stücke reißt, wenn seine Leute mich finden. Aber ich wusste nicht, dass *Zeit lassen* bedeutet, dass wir uns noch nicht mal berühren. Es ist, als wären wir nicht mal mehr verlobt.«

Das Schuldgefühl schlägt ein wie ein Blitz. Ich war so mit Charlie beschäftigt, dass ich einen Freund vernachlässigt habe, der mich gebraucht hat. »Hey, du weißt, dass ich für dich da bin, oder? Ich weiß, dass ich wirklich wenig Zeit hatte, aber jetzt bin ich da.« Ich stoße seine Schulter mit meiner an. »Kann ich irgendetwas tun?«

Max presst die Lippen aufeinander. »Nein, Mann. Aber es ist cool, dass du es anbietest.«

Ich erwarte, dass Max erleichert wirkt, nachdem er über Red geredet hat, aber das tut er nicht. Tatsächlich wirkt er, als halte er immer noch etwas zurück.

»Max?«, frage ich. »Ist das alles, was dich bedrückt?«

Sein Blick huscht zu der schlafenden Charlie hinüber. Er beißt sich auf die Unterlippe.

Ich richte mich in meinem Sitz auf. »Was? Spuck's aus.«

Max schaut sie noch einmal an und beugt sich dann zu mir vor. »Ich wollte es ihr sagen, sobald sie aufwacht. Ihrer Großmutter – ähm, Oma – geht es nicht gut.«

Mir wird flau im Magen. »Sie war schon immer krank.«

»Es ist schlimmer geworden«, sagt Max. »Es ist, als hätte sie nur darauf gewartet, dass Charlie weg ist.«

»Wie ernst ist es?«

Er senkt den Blick, und in mir verkrampft sich alles. Das hat uns gerade noch gefehlt. Ausgerechnet jetzt, wo Charlie die Vertrautheit ihres Zuhauses und die Menschen braucht, die sie lieben. Außerdem mag ich Oma. Für einen Oldie ist sie echt der Hammer. Und ich will nicht …

»Habt ihr sie irgendwo hingebracht?«, frage ich. »In ein Krankenhaus oder so?«

Max seufzt. »Sie will nicht. Und ganz ehrlich, sie scheint es satt zu haben, dass Valerie und ich vorbeikommen. Sie hält uns für Mitarbeiter von Charlies Wohltätigkeitsorganisation – diesem ›Hände helfen Händen‹-Ding –, daher war sie nett zu uns. Aber ich glaube, sie hätte nichts dagegen, wenn die Besuche aufhören würden. Eine Dame ist vorbeigekommen und bei ihr geblieben.«

»Irene?«, frage ich und erinnere mich daran, dass Charlie mir von Omas Freundin erzählt hat.

»Ja, so heißt sie. Irene hat ihr heute Morgen den Rücken freigehalten. Sie wollte uns nicht erlauben, sie auch nur zu sehen.«

Ich bohre die Nägel in die Handflächen. Wie soll ich Charlie das beibringen? Ich schaue zu ihr hinüber und versuche, die Hände bei mir zu behalten. Sie braucht den Schlaf. Sie braucht diesen letzten Rest Frieden, bevor ihre Welt zusammenbricht.

Jeder Nerv in meinem Körper brennt, als wir vor Charlies Haus vorfahren. *Wir sollten nicht hier sein,* denke ich. Nicht, wenn Sammler und die Sirenen bereit sind zuzuschlagen. Und außerdem bin ich, seit ich erfahren habe, wo Charlies Seele wirklich ist, von dem Gedanken besessen, sie zurückzustehlen. Es ist der einzige Angriff, der mir einfällt. Obwohl mir bei dem bloßen Gedanken, in die Hölle zurückzukehren, alles wehtut. Ich erinnere mich an die Treppe, die in den Höllenschlund hinabführt, und an das, was dahinter ist, und schaudere.

Ich schüttele den Kopf. Charlie braucht diesen Augenblick mit ihrer Oma, und ich werde nicht derjenige sein, der ihn ihr verbietet. Und wenn ich ehrlich bin, will ich Oma auch sehen. Wenn ich nur daran denke, wie *sehr* ich sie sehen will, bekomme ich es mit der Angst zu tun. Es ist Jahre her, dass mein Dad in meinen Armen gestorben ist, und ich weiß nicht, wie ich damit fertigwerde, wenn Oma auch stirbt.

Obwohl weder Max noch ich ein Wort verraten haben, spüre ich, dass Charlie weiß, dass irgendetwas los ist. Aspen und Annabelle gehen sich nicht mehr gegenseitig an die Gurgel, und da Blue mit leerem Blick aus dem Fenster starrt, ist es so, als hätte jemand auf die Stopp-Taste gedrückt.

Ich klettere aus dem silbernen Tahoe, in dem Valerie uns abgeholt hat, und Charlie steigt nach mir aus.

Red lässt das Fenster herunter und sagt: »Ich bringe euch nachher alle zurück in das Hotel, in dem Max und ich wohnen. Ihr solltet ein paar von Charlies Sachen einpacken. Wenn wir zu lange hierbleiben, sind wir ein leichtes Ziel.«

Dann sieht Valerie Charlie mit traurigen Augen an. Ich schneide hinter Charlies Rücken eine Grimasse, damit Red aufhört, so verdammt offensichtlich zu sein.

Als der Tahoe abfährt, schlingt Charlie sich die Arme um den Leib. »Offensichtlich weiß es jeder.«

»Weiß was?«, bringe ich heraus.

»Dass sie stirbt.«

Mir klappt der Unterkiefer runter, und Charlie dreht sich zu mir um.

»Guck mich nicht so an«, sagt sie. »Hältst du mich für blöd? Denkst du, ich weiß nicht, dass sie krank ist? Dass ich nicht gehört habe, wie ihr jedes Mal flüstert, wenn sie in den Raum kommt?«

»Engel …«

»Nenn mich nicht so! Hier gibt es heute Abend keine Engel.«

Ihre Worte sind wie eine Ohrfeige. Aber sie machen sie auch wirklicher, zugänglicher. Charlie war immer besser als wir anderen, aber in diesem Moment wirkt sie weniger wie ein Kind, das ausgesandt wurde, um die Welt zu retten, und mehr wie eine Frau, die die einzige Verwandte verliert, die sie hat.

Charlie ergreift meine Hand, und wir gehen hinein. Irene empfängt uns an der Tür. Die Frau kann keine einsfünfzig groß sein, und mit ihren schwarzen toupierten Haaren erinnert sie mich total an die Hellseherin Tangina in dem alten Film *Poltergeist.*

Irene zeigt auf mich, sieht aber Charlie an. »Wer ist das?«

»Mein Freund«, antwortet Charlie und schaut auf die Treppe, die zu Omas Zimmer führt.

Mich überkommt ein leichtes Glücksgefühl, als Charlie mich ihren Freund nennt. Es erinnert mich daran, dass sie nach Omas Tod jemanden haben wird. Da ich unsterblich bin, wird sie *immer* jemanden haben, selbst wenn sie die alte Frau im Bett ist.

Dieser letzte Gedanke, die Vorstellung, dass Charlie diese Erde verlässt, ist verstörend. Werde ich sie danach sehen können? Obwohl es erst in Jahrzehnten passieren wird, wird mir schon jetzt schwindlig davon. Genauso verstörend ist der Gedanke, dass Charlie altert und ich für immer siebzehn bleibe. Wie soll das mit uns jemals funktionieren?

»Sie ist oben«, erklärt Irene, bevor sie Charlie rasch an sich zieht. »Es geht ihr nicht gut, Schätzchen. Sag was Nettes zu ihr.«

Sag Lebewohl ist, was sie meint.

Irgendwo zwischen dem Aussteigen aus dem Tahoe und dem Betreten dieses Hauses habe ich eine Mauer um mich errichtet. Ich will nichts fühlen. Ich will nicht traurig sein.

Ich will den Schmerz nicht zulassen.

Wenn ich mir das weiter einrede, wird es nicht so schlimm.

Irene entschuldigt sich und schlurft in die Küche. Als Charlie und ich die Treppe hinaufgehen, konzentriere ich mich auf das Geräusch des klappernden Geschirrs. Es ist einfacher, an das zu denken, was hinter mir ist, als an das, was in Omas Zimmer wartet.

Charlie bleibt vor der Tür stehen, und ich hänge die Daumen in den Gürtel und spiele mit der Totenschädelschnalle. Ich überlege, was ich sagen soll. *Alles wird gut* oder *sie wird schon wieder* oder *es gibt für alles einen Grund.*

Jeder Spruch klingt in meinen Ohren gleichermaßen scheiße, daher kann ich mir nicht vorstellen, wie sie sich laut ausgesprochen anhören würden. Statt zu reden drücke ich Charlie einen Kuss auf die Schläfe und öffne ihr die Tür.

In Omas Zimmer hängt ein säuerlicher Geruch. Sofort bin ich beunruhigt, denn Charlie muss das auch riechen, und ich weiß, dass es sie aufregen wird. Wir nähern uns langsam dem schmalen Bett, in dem Oma auf der Seite liegt. Sie ist einem Fenster gegenüber zugewandt und dreht uns den Rücken zu. Ich stelle mir vor, dass sie aus dem Fenster schaut und den Nachthimmel betrachtet, vielleicht überlegt, was sie zum Frühstück machen soll, wenn die Sonne aufgeht.

Aber ich weiß es besser.

Charlie berührt Oma an der Schulter, und die magere Gestalt unter der Decke regt sich. Langsam rollt sie sich herum. Ihr Gesicht hat die Farbe von altbackenem Brot.

»Hey, Liebling«, murmelt sie, »und hey, mein Sohn.«

Als ich meinen alten Spitznamen höre, durchflutet mich eine Welle der Zuneigung. Ich bemerke die Tablettenfläschchen auf dem Nachttisch und frage mich, was sie genommen hat und wie viel.

»Oma.« Charlies Stimme bricht bei diesem einen Wort. Neben dem Bett steht ein Stuhl. Charlie lässt sich darauf fallen. Die beiden fassen einander an den Händen, und ich wende den Blick ab. Ich habe das Gefühl, als sollte ich nicht hier sein, als wäre ich ein Eindringling.

»Ich sollte jemanden rufen«, murmelt Charlie.

Oma bringt ein schwaches Lächeln zustande. »So schön.«

Charlie senkt den Kopf, und mir wird bewusst, dass ich etwas tun sollte, irgendetwas. Ich trete näher an das Bett und reibe ihr den Arm.

»Warum tröstest du *sie?*«, fragt Oma. »Ich bin die, die stirbt.«

Ich reiße den Kopf zu der alten Frau herum und stelle fest, dass sie immer noch lächelt. Ich bin glücklich, sie so zu sehen, aber andererseits will ich auch schreien. »Was kann ich tun?«, flüstere ich.

»Genau das, was du tust.« Oma zuckt zusammen, und etwas in meiner Brust bricht. Der Blick ihrer blaugrünen Augen findet meinen. »Mach genauso weiter wie jetzt, hörst du, mein Sohn?«

Ich nicke und kneife die Augen zusammen. Ich weiß, worum sie mich bittet, und es ist ein Anliegen, das ich leicht erfüllen kann, denn ich werde immer für Charlie da sein.

Charlie schaut auf, und als ich sehe, dass ihr Gesicht tränenüberströmt ist, fangen meine inneren Mauern an zu bröckeln. Oma stirbt. *Oma*. Die Frau, die Charlie so liebt wie ich, vielleicht noch mehr, falls das überhaupt möglich ist. Der Mensch, der ein verwaistes Mädchen adoptiert und darauf bestanden hat, dass sie miteinander umgehen, als seien sie leiblich verwandt.

»Ihre Seele?«, wispert Charlie.

Meine Rückenmuskeln verkrampfen sich. Ich weiß, wonach sie fragt, aber ich habe Angst. Angst vor dem, was ich sehen werde und dass ich vielleicht nichts dagegen tun kann. Als ich Omas Seelenlicht das letzte Mal überprüft habe, war es teilweise von Sündensiegeln verdeckt. Das ist Monate her. Könnte sich daran etwas geändert haben?

»Wovon sprichst du, Charlie?« Omas Augen schließen sich, während sie spricht.

Ich nehme meinen ganzen Mut zusammen und knipse ihr Seelenlicht an.

Und stoße einen Seufzer der Erleichterung aus.

Es hat sich nichts geändert. Ihr Seelenlicht hat zahlreiche Sündensiegel, aber es scheint immer noch viel Licht hindurch. Ich sehe sogar ein paar rosa Befreiersiegel über einigen der Sündensiegel. Ich lächele fast und stelle mir vor, dass Valerie hineingeschmuggelt hat, so viel sie konnte. »Ihre Seele kommt zum Jüngsten Gericht«, antworte ich sanft.

Charlie springt auf. »Das ist nicht gut genug.«

Leises Schnarchen dringt vom Bett herüber und sagt mir, dass Oma den Rest unseres Gespräches nicht hören wird. »Ich kann nicht …«, beginne ich. »Ich weiß nicht, was ich jetzt noch für sie tun könnte. Es ist in Ordnung, Charlie. Die meisten Menschen kommen vor das Jüngste Gericht. Sie hat ein gutes Leben gelebt, und sie wird dafür belohnt werden.«

Sie schüttelt den Kopf. »Nein. Nein, du wirst dafür sorgen. Ich werde sie nicht gehen lassen, ohne es zu wissen.«

Was Charlie sagt, ist fast unerträglich. Denn das, was ich brauche, um ihre Seele für den Himmel zu siegeln, ist genau das, was sie nicht hat – Zeit.

Ich öffne den Mund, um Charlie zu sagen, dass ich nichts tun kann, aber ich finde nicht die richtigen Worte.

Charlie sieht mir lange in die Augen. Dann dreht sie sich um und verlässt den Raum. Ich höre, wie ihr ein Schluchzen entfährt, bevor die Tür sich schließt.

Dann sind nur noch Oma und ich da.

Ich setze mich auf den Stuhl und greife nach ihrer Hand. Als ich sie sanft drücke, öffnet Oma flatternd die Lider, bevor sie sie wieder schließt. Es sollte mich fertigmachen, allein mit dieser alten Frau zu sein, die im Sterben liegt. Ich sollte mich fehl am Platz fühlen. Aber als Charlie den Raum verlassen hat, ist es, als hätte sie mein Herz mitgenommen. Jetzt bin ich leer.

Oma packt meine Hand, und ich betrachte unsere verschränkten Finger. »Können Sie mich hören?«, frage ich.

Nichts.

Ich schlucke. »Ich werde tun, was Sie gesagt haben. Ich werde immer für sie da sein, wenn sie mich braucht.«

Als Oma zum zweiten Mal nicht reagiert, stehe ich auf, um den Raum zu verlassen.

»Zumindest weiß ich, dass sich jemand um sie kümmert«, murmelt Oma.

Meine Gefühle drohen, mich zu überwältigen, aber ich rufe mir ins Gedächtnis, dass ich eigentlich gar nicht hier bin. Dass mir, was sie auch sagt, nicht wehtun wird, weil es mir egal ist.

Es ist mir egal.

»Ganz recht«, antworte ich. »Ich werde mich immer um Charlie kümmern.«

Dann gehe ich endgültig, denn es gibt nichts mehr zu tun. Wenn es nach mir ginge, riefe ich einen Krankenwagen. Ich ließe Oma um ihr Leben kämpfen, damit ich mehr Zeit hätte, dafür zu sorgen, dass ihre Seele befreit wird. Aber nach ihrem Aussehen zu urteilen, wird sie sich nicht mehr erholen. Und sie ist Charlies Oma, nicht meine. Wenn die Frau es in ihrem Bett warm haben möchte, dann soll sie zumindest das haben.

Als ich wieder unten bin, sagt Irene mir, dass Charlie im Garten ist. Ich will ihr folgen, aber Irene verstellt mir den Weg. »Gib ihr Raum.«

Ich überlege, mich an ihr vorbeizuschieben, aber irgendetwas sagt mir, dass die Frau hart wie ein Türsteher ist. Also lasse ich es gut sein und setze mich auf die Couch. Irene verschwindet wieder in der Küche, um dort etwas, irgendetwas, zu tun. Ich starre ins Leere und zermartere mir das Hirn, ob mir nicht irgendetwas einfällt, das ich hätte anders machen können.

Erst viel später, als Charlie immer noch draußen ist, keimt eine winzige Idee in mir auf.

Wie der Blitz bin ich auf den Füßen.

Und noch schneller stürme ich die Treppe hinauf.

22

Vielleicht sollte ich auch glauben

Ich platze in Omas Zimmer und versuche nicht einmal, leise zu sein.

»Wachen Sie auf«, sage ich. »Bitte.«

Die Decken rascheln, und ich helfe ihr und ziehe sie bis zu ihren Füßen hinunter. Sie trägt ein purpurnes Seidennachthemd, als hätte sie sich auf diesen Moment vorbereitet. Als hätte sie sich gesagt: »Ich werde nicht schäbig gekleidet abtreten. Bringt mir meine feinsten Roben.«

Ich bin schockiert, wie zerbrechlich sie geworden ist. Sie war immer schon dünn, viel dünner, als eine Frau über sechzig es sein sollte, aber jetzt ist sie nur noch ein Strich.

»Oma, Sie müssen aufwachen.« Ich gebe es auf, sie mit meiner Stimme wecken zu wollen, und schüttele sie stattdessen fest an der Schulter. Schließlich geht es hier um ihre Seele.

Die Bewegung wirkt, denn es dauert nicht lange, und ihre Lider öffnen sich. »Mein Sohn«, murmelt sie und zieht die Mundwinkel nach oben.

Ich setze mich auf den Stuhl. »Sagen Sie mir, was Sie vorhin gemeint haben.«

»Hmm ... ?«

»Als Sie sagten: ›Zumindest weiß ich, dass sich jemand um sie kümmert‹, was haben Sie da gemeint?«

Sie erwidert nichts, und ich habe Angst, dass sie wieder eingeschlafen ist. »Oma?«

»Ich meinte, dass du für sie da sein wirst«, antwortet sie und sieht mir in die Augen. »Das hast du gesagt.«

Das Herz rutscht mir in die Kniekehlen. »Ist das alles?«

Sie nickt. »Und natürlich das Haus. Das wird sie auch bekommen.«

Ich grinse. »Ihr Erbe. Sie vermachen Charlie alles in Ihrem Testament, ist das richtig?«

»Es ist nicht viel«, erwidert sie. »Das Haus, mein Auto. Ein bisschen Geld auf der First Peachville Bank. Der Rest kommt von meiner Lebensversicherung.«

Charlie hat mir erzählt, ihre Oma habe früher als Maskenbildnerin beim Film gearbeitet. Sie muss gut verdient haben, wenn sie das Haus und den Wagen abbezahlt hat und immer noch genug für die Rente hatte.

»Oma, Sie müssen mir zuhören«, sage ich. »Ich werde Sie bitten, etwas zu tun, das Sie vielleicht nicht tun möchten.«

Sie sieht mich erwartungsvoll an, ihre dünnen Lippen geöffnet. »Wo ist Charlie?«

Ich werfe wieder einen Blick auf die Medizinfläschchen an ihrem Bett. »Ich weiß, dass es schwer ist, aber es ist wirklich wichtig, dass Sie versuchen, sich zu konzentrieren. Ich möchte Sie nicht bedrängen, wenn es

Ihnen nicht gut geht, aber ...« Ich schüttele den Kopf. »Haben Sie jemals darüber nachgedacht, was geschehen wird, wenn ... wenn das hier vorbei ist?«

Ihr Kiefer mahlt.

»Sie glauben vielleicht nicht an ein Leben nach dem Tod. Aber ich tue es. Tatsächlich *weiß* ich, dass es eins gibt. Für Sie, für mich – für uns alle.« Ich hole tief Luft und spreche hastig weiter. »Sie müssen mir glauben, was ich Ihnen sage. Sie müssen so fest daran glauben, dass Sie bereit sind, es zu beweisen.«

Sie sieht mich mit schmalen Augen an. Endlich, nachdem ich bereits davon überzeugt bin, dass sie nicht antworten wird, fragt sie: »Wie soll ich das beweisen?«

Ich lächle. Ich kann nicht anders. Es wird vielleicht nicht funktionieren, aber zumindest schmeißt sie mich nicht raus. »Sie sagen, Sie haben ein Testament, in dem Sie Charlie alles vermachen.«

Oma nickt, aber ich sehe, dass sie müde wird. Ihr fallen immer wieder die Augen zu, und ihr Mund steht etwas weiter offen.

»Warum haben Sie ihr alles vermacht?«, frage ich.

Oma schließt die Augen. »Weil sie meine Charlie ist.«

»Weil Sie sie lieben«, erwidere ich.

Oma lächelt.

»Was wäre, wenn ich Sie bitten würde, alles jemand anderem zu geben?«

Sie reißt die Augen wieder auf und ist jetzt hellwach. Misstrauisch sieht sie mich an. »Warum sagst du das?«

Mir schlägt das Herz bis zum Hals, aber ich dränge

weiter und hoffe, dass sie mir weiter zuhört. »Sie hinterlassen alles Charlie, weil auch sie Ihnen etwas gegeben hat – Liebe, Gesellschaft. Was auch immer. Aber wenn Sie alles einem Menschen hinterlassen würden, dem Sie nie begegnet sind? Das wäre Wohltätigkeit im großen Stil. Im ganz großen Stil.«

Vielleicht groß genug, um während des Jüngsten Gerichts den Ausschlag zu geben.

»Du versuchst, mir mein Geld zu stehlen«, beschuldigt sie mich und weicht im Bett zurück. Ich kriege Angst, dass ich sie verliere. Ich möchte ihr meine Fähigkeit zeigen, mich unsichtbar zu machen, oder vielleicht meine Fußfessel, irgendetwas, um ihr zu beweisen, wer ich bin und was ich zu tun versuche. Aber ich kann nicht. Denn dann wäre es nicht das Gleiche. Sie muss es aus eigenem Antrieb tun – aus ihrem Glauben heraus.

Ich ignoriere ihre Anklage. »Wenn Sie an ein Leben nach dem Tod glauben, wenn Sie ein ewiges Leben wollen, in dem Sie Charlie irgendwann wiedersehen, dann tun Sie es. Glauben Sie mir, wenn ich Ihnen sage, dass es ein Leben nach diesem Leben gibt und dass Sie es gut leben können. Tun Sie es, Oma. Bitte.«

Sie sieht mich an, als sei ich übergeschnappt, und ich verkrampfe mich innerlich, während ich auf ihre Antwort warte.

Als sie sich von mir abwendet und zum Fenster blickt, weiß ich, dass ich sie verloren habe.

Aber dann.

Dann sagt sie etwas …

»Was soll ich tun?«

Mein Herz droht aufzubrechen, aber ich verschließe es fest. *Lass nichts herein und nichts heraus,* ermahne ich mich. *Dann wird es nicht wehtun.*

Ich schaue mich im Zimmer um und nehme mir Papier und einen Stift. »Ich sage Ihnen, was ich schreibe, okay?« Sie erwidert nichts, daher beginne ich zu schreiben und laut vorzulesen. *»Dies ist der letzte Wille und das Testament von ...«* Ich halte inne und sehe Oma an. Mein Gesicht läuft in der Dunkelheit rot an. »Wie heißen Sie mit vollem Namen, Oma?«

Sie zieht mühsam die Luft ein. »Mary Ann Geraldine Carpenter.«

»Das ist ein guter Name«, murmele ich mit einem Lächeln. *»Dies ist der letzte Wille und das Testament von Mary Ann Geraldine Carpenter. Als meinen letzten Willen vermache ich meinen gesamten Besitz, einschließlich, aber nicht beschränkt auf mein Haus, mein Auto, meine Möbel und mein Geldvermögen einem Menschen, der in großer Not ist – auszuwählen von Charlie Cooper, meiner Adoptivtochter.«*

Oma beobachtet mich. Sie lächelt nicht, aber sie wendet sich auch nicht ab. »Der letzte Teil gefällt mir. Dass Charlie aussucht, wer es bekommt.«

Mein Vertrag ist rechtlich Kokolores, aber das spielt keine Rolle. Oma muss nur glauben, es sei echt. »Werden Sie es unterschreiben?«, frage ich. »Ich werde mich um Charlie kümmern. Es wird ihr an nichts fehlen. Sie können mir vertrauen.«

Oma hört auf, mich zu beobachten, und wendet den Blick ab. Sie schaut zur Decke empor, als suche sie dort nach einem Zeichen. »Hat Charlie dir je erzählt, dass sie mit dem Gedanken gespielt hat, ihre Wohltätigkeitsorganisation aufzulösen, bevor sie dir begegnet ist?«

Mein Magen krampft sich zusammen.

Oma hebt eine Hand an den Hals. »Sie war sich nicht sicher, ob sie damit wirklich irgendjemandem hilft. Und ich schätze, es hatte sich seit Monaten niemand mehr angemeldet. Aber dann bist du gekommen, und plötzlich dachte dieses Mädchen, es könne die Welt verändern. In jeder Sekunde, in der du nicht da warst, hat sie für diese Wohltätigkeitsorganisation gearbeitet. Hat Flyer aufgehängt, eine entsetzliche Website erstellt und Unternehmer in der Stadt angerufen, um sie zu fragen, ob sie sie unterstützen wollen.« Oma schaut mir fest in die Augen. »Du hast sie dazu gebracht, wieder zu glauben, also sollte ich jetzt vielleicht dir glauben.«

Jede Mauer, die ich gebaut habe, jeder Schutzwall, den ich um mein Herz errichtet habe, bricht zusammen. Ich kann nicht aufhören zu *fühlen*. Kann nicht aufhören zu hören, was sie mir gerade erzählt hat. Tränen laufen mir über die Wangen, während Oma nach dem Blatt Papier greift. Sie unterschreibt es und gibt es mir zurück. Oma ist eine gute Frau. Sie ist mir wichtig. Und als die Trauer mich wie eine Abrissbirne trifft, wird mir klar, dass ich nicht will, dass sie stirbt. Nicht jetzt. Niemals.

Doch ich kann nichts tun.

Nur eins.

Ich stehe auf und lasse den Kopf in den Nacken fallen. Dann greife ich tief in mich hinein – tiefer, als ich es für möglich gehalten hätte – und reiße ein Siegel heraus. Ich schreie fast vor Schmerz, als es meine Brust durchstößt. Als ich hinabschaue, verschwimmt mir alles vor Tränen. Aber ich kann immer noch das blaue Siegel erkennen, das auf Oma zuschwebt.

Ihr Gesicht leuchtet auf, als sie es sieht.

Sie sieht es.

Wärme durchströmt den Raum, als ihr Seelenlicht angeht. Das Siegel schwebt näher und näher heran, und als es sich schließlich an ihre Seele heftet, ist das Zimmer plötzlich in ein strahlend helles Licht getaucht. Mir verschlägt es den Atem und ich stolpere zurück, während das Blau umherkriecht und jedes, aber auch jedes Sündensiegel zerstört und ihre Seele umarmt.

Ihre Seele bricht eilig aus ihrem Körper hervor, als wolle sie unbedingt fliehen, und dringt mit einem Lichtschein in mich hinein.

Ich stürze rückwärts zu Boden.

Das Gefühl ist überwältigend.

Eine Seele zu befreien fühlt sich nicht so an, wie eine zu sammeln. Nein. Es fühlt sich anders an. Es fühlt sich *gesegnet* an. Jeden Tag habe ich mich darüber geärgert, dass ich den Auftrag erhalten habe, Aspens Seele zu befreien. Aber jetzt weiß ich mit überwältigender Gewissheit, dass ich die Aufgabe erfüllen werde. Ich will dieselbe Freiheit für sie. Ich will fühlen, wie ihre Seele – ihre schwere, gequälte Seele – mit Macht aus ihrem Körper springt.

»Mary Ann«, hauche ich, und meine Stimme bricht bei ihrem Namen.

Sie sieht mich vom Bett aus an. Ich weiß nicht, was ich von ihr zu hören erwarte. Sie hat gesehen, was ich getan habe. Ich meine, sie hat es *gesehen*. Daher habe ich keine Ahnung, was ihr durch den Kopf geht oder welche Fragen sie haben wird. Aber als sie spricht, hat sie nur eine Bitte: »Ich möchte meine Enkelin sehen.«

23
Der Bienenstock

Mary Ann Geraldine Carpenter starb am nächsten Tag, als beide Zeiger der Uhr direkt in den Himmel zeigten.

Charlie war zuerst untröstlich, aber es tröstete sie ein wenig, dass Oma um Punkt zwölf geholt worden war. »Ihre Mittagspause war ihr heilig«, sagte Charlie später. »Manchmal haben wir das Frühstück ausgelassen, und abends hat Oma meistens etwas ins Haus kommen lassen. Aber Mittagessen? Wenn wir beide zu Hause waren, liebte Oma es, das ›Festmahl für hochgeborene Mädchen‹ zuzubereiten. Manchmal kochte sie Tee und schwor, wir seien beide Engländerinnen.«

Als ich jetzt neben Charlie in der Kirchenbank sitze, weiß ich nicht, wie ich mich fühlen soll. Ich möchte nicht, dass Charlie diesen Schmerz durchmacht, aber es hilft zu wissen, dass Omas Seele dort ist, wo sie hingehört. Charlie hat zwar kein Wort gesagt, aber ich weiß, dass ihr klar ist, was ich getan habe, und ich weiß auch, dass es ihr geholfen hat, mit ihrem Verlust fertigzuwerden.

Ich lasse die Hand über Charlies Hinterkopf gleiten, und sie schließt die Augen. Meine Berührung scheint sie zu trösten, daher nehme ich die Hände nicht weg. Als der Pfarrer die Grabrede hält, zeichne ich Kreise auf Charlies Rücken. Als mehrere Freunde von Oma am Pult sprechen, drücke ich ihr wieder und wieder jeden einzelnen Finger, alle zehn. Und als schließlich der Organist zu spielen beginnt und die Menschen um uns herum das Wort *Krebs* flüstern, streiche ich ihr mit den Fingerspitzen über den Nacken.

All das tue ich für sie.

Aber ich tue es auch für mich. Denn es macht mich fertig, Oma in einem Sarg liegen zu sehen.

Stunden später, als Oma endlich zur letzten Ruhe gebettet ist, gehen Charlie und ich Hand in Hand zu einer schwarzen Limousine. Valerie und Max sind in einem Auto hinter uns, und Annabelle, Aspen und Blue halten einige Meter entfernt in ihrem Wagen Abstand. Als Charlie eingestiegen ist, winkt Valerie mir, dass ich zu ihr kommen soll. Ich möchte Charlie jetzt nicht verlassen, aber mir ist auch klar, dass jeder Moment, den wir in Peachville verbringen, ein Risiko darstellt. Es ist ein Wunder, dass die Sammler sich nicht schon längst auf uns gestürzt haben.

Ich stecke den Kopf in die Limousine. »Ich werde kurz mit Red reden. Ist das in Ordnung?«

Charlie schaut geradeaus, ihr Gesicht ungeschminkt, ihre schlanke Gestalt in Schwarz gehüllt. Sie nickt.

Ich streiche ihr einmal übers Haar, dann schließe ich die Tür und gehe zu Valerie und Max hinüber. Dabei fängt Aspen meinen Blick auf. Es erinnert mich daran, dass ich Fragen an sie habe. Fragen wie: *Wo zum Geier hast du Kämpfen gelernt?* Aber das ist ein Rätsel für ein andermal.

Als ich vor Valerie stehe, fällt mir auf, dass ihre Augen rot und geschwollen sind, obwohl ihre Wimperntusche erstklassig sitzt. Max berührt Red am Arm, als wolle er sie trösten, aber sie reagiert nicht.

»Es tut mir leid um Charlies Vormund«, bemerkt Valerie.

»Warum sagst du mir das?«, gebe ich zurück. »*Ich* war nicht mit ihr verwandt.«

Red schürzt die Lippen. »Ich weiß, dass du sie gern hattest.«

Ich schaue zurück zu dem Wagen, in dem Charlie sitzt, und zucke die Achseln. »Wir müssen sie von hier wegbringen.« Meine Brust schmerzt, als ich das laut ausspreche. Wie Charlie will ich nirgendwo hingehen. Denn wenn wir gehen, ist es wirklich vorbei. Dann ist Oma wirklich tot.

Valerie nickt. »Was willst du tun, Dante?«

»Das fragst du mich?«

Sie dreht die Handflächen nach oben.

Ich streiche mir über den Nacken. Soll ich ihr sagen, was ich denke? Was ich wirklich am liebsten tun würde? Oder soll ich es für mich behalten, damit sie meinen Plan nicht durchkreuzt? Während ich den frischen Grabstein zu meiner Rechten betrachte, beschließe ich, Valerie so zu vertrauen, wie Oma mir vertraut hat.

»Ich will Charlies Seele zurückholen.« Ich richte mich auf. »Ich *werde* ihre Seele zurückholen.«

Vielleicht täusche ich mich, aber ich bilde mir ein, dass Valeries Mundwinkel in die Höhe zucken.

»Meinst du nicht, dass Rector ihre Seele schon längst unten abgegeben hat?«, wirft Max ein.

Red sieht mir in die Augen. »Wahrscheinlich.«

Ich schlucke herunter, was sie sagt, was ich bereits vermutet habe. »Ihre Seele ist in der Hölle.«

Valerie blinzelt nicht mal. »Ja.«

»Dann gehe ich da hin.« Ich sage es, aber ich verdränge den Gedanken an das, was mich dort erwartet – die Bestie mit dem klaffenden Maul und der Raum der Albträume.

»Was?«, stößt Max hervor.

»Gut«, sagt Valerie, die jetzt offen lächelt.

Max sieht seine Verlobte – Ex-Verlobte? – an, als hätte sie sie nicht mehr alle. »Bin ich der Einzige hier, der noch bei Verstand ist? Wovon reden wir überhaupt? Wir beschützen Charlie. Sie macht ihren Job auf Erden und lebt ein langes Leben. Das ist der Deal.«

»Und was dann?«, blaffe ich.

Max zuckt zusammen. »Und dann wird sie ...«

»Und dann wird sie für alle Ewigkeit zu ihrer Seele in die Hölle fahren, Max.«

Er seufzt und schüttelt den Kopf. »Das ist also unsere einzige Alternative? Wir schicken dich, meinen besten Freund, in die Hölle, wo sie dich sofort niedermetzeln werden?«

»Wir werden ihn vorbereiten«, erklärt Valerie.

»Ach ja? Und wie soll das gehen?« Max geht jetzt auf und ab und fährt sich mit den Händen durchs Haar.

Valerie sieht mich an. »In unserer Trainingseinrichtung – im Bienenstock.«

Ich erinnere mich, dass Red am Flughafen von Birmingham den Bienenstock erwähnt hat, aber ich habe keinen Schimmer, was das ist. Ist auch egal. Es klingt, als seien wir im selben Team, und mehr brauche ich nicht. »Wird man mir da helfen, unbemerkt in die Hölle zu kommen? Unser Schatten funktioniert da unten nämlich nicht.«

Sie zieht eine zu stark gezupfte Braue hoch. »Sie werden dir helfen«, antwortet sie. »Sieh einfach zu, dass Charlie ihre Sachen packt, dann komme ich euch in einer halben Stunde abholen.«

Ich deute auf den Wagen ein Stück hinter uns, in dem Aspen, Annabelle und Blue sitzen und warten. »Was ist mit ihnen?«

»Aspen wird auch mitkommen, damit du deinen Auftrag erfüllen kannst«, antwortet sie. Ich sage ihr nicht, dass ich ohnehin darauf bestanden hätte, dass sie mitkommt, dass es undenkbar ist, nach der Befreiung von Omas Seele nicht das Gleiche für Aspen zu tun. »Blue ebenfalls«, fährt Valerie fort. »Er ist einer von uns.«

»Und Annabelle?«, frage ich.

»Für sie ist dort kein Platz, Dante. Sie ist ohne uns besser dran, bis alles sicher ist.«

Ich schüttele den Kopf. »Annabelle muss mit. Sie

weiß zu viel. Die Sammler könnten sie benutzen, um an Charlie heranzukommen.«

Valerie macht ein langes Gesicht, als hätte sie daran nicht gedacht. Dann schaut sie Max an. Er zuckt mit den Schultern. »Na schön, nimm sie mit«, sagt sie und klingt geschlagen. »Ich rede mit ihren Eltern. Ich werde ihnen was von einer Schulexkursion erzählen.«

Nasses Gras quietscht unter meinem Absatz, als ich mich umdrehe und zu Charlie gehe. Ausnahmsweise verschwende ich keine Zeit damit, weitere Fragen zu stellen. Ich will einfach nur vorankommen. Als ich mich neben meine Freundin auf den Sitz gleiten lasse, frage ich mich, wie viel ich ihr erzählen soll. *Nur das Nötigste,* beschließe ich. Geheimnisse in einer Beziehung sind nie gut, das weiß selbst ich, aber wenn sie wüsste, dass ich ihre Seele aus der Hölle zurückstehlen will, würde sie ausflippen. Also sage ich ihr, dass wir an einen Ort fahren, der sich Bienenstock nennt, ein weiteres von Vals Geheimnissen. Und dass wir dort in Sicherheit sein werden.

Sie ist einverstanden. Besser gesagt, sie protestiert nicht.

Ich lege den Arm um sie und ziehe sie an mich. Charlie legt mir den Kopf an die Schulter, und ich küsse sie aufs Haar. Es fühlt sich kalt an. Selbst in Alabama ist der Winter eingekehrt, und obwohl hier kein Schnee liegt wie in Denver, ist die Luft trotzdem beißend kalt. Ich fahre ihr mit der Hand über den Kopf und dann über die Ohren, versuche, sie zu wärmen. Dann sage ich dem Chauffeur, dass wir bereit sind.

Wir fahren zu Charlie, wo uns ein leeres Haus erwartet.

Frohe Weihnachten.

Später am Abend, nachdem wir alle unsere Sachen gepackt und einen Flug nach Oregon genommen haben, nähern wir uns endlich dem Bienenstock. Valerie, Max, Charlie und ich fahren in einem schwarzen SUV voraus, und Blue, Annabelle und Aspen folgen uns. Mit unseren beiden identischen Fahrzeugen sehen wir aus wie Mafiosi, und wenn wir nicht einen so traurigen Morgen gehabt hätten, würden Max und ich darüber bestimmt Witze reißen.

Red steuert den Wagen über einen Lehmweg, der so krumm ist wie des Teufels Rückgrat. Als ich das Haus sehe, von dem Valerie sagt, dass es der Bienenstock ist, weiß ich nicht, wie ich reagieren soll. Ich hatte mir ein festungsartiges Gebäude mit einem gewaltigen Tor, hohen Türen und uniformierten Wächtern vorgestellt. Vielleicht auch mit einem Graben, denn das wäre total krass.

Stattdessen erblicke ich ein Haus, das sich eine Linie Koks zu viel reingezogen hat. Das gesamte Grundstück ist riesig, aber das ist auch das Einzige, was meinen Erwartungen entspricht. Giebel erheben sich sporadisch hier und da wie Pickel, und das Ganze ist eine einzige Leinwand: ein Stück blau, ein anderes gelb, wieder ein anderes grün und ein kleiner Bereich im rückwärtigen Teil dunkelviolett. Dutzende von Lampen sind über das Gelände verteilt, als hätte der Besitzer Angst, dass Besucher am Haus vorbei und direkt ins Meer fahren könnten.

Doch das Komischste ist keiner dieser bizarren Schönheitsfehler. Es ist der Umstand, dass das Gebäude so aussieht, als hätte jemand mehrere verschiedene Häuser zusammengeklebt, um daraus ein Haus zu machen. Eine Burg aus Pappkarton.

»Ich trau mich gar nicht zu fragen, aber wer wohnt hier?«, erkundige ich mich und beuge mich vor, um besser sehen zu können.

»Dracula«, antwortet Max. »Graf Dracula mit Alzheimer.«

»Es steht noch nicht lange«, wirft Valerie ein. »Es musste ziemlich schnell erbaut werden.«

»Sieht nach der meisterlichen Handwerkskunst einer windschiefen Jahrmarktbude aus.« Ich sehe Charlie an. Sie schaut aus dem Seitenfenster und achtet nicht darauf, wo wir sind. Ich lege ihr eine Hand aufs Knie, und sie reißt den Kopf zu mir herum. Sie lächelt, hört aber damit auf, als ihr bewusst wird, was sie tut. Irgendwie gestattet sie sich seit Omas Tod nicht, glücklich zu sein. Als würde sie sonst zugeben, dass das Leben wieder gut sein kann. Dafür ist sie noch nicht bereit.

Valerie bringt den SUV vor dem Haus zum Stehen und legt den Parkgang ein.

Wir steigen aus, Charlie als Letzte, und schauen an dem Gebäude empor. Ich kann das Meer riechen. Das Salz legt sich auf meine Haut, und ich möchte sofort duschen. Mit Großstädten und mit Kleinstädten komme ich klar, und selbst ein Berggipfel kann cool sein. Aber Meere sind lächerlich. Sie nehmen auf dieser übervölkerten Erde viel zu viel Platz weg, und sie sind voller Viecher, die mehrere Reihen Zähne haben, als sei ein Beißapparat zum Menschenfressen nicht genug. Und um es noch schlimmer zu machen, kann man dieses ganze Wasser nicht mal trinken. Wenn ihr mich fragt, ist das Meer ein ziemliches Arschloch.

Max geht voran zum Eingang, obwohl er während der Fahrt klargemacht hat, dass er noch nie hier gewesen ist. Tatsächlich hat er es ungefähr hundert Mal klargemacht. Er scheint nicht sehr erfreut darüber, dass Valerie ihm nie von dem Bienenstock erzählt hat. Da wären wir schon zu zweit, aber ich versuche zu akzeptieren, dass Red nicht alles erzählen kann, was sie weiß. Die Betonung liegt auf *versuche*.

Als wir die Haupttür erreichen, hebt Max die Hand, um zu klopfen.

»Das bringt nichts.« Valerie nimmt einen Generalschlüssel aus ihrer Handtasche. Nach einem kurzen schnappenden Geräusch drückt sie die Tür auf. Wir gehen an ihr vorbei in einen Eingangsbereich mit schwarzweiß gefliestem Boden, der mit einer Staubschicht bedeckt ist. *Steht noch nicht lange,* von wegen.

Als ich von dem schmutzigen Boden aufschaue, klappt mir der Unterkiefer runter.

Es sind insgesamt siebzehn Türen, und es scheint, als bestehe der einzige Zweck des Raumes darin, Besucher zu verwirren, wenn sie sich für eine entscheiden sollen. Einige Türen befinden sich zwei Stockwerke weiter oben am Ende von schmalen Wendeltreppen. Andere im Erdgeschoss sind breit und so niedrig, dass ich mich bücken müsste, um hindurchzutreten. Wie die Fassade des Hauses ist jede Tür in einer anderen Farbe gestrichen. Der Gesamteindruck erinnert mich an ein Gruselkabinett.

»Bevor wir weitergehen, brauche ich eure Handys«, sagt Valerie. »Sie sind mit Peilsendern versehen, und wir wollen nicht, dass jemand das Signal auffängt. Bis jetzt mussten wir dieses Risiko eingehen, aber jetzt nicht mehr.«

»Bis jetzt musstest *du* dieses Risiko eingehen«, murmelt Blue und klatscht ihr sein Handy in die Hand. Ich war vermutlich nicht der Einzige, der nicht wusste, dass Valerie uns auf Schritt und Tritt verfolgt hat.

Charlie übergibt ihr Telefon, und dann dreht Red sich zu Aspen und Max um. »Handys«, verlangt sie.

Ich kann mir ein Lachen nicht verkneifen, als Aspen und Max beide gleich schockiert wirken.

»Wie um alles in der Welt hast du mein Telefon verwanzt?«, fragt Aspen mit einem anerkennenden Unterton.

Gleichzeitig sagt Max: »Mensch, du bist so heiß.«

»Wenn Sie hier keine Telefone haben«, wirft Annabelle ein, »wie soll ich dann meine Eltern anrufen? Meine Mom wird uns suchen kommen. Mit einer Schrotflinte.«

Valerie zieht sich einen grün-weißen Ohrring in Form eines Marienkäfers an. »Ich habe sie darüber in Kenntnis gesetzt, dass sie dich nicht immer erreichen kann. Schließlich sind Vorbereitungskurse fürs College sehr arbeitsintensiv. Und da das Abschlussjahr mit großen Schritten näher kommt, müssen Eltern sich daran gewöhnen, dass ihre Kinder unabhängig sind.«

Annabelle stutzt. »*Das* haben Sie ihnen erzählt? Das haben sie Ihnen nie im Leben abgekauft. Andererseits möchte meine Mom es bestimmt gern glauben – dass ich die Winterferien mit Lernen verbringe.«

Nachdem sie Annabelles Ungläubigkeit mit einem Achselzucken abgetan und sichergestellt hat, dass wir wie anständige Geiseln keine Hilfe rufen können, dreht Valerie sich auf dem Absatz um, geht auf eine klapprige Treppe zu und steigt hinauf. Sie erreicht im ersten Stock eine grüne Tür und schiebt den Schlüssel ins Schloss.

»Was ist das hier?«, fragt Aspen.

Ich drehe mich um und sehe sie an. Sie überrascht mich beinahe, wie sie dasteht und ihr diamantener Nasenring in dem fahlen Licht blinkt. Seit Charlies Ankunft in Denver war es schwer, sich auf etwas anderes als auf sie zu konzentrieren. Mit heißen Wangen fällt mir wieder ein, dass unser letztes Gespräch damit endete, dass Aspen mir ins Gesicht geschlagen hat. Ich weiß noch, wie ich mich in Omas Zimmer gefühlt habe, und ich bin entschlossen, ihre Seele zu befreien. Auftrag hin oder her, ich will dafür sorgen, dass ihr das Leben nach dem Tod sicher ist. Sie begegnet meinem Blick und sieht nicht weg. Ich habe keine Ahnung, ob sie mir verziehen hat, dass ich ihr wegen ihres Vaters so zugesetzt habe.

Irgendjemand schiebt seine Hand in meine. Charlie. Mein Herz tut bei diesem kleinen Lebenszeichen einen Satz, und ich drücke ihre Finger sofort und erinnere sie daran, dass ich da bin.

Valerie geht nicht auf Aspen ein. Sie öffnet nur die Tür, und wir folgen ihr. Auf der anderen Seite sind noch mehr Türen, und als Valerie die nächste öffnet, sind dahinter noch mehr. In jedem Raum hängt der widerliche Geruch von frischer Farbe, und ich frage mich, wie oft die Türen gestrichen werden.

Insgesamt befinden sich drei Reihen von Türen jenseits des Eingangs, und die ganzen verschiedenen Farben machen einen wahnsinnig. *Wie eine giftige Blume,* denke ich. Als wir durch die letzte Tür treten, finde ich mich zu meiner Erleichterung in einem großen, offenen Raum wieder. Anstelle des Farbgeruchs nehme ich einen schwachen Zitronenduft wahr. Unter der Decke verlaufen dicke weiße Balken, und der Boden besteht aus alten Holzbohlen. In der Mitte des Raums befindet sich ein langer Tisch mit vierzehn Stühlen. An dessen Ende sitzt jemand und schaut uns mit wissendem Blick an. Ich habe ihn schon einmal gesehen. Er wirkt wie ungefähr zwanzig, tritt aber auf wie ein König.

»Kraven«, sagt Valerie.

Der Bursche erhebt sich und kommt auf uns zu, die Schultern gestrafft. Er ist ganz in Weiß gekleidet, was selbst für einen Engel eine ziemlich kühne Ansage ist. »Ich habe mir schon Sorgen gemacht«, sagt er. Er klingt genau wie in der Nacht, als Rector angegriffen hat. Er spricht mit einer erschreckenden Gelassenheit, als hätte ihn noch nie etwas aus dem Gleichgewicht gebracht.

Er klingt wie ich, bevor ich mich in Charlie verliebt habe.

»Wir sind noch ein paar Tage in Peachville geblieben, weil …« Valeries Blick huscht zu Charlie hinüber.

»Ja«, antwortet Kraven.

Ich starre weiter auf Kravens Schultern und bin enttäuscht, dass ich keine Flügel darüber hervorlugen sehe. Kommen sie aus seinem Rücken, so wie beinahe bei mir? Wenn ja, wie geht das überhaupt?

Kraven sieht uns der Reihe nach an, und mit mir fängt er an. Sein Blick ruht lange auf meinem Gesicht, als überlege er, was er sagen soll, falls er überhaupt etwas sagen will. Einen Moment später tritt er vor Charlie hin. »Wie geht es dir?«, erkundigt er sich. Sein Ton ist so aufrichtig, dass ich beschließe, den Burschen doch nicht zu hassen. Nicht, dass ich das je getan hätte, aber ich leide an einem ernsten Fall von Flügelneid. Ich meine, Max und ich haben seit dieser einen Nacht ständig über diesen Kerl geredet.

Charlie nickt, und ich lege den Arm um sie. Kraven betrachtet meinen Arm, aber ich nehme ihn nicht weg. Wenn er Probleme mit öffentlichen Liebesbekundungen hat, dann soll der konservative Sack gefälligst woanders hingucken.

Als Nächstes kommt der Mann in Weiß auf Aspen zu. Er sieht sie desinteressiert an. »Der Auftrag?«, fragt er.

Valerie nickt. »Ja. Ihr Name ist Aspen.«

Aspen nimmt das Kinn hoch, als habe sie nicht die Absicht, sich einfach so abtun zu lassen, aber Kraven bemerkt es nicht; er ist bereits zu Blue weitergegangen. *Da gibt es nicht viel zu sehen,* muss er denken, denn er tritt schnell von Blue weg und stellt sich vor Max.

»Warum ist er hier?«, will Kraven wissen. Obwohl Cyborg-Mann kaum Gefühle zeigt, kann selbst ich erkennen, dass er sauer darüber ist, einen Sammler in unserer Mitte zu sehen.

»Er arbeitet nicht mehr für sie. Und er weiß zu viel«, erklärt Valerie und benutzt ungefragt meine Ausrede von vorhin. »Wir hatten Angst, dass die Sammler ihn benutzen würden, um Informationen über Charlie zu erhalten.«

»Können wir ihm vertrauen?«, fragt er.

Max richtet sich auf. »Du kannst mir vertrauen.«

Kraven schiebt sich das schulterlange blonde Haar hinter die Ohren. Dann heftet er den Blick auf Annabelle. Sie nimmt ihn kaum zur Kenntnis. Zumindest anfangs nicht. Nicht, bis er die Hände zu Fäusten ballt und sagt: »Noch ein Mensch?«

Annabelle hält seinem funkelnden Blick stand und stemmt eine Hand in die Hüfte. »Und?« Sie nickt leicht vor sich hin, und ich kann mir das Lachen nicht verkneifen, das aus mir herausbricht.

Kraven starrt Annabelle weiter an.

Er blinzelt nicht. Er spricht nicht. Er starrt nur.

»Alter«, bricht Annabelle das Schweigen. »Du machst mir total eine Gänsehaut.«

Endlich sieht Kraven Valerie an und wartet auf eine Erklärung. »Die gleiche Situation wie bei Max«, sagt Red. »Sie wusste zu viel.«

»*Warum* wusste sie zu viel? Bei ihm verstehe ich es.« Kraven deutet mit dem Kopf auf Max. »Aber bei *ihr?*«

»Verzeihung«, wirft Annabelle ein. »Ich weiß ja nicht, wie das bei euch Befreiern läuft, aber wir auf der Erde haben Freunde. Und Charlie ist die beste Freundin, die ich habe. Ja, sie hat mir von euch erzählt. Und? Komm drüber weg.«

Mir stockt der Atem. Ich wusste ja, dass Annabelle Eier hat, aber ich habe nicht gewusst, dass sie vergoldet sind.

Kraven mustert Annabelle von Kopf bis Fuß.

Sie weicht nicht von der Stelle.

Etwas Unergründliches gleitet über seine Züge. Dann entfernt er sich von uns.

Annabelle sieht Valerie an. »Was hat die Hackfresse denn?«

Kravens Stimme donnert durch den Raum. »Das Training beginnt um sieben Uhr früh. Ich schlage vor, dass ihr ein wenig schlaft.«

24
Näher

Valerie führt uns über so viele Flure und Treppen, dass ich den großen Raum garantiert nie wiederfinden würde. Auf Schritt und Tritt begegnen uns Menschen. Vermutlich wissen sie nichts über Befreier und Sammler und Sirenen. Wahrscheinlich findet man schnell Angestellte, die bereit sind, Fragen unbeantwortet zu lassen, wenn man ihnen einen einfachen Job mit gutem Gehalt bietet, obwohl es mich erschreckt, dass nicht nur Sammler Menschen bei ihren irdischen Unternehmungen anheuern.

Red schließt eine weitere Tür auf. »Hier ist ein Aufenthaltsraum«, sagt sie mit ausholender Geste. »Und Schlafzimmer, die davon abgehen.«

Ich verstehe langsam, warum sie diesen Ort den Bienenstock nennen. Die Räume, Türen und Flure sind wie Honigwaben angelegt, wahrscheinlich zum Schutz der Bewohner.. »Hey, Red«, sage ich. »Woher seid ihr euch so sicher, dass die Sammler nichts hiervon wissen?«

Sie dreht sich zu mir um, und ihre hohen Absätze klappern auf dem Parkett. »Wahrscheinlich wissen sie davon. Egal, wo wir gebaut haben, sie haben es gefunden. Daher haben wir uns bemüht, den Bienenstock so zu konstruieren, dass nur einige wenige Leute sich darin zurechtfinden.«

Ich verschränke die Arme vor der Brust. »Das heißt, wenn jemand einbricht, dann wird er sich wahrscheinlich verlaufen, statt Ärger zu machen.«

»Genau.«

Blue wirft sich auf ein Ledersofa. Ich kenne das Gefühl; ich bin auch erschöpft. Der Aufenthaltsraum ist mit klapprigen Stühlen, großen Polsterhockern und weiteren Sofas möbliert. Nichts passt zusammen, aber alles wirkt bequem. Der Raum ist fensterlos, und mir wird bewusst, dass ich kein einziges Fenster gesehen habe, seit wir das Haus betreten haben.

Während Annabelle und Charlie sich auf einem Zweiersofa zusammenrollen, löchere ich Valerie mit weiteren Fragen. »Du meintest, dieses Haus sei erst kürzlich gebaut worden, aber wann genau?«

Red zuckt mit den Achseln. »Ich bin mir nicht sicher. Vor einigen Wochen habe ich Blaupausen einer neuen Trainingseinrichtung erhalten, die ich mir einprägen sollte. Ich glaube, sie gehört zu etwas ... Größerem.«

»Dem Bienenstock?«, hake ich nach.

Sie nickt.

Ich denke an das, was Blue gesagt hat, dass der Oberguru große Pläne für mich habe und dass Aspen ein Test sei, um festzustellen, ob man mir trauen kann. Könnte dieses Haus, der Bienenstock, ebenfalls ein Teil dieses Plans sein? Falls Valerie es für möglich hält, dann kann ich es auch glauben.

»Ich gehe schlafen«, verkündet Red. »Ich wecke euch morgen früh zum Training.« Sie gleitet zur Tür. *Klack, klack, klack* machen ihre Absätze. Max folgt ihr wie ein streunender Hund, und Red bleibt an der Tür stehen. Ich will sehen, wie sie reagiert. Ihre Augen wandern über sein Gesicht, und dann deutet sie mit einer knappen Kopfbewegung auf den Flur und verlässt den Raum.

Max eilt hinterher.

Nachdem das Paar den Abgang gemacht hat, lasse ich mich auf einen riesigen Sitzsack plumpsen. Die Styroporkügelchen rascheln, als sie sich um meinen Luxusleib verteilen. Über mir blinkt eine einsame bunte Lichterkette. Die Befreier haben wirklich keine Mühen gescheut, um den Geburtstag ihres Juniorchefs gebührend zu feiern.

Aspen sitzt neben Blue. Annabelle und Charlie sind auf dem Sofa gegenüber. Jetzt, wo Valerie fort ist, sehen wir uns alle schweigend an. Wir haben uns noch nie unterhalten, ohne dass die Sirenen versucht haben, uns umzubringen, und jetzt wissen wir nicht, was wir sagen sollen.

Blue verrenkt den Hals, um Aspen anzusehen. »Sag mal.«

Sie zieht die Augenbrauen hoch. »Ja?«

»Wo hast du gelernt, so zu kämpfen?«

Annabelle schnaubt, und Blue sieht sie an. »Was?«, fragt er.

Sie setzt sich neben Charlie anders hin und schlägt eins ihrer langen Beine unter. »Darüber willst du jetzt reden? Nicht: *Wo zur Hölle sind wir?* Oder: *Gibt es hier Tollwut?* Oder: *Was ist mit diesem Oberfreak Kraven?«* Annabelle hebt den Finger. »Nein, nein. Blue will nur was über Aspens Nunchaku-Technik wissen.«

»Ähm, ich habe keine Nunchakus«, antwortet Aspen.

Blue sieht sie an. »Vielleicht solltest du dir welche zulegen.«

»Das ist doch albern.«

»Wo hast du gelernt, so zu kämpfen?«, bohrt er nach.

Aspen beißt sich auf die Unterlippe. »Lincoln.«

Blue lacht. »Wer ist denn jetzt albern?«

Sie seufzt. »Nicht der Präsident, Arschloch. Mein Freund. Er heißt Lincoln. Sein Dad ist bei der CIA oder beim FBI oder irgend so einem Scheiß. Er hat ihm Selbstverteidigung beigebracht.« Aspen zuckt mit den Achseln. »Und dann hat Lincoln es mir beigebracht.«

»Es wäre viel cooler, wenn der alte Abraham es dir beigebracht hätte«, wirft Annabelle ein.

Charlie lacht. Alle sehen sie an. »Darf ich nicht lachen?«, fragt sie.

Unsere Hände werden auf einmal äußerst interessant.

»Kommt schon«, fügt Charlie hinzu. »Es war ein Scherz. Hört auf, mich wie ein rohes Ei zu behandeln.«

Aspen steht auf. »Gut. Warum setzt du nicht deinen Arsch in Bewegung und tust was?«

Ich springe auf wie der Blitz. »Aspen«, sage ich mit einem warnenden Unterton in der Stimme.

Aspen streckt die Hand nach Charlie aus. »Ich bin am Verhungern. Hilf mir, was zu essen zu finden, oh Retterin der Welt.«

Mein Herz macht einen Satz, als Charlie grinst und Aspens Hand ergreift. Die beiden gehen wie ein ungleiches Pärchen zur Tür.

»Ihr werdet euch verlaufen«, warnt Annabelle sie.

Aspen dreht sich nicht um. »Dann komm mit.«

Annabelle verdreht die Augen. »Na schön, aber nur, weil ihr sonst irgendeinen Müll zu essen mitbringen würdet.« Sie erhebt sich von dem Zweiersofa und schiebt sich zwischen Aspen und Charlie, damit sie ihrer besten Freundin näher sein kann – und vielleicht auch, um Aspen daran zu erinnern, dass Charlie bereits eine beste Freundin hat.

Ich sehe Blue an. Er seufzt und steht auf, um ihnen zu folgen.

»Auch du, Bluetooth?«, sage ich.

Er zuckt mit den Schultern. »Willst du sie überreden, hierzubleiben? Dann mach. Wir können aber auch dafür sorgen, dass sie heil zurückkommen.«

Annabelle und Aspen wirbeln zusammen herum.

»Als würden wir eure Hilfe brauchen«, sagt eine.

»Bleibt einfach hier«, blafft die andere.

Man sollte meinen, dass Annabelle und Aspen sich ein bisschen besser verstehen, wenn man bedenkt, dass sie mir beide eine Heidenangst einjagen.

Blue und ich folgen den Mädchen, und genau siebenundvierzig Minuten später kehren wir in unser Zimmer zurück, den Bauch voll mit Junkfood. Annabelle reißt die Siegerfaust hoch und erklärt uns »Nehmt das!«, obwohl wir uns ihretwegen am häufigsten verlaufen haben. Nachdem sie und Blue demonstrativ gegähnt haben, verziehen sich beide ins Bett, sie durch eine Tür und er durch eine andere. Als sie fort sind, schaut Aspen Charlie und mich an.

»Es ist gut, dass ihr zwei euch habt«, erklärt sie. Dann verlässt sie den Raum, um etwas Schlaf zu finden.

Charlie sieht mich an. »Ich mag sie.«

»Du magst jeden.«

»Stimmt ja gar nicht«, gibt sie grinsend zurück.

Mein schwarzes Herz singt, weil sie lächelt und isst und sich normal benimmt, aber ich weiß, dass sie weit davon entfernt ist, glücklich zu sein. Und es zerreißt mich, weil ich weiß, wie hart dieser Tag für sie war. Ich streiche ihr mit den Daumen über die Wangen und trete näher an sie heran. »Wie geht es dir?«

Sie senkt den Blick.

Statt sie zu einer Antwort zu drängen, nehme ich sie an die Hand und führe sie zu einer Tür in der hinteren Ecke. Gemeinsam betreten wir einen kleinen, spärlich möblierten Raum: ein schmales Doppelbett mit einer Patchworkdecke, ein Eichennachttisch und eine Polsterbank. Ich entdecke eine weitere Tür, vermutlich ein Badezimmer, das wir uns mit Annabelle teilen müssen, die nebenan schläft.

Charlie lässt meine Hand los und steigt ins Bett. Das Haar fällt ihr über den Hals und ich weiß, dass sie das nervt. Irgendwann will sie die Brille hochschieben, wie sie es manchmal tut, aber die neue Charlie trägt gar keine Brille mehr. Trotzdem finde ich die Geste tröstlich, als sei die Charlie, in die ich mich verliebt habe, das Mädchen, das entsetzlich dicke Brillen und lila Jeans trug, immer noch da drin.

Das Bett ächzt, als ich mich neben sie lege, und ich streiche ihr das Haar vom Hals. Ich beuge mich vor und küsse die nackte Stelle. Ich erwarte nicht, dass Charlie reagiert, nicht nach dem, was sie heute durchgemacht hat. Aber sie soll wissen, dass sie nicht allein ist und dass ich da sein werde, um jede Wunde zu küssen, die der Heilung bedarf.

»Dein Geburtstag steht vor der Tür«, flüstere ich ihr ins Ohr. »Ich habe etwas ganz Tolles für dich vor.« Ich bin mir nicht sicher, warum ich das zur Sprache bringe – vielleicht um sie daran zu erinnern, dass es Tage gibt, auf die man sich freuen kann. Und dass ich darum kämpfen werde, dass sie eine gewisse Normalität beibehalten kann, egal wie chaotisch es wird.

Charlie rollt sich zusammen. »Ich will sie wiederhaben.«

Ich höre den Schmerz in ihrer Stimme und bin mir noch nie so nutzlos vorgekommen. Ich werde es mit jeder Sirene aufnehmen, die versucht, ihr etwas anzutun. Ich werde mich in die Hölle kämpfen, um ihre Seele zurückzuholen. Ich werde mein Leben und alles, was ich habe, aufs Spiel setzen, um sie zu beschützen.

Aber ich weiß nicht, wie ich sie vor dieser Trauer schützen kann.

Charlie nimmt die Schulter zurück, damit wir einander ansehen können. Dann legt sie mir die Hand um den Nacken.

Unsere Lippen treffen sich.

Sie zieht mich näher an sich heran, und Wärme umhüllt uns. Meine Hand gleitet von ihrem Arm zu ihrer Hüfte, während meine Finger jede Wölbung ihres Körpers nachzeichnen. Ich schiebe ihr ein Bein zwischen die Knie und ziehe sie an mich. Charlies Handflächen wandern mein Shirt empor. Ihre Finger bohren sich in die Muskeln unter meinem Drachen-Tattoo. Tief in mir drin erwacht ein urtümlicher Instinkt. Das habe ich nicht von ihr erwartet. Aber ich verstehe es. Sie braucht mich in ihrer Nähe, so nah, dass sie sich daran erinnert, dass sie am Leben ist und nicht noch jemanden verlieren wird, den sie liebt.

Das ist etwas, das ich für sie tun kann.

Während ihre Finger durch mein Haar gleiten, lege ich mich auf sie. Ich schiebe den Arm unter ihr Knie und presse mich an sie. Ihr Mund löst sich von meinem, und sie lässt die Lippen meinen Hals hinunter zu der Stelle zwischen den Schlüsselbeinen gleiten. Dann knabbert sie an meinem Ohr.

Das Gefühl bringt mich um den Verstand. Bevor ich einen klaren Gedanken fassen kann, reiße ich uns die Klamotten vom Leib.

Charlie begräbt den Kopf an meinem Hals und zieht

mich eng an sich, so eng, dass sie sich in diesen Moment verliert. Unsere Bäuche drücken sich aneinander, und ihre Haut fühlt sich wie Seide an. Ich schiebe die Hände unter sie und umfasse ihre Schultern.

Und dann bin ich derjenige, der sie näher heranzieht.

Viel näher.

25
Verteidigung

Ich wache auf, weil ich das Gefühl habe, dass mich jemand beobachtet. Als ich ans Fußende schaue und sehe, dass ich es mir nicht eingebildet habe, fahre ich mit einem Ruck in die Höhe.

Zwei Frauen in braunen knielangen Kleidern stehen Schulter an Schulter da und sagen nichts, sie schauen uns nur an.

Charlie richtet sich auf, und ich beeile mich, sie mit meinem Körper zu verdecken.

»Was machst du da?«, fragt sie hinter mir mit gedämpfter Stimme.

»Charlie«, sage ich, »in unserem Zimmer stehen zwei Bräute mit schlechtem Modegeschmack.«

Sie reißt den Kopf herum und schaut hinter meinem Rücken hervor. »Hallo.«

Die Frauen drehen sich um und verlassen den Raum.

Ich sehe Charlie an. »Also, wenn das nicht die unheimlichste Scheiße war, die ich je gesehen habe, dann will ich nicht mehr Dante Walker heißen.«

Sie lächelt halbherzig. »So heißt du? Hatte ich ganz vergessen.«

Am liebsten möchte ich sie kitzeln, bis sie um Gnade winselt, aber ich sollte mich wohl besser um die Stalker im Aufenthaltsraum kümmern. Nachdem ich aus dem Bett geklettert bin, ziehe ich mir die Jeans an und halte ein Auge auf die offene Tür gerichtet. Von draußen kann ich Blue reden hören. Er klingt lässig, als würden wir einfach alle im Urlaub draußen vor einem Strandhaus rumhängen.

Als ich aus dem Schlafzimmer schlüpfe, sehe ich Aspen und Annabelle auf dem Boden sitzen, die Beine unter einen Couchtisch ausgestreckt. Vor ihnen steht ein Teller mit dem größten Omelett der Welt.

Aspen stopft sich einen weiteren Happen in den Mund, bevor sie mich sieht. »Proteine«, sagt sie mit vollem Mund. »Wir trainieren ja heute.«

Ich sage ihr nicht, dass ich bezweifle, dass *sie* heute trainiert, obwohl man ihr das wirklich erlauben sollte, weil sie *wichtig* ist und überhaupt. Ich bin vor allem erleichtert, dass sie überhaupt mit mir spricht. Also konzentriere ich mich stattdessen auf die beiden Frauen, die mit herabhängenden Armen an der Wand stehen.

Ich sehe Blue an und frage: »Was machen die beiden Roboter hier?«

Er schüttelt mit schmalen Augen den Kopf. »Keine Ahnung. Aber sie tragen Fußfesseln.« Ich werfe einen Blick auf die Knöchel der Frauen und sehe, dass er recht hat. »Ich werde dieses Zeug nicht essen«, erklärt er. »Es sei denn, Valerie sagt, dass es sicher ist.«

Ich schaue von Blue zu dem Teller vor ihm. Achselzuckend nehme ich ihn mir und setze mich, die Gabel im Anschlag, auf einen gelben Stuhl. »Memme.«

Charlie erscheint in der Tür. Ihr Haar ist zerzaust, und ihre Augen schweifen durch den Raum. Sie wirkt beinahe schuldbewusst.

Blue mustert sie. Seine schmalen Augen werden noch schmaler, und er presst den Mund zu einem dünnen Strich zusammen. Dann funkelt er mich an. Sein Blick brennt wie Feuer, und ich tue so, als würde ich gar nicht merken, dass er mich beobachtet.

Eine der Frauen bringt Charlie einen Teller.

»Oh, danke«, murmelt sie. »Haben Sie schon gegessen?«

Die Frau blickt nervös zu der anderen Dame hinter ihr. Dann dreht sie sich wieder zu Charlie um und nickt kurz.

Ich habe mein Omelett halb aufgegessen, als Valerie in den Raum eilt. »Es wird Zeit zu gehen. Annabelle, Aspen, ihr zwei bleibt hier. Die anderen können mitkommen.«

»So eine Kacke«, erklärt Annabelle.

»Nur über meine Leiche«, fügt Aspen hinzu.

Die beiden Mädchen sehen einander an. Ihnen scheint bewusst zu werden, dass sie in letzter Zeit oft einer Meinung waren, aber nicht bereit sind, es sich selbst einzugestehen.

Blue, Charlie und ich folgen Valerie durch das Labyrinth. Obwohl wir vergangene Nacht hier hereingeschlichen sind, habe ich keine Ahnung, wo wir uns befinden. Ein Mann und zwei kleine Mädchen mit blauem Geschirr in der Hand kommen an uns vorbei. Sie tun so, als wären wir nicht da, und ich gebe das gern zurück und gehe weiter.

Nach einigen Minuten und gerade noch rechtzeitig, bevor ich vor Platzangst schreie, kommen wir in einen gewaltigen Raum. Gut, *gewaltig* ist vielleicht übertrieben, aber der Raum wirkt tatsächlich groß.

Als ich auf die rückwärtige Wand zugehe, verstehe ich auch, warum. Der ganze hintere Bereich ist eine einzige Glasscheibe. Dahinter breitet sich das Meer wie eine Decke aus. Ich kann von hier oben kaum den Klippenrand sehen, sodass ich den Eindruck habe, im Wasser zu treiben.

»In einer Reihe aufstellen«, befiehlt jemand.

Kraven erscheint in einer Tür, wieder ganz in Weiß gekleidet. Ich frage mich, ob der Typ Clorox-Aktien besitzt. Ich gehe in den hinteren Teil des Raumes und steige dabei über weiche Matten. Blue und Charlie stehen links und rechts von mir, und zu dritt warten wir ab, was Meister Proper zu sagen hat.

Er gleitet durch den Raum, und mit dem Meer hinter sich sieht er fast aus wie Jesus – von wegen übers Wasser gehen und der ganze Scheiß. Ich widerstehe der Versuchung, es ihm zu sagen.

Dabei meint Valerie immer, ich könne mich nicht benehmen.

Kraven holt tief Luft. »Im Bienenstock gibt es sechs Trainingsabschnitte, die ihr durchlaufen müsst. Wenn ihr auch nur in einem Abschnitt versagt, verliert ihr euren Status als Befreier.«

Ich reiße den Kopf zu Valerie herum. Sie zieht die Augenbrauen zusammen, als sei ihr das neu.

Ich hebe wie ein respektvoller Schüler die Hand. »Ähm, Entschuldigung. Hast du uns gerade gesagt, dass man uns die Fußfesseln abnimmt, wenn wir von der Bienenstockschule fliegen?«

Kraven fährt fort, ohne auf meine Frage einzugehen. »Im ersten Abschnitt decken wir Selbstverteidigung ab. Ihr habt drei Tage Zeit, um die Grundlagen zu erlernen, und am Ende dieser drei Tage wird man euch einem Test unterziehen.«

Mein erhobener Arm fällt herab. »Hey, Engelchen«, sage ich. »Hast du mich nicht gehört? Ich habe um eine kleine Erklärung gebeten.«

Er sieht mich an. »Ich habe nicht gefragt, ob es Fragen gibt, und von jetzt an werde ich keine mehr beantworten. Aber um dieses eine Thema zu klären, Dante Walker, ja. Wenn du in einem Trainingsabschnitt durchfällst, wird dir dein Status als Befreier entzogen. Es gibt im Himmel zu viele Engel, die liebend gern dein Dargon tragen würden. Wenn du also die Regeln nicht respektierst, wirst du ersetzt.«

»Und wann ist diese neue *Regel* eingeführt worden?«, höhne ich.

Kraven schießt einen Blick auf mich ab, der besagt, dass er jetzt wirklich keine Fragen mehr annehmen wird. Nun, das ist in Ordnung. Er kann mich ignorieren, so viel er will, denn dieses Spiel können auch zwei spielen. Ich mache Anstalten, den Raum zu verlassen, aber bevor ich zwei Schritte weit gekommen bin, hält mich etwas zurück. *Charlie* hält mich zurück. Ihre blauen Augen sind groß und aufmerksam, als könne sie es gar nicht erwarten anzufangen. Ich habe keine Ahnung, ob Kraven sie zu dem Training zulassen wird, aber ihr Anblick erinnert mich daran, warum ich hier bin.

Ich muss ihre Seele aus der Hölle retten.

Und dieses Training könnte mir dabei helfen.

Vielleicht versteht Kraven wirklich ein bisschen vom Kämpfen. Ich könnte mich dazu herablassen, der fiesen Ratte eine Chance geben. Jetzt, wo ich darüber nachdenke, könnte es sogar Spaß machen, sein Ego zu stutzen. Mr Kraven ist zwar groß, aber nicht viele Männer sind so gebaut wie ich. Und vor allem weiß ich, wie ich jeden Zentimeter Muskel einsetzen kann, den ich habe.

Ich hebe kapitulierend die Hände. »In Ordnung, lass hören, was du zu sagen hast.«

Während der nächsten vier Stunden wiederholt Kraven mehrere Techniken. Blue und ich geben unser Bestes, sie einzuüben, während Charlie hinter uns bleibt und unsere Bewegungen nachahmt. Kraven sagt ihr nie, dass sie die Verteidigungstaktiken lernen soll, aber natürlich weiß er, dass sie zuschaut. Ich bin froh, um ehrlich zu sein. Es würde ihr nicht schaden, sicherheitshalber ein paar Dinge zu lernen. Sie mag vielleicht nie in der Lage sein, einen Sammler anzugreifen, aber vielleicht kann sie lernen, ihn sich vom Leib zu halten, bis Hilfe kommt.

»Hör auf, rohe Gewalt zu benutzen«, befiehlt Kraven mir zum millionsten Mal. »Mach es so, wie ich es dir beigebracht habe. Weich nicht davon ab.«

Er kommt von hinten und schlingt mir den Unterarm um die Kehle. Genau wie er es uns gezeigt hat, trete ich ihm mit der Ferse gegen das Knie und ramme ihm dann den Ellbogen in den Bauch. Er lässt mich los.

»Das wäre gut gewesen, wenn du dich auf deine Ferse und deinen Ellbogen konzentriert hättest und weniger darauf, von mir wegzukommen«, tadelt er mich.

Blue hat die Techniken schnell drauf, aber als es daran geht, sie anzuwenden, gerät er in Panik. Vielleicht hat Kraven recht. Wir sind besser darin, anzugreifen, als uns zu befreien. Wenn ich so darüber nachdenke, bin ich mir nicht sicher, wie es Blue oder mir ergangen wäre, wenn wir allein einem Haufen Sirenen gegenübergestanden hätten.

Kraven wischt sich den Schweiß von der Stirn. Es überrascht mich, dass er überhaupt schwitzt. »Was du brauchst«, erklärt er, »ist Motivation.«

Der blonde Befreier deutet mit dem Kopf auf jemanden hinter mir, und ein Arm legt sich um meinen Hals. Mein Kopf wird zurückgerissen. Der Arm ist schlank, daher weiß ich, dass er Valerie in diese Nummer mit reingezogen hat.

»Verräterin«, presse ich hervor, obwohl sie mir die Luft abdrückt.

Kraven schaut mich mit schmalen Augen an, und seine Pupillen weiten sich, bis da nur Dunkelheit ist. Dann schießt er auf Charlie zu und schlingt ihr die Hände um die Kehle.

Mit einer Geschwindigkeit, von der ich gar nicht wusste, dass ich sie besitze, ramme ich Val den Kopf gegen die Stirn. Dann trete ich mit voller Wucht auf ihre Jimmy Choos. Sie lässt mich mit einem Aufschrei los, und ich stürze zu Charlie hin. Kraven mag so tun, als sei er hier, um uns zu helfen, aber jeder, der Charlie so anfasst, ist ein Feind.

Ich bin eine Armeslänge von den beiden entfernt, als Charlie Kraven hart zwischen die Beine tritt. Dann reißt sie die Arme hoch und nach außen und löst seinen Griff um ihren Hals. Er fällt um wie ein Felsklotz.

Ich komme stolpernd zum Stehen und reiße die Augen auf.

Sie atmet einen Moment lang schwer und begegnet dann meinem Blick. »Ich hab's geschafft.«

Ich grinse wie ein Idiot. »Aber hallo.« Das Lächeln rutscht mir aus dem Gesicht, als ich bemerke, dass Kraven wieder auf den Füßen ist. Er geht auf die Mitte des Raumes zu, als sei nichts geschehen, als hätte er nicht gerade meinem Engel die knorrigen Pranken um den Hals gelegt.

»Er hat nicht zugedrückt«, erklingt eine leise Stimme.

Ich wirbele herum und stelle fest, dass Charlie zu mir hochsieht. Sie legt mir eine Hand auf die Brust und nickt mir zu, um mir zu versichern, dass es ihr gut geht, dann tritt sie zurück, den Blick wieder auf Kraven gerichtet.

Der Befreier klatscht in die Hände. »Noch mal.«

Blue und ich üben während der Mittagessenszeit und bis in den Nachmittag hinein miteinander Kampftechniken. Als wir uns über leere Mägen beklagen, ignoriert Kraven uns. Irgendwann gebe ich den Gedanken an etwas zu essen auf. Wenn er darauf verzichten kann, dann kann ich es auch.

Am späten Nachmittag blockt Blue erfolgreich einen meiner Schläge ab. Er johlt und tanzt durch den Raum. Ich gebe zu, dass ich mich gut dabei fühle, diesen Mist zu lernen. Stärker. Ich werfe Kraven einen verstohlenen Blick zu, um zu schauen, ob er Blues Fortschritt bemerkt hat.

Aber sein Blick ist auf eine geschlossene Tür geheftet.

»Engelchen, hast du Blues Aktion gesehen?«, frage ich. Ja, ich habe wieder eine Frage gestellt, aber mein Freund verdient ein wenig Lob.

Als mir klar wird, dass sich Kraven immer noch nicht bewegt hat, beschleunigt sich mein Puls.

»Was ist los?«, frage ich.

Kraven hebt die Hand und hält den Blick auf die Tür gerichtet. Dann stiehlt er sich darauf zu, schleicht sich an wie ein Fuchs. Als er dort ist, richtet er sich auf und holt tief Luft.

Er reißt die Tür auf.

Aspen und Annabelle stolpern in den Raum.

Die beiden Mädchen rappeln sich hoch und können nur mit Mühe ein Lachen unterdrücken. Bei ihrem Anblick spüre auch ich ein Lachen in mir aufsteigen. Blue und Charlie lächeln ebenfalls. Nicht einmal Red kann ihr Grinsen verbergen.

Kraven jedoch ist nicht amüsiert.

»Was denkt ihr, was ihr da tut?«, fragt er. Ich merke, dass er sie anbrüllen will, aber das ist nicht sein Stil. Er ist mehr der Typ, der einen zutiefst verängstigt, indem er ruhig bleibt.

Aspen richtet sich gerade auf. »Ich wollte nur mal sehen, ob du dein Handwerk verstehst, alter Mann.«

»Sei versichert, ich verstehe mein Handwerk«, antwortet er. »Und ich bin wohl kaum ein alter Mann. Wir sind fast gleichaltrig, Mädchen.«

»Wichser«, meldet Annabelle sich zu Wort.

Kraven dreht sich zu Annabelle um.

Als er sie unverwandt ansieht, macht sie einen kleinen Schritt zurück. »Was guckst du?«, fragt sie kleinlaut.

Kraven mustert sie für eine lange Zeit, genau wie letzte Nacht. »Nichts«, antwortet er schließlich. Dann dreht er sich auf dem Absatz um und kommt zu Blue und mir zurück. »Ihr zwei werdet sofort wieder auf eure Zimmer gehen.«

Als er herumwirbelt, landet sein Blick auf Annabelle. »Ich sagte *sofort.*« Es ist das erste Mal, dass ich Gift in seiner Stimme gehört habe, und es richtet sich eindeutig nur gegen Annabelle.

»Sie sollten nicht so mit ihnen reden«, sagt Charlie und tritt vor.

Kraven sieht Annabelle weiter finster an.

»Nein, ist schon gut«, sagt Annabelle mit einem gekränkten Unterton. »Ich bin nichts Besonderes, und deshalb sollte ich nicht hier sein. Stimmt's, *Befreier?«* Sie zischt das letzte Wort und geht.

Aspen zeigt mit dem Finger auf Kraven. »Du bist ein Arsch.«

Ich kann mich täuschen, aber ich glaube, Aspen ist gerade für Annabelle eingetreten. Vielleicht war dieser peinliche Moment der Beginn einer wunderbaren Freundschaft zwischen den beiden Mädchen. Das wäre zumindest etwas.

»Nach diesem Austausch von Freundlichkeiten bin ich für heute offiziell fertig«, verkünde ich.

»Wir sind noch *nicht* fertig«, widerspricht Kraven.

»Pardon, aber wir sind sehr wohl fertig. Wenn du dich meinen Freunden gegenüber wie ein Affenhintern aufführst, gehe ich.« Ich bin mir nicht sicher, ob ich Annabelle und Aspen als meine Freunde bezeichnen darf, aber es kommt mir richtig vor. Ich gehe zur Tür und hoffe, dass Charlie und Blue mir folgen. Ich hoffe auch, dass ich in die richtige Richtung gehe.

Als ich spüre, dass Charlie nach meiner Hand greift, macht mein Herz einen Satz. Und als Blue mir seinen verschwitzten Arm um die Schulter legt, ist es fast schon zu viel.

Als ich den Trainingsraum verlasse, muss ich denken: *Ja, das sind meine Freunde.* Echte *Freunde.*

Und dann: *So fühlt sich das also an.*

26

Das Abendessen ist angerichtet

Blue, Charlie und ich sind die nächsten beiden Tage wieder beim Training. Ich merke, dass Kraven versucht, etwas einfühlsamer zu sein, aber wir nennen ihn hinter seinem Rücken immer noch Cyborg. Obwohl wir jeden Abend erledigt und voller blauer Flecken in unsere Zimmer zurückkehren, gebe ich gern zu, dass es verdammten Spaß macht, Selbstverteidigung zu lernen. Und dass ich es gar nicht erwarten kann, zu etwas Neuem überzugehen.

Valerie schaut pflichtbewusst immer wieder nach uns. Sie hat uns erklärt, dass sie ihr Training in anderen Teilen der Anlage fortsetzt und dass sie den Selbstverteidigungsabschnitt bereits bestanden hat. Vermutlich war sie dort, als sie eigentlich in den Flitterwochen hätte sein sollen. Dass sie woanders trainiert, verrät mir außerdem, dass es in diesem Laden weitere Befreier gibt, denn außer Kraven und den beiden stummen Vogelscheuchen, die uns das Essen bringen, habe ich noch keine gesehen.

Apropos Essen, wo bleiben diese Bräute? Sonst sind sie um die Uhrzeit längst hier.

Annabelle legt die Beine auf einen zerschrammten Couchtisch in unserem kleinen Wohnbereich. »Ich verstehe einfach nicht, warum Cyborg mich so hasst.«

»Weil du ihn bedrohst«, antwortet Aspen. »Weil er Angst vor starken Frauen hat.«

Blue schüttelt den Kopf. »Nein, dieser Bursche hat vor gar nichts Angst. Dafür fehlen ihm die Erbanlagen.«

»Ich wette, davor hat er Angst.« Charlie hebt einen Arm und spannt den Bizeps. Unter ihrer hellen Haut schwillt ein Muskel von der Größe eines Golfballs an.

Wir alle lachen.

Charlie tut gekränkt.

In letzter Zeit ist sie besser drauf. Das hat einerseits damit zu tun, dass sie abgelenkt ist. Andererseits hat es mit etwas zu tun, was sie mir am Abend vor zwei Tagen nach unserem ersten Training erzählt hat. Sie meinte, dass ihre Oma jetzt beim Oberguru sei und dass das Geld, das sie Charlie hinterlassen hat, ihr helfen werde, Hände helfen Händen auf ein neues Niveau zu heben. *Vielleicht hat Er sie aus einem bestimmten Grund geholt,* flüsterte sie im Dunkeln. *Vielleicht ist es Zeit, dass die Wohltätigkeitsorganisation wächst, und Er musste diese Mittel an die richtige Stelle leiten.* Sie schmiegte sich an mich. *Außerdem, würde nicht jeder meine Oma bei sich zu Hause haben wollen?*

Ich erinnere mich an ihre Worte und versuche, das Lächeln, das sich gerade auf ihrem Gesicht ausbreitet, zu glauben. Es wirkt nicht mehr so gezwungen wie vor drei Tagen, aber es sieht immer noch angespannt aus. Die Couch quietscht unter uns, als ich den Arm um sie lege und sie an mich ziehe. Sie drückt das Gesicht an meinen Hals.

»Habt ihr kein Zimmer?«, schimpft Annabelle.

»Doch, Ma'am.« Ich springe auf, hebe Charlie schwungvoll auf die Arme und trage sie dann wie ein Höhlenmann zu unserem Zimmer. Sie lacht und schlägt mir auf die Brust.

Ich will sie gerade wieder absetzen, als die Eingangstür aufschwingt.

Es ist Red, mit Max an ihrer Seite.

»Kraven hat euch zum Abendessen eingeladen«, verkündet Valerie.

Ich stelle Charlie auf die Füße. »Engelchen will mit uns essen? Was setzt er uns denn vor – Kinderherzen?«

Aspen lacht bellend, während Valerie die Augen verdreht.

Ich bemerke jetzt erst, was Max anhat. »Was soll dieser Pinguinanzug?«

»Ich sehe verdammt gut aus, Kumpel.« Max streicht sich über das Revers. »Besser, als du aussehen wirst.«

Ich fahre zu Valerie herum. »Was? Ist da etwa Krawattenpflicht oder was?«

Als Antwort auf meine Frage tritt Red beiseite, und die stummen Bräute schlurfen herein. Ihre Arme quellen über von Kleidern und Anzügen und Taschen voll mit Oberguru weiß was für Zeug. Ich habe zwei Möglichkeiten: ich kann mit meinen unglaublichen Selbstverteidigungsfähigkeiten gegen den Klamottenzwang kämpfen, oder ich kann mich in Schale werfen, weil ich so ein smarter Typ bin.

Ich entscheide mich für Letzteres.

Blue geht auf eine der Frauen zu, um in den Sachen zu wühlen, aber ich versperre ihm den Weg.

»Nein, Mann, ich bin als Erster dran«, sage ich.

»Denkst du.«

Während Blue und ich ringend zu Boden gehen, treten die Mädchen vor und nehmen anmutig die Kleider entgegen. Dann gehen sie schnurstracks zu einem der Zimmer, und die stummen Bräute folgen ihnen. Ich verstehe einfach nicht, warum ein schönes Kleid selbst das wildeste Mädchen zum Kreischen bringt. Als Blue und ich schließlich aufblicken, stellen wir fest, dass wir mit zwei Anzügen und frisch gekauftem Pflegekram allein sind.

Ich stoße Blue von mir weg. »Du bist ein Barbar.«

Blue und ich sind nach etwa zehn Minuten fertig. Wir warten eine halbe Ewigkeit, dass die drei Mädels rauskommen. Wir stöhnen genervt und klingen wie zwei alte Frauen beim Kaffeetrinken.

Doch als die Mädchen endlich wieder auftauchen, hat sich das Warten gelohnt.

Mein Blick geht sofort zu Charlie. Ihre schlanke Gestalt wird von einem engen schwarzen Oberteil betont, das mein Blut zum Kochen bringt. Dazu trägt sie einen rosafarbenen Tüllrock wie eine Ballerina. Hohe schwarze Gladiatorsandalen schnüren sich um ihre Waden und bis hinauf zu ihren Knien. Als mein Blick wieder nach oben wandert, bemerke ich, dass ein zartrosa Make-up über ihren Augen und auf ihren Wangen schimmert, und der verbliebene Elfenbeinanhänger meines Vaters ruht auf ihrer Brust. Sie sieht wirklich aus wie ein Engel … aber ein avantgardistischer Himmelsbote.

»Charlie«, hauche ich.

Sie lächelt und zeigt auf Aspen, die neben ihr steht. »Was ist mit *ihr?*«

Aspen sieht ebenfalls umwerfend aus in einem kurzen dunkelblauen Kleid mit Trompetenärmeln, die ihr über die behandschuhten Hände fallen. Mit nudefarbenen Pumps und einem diamantenen Stirnreif sieht sie halb nach Hippie und halb nach High Fashion aus. Als ich bemerke, dass Blue der Mund offen steht, stoße ich ihm den Ellbogen in die Rippen.

»Was?«, fragt er und tut unschuldig, gafft aber schon wieder Aspen an.

»Wo ist Annabelle?«, frage ich.

Aspen betrachtet ein Armband um ihr Handgelenk. »Sie traut sich nicht raus, weil sie findet, dass sie wie eine Tomate aussieht.«

»Annabelle«, ruft Blue, »komm raus, damit wir uns über dich lustig machen können.«

Da mein leerer Magen in Zungen redet, schiebe ich mich an Aspen vorbei, drücke Charlie einen Kuss auf die Schläfe und betrete den Raum.

»Jetzt mach schon, Mädel. Ich bin am …«

Annabelle dreht sich zu mir um.

Und ich vergesse, was ich sagen wollte.

Charlie wird immer die Liebe meines Lebens sein. Niemand sonst könnte jemals solche Gefühle in mir wecken wie sie. Aber heute Abend stiehlt Annabelle ihr die Show.

Sie trägt ein feuerwehrrotes Gewand, das sich an den richtigen Stellen ihres Körpers anschmiegt. Eine Smaragdkette liegt auf ihrer Brust, ein passender Ring steckt an ihrem Finger. Ihr Haar ist wie immer frisiert, ein dunkler Bob mit strengem Pony auf der Stirn. Aber ihre Augen sind anders. Sie sind mit dunkelgrauem und schwarzem Lidschatten und einem dicken Lidstrich geschminkt, der sich in den äußeren Augenwinkeln nach oben zieht.

Annabelle sieht aus wie eine ägyptische Prinzessin.

Nein, wie eine Königin.

Ich lege ihr die Hand auf den Arm, aber sie will mir nicht in die Augen schauen. »Annabelle, du siehst umwerfend aus.«

»Ich sehe übergewichtig aus.« Sie deutet mit dem Kinn auf Charlie und Aspen, die sich mit einem unbeholfenen Blue unterhalten. »Und sie sind so *perfekt.*«

»Stopp«, sage ich ihr. »Sag das nicht. Du bist eine der krassesten Bräute, denen ich je begegnet bin, und du hast Angst vor einem Kleid, das dich zum Blickfang macht? Mädel, du bist dazu *geboren,* ein Blickfang zu sein. Sieh dich nur an!«

Annabelle hebt einen Mundwinkel zu einem halben Lächeln. »Ich sehe nicht aus wie eine Tomate?«

»Du siehst aus wie eine Schönheit.« Ich nehme ihren Arm und geleite sie in den Wohnbereich. »Und jetzt misch den Scheißladen auf.«

Zehn Minuten später kommt Valerie zurück, um uns abzuholen. Sie trägt ein silbernes Gewand, und als wir zum großen Raum gehen, muss sie alle paar Sekunden Max' Hand wegschlagen. Obwohl mir nicht entgeht, dass sie seine Berührung jedes Mal kurz zulässt, bevor sie ihm eins auf die Finger gibt.

Während wir uns wie Schafe zur Schlachtbank führen lassen, verrenkt Charlie sich den Knöchel, Blue stottert bei dem Versuch, mit Aspen zu reden, ich mache mich über Blues Stottern lustig, und Annabelle verliert einen Ohrring. Aspen ist die Einzige, die sich wie eine kultivierte Erwachsene benimmt, was mich einerseits überrascht, andererseits aber auch wieder nicht.

Als wir den großen Raum betreten, wartet Kraven dort bereits am Kopfende des Tisches auf uns. Er erhebt sich und winkt uns zu sich. »Bitte, setzt euch.«

Die stummen Bräute ziehen unsere Stühle vom Tisch, während Kraven sie anweist, den ersten Gang zu servieren.

»Warum reden die Mäuschen eigentlich nicht?«, frage ich, als sie außer Hörweite sind.

»Dante«, tadelt Charlie mich, aber ich bemerke den Anflug eines Lächelns.

Kraven schiebt sich das Haar hinter die Ohren, was er viel zu oft tut. »Sie haben ein Schweigegelübde abgelegt.«

»Warum?«, frage ich.

Er entfaltet eine schwarze Serviette und legt sie sich auf den Schoß. »Wo ist der andere Mensch?«

Ich sehe ihn mit schmalen Augen an. Er ist meiner Frage ausgewichen, aber das ist es nicht, was meine Aufmerksamkeit erregt hat. Kraven ist nervös. Aber warum?

»Sie hat einen Ohrring verloren«, antwortet Blue. »Sie kommt gleich.«

Kraven mustert Blue, und dann bekommt er wegen etwas anderem große Augen. Ich folge seinem Blick und sehe Annabelle in der Tür.

Als ich sie dort allein stehen sehe, krampft sich mir der Magen zusammen. Wir hätten auf sie warten sollen. In Kravens Nähe war sie nach ihrem Wortwechsel am ersten Trainingstag immer nervös. Aber es stellt sich heraus, dass ich keinen Grund zur Sorge habe. Annabelle hebt das Kinn, lässt die Hände fallen und schreitet auf den Tisch zu wie Kleopatra höchstpersönlich.

Kraven ist plötzlich auf den Füßen und beobachtet jeden ihrer Schritte. Erst als sie am anderen Ende des Tisches Platz genommen hat, lässt er sich wieder auf seinen eigenen Stuhl nieder.

»Dieses Kleid, das du trägst …«, sagt Kraven zu Annabelle. Sie hebt den Blick und schaut ihm in die Augen. »Es ist ziemlich teuer.«

Annabelle verzieht das Gesicht. »Keine Angst, ich gebe es zurück. Du bist derjenige, der dieses alberne Dinner wollte.«

Wir alle drehen uns zu Kraven um, denn das hier ist Unterhaltung vom Feinsten.

Er öffnet den Mund, um zu antworten, aber im selben Moment betreten drei Mädchen in unserem Alter mit silbernen Tabletts den Raum. Sie stellen weiße Teller mit Hummercremesuppe vor uns hin, die so gut aussieht, dass mir der Magen schmerzt. Als Nächstes kommt ein Spinatsalat mit Himbeer-Walnuss-Vinaigrette. Und dann der Hauptgang: gefüllte Garnelen, Knoblauch-Reis-Pilaw, gerösteter Spargel mit geriebenem Ziegenkäse und sautierten Traubentomaten.

Während wir essen, versucht Valerie krampfhaft, ein Gespräch in Gang zu bringen. Wir tun unser Bestes, dabei mitzumachen, aber wir sind eigentlich viel zu beschäftigt, Kraven und Annabelle zu beobachten, weil wir hoffen, dass sie sich wieder gegenseitig angiften. Ab und zu wirft jemand absichtlich etwas ein, damit sie sich streiten. Es ist eigentlich ziemlich erbärmlich, denn wir mögen Annabelle, aber wir haben einen Lagerkoller, und so viel Spaß hatten wir den ganzen Tag nicht. Außerdem scheint Kraven sich heute Abend besser zu benehmen, es passiert also nichts Schlimmes.

Ein Mann, der wie ein altmodischer Butler gekleidet ist, räumt unser Geschirr weg und fährt Miniteller auf, die nach Dessert aussehen. Was ich wissen will, ist, wo sie die Köche verstecken. Ich würde sie nämlich gern mit nach Peachville nehmen, vorausgesetzt, dass wir es jemals wieder dorthin zurückschaffen.

Als eine ältere Frau einen frischen Teller vor mich

hinstellt, fällt mir etwas auf. Es ist Kraven, der sich so vorsichtig von seinem Platz erhebt, als würde sein Stuhl explodieren, wenn er sich zu hastig bewegt. Zuerst nehme ich an, dass Annabelle einen Frevel begangen und womöglich das falsche Besteck für ihr Schokoladentörtchen benutzt hat.

Aber es ist nichts dergleichen.

Es sind drei Männer, die in den Raum gleiten. Sie haben Klingen in der Hand.

27
Spion

Valerie springt auf, läuft um den Tisch herum und packt Charlie. Sie stößt sie von den Männern weg und benutzt ihren eigenen Körper als Schild. Kraven stürzt sich auf Aspen und tut das Gleiche. Selbst Max ist zum Leben erwacht, reißt Annabelle hoch und zieht sie in Sicherheit. Das Hauspersonal huscht wie auf Mäusefüßchen aus dem Raum.

Ich und Blue bleiben übrig.

Das Blut dröhnt mir so laut in den Ohren, dass ich alles nur gedämpft wahrnehme. Wie haben sie durch dieses abartige Haus hierhergefunden? Einer der Kerle hat einen rasierten Schädel. Er wirft sein Messer in die andere Hand und kommt näher. Aber das ist es nicht, was mir Angst macht. Es ist der Umstand, dass er den Blick auf Charlie geheftet hat. Als mir klar wird, weshalb er gekommen ist und dass dieser Mann eine Sirene ist, verliere ich vor Zorn den Verstand.

Man hat uns erzählt, dass diese Anlage sicher sei. Aber sie ist es nicht. Valerie hat es selbst gesagt, *egal, wo wir gebaut haben, sie haben es gefunden.* Ich bin lange genug weggelaufen. Diese Typen sind Menschen.

Und ich bin unsterblich.

Geboren als Dante Walker, wiedergeboren als Dämon.

Und heute ein Befreier, der diese Kerle erledigen wird.

Ich stürze mich mit erhobenen Händen auf den Glatzkopf, um meine Augen zu schützen. Dann lande ich einen festen Hieb auf den Messerarm des Mannes. Sein Griff lockert sich, doch er lässt die Klinge nicht fallen. Ich will gerade wieder zuschlagen, als mich Benommenheit überkommt. Im nächsten Moment liege ich auf dem Boden und schaue nach oben.

Da fällt mir wieder ein, dass es drei Angreifer sind.

Hinter mir höre ich Charlies Stimme. Mein Kopf ist immer noch umnebelt, daher klingt es so, als würde sie hinter einem geschlossenen Fenster schreien. Aber die Erinnerung daran, dass sie hier ist, treibt mich an, wieder auf die Füße zu kommen, und bevor ich ein zweites Mal k. o. geschlagen werde, gleite ich nach rechts. Dann schmettere ich einer Sirene die Faust in die Rippen und höre ein dumpfes Knacken. Aus dem Augenwinkel sehe ich, dass Valerie die Mädchen durch eine Tür schiebt und in Sicherheit bringt. Max gibt ihr Rückendeckung, wachsam und bereit. Sein Anblick erinnert mich daran, dass ich die Sirenen nur so lange aufhalten muss, bis Max oder Red – oder, verdammt, vielleicht sogar Aspen – zurückkehren können, um uns zu helfen.

Ich lande einen kräftigen Tritt in das Knie des nächsten Mannes, und er geht zu Boden. Dann wirbele ich zu der anderen Sirene herum und versuche, ihm die Faust in die Eingeweide zu rammen. Aber ich treffe nicht, denn der Mann, den ich getreten habe, ist bereits wieder auf den Beinen und hält mich von hinten fest. *Wo ist Blue, wenn ich ihn brauche?* Ein schneller Blick verrät mir die Antwort. Er ist damit beschäftigt, sich gegen die dritte Sirene zu verteidigen.

Verteidigen.

Blitzartig erinnere ich mich an das, was Kraven uns beigebracht hat. Ich hatte mich instinktiv verteidigt, weil es nötig war. Aber ich hatte nicht daran gedacht, die neuen Techniken anzuwenden, die ich gelernt hatte.

Jetzt tue ich es.

Die Sirene hinter mir hält meine Arme fest, aber ich habe noch andere Körperteile wie meinen Fuß. Ich knalle der Sirene die Ferse ins Knie und ramme ihm dann den Fuß auf den Schuh. Stöhnend lockert er seinen Griff, und ich lasse mich fallen. Damit hat er nicht gerechnet, daher stolpert er und stürzt mit mir zu Boden. Er zieht die Arme weg, und ich springe auf. Aber ich bin nur wenige Sekunden frei, bevor mir die zweite Sirene an die Kehle geht. Ich schlage seine Hände weg und ziehe Charlies Nummer ab, indem ich ihn mitten in die Eier trete. Er nimmt die Hand von meinem Hals und umfasst stattdessen seine Männlichkeit, bevor er auf dem Boden zusammenbricht.

Aber jetzt ist der Typ hinter mir wieder da. Er geht auf Blue los, als sei er fertig mit unserem Kampf. Ich will ihn gerade aufhalten, als Rührei mich von Neuem packt. Jetzt muss Blue sich gegen zwei Sirenen zur Wehr setzen.

Während ich einen Angriff von Rührei abwehre, lässt mich etwas stutzen.

Wo ist Kraven?

Wir kämpfen erst seit wenigen Sekunden gegen die Sirenen, aber er müsste hier sein. Ein Gedanke schießt mir durchs Hirn. Ich schlurfe von der Sirene vor mir weg und hebe die Hand. Der Mann zögert und runzelt verwirrt die Stirn. Als ich einen Blick zu Blue werfe, stelle ich fest, dass die beiden Sirenen ihn abwechselnd angreifen und festhalten. Aber keiner von ihnen fügt dem Befreier großen Schaden zu.

»Stopp«, befehle ich.

Rührei grinst höhnisch und kommt näher, als wolle er nicht auf mich hören.

»Nein, wirklich. Ihr könnt alle einfach aufhören. Ich hab's kapiert«, sage ich. »Dies ist unser Test.«

Die Sirenen halten inne und schauen in den hinteren Teil des Raumes, wo Kraven mit verschränkten Armen das Geschehen beobachtet. Ich erwarte, dass er anfängt zu klatschen oder etwas anderes Abgeschmacktes macht. Aber das tut er nicht. Er macht nur den Mund auf und sagt: »Danke für eure Hilfe, Befreier.«

Die Sirenen – äh, Befreier – klopfen sich gegenseitig auf den Rücken und gehen zum Esstisch, wobei sie lachen wie alte Freunde. Sie naschen von unserem Nachtisch, während Charlie, Aspen und Annabelle in den Raum gestürmt kommen. Charlie hat die Augen panisch aufgerissen, als erwarte sie ein Blutbad.

Sie eilt auf mich zu und hebt die Hände an mein Gesicht. »Geht es dir gut? Was ist passiert?«

Ich trete einen Schritt zurück, denn ich bin sauer, wenn auch nicht auf sie. Ich hätte die Fußfesseln der Befreier spüren sollen, als sie den Raum betreten haben. Ich hätte aufpassen sollen. Aber das ist der Haken bei den Fesseln. Wir können sie spüren, aber nur, wenn wir uns die ganze Zeit über konzentrieren. Es ist ein bisschen so, als lausche man mitten in der Nacht einem Vogel vor dem Fenster; irgendwann wird man müde und schläft ein. »Das war gerade ein Test, um zu sehen, ob wir den Selbstverteidigungsabschnitt beherrschen.«

»Was?«, sagt Annabelle. »Das ist aber ganz schön schäbig.«

Ich bin mir sicher, dass ihre Worte Kraven gelten, aber es ist nicht Kraven, der antwortet. Einer der verkleideten Befreier dreht sich um. »Mannomann, Kraven. Kein Wunder, dass du die Menschenfrau, die nicht weiß, was sie hier tut, versteckt hältst. Die ist *heiß*. Der würde ich gern mal die Hände ...«

»Genug!«, brüllt Kraven.

Wir alle starren Kraven an. Irgendwie bezweifle ich, dass er jemals zuvor geschrien hat. Nicht so. Er scheint seinen Fehler zu begreifen, aber das hindert ihn nicht daran, den Befreier wütend anzufunkeln, der gern ein Stück Annabelle möchte. Kravens Gesicht ist so rot, dass es mit Annabelles Kleid konkurriert. Er wendet den Blick von dem Befreier ab und sieht Annabelle an. Dann verlässt er mit großen Schritten den Raum.

Annabelle stößt geräuschvoll die Luft aus, und im selben Moment tauchen Valerie und Max wieder auf.

»Was, schon vorbei?«, fragt Valerie.

»Du hast gewusst, dass das ein Test war?«, wirft Aspen ihr vor.

Red wedelt mit der Hand. »Na klar.«

Max sieht sie ehrfürchtig an. »Du erstaunst mich, meine Liebe. Ich bin mir nicht sicher, ob ich beeindruckt oder verängstigt darüber sein soll, wie gut du Geheimnisse für dich behalten kannst. Vielleicht bin ich einfach nur angeturnt.« Er versucht, nach Valerie zu greifen, und ein Lächeln umspielt ihre Lippen.

Einer der Befreier, der Kerl mit dem rasierten Schädel, leckt sich die Finger, sagt etwas zu einem Mann auf der anderen Seite des Tisches und geht in die gleiche Richtung, in die Kraven verschwunden ist.

Ich ziehe Charlie an mich und flüstere ihr ins Ohr. »Wirst du sie ablenken?«

Sie nickt und wirbelt herum. »Valerie. Ich ... ich fühle mich nicht so ...«

Sie sackt auf dem Boden zusammen. Ich muss mich verkrümeln, bevor mein Grinsen ihre Geschichte auffliegen lässt.

Ihr Ohnmachtsanfall ist erfolgreich. Valerie und alle anderen im Raum eilen herbei, um zu sehen, was mit dem Trelvator-Mädchen los ist. Ich schlüpfe währenddessen durch die Tür und in einen breiten Flur hinein. Lautlos wie ein Geist hole ich Kraven und den Befreier ein, der ihm gefolgt ist.

Was ich Charlie gesagt habe, war die Wahrheit; ich will wissen, wie Blue und ich abgeschnitten haben. Vor allem nachdem er damit gedroht hat, dass meine Fußfessel auf dem Spiel steht. Nicht dass er die geringste Chance hätte, sie mir abzunehmen. Aber ich möchte auch wissen, ob ich etwas Neues in Erfahrung bringen kann. Wie zum Beispiel, warum der Oberguru beschlossen hat, dass wir eine Trainingseinrichtung brauchen. Mal abgesehen von der offensichtlichen Bedrohung durch Sammler und Sirenen – warum sollte man uns ein Kampftraining geben, statt uns zu zeigen, wie wir Charlies Seele zurückbekommen können? Valerie hat angedeutet, dass sie mir beibringen würden, wie man in die Hölle hinabgelangt. Aber wenn ich an unser Gespräch auf dem Friedhof zurückdenke, erinnere ich mich, dass sie gesagt hat: *Sie werden dir helfen.*

Aber wobei?

Red hat gemeint, die Sammler und Sirenen könnten uns überall finden, warum also nicht sofort in die Offensive gehen? Wofür schinden wir Zeit? Ich weiß, wie sie diese Frage beantworten würde: *Um euch zu trainieren, damit ihr besser auf den Kampf mit ihnen vorbereitet seid.* Aber angesichts der vielen Geheimnisse hier will ich mir sicher sein, dass da nicht noch mehr dahintersteckt.

Ich gehe einige Schritte auf die beiden Befreier zu und lausche. Sofort erkenne ich Kravens sanfte, ruhige Stimme neben der des anderen Mannes, der viel schneller spricht.

»Es ist noch nicht sicher«, erklärt Kraven.

»Aber die Männer werden unruhig«, antwortet der andere Typ. Er spricht mit einem leichten australischen Akzent, als würde er jede Sekunde vorschlagen: »Leg noch eine Garnele auf den Grill.« »Wir sind seit drei Wochen hier eingesperrt. Wir haben das Training beendet. Gibt uns einfach ein paar Stunden, um nach draußen zu gehen und zu sehen, was sie können.«

»Bist du so wild darauf, deinen Posten zu verlassen?«, gibt Kraven zurück. »Hast du vergessen, wozu du dich verpflichtet hast? Ich habe dir eine Wahl gelassen. Ich habe euch allen eine Wahl gelassen. Und ihr habt euch für Schutz entschieden.«

Der Australier stöhnt. »Das war keine große Wahl. Die Alternative bestand darin, zu einem stummen Haussklaven zu werden.«

»Aber es *war* eine Wahl. Und ihr Schweigegelübde gilt nur so lange, bis die Worte auf der Schriftrolle sich offenbaren.«

Der Typ antwortet nicht sofort, was mir Zeit gibt, über das Gesagte nachzugrübeln. Die Befreier, die sich als Sirenen ausgegeben haben ... sie sind hier als Beschützer, wahrscheinlich für Charlie. Und die beiden weiblichen Befreier haben sich vermutlich dafür entschieden, stattdessen auf dem Besitz auszuhelfen. Ich frage mich, warum.

»Hör zu, Neco. Wir dürfen nicht vergessen, was wir hier sonst noch verwahren.«

Neco, der andere Befreier, hebt die Stimme. »Ich weiß.

Diese verdammte Schriftrolle. Du erinnerst uns ja auch jeden Tag daran. Die ist bis jetzt vollkommen nutzlos.«

»Du musst glauben«, entgegnet Kraven.

»Was glauben? Dass die Worte wie durch Zauberhand erscheinen werden? Sie war nicht für uns gedacht. Ich weiß nicht, warum Gott sie dir überhaupt gegeben hat. Wahrscheinlich nur, um uns zu manipulieren.«

»Pass auf, was du sagst«, sagt Kraven, und seine Stimme wird tiefer.

Neco zögert. »Kannst du mir wenigstens verraten, ob sie immer noch da draußen sind?«

»Natürlich sind sie das.« Kraven seufzt. »Sie halten sich an der Klippenwand verborgen, als wüssten wir nicht, dass sie da sind.«

»Ein Grund mehr, dass wir gehen sollten. Wir sollten sie aus ihrem Versteck locken und bekämpfen, bevor sie die Möglichkeit haben anzugreifen.«

Mehr höre ich nicht. Ich stürme bereits zurück zu Charlie. *Sie* sind da draußen. Kraven hat es zugegeben. Klar, Valerie hat uns gewarnt, dass das passieren könnte. Aber es ist ein Unterschied, ob man sagt, dass sie vielleicht wissen, dass wir hier sind, oder ob sie tatsächlich draußen lauern.

Mir schwirrt der Kopf, während ich schneller laufe. Wer genau sind *sie?* Sind es Sirenen, die sich draußen in den Klippen verstecken? Oder sind es Sammler?

Wo ist Rector?

Bei diesem Gedanken wird mir die Brust eng, bis ich kaum noch atmen kann. Als ich im großen Raum ankomme, sind alle verschwunden. Vielleicht haben sie die ohnmächtige Charlie in ihr Zimmer zurückgebracht. Gut. Da kann ich ungestört mit ihr reden. Nur, was soll ich ihr sagen? Ich hasse es, Geheimnisse vor ihr zu haben, und ich erinnere mich an das Versprechen, das ich ihr in der Nacht gegeben habe, in der sie entführt wurde – dass ich sie nie wieder anlügen werde. Aber mein Plan besteht darin, Charlies Seele zurückzustehlen. Und dem wird sie niemals zustimmen. Sie wird sagen, dass ich mein Leben gegen ihres eintausche.

Und genau das werde ich tun, wenn ich muss.

Aber nicht heute.

Heute werde ich diese blöde Schriftrolle finden.

28
Die Schriftrolle

Später an diesem Abend – nachdem wir alle bis zum Erbrechen den Test durchgekaut und uns dann ins Bett verzogen haben – bereite ich mich darauf vor, mich hinauszuschleichen.

Charlie schläft neben mir, und ihre Unterlippe bewegt sich, als führe sie ein Selbstgespräch. Ich möchte mich vorbeugen und diese pralle Lippe küssen, aber ich weiß, dass sie davon aufwacht. Und dann werde ich auch andere Stellen ihres Körpers küssen wollen.

Also schlüpfe ich stattdessen unter den Decken hervor und ziehe Jeans und ein T-Shirt an. Der Aufenthaltsbereich ist leer, als ich durch die Tür trete, und der Flur ebenso. Wir haben hier keine Uhr, und mein Telefon ist viel zu früh von mir gegangen, daher bin ich mir nicht sicher, wie spät es ist, aber es kommt mir so vor, als sei es kurz nach Mitternacht.

Jeder Flur sieht anders aus, daher weiß ich, wo ich bereits gewesen bin. Aber ich weiß nicht, wo diese Schriftrolle ist. Womöglich hat Kraven sie in seinem Schlafzimmer, unter dem Kissen.

Wäre das nicht idyllisch?

Trotzdem muss ich etwas riskieren, wenn ich dieses Ding finden will. Soweit ich weiß, steht kein Text drauf. Aber irgendetwas sagt mir, dass ich es versuchen muss. Die Sirenen sind hinter Charlie und Aspen her, und das ist der einzige Hinweis, den ich habe und der mir vielleicht sagt, wie ich die beiden beschützen kann.

Nachdem ich gefühlte zwei Stunden durch die verschlungene Architektur geschlichen und dem Personal ausgewichen bin, das hier lautlos patrouilliert, bin ich der Schriftrolle keinen Schritt näher gekommen. Aber ich habe begriffen, dass man in diesem Laden gut eine Leiche verstecken oder daraus ein Spukhaus machen könnte. Es ist verdammt gruselig hier drin.

Ich bleibe stehen, lehne mich an eine Wand und denke nach. Es bringt nichts, durch das Gebäude zu streifen. Ich muss diese Sache durchdenken, um weiterzukommen. Also frage ich mich: *Welches ist der sicherste Raum im Haus?*

Spontan würde ich antworten, der von Kraven. Das würde er sagen. Aber wenn das Gebäude eigens dazu gemacht wurde, um die Insassen zu schützen, wäre die Mitte nicht am sichersten?

Wie bei einem Tornado.

Und es führt mich direkt zu meinem Ziel, dem großen Raum.

Adrenalin durchströmt mich, als ich mich von der Wand abstoße. Ich durchquere sieben Räume und gehe vier Flure entlang, bevor ich dort hinkomme. Sobald ich da bin, tue ich das Einzige, was mir einfällt: Ich durchsuche den Raum. Ich suche überall nach einem Versteck, auch unter dem langen Esstisch, aber ich finde nichts.

Als ich schon fast aufgeben und der Versuchung nachgeben will, zurück zu Charlie ins Bett zu schlüpfen, schaue ich nach oben. Über den Dachsparren ist nichts. Aber dann fällt mir wieder ein, dass wir bei unserer Ankunft im Bienenstock eine Treppenflucht hinaufgegangen sind, was bedeutet, dass es unter diesem Stockwerk noch eins gibt. Ich lasse den Blick über den Boden schweifen.

Ich sehe etwas.

Es ist nur ein Holzquadrat, dessen Maserung nicht zum Rest passt, aber das reicht mir. Ich knie mich hin, und der Totenschädel an meinem Gürtel bohrt sich mir in den Magen. Ich fahre mit den Fingern an den Rändern entlang, bis ich eine Stelle finde, unter die ich einen Fingernagel schieben kann. Das Brett bewegt sich um einen Zentimeter. Zwei.

Und dann gleitet es auf, weit genug, dass ich hineinspähen kann. Da unten ist Licht, aber sonst kann ich nichts erkennen. Ein Frösteln überkommt mich, aber ich lasse mich in den kellerartigen Bereich hinabgleiten. Ich lande mit einem dumpfen, hallenden Geräusch auf dem Boden und richte mich auf.

Der Raum ist nicht groß, vielleicht fünf mal fünf Meter. Der Boden besteht aus Parkett, genau wie in dem großen Raum. An den Wänden hängen unglaubliche Tapeten, die nicht zusammenpassen – orangefarbene und gelbe Blumen auf einer Seite und Damast auf der anderen. An der Decke summt eine Lampe und scheint auf eine kleine schwarze Kiste hinab.

Langsam und mit angehaltenem Atem gehe ich auf die Kiste zu. Mein Herz schlägt mir bis zum Hals, denn ich bin zwar ein großer Kerl, der schon gegen einige Dämonen gekämpft hat, aber so eingeschlossen zu sein finde ich nicht gerade erquicklich.

Ich konzentriere mich auf Charlie. Ich denke daran, wie sie jetzt im Bett aussehen mag, eine kleine Bowlingkugel am Rand der Matratze, die Platz für meine langen Glieder macht. Ich wette, gerade jetzt führt sie besonders intensive Selbstgespräche.

Der Gedanke zaubert ein Lächeln auf mein Gesicht, als ich vor die Kiste hintrete. Die Kiste, die nicht unter der Erde ist. Weil *ich* nicht unter der Erde bin.

»Was verbirgst du?«, frage ich die Kiste, als ich mich hinhocke.

Ich lasse die Hände an den Rändern entlanggleiten und suche nach einer Möglichkeit, sie zu öffnen. Enttäuschung nagt an mir, als ich an der Rückseite ein Schlüsselloch finde. Natürlich ist sie durch ein Schloss geschützt. Aber bevor ich diesen Raum verlasse, werde ich ihn durchsuchen. Als ich nach zwanzig Minuten den Schlüssel immer noch nicht gefunden habe, gehe ich zu Plan B über.

Ich nehme die Kiste in eine Hand und schleudere sie gegen die Wand.

Sie springt auf.

»Na also«, sage ich ihr im Flüsterton, obwohl ich mir

nicht sicher bin, warum ich flüstere, denn falls jemand irgendwo in Hörweite wäre, wäre er längst wach.

Ich lasse mich auf alle viere nieder und erstarre. Unter der Kiste liegt ein fest zusammengerollter Bogen goldenen Papiers. Ich lecke mir die Lippen und stelle mir vor, was ich tun werde, wenn er nichts preisgibt – ich habe bereits alles kaputt gemacht, was man kaputt machen kann –, und dann hebe ich ihn auf.

Der Bogen lässt sich leicht entrollen. Zuerst sehe ich nichts. Das Blatt ist leer, genau wie ich es erwartet habe.

Aber dann drehe ich es um.

Da sind Wörter. Aber nur ein paar.

Wer immer in der Lage ist, dies zu lesen, ist der geheime Träger. Verbirg dieses Wissen in deinem Herzen, bis der richtige Zeitpunkt gekommen ist.

Hab Geduld.

Der geheime Träger. Ich verziehe das Gesicht, schließlich bin ich keine fünf mehr. Aber innerlich tanze ich mir den Arsch ab. Ich bin der geheime Träger. Ich! Ich habe nicht den leisesten Schimmer, was das bedeutet, aber es ist wahrscheinlich genauso wichtig wie Trelvator-Girl. Vielleicht ist es sogar noch wichtiger.

Ich wusste, dass ich was Besonderes bin.

Nur die Könige können sie lesen, haben wir gesagt.

Was bin ich damit also? Dreimal darfst du raten.

Ich lasse die Schriftrolle auf den Boden fallen, weil meine Brust plötzlich viel breiter geworden ist. Wenn man so umwerfend ist wie ich, braucht man mehr Platz. Mein Terminkalender ist leider voll – um Schriftrollen festzuhalten, habe ich keine Zeit. Vielleicht sollte jemand anderer sie für mich aufbewahren. Ich bin schließlich der geheime Träger.

Nachdem ich nach oben an den Rand des Loches gegriffen habe, durch das ich mich fallen lassen habe, beginne ich, mich hochzuziehen. Ich werde es wie einen Einbruch aussehen lassen, denn ich bin nicht bereit zu verraten, dass ich die Schriftrolle lesen kann. Vielleicht werde ich nie bereit sein. Denn das stand schließlich drauf, richtig? Hab Geduld.

Als ich mich gerade durch das Loch stemmen will, erregt etwas meine Aufmerksamkeit. Eine Falte in der Tapete sieht merkwürdig aus. Ich meine, hier sieht alles merkwürdig aus. Aber das scheint Absicht zu sein.

Ich lasse die Arme fallen und gehe auf die Ecke zu. Dann greife ich nach oben und ziehe die Tapetenbahn ab. Sie löst sich mühelos. Ich muss die Augen zusammenkneifen, um etwas zu sehen, denn die einzige Lichtquelle ist am anderen Ende des Raumes. Diese Stelle ist finster wie die Sünde.

Als die Tapete sich abschält, wird es heller. Erst nur ein wenig, dann immer mehr, und schließlich leuchtet es so sehr, dass ich mir statt zu blinzeln die Hand über die Augen halten muss.

Etwas flattert zu Boden.

Eine Schriftrolle – die *echte* Schriftrolle.

Ich beiße mir auf die Innenseite meiner Wange, dann hebe ich die Rolle auf. Das Papier ist federleicht, als würde es davonfliegen statt zu Boden gleiten, wenn ich es loslasse. Ich drehe es um. Dann drehe ich es noch mal um.

Nichts.

Da steht kein verdammtes Wort.

Mein Stolz schrumpft in sich zusammen wie ein schlaffer Penis.

Um sieben Uhr am nächsten Morgen habe ich eine Laune wie ein frisch kastrierter Bulle.

Die erste Schriftrolle war ein Köder, um den Leser zum Schweigen zu bringen und davon abzuhalten, nach dem Original zu suchen. Aber die andere, die war echt. Zu blöd, dass nichts draufgestanden hat. Nachdem ich begriffen habe, dass ich es nicht rausfinden würde, habe ich die echte Schriftrolle an ihren Platz zurückgelegt und bin wieder ins Bett gegangen.

Und jetzt kann ich es gar nicht erwarten, mit Kraven zu sprechen. Denn ich habe nicht vergessen, was er gestern Nacht gesagt hat: »*Sie* sind da draußen.« Was bedeutet, dass Charlie in Gefahr ist. In großer Gefahr. Ich muss ihre Seele bald zurückbekommen, aber es ist ein Balanceakt. Je länger ich im Bienenstock bleibe, umso mehr lerne ich darüber, wie ich auf meiner Mission überleben kann. Und ich muss überleben. Zumindest lange genug, um ihre Seele an Valerie oder Kraven oder jemand anderen weiterzureichen, der sie abgeben kann.

Auf der anderen Seite ist jede Minute, die ich hier verschwende, eine weiteres Risiko. Ein Risiko, dass die Sirenen einen Weg hier hereinfinden und zu ihr gelangen. Dann hätten sie alles. Ihre Seele. Ihren Körper.

Und was dann?

Ist sie für immer fort?

Ich darf nicht darüber nachdenken. Ich habe einen Plan und muss mich konzentrieren. Seit meiner Ankunft im Bienenstock hatte Kraven das Sagen. Aber das wird sich ändern.

Als Valerie eintrifft, bin ich bereit.

»Ich werde heute als Einziger am Training teilnehmen«, verkünde ich.

»Waaas?« Blue steht auf, den halben Donut noch im Mund.

Ich wende den Blick nicht von Red ab. »Ich meine es ernst, Valerie. Bring mich zu Kraven. Nur mich.« Ich straffe die Schultern, hebe das Kinn und warte.

Ihr muss klar sein, dass es mir ernst ist, denn sie nickt. Ein lautes Gemurmel erhebt sich hinter mir, als ich ihr hinausfolge, aber ich schließe nur die Tür und gehe weiter. Ich habe keine Zeit für Erklärungen.

Als wir den Trainingsraum erreichen, bitte ich Valerie zu gehen. Sie verzieht den Mund zu einem schiefen Lächeln, als sei sie irgendwie stolz darauf, dass ich Forderungen stelle. Das kapiere ich zwar überhaupt nicht, aber ich akzeptiere es.

Sie wendet sich zum Gehen, und ein paar Minuten später kommt Kraven hereingeschlendert. Er trägt weiße Hosen und ein weißes ärmelloses Shirt. Um die Taille ist ein grüner Gürtel geschlungen, und ich bin ein wenig verwirrt, weil ich dachte, Engelchen sei allergisch gegen Farben.

»Wir müssen reden«, erkläre ich.

Kraven sieht sich im Trainingsraum um. »Wo ist der andere Befreier? Heute beginnt der zweite Trainingsabschnitt.«

Für einen Moment bin ich abgelenkt. »Dann haben wir also den Verteidigungsteil bestanden?«

Kraven breitet die Arme aus, als wolle er sagen: *Du bist immer noch hier, nicht wahr?*

Ein dummes Lächeln hängt mir im Gesicht. Dann schüttele ich es ab und konzentriere mich wieder darauf, warum ich mit Engelchen allein sprechen wollte. Ich richte mich so hoch auf, wie es geht. Nach dieser Geschichte werde ich eine Massage brauchen. »Ich weiß, dass der Bienenstock umstellt ist.«

»So würde ich es nicht nennen.«

»Du gibst es also zu.« Ich steche mit einem Finger in seine Richtung. »Sie sind da draußen.«

»Es gibt nichts zuzugeben. Du wusstest es bereits.«

Ich zupfe mir nachdenklich an den Haaren. »Sind es Sirenen?«

Kraven nickt.

»Du weißt von ihnen«, stelle ich fest. Es ist keine Frage.

»Valerie hat es mir erzählt. Du musst wissen, dass sie keine Seelen haben. Sie wurden in dem Moment gesammelt, in dem sie sich bereit erklärt haben, für Dämonen zu arbeiten, auch wenn sie nicht genau wissen, mit wem sie sich da zusammengetan haben. Wichtig ist, *wozu* sie sich bereit erklärt haben.«

»Die Sammler haben Charlies Seele. Wir haben sie nicht.« Ich bin mir sicher, dass er sich darüber bereits im Klaren ist, aber ich muss es von ihm hören.

Sein Blick wandert zu der Glaswand und zu dem Meer dahinter. »Ich weiß.«

»Ich werde sie zurückholen.« Ich überwinde den Abstand zwischen uns, sodass wir nur noch eine Armeslänge voneinander entfernt sind. »Ich habe keine Zeit für diesen Quatsch mit den Trainingsabschnitten. Du musst mir zeigen, wie ich in die Hölle einbrechen, ihre Seele zurückstehlen und damit zurückkehren kann.«

Er zieht bei meinem Plan eine Augenbraue hoch, was bei ihm ungefähr so ist, als hätte sich ein normaler Mensch die Kleider vom Leib gerissen, wäre splitterfasernackt herumgetobt und hätte dabei geschrien: »Oh, Mann, Scheiße! Du machst mich fertig!«

»Du willst dir ihre Seele holen?«, hakt er nach.

Ich zucke die Achseln, als würde ich so etwas jeden Tag machen. »Jawohl. Ich nehme einen hochgerüsteten Panzer mit und jage sie alle in die Luft, wenn es sein muss.«

»Du wirst nichts dergleichen tun«, blafft Kraven. »Waffen sind aus Sünde geboren, und du wirst keine benutzen. Wenn doch, dann garantiere ich dir, dass du keine Fußfessel mehr tragen wirst.«

Das kommt meinem Plan in die Quere, aber da es möglich, wenn auch unwahrscheinlich ist, dass ich es zurückschaffe, will ich mein Dargon behalten. Ich hebe die Hände. »Na schön, lass dir keine grauen Haare wachsen. Keine Waffen. Ich werde nur *diese* Knaller benutzen.«

Ich zeige ihm meinen Bizeps.

Kraven ignoriert mich und reibt sich das Kinn. »Dein gegenwärtiger Auftrag ist sehr wichtig. Du darfst diese Mission nicht abbrechen.«

»Sie heißt Aspen, Cyborg. Und ich werde ihre Seele befreien, sobald ich zurückkehre. Verdammt, ich werde mich womöglich nicht mal groß anstrengen müssen. Das Mädel hat die Kurve gekriegt, denke ich.« Ich halte inne. »Weißt du, warum Aspen für den da oben so wichtig ist? Vielleicht weißt du es gar nicht, da du sie nicht trainierst.«

»Hier gelten Vorschriften. Die Abschnitte sind aus gutem Grund in einer bestimmten Reihenfolge angeordnet«, folgt Kraven seinem eigenen Gedankengang. Also nichts Neues. »Ohne das Training wirst du in der Hölle nicht überleben.«

»Sag mir, dass du mir etwas Wertvolles beibringen kannst, und das schnell, sonst bin ich heute Nacht weg.«

Kraven beißt die Zähne zusammen. »Ich kann dir alles zeigen, aber du musst dich an die Zeitvorgabe halten. Drei Tage für jeden Abschnitt, und fünf Abschnitte sind noch übrig. Ich brauche zwei Wochen. *Du* brauchst zwei Wochen. Und das ist ohne die Erweiterung des Programms, die du wahrscheinlich …«

»Das dauert zu lange«, knurre ich. »Versuch es noch mal.«

»Ich brauche zwei Wochen, sonst kann ich nicht …«

Ich hebe die Hand, und erstaunlicherweise hört er auf zu reden. Unsere Blicke treffen sich. »Wir sind hier fertig.«

Jeder Nerv in meinem Körper pulsiert, als ich mit großen Schritten auf den Ausgang zugehe.

»Warte«, sagt Kraven.

Ich gehe weiter.

»Warte!«, brüllt er.

Ich bin fast weg, als er einknickt.

»Ich werde es dir beibringen«, flüstert er. »Ich werde dir beibringen, wie du deine Flügel heraufbeschwören kannst.«

Mein Gesicht ist noch immer von ihm abgewandt, und ich lächele. Das ist genau das, worauf ich gewartet habe.

ABSTIEG

»Dämonen existieren, egal ob
Sie an sie glauben oder nicht.«
Emily Rose

29
Draußen

Ich wirbele zu Kraven herum. »Wie schnell kannst du es mir beibringen?«

Er dreht die Handflächen nach oben. »Das ist das Schöne daran, Dante. Das hängt ganz von dir ab.«

Ich kann ihm anhören, dass ihm das Spaß macht. Dass es auf mich ankommt. Ich rolle den Kopf von einer Seite zur anderen wie ein Profiboxer, als würde ich zwölf Runden vor mir haben. »Leg los, Cyborg.«

Kraven beäugt mich. »Du denkst, du seist ein starker Mann? Denkst, du hättest das Zeug dazu?«

»Und ob.«

Er tritt auf mich zu. »Ich will dir etwas sagen. Es gibt acht Befreier, die alle trainiert haben, um ihre Flügel herbeizurufen. Und diese Fußfesseln haben viele Knöchel gesehen. Die Befreier von gestern sind nicht immer die Befreier von heute. Weißt du, wie viele von ihnen gelernt haben, was ich gelernt habe?«

Ich forme die Hand zu einer Null und halte sie hoch, weil ich weiß, worauf diese Ansprache hinausläuft.

Er überrascht mich und hebt einen Finger. »Ein weiterer Befreier außer mir.«

Gelächter bricht aus mir heraus. »Oho! Es ist noch jemand so toll wie du? Ich wette, das hat dich echt angekotzt.«

Kraven presst die Lippen zu einem schmalen Strich zusammen. »Du bist noch nicht bereit.«

»Doch«, antworte ich und schlucke mein Lachen herunter. »Ich bin fertig zum Abflug.«

Er umkreist mich wie ein Wolf, analysiert meinen Körperbau. »Du könntest stark genug sein.«

»Ich bin stark genug.« Meine Stimme fällt eine Oktave. »Ich habe es schon zweimal fast geschafft.«

Kraven bleibt vor mir stehen. »Lass uns während des Trainings auf Märchen verzichten, ja?«

»Du glaubst mir nicht?«

Er seufzt so lange, dass ich mich frage, wie viele Lungen er eigentlich hat.

»Ich lüge nicht, Cyborg«, entgegne ich. »Es hat höllisch wehgetan. Hat sich angefühlt, als wollte etwas mit aller Macht aus mir raus. Und es hat gebrannt.«

Kraven legt den Kopf schräg. »Ich glaube dir nicht, Walker. Aber das spielt keine Rolle. Wichtig ist, dass du jetzt versuchst, deine Flügel herbeizurufen.«

Ich schließe die Augen und konzentriere mich darauf, mir Herkules-Flügel wachsen zu lassen. Ich stelle mir gerade in allen Einzelheiten vor, wie wahnsinnig cool sie aussehen werden, als Kraven meine Gedanken unterbricht.

»Ich meinte nicht in dieser Sekunde«, sagt er. »Zuerst musst du den Kopf freibekommen.«

Ich halte die Augen geschlossen. »Kopf frei. Erledigt. Was kommt als Nächstes, Sensei?«

Kravens nackte Füße schlurfen über die Trainingsmatten. »So schnell geht das nicht. Du musst dir sicher sein, dass du weißt, wer du bist.«

»Ich bin Dandyboy. Angenehm.«

»Du musst dir ohne jeden Zweifel sicher sein, dass du ein Befreier bist. Dass du bereit bist, dein altes Leben hinter dir zu lassen. Hast du noch alte Dämonen in deinem Inneren, Dämon?«

Ich öffne die Augen. Sein Gesicht wird weicher, und die Falten um seinen Mund entspannen sich. Er umfasst meinen Nacken. »Jeder hat eine Vergangenheit, Dante. Hast du deine losgelassen? Hast du dich verändert?«

Mir wird heiß. Er hat mir eine Frage gestellt, warum also kann ich sie nicht beantworten?

Weil ich weiß, was in meinem Herzen liegt. Und ich bin noch nicht bereit, es loszulassen.

Kraven geht zu der Glaswand. Er wendet mir den Rücken zu. »Nennst du dich selbst Befreier?«

Ich entspanne mich. Das ist eine einfachere Frage, die ich beantworten kann. »Ich bin genau das.«

»Wirklich?«

»Bist du mein Therapeut oder was?« Ich lasse die Schultern kreisen, um lockerer zu werden. Dieser plötzliche Themenwechsel bringt mich ganz durcheinander. Es ist, als sei er bereits in meinem Kopf, als könne er meine Gedanken lesen oder irgend so was.

»Ich war nicht immer ein guter Mann«, bemerkt Kraven.

»Bist du jetzt einer?«

Kraven dreht sich um. Der Blick seiner dunklen Augen geht an mir vorbei. »Ich habe schreckliche Dinge getan, die mir jetzt unvorstellbar erscheinen. Aber ich habe bereut. Ich habe ein neues Leben angenommen. Und weil Gott barmherzig ist, ist mir verziehen worden.« Kraven legt sich die Hand auf die Brust. »Sieh mich jetzt an, einen Befreier.«

Ich glaube nicht, dass Kraven jemals etwas Schreckliches getan hat. Er hält sich immer so penibel an die Regeln. Aber vielleicht hat er es ja genau deswegen getan. Vielleicht mag er es nicht, wenn andere sich nicht an seine Regeln halten. Könnte das der Grund sein, warum er selten schreit, selten auch nur die Stimme erhebt? Vielleicht waren seine Wutausbrüche sein Dämon.

»Ich habe keine schrecklichen Dinge getan.« Mir dreht sich der Magen um, als ich es laut ausspreche. Ich lüge nicht wirklich, aber die Worte sind schwer, als sie meinen Mund verlassen, als würde ich sie selbst nicht glauben.

»Dann warst du also ein Heiliger?«, fragt Kraven, und seine Mundwinkel zucken empor. »Bist du deshalb zu einem Sammler geworden?«

Ich balle die Hände zu Fäusten. »Das spielt keine Rolle. Es ist vorbei.«

»Falsch. Um deine Flügel heraufzubeschwören, musst du tief in dir selbst graben. Und wenn dort irgendetwas ist, das nicht gelöst ist, wird es nicht funktionieren.«

Ich beiße mir auf die Innenseite meiner Lippe. »Wieso kann Rector dann seine Flügel benutzen?«

Kraven wendet den Blick ab. »Seine Flügel sind nicht die gleichen wie unsere. Er benutzt diese Dunkelheit in sich – diese Schwärze –, um sie zu rufen. Du darfst das nicht tun. Du darfst diese Seite von dir nicht wecken.«

Ach, nein?

»Ich habe nichts, was ich loslassen könnte«, knurre ich. »Also, was kommt als Nächstes?«

»Noch einmal, wenn du die Schritte nicht befolgst, wird es nicht funktionieren.«

Ich knirsche so heftig mit den Zähnen, dass mein Kiefer schmerzt. »Hör zu, Kraven. Ich habe von deinen Abschnitten und deinen Schritten die Nase voll. Zeig mir, wie ich meine Flügel kriege, oder ich bin hier weg.« Ich höre meinen Pulsschlag in den Ohren. »Nein. Weißt du was? Ich brauche das hier nicht. Was ich wirklich brauche, ist Zeit. Und jede Sekunde, die ich hier bin, riskiere ich, dass die Sirenen einbrechen.«

»Weißt du, warum du als Sammler auserwählt worden bist?«, fragt er plötzlich.

Mein Herz macht einen Sprung, denn auf diese Frage habe ich nie eine echte Antwort bekommen.

»Luzifer hielt dich für stark, intelligent und manipulativ. Er glaubte, du würdest gewissenhaft Befehle befolgen, die deine selbstsüchtigen Wünsche befriedigen. Aber vor allem wusste Luzifer, dass gerade du unter allen gefallenen Seelen in der Hölle glauben würdest, dass es für dich keine Erlösung gibt. Sechs Fußfesseln, angefertigt für sechs Personen, auf die genau diese Beschreibung passt. Du warst einer von diesen sechs, Dante.«

»Woher weißt du das?«, frage ich beinahe flüsternd.

Kraven dreht sich auf dem Absatz um und geht von mir weg.

»Wo willst du hin?«, frage ich.

»Folge mir.«

Der Hurensohn muss sich ziemlich sicher sein, dass ich tun werde, was er verlangt, denn er geht immer weiter und weiter weg, ohne zu schauen, ob ich ihm folge. Ich lasse den Kopf in den Nacken fallen und starre zur Decke empor. Dann stöhne ich und laufe hinter ihm her, um ihn einzuholen. Ich denke darüber nach, was er gesagt hat, und frage mich, ob es stimmt.

Es stimmt.

Wir pilgern schweigend durch das Haus. Als er eine orangefarbene Tür erreicht, schließt er sie auf und wirbelt herum.

»Bereit?« Sein Grinsen reicht von einem Ohr zum anderen.

»Wofür?«

»Zum Spielen.«

Kraven drückt die Tür mit der Schulter auf, und grelles Sonnenlicht schlägt uns entgegen. Ich schütze meine Augen mit der Hand vor der plötzlichen Helligkeit. Als ich wieder sehen kann, schaue ich bis zum Horizont. Wir sind hinter dem Haus, und hier und da liegt Schnee. Kälte kriecht mir unter mein langärmeliges Shirt und in die Jeans, und Salzgeruch liegt in der Luft. Vor uns liegt eine leere Fläche mit totem Gras und dahinter nichts als das Meer. Wie weit ist es bis zum Wasser? Sieben Meter? Zehn?

Hundert?

Kraven schreitet ohne zu zögern auf die Klippe zu. Er hat nicht mal Schuhe an, der Freak. Ich folge ihm, nicht weil ich das für eine gute Idee halte, sondern weil mein rasender Puls es verlangt. Ich will hier sein. Ich will die Sirenen finden.

Ich will heute kämpfen.

Ich bin seit vier Tagen in diesem Haus eingepfercht. Heute ist Tag fünf. Die Sonne im Nacken fühlt sich gut an, obwohl die Kälte mir in der Nase und in den Ohren beißt. Ich fülle meine Lungen. Einmal. Zweimal.

Während ich hinter Kraven hergehe, gerät mein Blut in Wallung. Ja, ich will das hier. Dafür bin ich wiedergeboren worden. Scheiß auf Strategie und Vorschriften. Zeig mir die Bestie, die Charlie wehtun will, und ich werde ihr das zuckende Herz herausreißen. Und dann werde ich es fressen.

Kraven geht bis ganz an den Rand der Klippe, so nah, dass ich denke, er springt. Ich bin dermaßen mit Adrenalin vollgepumpt, dass ich will, dass er es tut. Würde ich hinter ihm herspringen? Sehen, ob ich ohne Flügel fliegen kann?

Er breitet die Arme aus, und der Wind, der vom Meer heranrollt, zerzaust ihm das blonde Haar.

»Kommt und holt uns!«, donnert er hinaus.

Und ich denke: »Genau so. Scheiße Mann, genau so.«

Nachdem die Flut Kravens Worte gefressen hat, wartet er. Er wartet so lange, dass ich anfange, mir einzubilden, dass mir Käfer unter der Haut kriechen. Dass sie mich bei lebendigem Leibe von innen verschlingen werden, wenn ich mich nicht bewege – wenn ich nicht irgendetwas *tue*.

Ein leises Geräusch dringt durch den Morgen, das Geräusch eines Steines, der von einer Wand auf darunter hervorkragende Felsen fällt.

Noch ein Stein. Und noch einer.

Irgendetwas kommt.

Kraven schlurft zurück, und ich folge ihm. Wir atmen schwer, warten darauf, dass sie sich zeigen.

Eine Hand streckt sich über den Felsvorsprung.

Und ein großer Mann mit schlaksigen Beinen und Armen zieht sich hoch. Er trägt ein stahlgraues Shirt und graue Hosen. Wäre seine Haut nicht dunkel, wäre es schwer, ihn von den Felsklippen zu unterscheiden, die er heraufgekrochen ist. Ihm fehlt ein kleiner Finger. Ich frage mich, wie er ihn verloren hat. Vielleicht hat er sich als Kind mit einem Schäferhund angelegt oder an einem indischen Kochkurs teilgenommen.

Ich lecke mir die Lippen und schmecke förmlich die Anspannung.

Meine Beine gehen auf ihn zu, bevor ich überhaupt darüber nachdenke, was ich tue. Ich will nicht denken. Ich will nur das Knacken meiner Knöchel auf dem Gesicht dieses Kerls spüren. Aber etwas hinter ihm bremst mich.

Es ist ein anderer Arm, der einen anderen Körper über den Rand zieht. Eine Frau. Sie richtet sich auf und lässt den Hals knacken.

Und dann ein weiterer Arm. Und noch einer. Und noch einer und noch einer und noch einer.

Sirenen erscheinen, rutschen auf dem Bauch und erheben sich dann wie Kobras. Sie sind nur Menschen, die bereit waren, für Sammler zu arbeiten. Sie verfügen über keine besonderen Kräfte oder die Fähigkeit zu überleben, wo wir es nicht können. Das sollte mich trösten. Aber es sind zu viele, mehr, als ich zählen will. Ich neige den Kopf zu Kraven. »Was machen wir jetzt?«

»Wir?«, wiederholt er mit Blick auf die Sirenen. »Das ist dein Kampf.« Bevor ich einen Gedanken fassen kann, packt Kraven mich hinten am Hemd und schleudert mich auf sie zu.

Ich schlage hart auf dem kalten Boden auf, gefroren vom Zorn des Winters. Ich bin allein hier draußen. Sie umzingeln mich. Ich sollte Angst haben. Ich sollte zu Kraven zurücklaufen und verlangen, dass er an meiner Seite kämpft. Aber ich will das hier.

Ich bin erleichtert.

Ich springe auf die Füße und brülle wie eine der Bestien, für die sie arbeiten. »Ihr wollt sie? Dann müsst ihr zuerst an mir vorbei!«

Sie stürzen sich auf mich.

30
Im Inneren

Ich spüre das Krachen von Fäusten in meinem Rücken und einen stechenden Tritt in meiner Seite. Zähne zerren an meiner Haut, Hände krallen sich um meine Kehle. Es spielt keine Rolle. Es ist mir egal. Ich habe es satt, mich vor diesen Leuten zu verstecken. Satt, davonzulaufen.

Ich denke an Charlie, die ich heute Morgen zurückgelassen habe, und wie sie mich voller Angst angesehen hat. Ich verabscheue das. Ich verabscheue es, zu sehen wie sie Angst hat, und ihr diese Angst nicht nehmen zu können. Jetzt kann ich es. Ich packe die erste Faust, die ich sehe, und drehe sie, bis ich Gelenke knacken höre. Dann wende ich mich der nächsten Sirene zu, einem Mädchen meines Alters. Ich packe sie an den Haaren und werfe sie zu Boden.

Eine männliche Sirene, die doppelt so groß ist wie ich, schlingt mir die kräftigen Arme um die Brust. Ich wende die Technik an, die Kraven mir beigebracht hat, und trete dem Mann mit der Ferse in die Kniescheibe. Er bricht mit einem kehligen Stöhnen zusammen. Ich springe über ihn hinweg und ramme einer Sirene den

Ellbogen in die Nase. Blut spritzt ihm über die Wangen, und ein Lächeln erhellt mein Gesicht.

Ich mache mich gut. Ich bleibe am Leben. Erledige einen nach dem anderen. Aber das Problem ist, dass sie immer wieder aufstehen. Ihr Ziel war es, an mir vorbei zu Charlie und vielleicht auch zu Aspen vorzudringen, aber jetzt konzentrieren sie sich allein auf mich. Sie sind wütend. Und eine einfache Methode, sich abzureagieren, besteht darin, mich zu erledigen.

Sie bewegen sich wie ein Vogelschwarm. Der Mann, der als Erstes über den Felsrand geklettert ist, rast auf mich zu. Die anderen folgen seinem Beispiel und fliegen mir entgegen. Gemeinsam treffen sie mich wie eine Wand. Ich lande auf dem Rücken, und Steine bohren sich mir in die Muskeln.

Ich trete und schlage wild um mich, rudere mit Armen und Beinen wie ein Käfer auf dem Rücken, aber sie überwältigen mich mühelos. Der erste Hieb fühlt sich wie etwas Besonderes an, als würde ich mich noch in tausend Jahren daran erinnern. Aber die restlichen gehen ineinander über, bis ich nur noch ein einziger Schmerz bin. Selbst Stellen, die sie gar nicht berührt haben, tun weh.

Dann hören sie auf. Einer nach dem anderen hört auf. Über mir verschwinden ihre Gesichter, bis ich wieder das Blau des Himmels sehe.

Ich versuche, auf die Füße zu kommen, aber nichts funktioniert. Mein Körper ist hinüber.

Kraven nähert sich den Sirenen. Er fletscht die Zähne,

seine Augen flammen auf, und er mag zwar ein Befreier sein, aber er sieht aus wie ein Ungeheuer.

Die Sirenen scheinen zu verstehen, dass er die größere Bedrohung darstellt, da ich nur noch ein blutiger Haufen Fleisch und Knochen bin. Sie stürmen auf ihn zu. Ich ziehe mich hoch, so gut ich kann. Ich muss ihm helfen. Wenn wir zusammen kämpfen, dann haben wir vielleicht eine Chance, sie zu besiegen. Aber ich weiß, dass das eine Lüge ist. Es sind zu viele. Wir können höchstens darauf hoffen, sie in ihre Höhlen in der Felswand zurückzujagen.

Die Sirenen kommen näher. Sie sind nur noch ein paar Schritte entfernt. Warum bewegt Kraven sich nicht?

Beweg dich!

Ein Schatten gleitet über Kravens Gesicht, und ich sehe seinen Zorn. Die Wut, die er jeden Tag herunterschluckt. Aber jetzt wird er sie nicht herunterschlucken.

Der Befreier krümmt sich, die Arme um den Magen geschlungen, den Kopf zwischen den Knien. Ein brennender Geruch erfüllt meine Nase.

Und dann explodiert er.

Sein ganzer Körper öffnet sich wie eine Gewitterwolke, und Flügel schießen ihm aus dem Rücken. Ein Leuchten hüllt ihn ein, als zeige die Sonne mit einem Finger genau auf ihn. Und er knurrt. Er knurrt wie ein Wirbelsturm und bewegt sich auch so. Sirenen huschen zurück, aber er stürmt hinter ihnen her und wirft sie herum, als bestünden sie aus Nichts. Neben ihm *sind* sie nichts.

Ich komme auf die Füße, aber meine Beine zittern – ich bin mir nicht sicher, ob es von den Verletzungen kommt oder von Kravens Anblick. Als ich rückwärtsstolpere, denke ich daran, welche Angst ich hatte, dass die Sammler Charlie finden würden. Dass sie an sie herankommen würden. Ich denke daran, wie die Bedrohung durch die Sirenen mich nachts wach gehalten hat, wie ich mir ausgemalt habe, dass sie sich durch Risse im Gemäuer hereinschlängeln, um sie zu entführen.

Aber als ich sehe, wie Kraven durch die Reihen der Sirenen fährt, weiß ich, dass es nichts zu befürchten gibt. Nicht jetzt. Nicht mit ihm an meiner Seite.

Eine tollkühne Sirene stürmt unbeirrt von Kravens Flügeln auf ihn zu. Der Befreier setzt seinen Flügel wie einen Rammbock ein und schleudert seinen Gegner mehrere Meter weit fort. Als zu viele Sirenen sich gleichzeitig auf ihn stürzen, faltet er die Flügel um sich wie einen Schild zusammen. Dann reißt er sie auf, und Sirenen fliegen in alle Richtungen davon, als sei zu ihren Füßen eine Bombe explodiert.

Die Schlacht dauert noch einige Minuten an, und ich kann nur mit offenem Mund dastehen. Ich weiß noch, wie er in der Nacht gekämpft hat, als die Sammler Charlie geholt haben. Aber damals hatte ich keine Zeit, groß auf ihn zu achten; ich war zu sehr damit beschäftigt, mein Mädchen da rauszuholen. Doch jetzt kann ich nur zusehen.

Einer nach dem anderen geben die Sirenen sich geschlagen und huschen auf den Felsvorsprung zu. Es gelingt mir, einige Treffer zu landen, während sie fliehen, damit sie weiterrennen. Als ich zurückschaue, ist nur noch eine Sirene übrig. Der Mann hat sich entschlossen vor Kraven aufgebaut. Seine Hände zucken, und ich bemerke, dass ihm ein Finger fehlt. Er war die erste Sirene, die gekommen ist, und er wird der Letzte sein, der geht. Kraven stürmt auf ihn zu, und sein Gegner spannt die Beine an, als wolle er über den Befreier hinwegspringen. Als Kraven herankommt, macht der Mann einen Satz. Er springt nicht, er taucht seitlich ab.

Er ist so schnell, dass Kraven und ich ihn kurz aus den Augen verlieren. Als ich ihn wieder entdecke, ist er auf Kravens Rücken. Der Befreier schreit auf, als der neunfingrige Mann Kravens linken Flügel zu fassen bekommt. Er zerrt mit Händen und Zähnen daran.

Der Befreier dreht sich herum und herum und versucht, die Sirene zu fassen zu bekommen. Ich eile herbei und ignoriere den Schmerz in meinem Körper. Ich bin fast da, als Kraven hochspringt und sich krachend auf den Rücken fallen lässt. Es folgt ein widerliches Knirschen, und ich bekomme keine Luft. Ich bekomme keine Luft, weil ich Angst vor dem habe, was ich sehe werde, wenn Kraven sich von ihm herunterrollt.

Langsam gleitet der Befreier zur Seite. Die Sirene rappelt sich auf, und ich kriege wieder Luft. Ich weiß nicht, warum ich Angst hatte, dass der Mann tot sein könnte. Ich will ihn schließlich tot sehen. Oder?

Ich will Kraven helfen, ihn festzuhalten. Das ist viel besser, als den Burschen umzubringen. Wir können ihm

Fragen stellen, ihn in die Mangel nehmen, bis wir die Pläne der Sammler kennen. Warum habe ich nicht früher daran gedacht? Warum hat Kraven nicht daran gedacht?

Ich packe den Gefangenen am Oberarm, aber fast sofort wird er mir aus der Hand gerissen. Kraven hat dem Kerl die Hände um die Kehle gelegt. Die Augen des Burschen treten ihm aus den Höhlen. Ich mache zwei Schritte auf Kraven zu, aber er ist zu schnell für mich. Er stürmt auf den Felsvorsprung zu.

»Du gehörst nicht hierher«, knurrt Kraven.

Er ist zu nah am Rand.

Zu nah.

»Kraven«, brülle ich. »Stopp. Wir brauchen ihn.«

Kravens Flügel öffnen sich mit solcher Wucht, dass ich fast den Halt verliere. Er drückt fester zu, und die Sirene zerrt an seinen Händen. Er macht es falsch. Kraven hat uns beigebracht, dass das nicht funktioniert. Man muss angreifen, selbst wenn man sich verteidigt. Der Gefangene sollte Kraven an den Nasenlöchern ziehen. Ihm die Finger in die Augen bohren. Doch er tut es nicht. Der Mann zerrt einfach weiter an Kravens Händen, und jetzt läuft sein Gesicht dunkelrot an.

»Du gehörst nicht hierher«, wiederholt Kraven leiser. Ich kann ihn über dem Getöse des Meeres kaum hören.

Der Befreier macht einen weiteren Schritt in Richtung des Felsvorsprungs, und der Mann wäre fast in den Abgrund gestürzt. Er versucht, den Kopf zu drehen, um zu sehen, wie tief er fallen würde, aber Kraven umklammert seinen Hals zu fest.

Ich kann mich nicht bewegen. Ich kann nicht sprechen. Ich habe Angst, dass Kraven ihn sonst fallen lässt.

Und das darf er nicht.

Darf er nicht.

Der Oberguru würde der Hölle den Krieg erklären, wenn ein Sammler einen Menschen töten würde. Was würde er mit einem seiner eigenen Leute machen? Mit jemandem, der angeblich für ihn arbeitet?

»Du gehörst nicht hierher.« Kravens Stimme ist ruhig. »Du gehörst in die Hölle.«

Er wirft die Sirene von sich.

Er wirft den neunfingrigen Mann, der seinen Finger womöglich bei einem Angelausflug mit seiner Tochter verloren hat. Er wirft ihn, und die Sirene scheint für einen Augenblick in der Luft zu schweben, das Gesicht verzerrt vor Entsetzen.

Und dann fällt er.

Der Mann ist fort. *Der Mensch* ist fort. Tot.

Kraven dreht sich um und sieht mich an, und mir ist, als streife mich ein eisiger Hauch. Seine Augen sind schwarz wie die Nacht, und sein Haar hebt sich beinahe weiß gegen den Himmel ab.

Ich kann nicht glauben, dass er das gerade getan hat. Was wird man mit ihm machen? Wird man ihm seine Fußfessel abnehmen? Wird man ihn selbst in die Hölle werfen? Aber dann fällt mir etwas ein, was Kraven gesagt hat. *Sie sind seelenlos.*

Macht das einen Unterschied? Interessiert der Oberguru sich nur für die, die er noch retten kann?

Vermutlich schon.

Kraven stürmt mit großen Schritten auf mich zu, und obwohl ich instinktiv fliehen will, bleibe ich, wo ich bin. Als er nur noch wenige Schritte von mir entfernt ist, weiche ich nicht zurück. Stattdessen hebe ich das Kinn, um ihm direkt in die Augen zu sehen. Kraven überwindet den Abstand zwischen uns und packt mich am Bizeps. Er zerrt mich hinter sich her, während er auf das Haus zugeht, die Flügel immer noch ausgebreitet.

»Lass mich los«, belle ich. »Ich bin kein Kind.«

Aber das tut er nicht. Er schleift mich einfach weiter, bis wir im Haus sind, bis wir durch verschlungene Flure und Räume gezogen und wieder im Trainingsraum sind. Dort reiße ich mich los. Es ist mir egal, ob mein Arm aus dem Gelenk springt, ich lasse mich nicht so grob behandeln. Wenn er kämpfen will, nur zu. Auch wenn ich kaum stehen kann.

Ich reiße meinen Oberarm aus seinem Griff. Er wirbelt herum und lässt die Flügel hinter seine Schultern sinken. Ein knackendes, schnappendes Geräusch sagt mir, dass er sie wieder eingefahren hat. Ich öffne den Mund, um meine Fragen abzufeuern, aber er kommt mir zuvor, indem er mich an den Schultern packt.

»Woran hältst du fest?« Seine Stimme donnert über mich hinweg. »Sprich es aus.«

Ich will mich losreißen, aber er hält mich fest. »Nimm deine Hände weg.«

»Raus damit!«, brüllt er. »Raus damit, sonst wirst du sie nicht retten.«

»Lass mich los«, ist alles, was ich sagen kann. Alles, was ich denken kann. »Lass mich los. Verdammte Scheiße, lass mich los.«

»Sag mir, was es ist! Sprich es aus!« Kraven fährt zurück, und bevor ich begreife, was er tut, kracht seine Faust gegen mein Kinn. Alles dreht sich, und ich falle. Ich schlage auf die Trainingsmatte auf und rolle mich auf die Seite.

»Hurensohn.« Ich stöhne und halte mir das Gesicht. Ich bin mir nicht sicher, ob Kraven vorhat, mir noch eine zu verpassen, und ich habe nicht die Absicht, herumzuliegen und abzuwarten, um es herauszufinden. Ich rappele mich hoch. Alles verschwimmt, dann sehe ich wieder klar. »Du willst einen Kampf, Engelchen? Schön. Ich hoffe, du hast dein Testament gemacht, denn ich werde nicht eher aufhören, bis ich deine zerbrochene Fessel in der Hand halte.«

Ein kehliger Laut entreißt sich meiner Kehle, als ich mich auf ihn stürze. Er weicht mir aus und schlingt mir einen Arm um die Brust.

»Hör auf, gegen mich zu kämpfen, Dante.« Er drückt zu, bis mir die Ohren klingeln. »Raus damit.«

Ich versuche, den Kopf zurückzustoßen, aber Kraven weicht aus, sodass ich seiner Schulter einen Kopfstoß verpasse, was absolut nichts bringt. Meine Ferse kracht nach unten, aber er zieht den Fuß zurück. Ich habe mir schon gedacht, dass er damit gerechnet hat. Aber ich weiß, womit er nicht rechnen wird.

Ich springe hoch und ziehe die Knie an die Brust. Kraven verliert das Gleichgewicht, stürzt auf mich drauf und ich knalle mit dem Gesicht auf den Boden. Macht nichts. Er hat mich losgelassen, das ist die Hauptsache. Ich richte mich auf, und dann trete ich ihm hart ins Gesicht. Seine Nase knirscht unter meinem Stiefel.

Als ich wieder sicher stehe, nehme ich eine Kampfhaltung ein. »Komm schon, Cyborg!«

Ich nehme einen schwachen Brandgeruch wahr, und mein Verstand kombiniert: Brennender Geruch bedeutet Flügel. Ich bin mir nicht sicher, wann ich darauf gekommen bin, aber ich wünschte fast, ich wüsste nicht, was als Nächstes kommt.

Ich humpele zum Ausgang und ziehe das rechte Bein nach. Ich blicke über die Schulter und sehe Kraven durch den Raum fliegen – *fliegen!* Seine weißen Flügel breiten sich wie eine Wolke aus. Wenn ich nur seine Flügel betrachten würde, könnte ich ihn für friedlich halten. Unschuldig. Aber ein Blick auf sein starres Gesicht und seine blutigen Lippen sagt mir, dass es gleich eine harte Landung gibt. Und zwar für mich.

Kraven kracht in mich hinein, und wir rollen über die Trainingsmatte. Er landet auf mir und drückt meine Schultern zurück. Mein Kopf schlägt dumpf auf dem Schaumstoff auf. Mir ist noch nie aufgefallen, wie dünn diese blauen Matten sind.

Der Befreier bringt sein Gesicht dicht vor meins, so nah, dass ich sein rosafarbenes Zahnfleisch sehen kann, als er die Zähne fletscht. »Raus mit deinen Dämonen.«

Mein Herz hämmert gegen meinen Brustkorb und ich

überlege nur, wie ich ihn dazu bringen kann, mich loszulassen. Wieder und wieder denke ich an Flucht, denn wenn ich nicht an Flucht denke, dann muss ich über das nachdenken, was Kraven sagt, und das kann ich nicht.

Kraven bläht die Brust auf, und seine Worte donnern wie ein Überschallknall. »Ich sagte: RAUS DAMIT!«

Ich breche zusammen. Tausend unterdrückte Erinnerungen überfluten mich. Ich ertrinke in ihnen. »Ich kann nicht!«

Ich bin mir nicht sicher, ob ich überhaupt etwas gesagt habe, bis Kraven knurrt:

»Warum nicht?«

»Ich kann meine Dämonen nicht loslassen, weil ich ein Dämon *bin*. Ich war schon immer ein Dämon. Ich bin schlecht. Es gibt nichts in mir, das ich rauslassen kann – ich bin verdorben bis ins Mark.«

Kraven reißt mich an den Schultern hoch und lässt mich wieder auf die Matte krachen. »Sag mir warum, Dämon! Woher weißt du das?«

»Weil ich ihnen egal war. Weil meine Eltern sich einen Scheißdreck für mich interessiert haben. Sie sagten, sie würden mich lieben, aber wo waren sie? *Wo?* Sie wollten nicht in meiner Nähe sein. Daher weiß ich, dass ich schlecht bin, du Wichser – weil meine eigenen Eltern mich nicht mal mit dem Arsch angeguckt haben.«

Da ist sie.

Meine Dunkelheit.

Ich habe sie mit mir herumgetragen, seit ich ein Kind war. Habe mich nicht getraut, darüber zu reden. Meine

Schläfen sind von irgendwas nass, Tränen vielleicht, keine Ahnung. Ich weiß nur, dass ich hier rausmuss, sonst ersticke ich. Ich reiße ein Bein hoch und ramme es Kraven mitten in die Kronjuwelen. Er fällt von mir runter und landet stöhnend auf der Seite.

Ich stehe auf und gehe zur Tür. Diesmal hält Kraven mich nicht zurück. Was ich gerade gesagt habe, lastet tonnenschwer auf meinen Schultern. Ich habe mir von meinen Eltern nur die guten Erinnerungen bewahrt. Wie mein Dad endlich mal einen Ausflug mit mir gemacht hat. Wie meine Mom mir einen Hackbraten gemacht hat, weil ich ihr gesagt hatte, dass ich das mag. Aber was ist mit den anderen Erinnerungen?

Damit, dass mein Dad Jahr um Jahr meinen Geburtstag vergessen hat? Damit, dass meine Mom vergessen hat, mich wie versprochen von der Schule abzuholen? Und dass ich ihr immer wieder geglaubt habe. Die ganze Zeit über habe ich mir gewünscht, dass sie mich beachten, dass sie mich wahrnehmen. Und dafür hasse ich mich. Ich *hasse* es. Ich wollte sie nicht lieben. Ich wollte mich nicht darum scheren, was sie dachten.

Aber ich habe es doch getan.

Ich glaube, sie haben mich geliebt. Aus der Ferne. Wenn sie Zeit hatten. Ich versuche mir einzureden, dass ich meinem Dad heute etwas bedeute. Er hat mich besucht, als ich meine Befreierfessel bekommen habe. Und er hat mir und Charlie die Elfenbeinanhänger hinterlassen. Das ist doch was, oder?

Egal. Es spielt keine Rolle. Nicht mehr. Ich schätze,

letztendlich habe ich ihnen ihre Zuneigung mit gleicher Münze zurückgezahlt. Schließlich habe ich meinen Vater zu einer Leiche und meine Mutter zu einer Witwe gemacht.

Gern geschehen, Mom.

Gern geschehen, Dad.

Seht ihr, was für ein guter Sohn ich bin?

Ich ramme die Faust in die Wand. Der Schmerz tut gut. Er erinnert mich daran, dass ich überall Schmerzen habe – in den Muskeln, den Knochen, den Augen. Aber noch immer lasten die Erinnerungen auf meinen Schultern. Sie drücken mich zu Boden, bis ich kaum noch gehen kann. Schwerer und immer schwerer.

Aber plötzlich wird mir etwas klar, und ich erstarre.

Die Last ist nicht mehr da.

31

Du sprichst von Krieg

Als ich in mein Zimmer stolpere, wird der Schmerz unerträglich. Statt mich darauf zu konzentrieren, denke ich darüber nach, warum Kraven mich nach draußen mitgenommen hat. Die Antwort ist einfach: um mir zu zeigen, wie dringend ich meine Flügel brauche. Und dass es sich lohnt, hierzubleiben und zu warten, bis ich sie heraufbeschwören kann.

Ich mache einen Schritt, und mein Knöchel knickt um. Einen weiteren Schritt, und meine Knie geben unter mir nach.

Ich falle.

Stunden später öffne ich flatternd die Lider. Die stummen Bräute stehen über mir. Sie kneten meine Muskeln, und ihre Berührung fühlt sich an wie die Muschi eines Einhorns. Ich stöhne tief und ausgiebig, und eins der Mädchen lächelt. Ihre Wangen werden rot, und ich weiß, dass ich sie in Verlegenheit gebracht habe, aber das ist mir egal, wenn sie nur weitermacht.

Doch sie hören bald auf und schlurfen wie zwei Achtjährige zur Tür hinaus, obwohl die eine wahrscheinlich Ende zwanzig ist und die andere jünger als ich.

Ich richte mich im Bett auf und stelle fest, dass der Schmerz fast ganz verschwunden ist. Ich habe keine Ahnung, wie die stummen Bräute – die ich fortan die Schweigsamen nennen werde, weil das cooler ist und ich dankbar bin und überhaupt – das angestellt haben. Aber es ist, als sei ich heute Morgen nicht fast gestorben, sondern eher, als hätte mir nur ein Brauereipferd ins Gesicht getreten.

Die Schweigsamen tauchen wieder in der Tür auf und geleiten Charlie herein. Eine der beiden streicht Charlie übers Haar, während die andere ihr den Arm um die Schultern legt. Ihre Gegenwart scheint Charlie zu trösten, und ich verstehe plötzlich, warum manche Befreier lieber diese Aufgabe wählen, statt Beschützer zu werden.

Als Charlie sicher auf einem Stuhl neben meinem Bett untergebracht ist, verlassen die Frauen den Raum. Dann sind nur noch ich und mein Mädchen da.

»Ich kann nicht glauben, dass er dir das angetan hat.« In Charlies Augen schwimmen Tränen, aber sie hat die Lippen zu einem festen Strich zusammengepresst. Sie sieht aus, als sei sie bereit, sich persönlich mit Kraven anzulegen.

Mir wird klar, dass sie denkt, dass Kraven mir all diese Verletzungen zugefügt hätte. Ich wähle meine Worte mit Bedacht. »Ich lerne, wie ich dich besser beschützen kann.«

Ihr ganzer Körper zuckt zusammen. Ich habe das Falsche gesagt.

»Ich habe es satt, dass Leute meinetwegen verletzt

werden«, erwidert sie. Ich erwarte, dass sie es so lange in anderer Form wiederholen wird, bis sie das Gefühl hat, es mir unmissverständlich klargemacht zu haben. Aber stattdessen streicht sie sich das Haar zurück und ergreift meine Hand. »Aber ich weiß, dass es nötig ist. Ich muss stark sein. Hier geht es nicht um mich. Es geht um die Menschheit als Ganzes.« Sie schließt die Augen. »Und das bedeutet, dass ich an alle denken muss, statt nur an einzelne Menschen, die ich liebe.«

Ihre Augen öffnen sich wieder. »Du magst verletzt sein, Dante Walker. Aber ich werde nicht zulassen, dass du mich so behandelst wie heute Morgen. Du triffst keine Entscheidungen für mich und Blue. Und du triffst auch keine Entscheidungen für dich selbst, die uns angehen. Ist das klar?«

Charlie wirkt kaum weniger gefährlich als Kraven mit seiner aufgestauten Wut. Daher nicke ich.

»Gut.« Sie beugt sich vor und berührt meinen Mund mit ihrem. Der Elfenbeinanhänger baumelt von ihrer Kette und kitzelt mich an der Brust, als sie meine Rückenmuskeln erforscht. Ein Schauer überläuft mich. Ihre Lippen schweben über meinem Ohr, und sie murmelt: »Valerie wartet draußen.«

Seufzend lasse ich den Kopf zurückfallen.

Charlie lacht und geht zur Tür. »Ich komme wieder. Lass dich nicht verprügeln, solange ich weg bin.« Sie sieht mich über die Schulter hinweg an. »Die lautlosen Schwestern sind toll, oder? Sie haben alles Mögliche mit dir angestellt.«

»Ich glaube, du meinst die Schweigsamen.«

»Lautlose Schwestern«, wiederholt sie mit einem Grinsen.

Dieses Grinsen ist so verdammt klasse.

Als Charlie hinausgeht, stürmt Valerie mit großem Ernst und tiefem Ausschnitt in den Raum.

»Hübsches Dekolleté«, sage ich ihr. »Sieht ganz danach aus, als ob du dir wirklich Mühe gibst, es Max leichter zu machen.«

Sie überhört meine Bemerkung und setzt sich. Ihre Stirn ist von einem dünnen Schweißfilm überzogen, und ich weiß, dass etwas nicht stimmt, denn eine Klassefrau wie Valerie würde sich eher den rechten Arm abhacken, als beim Schwitzen erwischt zu werden.

»Was ist los?«

»Was los ist?«, fragt Valerie und zieht die Brauen zusammen. »Was los ist? Kraven hätte dich niemals« – sie schaut zur Tür – »nach draußen bringen dürfen. Du wärst fast umgebracht worden.«

Endlich dämmert es mir. Red hat sich Sorgen um mich gemacht. Ich sollte sie umarmen. Ich sollte ihr total ernsthaft sagen, dass sie mir auch wichtig ist.

Aber ich bringe es einfach nicht fertig.

»Du hattest Angst, dass mir etwas zugestoßen sein könnte«, entgegne ich. »Du liebst mich. Ich meine, du bist mir mit Haut und Haaren verfallen. Weiß Max davon? Jetzt wird mir alles klar – ich bin der Grund, warum du und Max nicht zusammen sind. Wieso habe ich das nur vorher nicht gemerkt?«

Valerie macht Anstalten aufzustehen, aber ich halte ihre Hand fest. Meine Miene wird weicher. »Danke, Red.« Ich schlucke und finde diesen kleinen Vorgang komplizierter als sonst. »Danke, dass du dir Sorgen machst. Wenn es um dich gegangen wäre, hätte ich Kraven den Kopf abgerissen.«

Sie lächelt und schüttelt den Kopf. Deutlicher werden wir uns niemals eingestehen, dass wir uns mögen.

Draußen vor der offenen Tür höre ich Aspen und Charlie reden. Sie scheinen ein Spiel zu spielen. Eine fängt mit einem Satz an, und die andere beendet ihn. Dann lachen sie. Ich kann Charlies silberhelles Lachen gut von Aspens etwas tieferem Lachen unterscheiden.

»Was machen die beiden da?«, frage ich.

Valerie verdreht die Augen. »Das machen sie schon den ganzen Vormittag. Die eine kriegt es fast jedes Mal hin, den Satz zu beenden, den die andere angefangen hat. Es ist eigentlich ziemlich witzig.«

Ich versuche, mich auf das zu konzentrieren, was die beiden Mädchen sagen, aber Valerie berührt mich am Arm und holt mich zu sich zurück. Sie presst die Lippen aufeinander, bis sie fast weiß sind, und dann steht sie auf und geht zum Wohnbereich.

»He, ich muss mit Dante unter vier Augen reden«, sagt sie zu den Leuten draußen, wer immer das sein mag.

»Oh, wie geheimnisvoll«, erwidert Annabelle lachend.

Blue muss wohl eine unanständige Geste machen,

denn Valerie brüllt ihn an, und Annabelle lacht noch lauter.

»Raus, alle miteinander«, befiehlt Red.

Ich höre Füßescharren, dann erklingt Charlies Stimme. »Ich werde in ein paar Minuten wieder da sein, Babe. Kann ich dir was Gutes tun und was zu essen mitbringen?«

Ein Grinsen breitet sich über mein Gesicht aus. »Wie wäre es, wenn du mir erst etwas Gutes tust und mir danach was zu essen bringst?«

»Wie die Tiere«, meint Blue, aber es überrascht mich, dass er es ohne einen Anflug von Eifersucht ausspricht.

Valerie sieht ihnen nach, dann schließt sie die Schlafzimmertür. Sie setzt sich wieder hin. »Was hat er sich dabei gedacht? Weißt du es?«

Ich weiß, dass sie von Kraven spricht. »Ich wollte, dass er mir beibringt, wie ich meine Flügel heraufbeschwöre, damit ich eher aufbrechen kann.«

Ihre Augen werden groß. »Und hat er das getan?«

»Nein.« Ich sage Red nicht, dass ich nach der Schriftrolle gesucht habe. Ich bin mir sicher, dass sie weiß, dass das Schriftstück im Bienenstock versteckt ist und dass es eine täuschend echt aussehende Attrappe gibt. Ich frage mich, wie viele Befreier danach gesucht haben und sich jetzt für den geheimen Träger halten.

Valerie faltet die Hände auf dem Schoß wie eine Südstaatenschönheit. »Dante, ich wollte dich etwas fragen. Weißt du, wie man in die Hölle zurückkehrt?«

Mir sackt der Magen in die Kniekehlen. »Klar weiß

ich das. Ich habe schließlich zwei Jahre lang für die Hölle gearbeitet, oder?«

»Also wie kommt man dort hin?«

Jeder Muskel in meinem Körper verkrampft sich und erinnert mich daran, dass ich immer noch Verletzungen habe, die heilen müssen. »Das brauchst du nicht zu wissen.«

Valerie runzelt die Stirn.

»Ich will nicht, dass du auch nur in die Nähe der Hölle kommst«, erkläre ich.

»Ich möchte mit dir gehen.«

Ihre Ankündigung ist wie ein Sprung ins kalte Wasser. »Kommt nicht infrage. Ich gehe allein.«

»Aber …«

»Kein ›Aber‹. Du musst hierbleiben und Kraven helfen, Charlie zu beschützen. Dies ist meine Mission, Valerie.« Was ich ihr nicht sage, ist, wie viel es mir bedeutet, dass sie bereit wäre mitzukommen. Sie muss wissen, wie gefährlich es sein würde.

Red lehnt sich auf dem Stuhl zurück. »Kraven meinte, heute Morgen seien mehr Sirenen draußen gewesen als noch vor ein paar Tagen.«

Mein Puls beschleunigt sich. »Das ist nicht gut.« Als ich sehe, wie Valerie sich windet, beschließe ich, die Frage zu stellen, die mich beschäftigt, seit ich von der Existenz der Sirenen erfahren habe.

»Denkst du, die Sirenen werden versuchen, sie umzubringen? Früher wollten sie sie dazu bringen, sich selbst zu töten, aber wie sieht es jetzt aus?«

Valeries Brust hebt sich, und ihr Busen drängt fast in voller Pracht ans Tageslicht. »Ich denke, Lucille geht immer mehr Risiken ein.«

Ich lächle über ihre Verwendung von Max' und meinem Spitznamen für unseren ehemaligen großen Boss. Vielleicht verwenden eines Tages alle diesen Namen. Dann bin ich berühmt. Hashtag Lucille.

»Ich denke, ihm ist klar, dass der Mord an einem unschuldigen Menschen auf der Erde einen Krieg zwischen Himmel und Hölle auslösen wird«, fährt sie fort. »Aber ich denke auch, dass er selbstbewusster geworden ist. Ihre Seele hat er bereits. Wenn er auch noch ihren Körper einsammeln kann – den Körper des Menschen, dessen Schicksal der Oberguru vorherbestimmt hat –, dann ist er womöglich bereit, sich den Folgen zu stellen.«

»Du denkst also, Lucille sieht Charlie als ein Symbol«, sage ich, »und dass er, indem er sich ihren Körper und ihre Seele holt, den Krieg aktiv herbeiführt? Also benutzt er sie als eine Art Eröffnungszug oder so was?« Der Gedanke ist mir schon früher gekommen, aber als ich ihn jetzt laut ausspreche, wird mir regelrecht übel.

»Diesen Krieg würde der Oberguru sicher bereitwillig akzeptieren.« Valerie reibt sich den Nacken. »Ich habe gehört, er sei in Versuchung gewesen, den Krieg zu erklären, nachdem Rector Blue getötet hat. Aber ich schätze, dass der Oberguru seinen Tod letztendlich als Unfall angesehen hat.«

Ich denke zurück und erinnere mich an die Überraschung in Rectors Augen, nachdem die Waffe abgefeuert worden war. Aber ich glaube nicht, dass seine Überraschung bedeutete, dass er Reue verspürte. Nicht für eine Sekunde.

»Und was ist mit Aspen?«, frage ich. »Warum ist sie so wichtig? Wenn du es weißt, musst du es mir sagen.«

Red zupft an ihrem Ohrläppchen. »Ich weiß es nicht genau, aber man hat mir gesagt, dass die Befreiung ihrer Seele wichtig für Charlies Problem sei.«

»Aber wie wichtig?«, hake ich nach. »Sehr wichtig oder eher unergründlich und nur für den Oberguru von Bedeutung?«

»Das weiß ich nicht.« Valerie sieht mir fest in die Augen und wechselt das Thema. »Kraven will dich noch drei Tage trainieren. Wenn er wirklich einverstanden ist, dir beizubringen, deine Flügel zu benutzen, könnte es entscheidend dafür sein, ob du Charlies Seele rettest oder gefangen genommen wirst.«

Red will das Gleiche wie ich, nämlich dass Charlie in Sicherheit ist und dass ich Aspens Seele befreie, daher weiß ich, dass sie nur darauf drängt, weil sie glaubt, dass drei zusätzliche Tage unserer Sache wirklich helfen. Widerstrebend nicke ich. »Drei Tage. Aber dann steige ich in die Hölle hinab und stehle ihre Seele zurück, und nichts und niemand wird mich daran hindern.«

Ein Schatten erscheint unter der Tür, und jemand reißt sie auf.

Valerie schreit überrascht auf und lässt meine Hand los.

Aspen steht vor uns, und ihre grünen Augen lodern. Sie sieht mich direkt an. »Nimm mich mit.«

32
Vorherbestimmt

Aspen steht hoch aufgerichtet da und wartet auf eine Antwort.

Valerie erhebt sich von ihrem Stuhl. »Wovon redest du, Schätzchen?«

»Lass den Scheiß«, erwidert Aspen. »Ich habe gehört, was du gesagt hast. Diese Leute, die Sirenen, sie wollen Charlie etwas antun. Und Dante will ihre Seele aus der Hölle zurückholen, damit sie sich verziehen.«

»Es wird uns nur ein bisschen Zeit verschaffen«, werfe ich ein. »Wenn sie ihre Seele verlieren, werden sie sich einfach neu formieren und sich einen anderen Plan ausdenken, um sie wieder einzusammeln. Oder sie geben es auf und töten sie nur zum Spaß.«

Valerie wirft mir einen Blick zu, der fragt: Warum erzählst du ihr das?

Ich zucke die Achseln. »Sie hat eh alles gehört.«

»Ich gehe mit«, erklärt Aspen. »Wenn du in die Hölle hinabsteigst, um ihre Seele zu holen, komme ich mit.«

»Auf gar keinen Fall«, stellt Valerie fest.

Aspen sieht mich an, und ich öffne die Hände. »Du bist überstimmt.«

»Du hast gar nicht abgestimmt«, stößt sie durch zusammengebissene Zähne hervor.

»Schön. Du gehst nicht mit.« Ich betrachte ihre entschlossen gestrafften Schultern. »Warum willst du überhaupt mit?«

»Ich habe gerade nichts Besseres zu tun?«

Ich versuche, mein Lächeln zu verbergen. »Nicht gut genug.«

Valerie mischt sich ein. »Wir diskutieren das nicht. Aspen, du darfst niemandem erzählen, was du hier gehört hast. Ist das klar?«

Aspen geht nicht auf sie ein und drängt weiter. »Ich will mitgehen, weil ich in meinem Leben etwas Großes machen will. Ich habe gehört, wie du gesagt hast, dass ich wichtig sei – ich habe immer das Gefühl gehabt, dass ich etwas Wichtiges tun *sollte*. Weil Charlie ein guter Mensch ist und die Welt verbessern wird und weil ich eine Menge Unrecht wiedergutzumachen habe.« Sie holt Luft. »Du bist gekommen, um meine Seele zu befreien, und damit wirst du deinen Auftrag erfüllen. Wenn ich mitkomme, dann geht meine Seele zu Gott, richtig? Es wäre so, als würde ich mein Leben für sie und für alle Menschen riskieren, und das sollte ja wohl genügen.«

»Aspen, hör zu …«

»Außerdem kann ich kämpfen.« Ihre Stimme wird lauter. »Besser als du. Ich werde da unten alles tun, was du sagst, und wenn etwas Schlimmes geschieht, dann kann ich dir helfen zu fliehen.« Aspen stellt sich neben das Bett und versetzt ihm einen Tritt. Ich reiße den Kopf hoch. Ihr Gesicht ist vor Angst und Erregung gerötet, und ich kann die Entschlossenheit, die sie verströmt, förmlich riechen. »Und du hast gesagt, dass du mich nicht verlässt. Also werde ich dich nicht im Stich lassen. Und Charlie auch nicht.« Sie sieht Valerie an. »Noch nicht mal dich.«

Valerie fängt meinen Blick auf, und es scheint, als würde sie darüber nachdenken. Mich durchzuckt ein Gedanke. *Ich wäre nicht allein.* Ich möchte da unten nicht allein sein. Ganz und gar nicht. Aber ich kann nicht zulassen, dass Aspen es tut. Sie bedeutet mir jetzt schon zu viel.

Als ich sie anschaue und das Feuer in ihrer Haltung sehe, erkenne ich mich tausendfach in ihr wieder. Sie ist selbstbewusst und stur. Das ist der Grund, warum ich sie nicht mitnehmen darf. Ein Dante Walker, der sich in die Hölle schleicht, ist genug.

Ich öffne den Mund, um ihr das zu sagen, aber sie kommt mir wieder zuvor.

»Du kannst es mir nicht verbieten.« Aspen deutet mit dem Finger auf mich. Ihre Handschuhe sind heute orangefarben. Ich frage mich, wo sie sie herhat. »Vielleicht ist das der Grund, warum du geschickt wurdest, um mich zu befreien.« Sie nickt. »Vielleicht war es vorherbestimmt, dass meine Mutter uns verlässt. Vielleicht war es mir vorherbestimmt, meinen Vater zu hassen. Vielleicht sollte ich mich mit Lincoln anfreunden und kämpfen lernen und dann Charlie Cooper begegnen und dir helfen, sie zu retten.« Aspen lässt die Hand sinken. »Wenn ich sie rette, wird die Welt für meine Schwester besser werden. Und Sahara verdient das. Also, wer bist du, wer seid ihr, es mir zu verbieten? Ihr wollt wissen, warum ich so wichtig bin?« Aspen wirft sich in Pose. »Ich bin wichtig, weil ich helfen soll, Charlies Seele zu retten. Ich weiß es. Ich kann es *spüren.*«

Valerie tritt vor. »In Ordnung.«

»Was?« Ich versuche, aus dem Bett zu steigen, und stelle erleichtert fest, dass ich dazu tatsächlich in der Lage bin. »Du kannst ihr nicht sagen, dass sie mitkommen darf. Das ist meine Reise. Das ist meine …«

»Deine *Mission.* Richtig.« Valerie schüttelt den Kopf, als sei ich ein Idiot.

»Mission ist ein tolles Wort«, murmele ich.

Aspen räuspert sich, und ich schaue sie an.

»Na schön«, stöhne ich. »Du kannst mit. Aber du wirst zusammen mit Kraven und mir trainieren müssen. Und lass dir eins gesagt sein: Dieser Typ ist total plemplem. *Cyborg,* dass ich nicht lache. Eher Psycho.«

Ein Grinsen teilt Aspens Mund, aber es ist kurzlebig. Sie schlingt sich die Arme um den Leib, nickt und verlässt den Raum.

»Was tun wir da bloß?«, frage ich Valerie, als Aspen außer Sicht ist.

Red hebt eine Hand an die Lippen. Durch die Finger sagt sie: »Ich habe keine Ahnung. Aber es könnte gut sein. Vielleicht hat sie recht. Dies könnte wirklich der Grund sein, warum der Oberguru dir diesen Auftrag gegeben hat, der Grund, warum sie für Charlies Weg so entscheidend ist.«

Ich setze mich auf die Bettkante. »Es ist fast so, als hätte der Oberguru sie auf mich angesetzt, statt andersherum.«

Blues Stimme dröhnt aus dem Wohnbereich. »Was ist los? Aspen, rede mit mir.«

Valerie und ich tauschen einen verwirrten Blick, bevor wir aus dem Schlafzimmer stürzen. Meine Muskeln tun kaum weh, als ich mich bewege. Das erstaunt mich dermaßen, dass ich die Panik in Blues Ton fast vergesse.

Aspen sitzt auf einem der abgewetzten Sofas, den Blick in die Ferne gerichtet. Blue kniet vor ihr, als bete er vor einem Altar. Seine Hände schweben über ihren Beinen, als wolle er sie berühren, sei sich aber nicht sicher, ob er es dürfe.

»Aspen«, flüstert er.

Meine Brust schnürt sich zusammen, als ich höre, wie er ihren Namen sagt. Er stößt ihn nicht hastig aus. Es ist mehr, als lasse er ihn in seinem Mund verweilen, als koste er ihn. Er sagt ihn genauso, wie ich Charlies Namen sage.

Wo ist Charlie?

Aspen streicht sich mit den Händen über ihr langes dunkles Haar. »Es ist okay. Alles ist so, wie es sein soll.« Sie hebt endlich den Kopf und sieht mir in die Augen.

Blue steht auf und tritt blitzschnell an mich heran. »Was hast du mit ihr gemacht?«

Mir schwirrt der Kopf. Ist alles in Ordnung? Oder soll ich Aspen sagen, dass die Sache abgeblasen ist?

Ich sehe sie ein weiteres Mal an, und sie nickt. Es ist, als wisse sie, was mir durch den Kopf geht, und versuche, mir zu versichern, dass es in Ordnung ist. Ich hole tief Luft. »Ich habe gar nichts gemacht, Blue. Alles ist in Ordnung.«

»Ach, Quatsch. Ich habe diese ganzen Geheimnisse satt.« Er zeigt auf Valerie. »Du hast welche« – er sticht mir mit dem Finger in die Brust – »und du hast welche. Und alle anderen hat Kraven. Ich habe es satt. Ihr sagt alle, *keine Geheimnisse mehr,* aber es kommen ständig neue.«

Ich habe Blues Gesicht noch nie so rot gesehen. Sein Kopf sieht aus wie eine überdimensionierte Erdbeere. Ich trete vor, um ihm die Schulter zu drücken, aber er schlägt meine Hand weg.

»Fass mich nicht an«, knurrt er. »Du machst uns allen das Leben schlimmer, *Dante.* Du infizierst jeden in deiner Nähe, und ich will deine Krankheit nicht.« Blue stampft in Richtung Flur davon, während ich versuche, wieder zu atmen. Denn das, was er gerade gesagt hat, tut mehr weh als jeder Schlag einer Sirene.

Als er sich durch die Tür schiebt, rauscht er an Annabelle, Max und Charlie vorbei, die hereintreten. Charlie wirft einen Blick auf mein Gesicht und stürzt herbei.

»Geht es dir gut?« Sie legt mir einen Arm um die Taille und lässt die Finger knapp unter den Hosenbund gleiten. »Du hättest nicht aufstehen sollen.«

»Alles bestens.« Ich drücke ihr die Lippen aufs Haar.

Annabelle setzt sich Aspen gegenüber, und Max starrt Valerie in den Ausschnitt. »Hey, Süße«, sagt er zu ihr. »Ich wusste nicht, wo du warst.«

Sie errötet. »Du darfst mich nicht so nennen.«

»Was, *Süße?*«

Sie bemüht sich, ernst zu bleiben, kann sich ein Lächeln aber nicht verkneifen, als er mit den Augenbrauen wackelt.

»Was läuft da zwischen euch beiden?«, fragt Annabelle.

»Alles«, antwortet Max und geht auf Red zu.

»Nichts«, sagt Valerie und tritt zurück.

Annabelle schlägt die Beine übereinander und kämmt sich mit den Fingern das kinnlange Haar. »Sieht für mich so aus, als würde Valerie sich rar machen, um Max heiß zu machen. Sie sollte es nicht übertreiben, sonst könnte Max sich anderweitig umschauen.«

Valerie reißt den Kopf zu Anna herum. »Was zum Teufel mischst du dich da ein, Annabelle? Du kannst froh sein, dass du überhaupt hier bist. Ich hätte dich in Peachville gelassen, wenn Dante nicht darauf bestanden hätte, dich mitzunehmen.«

Annabelle steht auf und tut so, als würde sie eine Kurbel betätigen. Bei jeder Umdrehung geht ihr Mittelfinger etwas in die Höhe.

Ich würde lachen, wenn die emotionale Großwetterlage hier heute nicht so stürmisch wäre. Es ist, als spielten wir in einer Reklame für Aggressionsbewältigung mit.

Als Annabelle den Raum verlässt und den Mittelfinger wie eine Fahne über dem Kopf schwenkt, macht Charlie Anstalten, ihr zu folgen. Ich ziehe sie wieder an mich.

»Geh nicht«, sage ich. »Bitte.«

Charlie legt die Stirn in Falten, als sei sie sich nicht sicher, was sie tun soll. Also erleichtere ich ihr die Entscheidung. Ich umfasse ihren Hinterkopf und ziehe sie zu mir, bis unsere Münder sich treffen. Ihre Lippen bewegen sich erst langsam, als sei sie mit den Gedanken woanders – wahrscheinlich bei Annabelle. Aber bald lässt sie sich gegen mich sinken, und ihre Finger wandern meinen Rücken hinauf.

»Igitt«, sagt Max. »Diesen Mund würde ich nicht küssen wollen. Wer weiß, was da schon alles dringesteckt hat?«

Charlie reißt sich los, als hätte sie vergessen, dass noch andere Leute da sind. »Nur damit du's weißt, ich putze mir zweimal täglich die Zähne.«

Max lacht, dann sieht er Valerie an. Red nagt an ihrer Unterlippe, und ich sehe ihr an, dass sie sich bereits fragt, wie sie die Sache mit Annabelle wieder in Ordnung bringen kann. Sie setzt sich Aspen gegenüber, die wieder in Gedanken verloren ist.

»Sie kommt zurück, und dann rede ich mit ihr«, erklärt Valerie, als hätten wir gefragt.

Einige Stunden später löffelt Charlie mir Tomaten-Basilikum-Suppe in den Mund, obwohl ich durchaus in der Lage bin, das selbst zu tun. Ab und zu wirft sie einen Blick zur Tür. Ich weiß, dass sie hofft, dass Annabelle wieder hereinkommt, so wie auch Blue schließlich zurückgekehrt ist.

Allerdings bleibt Blue im Wohnbereich außer Sicht. Mir soll's recht sein. Ich will ihn genauso wenig sehen wie er mich. Charlie versucht zweimal, Annabelle zu folgen, aber Aspen redet es ihr aus. Sie ist der Ansicht, dass wir hier schon zu lange aufeinanderhocken. Dass wir alle ein wenig Raum gebrauchen könnten. Jedes Mal gibt Charlie nach. Aber ich bin mir nicht sicher, wie lange sie noch dem Drang widerstehen können wird, nach ihrer besten Freundin zu suchen.

Meine Knie zucken unter der Decke nervös hin und her. Drei Tage, drei Nächte, und dann steigen wir in die Hölle hinab. In meinem Hinterkopf höre ich ein leises Pfeifen, das charakteristische Geräusch, das nur ein Dämon machen kann. Aspen und ich dürfen dieses Geräusch auf keinen Fall zu hören kriegen.

Charlie legt mir eine Hand aufs Knie. »Pass auf, dass du nicht mit der Suppe kleckerst.«

Was ich verschweige, ist, dass ich gar keine Suppe will. Wer isst denn überhaupt Suppe zum Abendessen? Rentner und Laufsteg-Models vielleicht. Aber ich? Ich brauche ein ordentliches Steak und eine Ofenkartoffel. Vergesst das Gemüse. Vergesst die Garnitur. Bringt mir einfach nur die Sattmacher.

Als der nächste Löffel voll Tomatenpampe im Anflug ist, wende ich den Kopf ab. Dann nehme ich Charlie die Schale weg und stelle sie beiseite. Das Geplapper aus dem Wohnbereich erstirbt, und schließlich bin ich mir sicher, dass sich alle ins Bett verkrochen haben.

Drei Tage.

Drei Nächte.

Ich wünschte, ich könnte jede Sekunde davon mit ihr verbringen.

Es gibt nur eins, das mich von dem ablenken kann, was ich für Charlie tun werde, und das ist Charlie selbst. Jeder noch so kleine Teil von ihr. Ich schlage die Decke zurück, schwinge die Beine über die Bettkante und ziehe Charlie heran, sodass sie zwischen meinen Knien steht.

Ich schaue ihr in die großen blauen Augen und sage: »Ich will dich. Jetzt.«

33
Roter Engel

Ich hebe den Saum von Charlies Shirt an und drücke ihr die Lippen auf den nackten Bauch. Ihr Kopf fällt ihr in den Nacken, und ihr Haar kitzelt meine Hände. Ich lasse sie hinaufwandern und erhebe mich langsam auf die Füße. Als ich über ihr stehe, halte ich inne und umfasse ihr Gesicht mit beiden Händen.

Als Charlie und ich das letzte Mal zusammen waren, war sie diejenige, die die Führung übernommen hat. Sie hat mir gezeigt, wo sie geküsst und wie sie berührt werden wollte. Aber der Gedanke, Charlie zu verlassen, das Wissen, dass ich es vielleicht nicht zurückschaffe, weckt in mir den Wunsch, die Kontrolle zu übernehmen.

Ich drücke mich an Charlie, bis sie gezwungen ist, zurückzutreten. Sie stößt einen überraschten Schrei aus, als sie mit dem Rücken gegen die Wand stößt. Ich bringe sie mit einem Kuss zum Schweigen, der fast schon ein bisschen brutal ist. Ich lausche auf irgendeinen Laut, der mir sagt, dass sie es nicht so will, aber da ist nichts zu hören.

Ich drücke ihr die Handgelenke über dem Kopf an die Wand und lasse die andere Hand tiefer hinabgleiten. Dann beuge ich mich vor und küsse ihren Hals. Ich beiße in die zarte Haut, erst sanft, dann viel fester. An den Lippen spüre ich, wie ihre Kehle mit einem kleinen Wimmern vibriert.

»Sag mir, dass du mich willst«, verlange ich, meine Stimme tief von Lust.

Charlie antwortet schnell. »Ich will dich.«

Ich drehe sie um, sodass ihr Bauch sich gegen die Wand drückt. Dann lasse ich ihre Handgelenke los, und sie greift hinter sich, um meine Oberschenkel zu packen. Ich presse mich härter an sie, bis meine Hüften auf ihre weiche Gestalt treffen. Mein Körper verschluckt ihren so mühelos.

»Zieh dein T-Shirt aus«, befehle ich.

Ich gebe ihr nur wenige Sekunden Zeit, bevor ich meine nächste Forderung stelle. »Deine Jeans.«

Sie tut, worum ich bitte, und ihr Atem geht schneller.

Als sie aus der Jeans gestiegen ist, will sie sich zu mir umdrehen, aber ich presse meine Bauchmuskeln gegen ihren Rücken und halte sie dort fest. Meine Hände zucken und warten darauf, loszulegen, und als ich es keinen Moment länger ertragen kann, gebe ich ihnen, was sie wollen. Meine Finger gleiten über ihren ganzen Körper, bis wir uns beide danach sehen, zusammen zu sein.

Ich trete zurück und lege ihr den Arm um den Oberkörper. Den anderen Arm schiebe ich unter ihre Beine und trage sie zum Bett.

Meine Lippen verlassen ihre Haut nicht für einen Moment.

Als ich mitten in der Nacht aufwache, ist meine Brust schweißnass. Ich habe von der Hölle geträumt, von einer Klinge, die sich mir in den linken Arm bohrt, und vom Klicken von Dämonenklauen. Und von den Lieblingsfoltergeräten des Teufels, bei denen meistens Eis im Spiel ist.

Das Bett knarrt, als ich mich umdrehe und blind nach Charlie taste.

Sie ist nicht da.

Sofort beschleunigt sich mein Puls. Und als ich mir ein Paar Shorts übergestreift habe, das die Schweigsamen mir gegeben haben, dröhnt mir das Blut in den Ohren.

Irgendetwas stimmt hier nicht.

Sobald mir die Antwort klar wird – *Annabelle* –, stürze ich aus dem Schlafzimmer. Ich mache mir nicht die Mühe, an Blues Tür zu hämmern, ich reiße sie einfach auf. Er fährt im Bett hoch, die Augen rund vor Überraschung. »Charlie ist weg«, erkläre ich. »Irgendetwas stimmt da nicht.«

Er antwortet so wie jeder, der gerade geweckt worden ist. »Wasnlos?«

»Raus aus dem Bett!« Ich verlasse sein Zimmer und finde mich Aspen gegenüber. Sie sieht mich an. »Wie kann ich helfen?«, fragt sie.

Diese einfache Frage schenkt mir eine solche Klarheit, dass ich heulen könnte. Aspen ist stark. Sie ist furchtlos.

Es ist ihr bestimmt, mir zu helfen, Charlies Seele zurückzustehlen.

»Geh und such nach Valerie und Max«, befehle ich. »Und Kraven. Sag ihnen, dass Charlie nicht in ihrem Zimmer ist und dass Blue und ich nach ihr suchen.« Ich fahre mir durch mein zerzaustes Haar. »Und sag ihnen, dass wir Annabelle zuletzt vor dem Abendessen gesehen haben.«

Aspen rennt aus dem Raum. Ich bin mir nicht sicher, wie sie in dieser Honigwabe von einem Haus zwei Befreier und einen Sammler finden will, aber ich vertraue ihr.

Blue erscheint, nachdem Aspen unterwegs ist. »Du solltest Aspen da nicht mit hineinziehen«, knurrt er.

Ich übergehe die Bemerkung, weil jetzt nicht der richtige Moment dafür ist. »Geh rechts den Flur runter. Wenn du Charlie oder Annabelle nicht findest, warte vor dem Haus auf mich. Wo die drei Türen sind.«

Wir eilen aus dem Aufenthaltsraum und stürmen in den Flur. Ich will gerade nach links, als Blue sagt: »Sie sind wahrscheinlich nur in der Küche und holen sich was zu essen.«

Mir ist klar, dass er das selbst nicht glaubt, daher gehe ich einfach weiter.

Nach zwanzig Minuten Suche ist von den Mädchen keine Spur zu finden. Ich bitte jeden Angestellten, den ich sehe, Charlie und Annabelle zum Eingang zu bringen, falls sie ihnen begegnen, aber als ich dort ankomme, sehe ich nur Blue. Seine Grimasse verrät mir, dass er kein Glück hatte. Ich deute mit dem Kopf auf die ersten Türen, und gemeinsam versuchen wir, einige zu öffnen.

Sie sind nicht von innen verschlossen, was mir wie eine schwerwiegende Sicherheitslücke erscheint, aber Kraven hat vermutlich seine Gründe.

Ich habe keine Ahnung, wie Valerie sich die Reihenfolge einprägt, wenn die Türen ständig neu gestrichen werden. Ich überlege kurz, ob ich die versteckte Tür auf der Rückseite des Gebäudes suchen soll, durch die Kraven mich gestern Morgen geführt hat. Aber wenn Charlie und Annabelle aus welchem idiotischen Grund auch immer das Haus verlassen haben, dann haben sie diesen Ausgang genommen.

Nach mehr als zwei Dutzend erfolglosen Versuchen landen Blue und ich schließlich draußen. Der Mond steht voll am Himmel und spendet genug Licht. Als wir uns verteilen, knirschen unsere Schuhe, weil an einigen Stellen noch Schnee liegt, und mir schlägt das Herz bis zum Hals. Ich denke darüber nach, warum die Sirenen hier draußen in der Kälte herumgeschlichen sind, statt ins Haus einzubrechen. Warten sie darauf, dass die Sammler noch mehr von ihnen rekrutieren? Und warum tun die Befreier nichts anderes, als zu trainieren? Es gefällt mir gar nicht, dass wir Verteidigungstechniken geübt haben, wenn wir eigentlich hätten angreifen sollen.

Dann kommt mir ein anderer Gedanke, bei dem mir der Atem stockt.

Vielleicht warten die Sirenen darauf, dass Charlie zu ihnen kommt. Wäre das nicht einfacher? Es ist nicht so, als könnte sie ewig im Bienenstock bleiben. Früher oder später muss sie nach draußen gehen – einen Spaziergang machen, sich das Meer aus der Nähe ansehen.

Nach einer verschwundenen Freundin suchen.

Bevor ich weiß, was ich tue, setzen meine Beine sich in Bewegung. Ich gebe den Versuch auf, leise zu sein, und rufe ihren Namen. »Charlie! Charlie, bist du hier draußen?«

Blue folgt meinem Beispiel. Warum auch nicht? Er weiß nichts von den Sirenen in den Klippen. Er weiß, dass man im Bienenstock in Sicherheit ist und draußen nicht, aber er weiß nicht, wie viele Soldaten der Sammler sich an die Felsen über dem Meer klammern.

»Annabelle?«, brüllt Blue. »Charlie?«

Ein Schrei zerreißt die eisige Nachtluft.

Blue und ich sehen uns kurz an. Dann rennen wir los. Mit pumpenden Armen sprinte ich, als würde ich am Hundert-Meter-Lauf teilnehmen, als würde jede Hundertstelsekunde über Sieg und Niederlage entscheiden.

Blue und ich umrunden das Haus, und ich sehe eine Gestalt auf dem Boden liegen. Als ich näher komme, erkenne ich kurzes dunkles Haar, das über bleiche Haut gebreitet ist. *Annabelle.* Sie ist immer noch weit entfernt. Es wird einige Zeit dauern, bis wir bei ihr sind. Zu viel Zeit.

Ich sehe jemanden schnell mit ausgebreiteten Armen auf Annabelles reglosen Körper zugehen.

»Halt!«, schreie ich. »Wenn du sie anfasst, bringe ich dich um. Ich *bringe dich um.*«

Wie durch ein Wunder bleibt die Person stehen. Ich

renne schneller. Noch schneller. Blue ist dicht hinter mir. Als wir nur noch wenige Schritte entfernt sind, sehe ich, wer da auf Annabelle zugehen wollte.

Es ist Charlie.

Ihre Hände sind mit etwas Dunklem und Nassem bedeckt. Sie fällt auf die Knie.

Während Blue zu der reglosen Annabelle eilt, renne ich zu Charlie. Ich will sie umarmen, aber sie bremst mich mit einem Blick. Ihre Augen sind wild, und ich bin mir nicht sicher, was sie tun wird, wenn ich auch nur einen Schritt näher komme.

Sie hebt die Hände zum Himmel, als bringe sie ein Opfer dar. Sie sieht aus wie ein Engel.

Ein Engel, der vor Blut trieft.

Das Blut ist überall. Es tropft von ihren Fingern. Es bedeckt ihre Brust. Es ist in ihrem Haar. An ihrem Hals. Selbst ihr linkes Ohr ist mit dunklen Spritzern übersät.

Es ist mir wurscht, wo das Blut herstammt. Die Schweigsamen bringen das in Ordnung. Sie werden dafür sorgen, dass es Charlie besser geht. Und sie werden Annabelle wieder aufwecken.

Ich schlinge die Arme um Charlie, und sie sieht mich an, als sei sie sich nicht sicher, wer ich bin.

Ich führe sie zu Annabelle. Blue muss sie auf die Füße bringen. Er muss Annabelle helfen, und wir müssen beide Mädchen ins Haus bringen. Sofort.

Blue dreht sich zu mir um, aber ich kann den Ausdruck auf seinem Gesicht nicht sehen. Wenn er trauert, werde ich ihm eine kleben. Annabelle muss okay sein.

Sie muss. Blue beugt sich über Annabelle und richtet sich auf. Ich höre Anna stöhnen, und ich bin dermaßen erleichtert, dass mir fast die Knie nachgeben. Aber das dürfen sie nicht. Ich muss stark sein. Stark genug für mich und Charlie.

Ich folge Blue, als er Annabelle zur Vorderseite des Hauses zurückführt.

Mein Herz klopft wie wild, und mein einziger Gedanke ist: *rein – rein – rein.*

Wir vier haben gerade mal zehn Schritte geschafft, als ich Charlie etwas murmeln höre.

Ich versuche, nicht darauf zu achten. Ich kann mich nur auf eine Sache konzentrieren, nämlich uns hier wegzubringen, bevor die Sirenen aus ihrem Grab steigen.

Charlie sagt wieder etwas, und diesmal höre ich sie. Ich höre sie, obwohl ich es nicht will.

Sie wiederholt immer wieder die gleichen Worte. Ich versuche, sie zum Schweigen zu bringen, aber sie spricht nur noch lauter.

»Ich habe ihn getötet«, sagt sie. »Er ist tot, und ich habe es getan.«

Blue bleibt stehen, obwohl ich ihm sage, dass er sich verdammt noch mal beeilen soll.

»Ich glaube, es war eine Sirene. Es muss eine gewesen sein.« Charlie streckt erneut die Hände aus. »Ich habe nicht gedacht, dass ihn das umbringen würde.«

»Was?«, fragt Blue, der Annabelle immer noch aufrecht hält. »Was hat ihn getötet?«

Charlie lächelt. Ich weiß, dass sie es aus Nervosität tut, aber mir läuft dabei ein Schauer über den Rücken. »Er hat vor Annabelle gekniet. Er wollte nicht von ihr weggehen. Er wollte meiner besten Freundin etwas tun.« Sie schüttelt den Kopf. »Das konnte ich nicht zulassen.«

»Blue, *mach!*«, brülle ich.

Ihm fällt wieder ein, dass wir draußen sind, und er konzentriert sich erneut auf seine Last. Wo er zwei starke Schritte macht, macht Annabelle einen mühsamen. Er zerrt sie fast hinter sich her, und das ist in Ordnung, solange es sie der Sicherheit des Hauses näher bringt.

Charlie spricht neben mir weiter. »Es ist, als hätte er auf mich gewartet«, beginnt sie ohne jede Emotion. »Also habe ich ihn kommen lassen. Ich bin von Annabelle weggelaufen, damit er mich jagt und sich von ihr entfernt. Und dann habe ich mich umgedreht und mich ihm gestellt.« Charlie legt sich eine Hand an die Brust, als taste sie nach etwas, das nicht da ist. Als sie die Finger wegzieht, bleibt ein blutiger Handabdruck zurück. »Ich habe ihm das Horn genau ins Auge gestoßen. Und sein Auge ... ist einfach geplatzt. Also habe ich versucht, es in das andere Auge zu stechen. Aber ich habe es verfehlt und seine Kehle erwischt. Und dann habe ich ihm einfach immer weiter ins Gesicht gestochen, bis er aufgehört hat ...«

»Du hast getan, was du tun musstest«, unterbreche ich sie. Ich umfasse ihre Taille so heftig, dass es wehtun muss. Aber ich kann meinen Griff nicht lockern. Ich werde vielleicht nie wieder die Hände von ihr nehmen.

»Hörst du das?«, fragt Charlie. Sie klingt wie ein Kind, als rede sie von einem Eisbecher statt von Dämonen, die die Dunkelheit begraben hat.

Ich wirbele herum und sehe, was sie gehört hat – den Schatten eines Mannes, der langsam auf uns zukriecht.

»Blue«, sage ich und lege so viel Gelassenheit wie möglich in meine Stimme. »Ich will, dass du Charlie nimmst und die beiden ins Haus schaffst.«

Unsere Blicke treffen sich. Er öffnet den Mund, als wolle er etwas sagen, aber ich weiß bereits Bescheid.

»Es ist alles klar zwischen uns«, sage ich zu ihm. »Es war immer alles klar. Jetzt geh.«

Als ich mich wieder umdrehe, sehe ich, dass die Sirene jetzt vorwärtsrennt. Ich atme tief ein und beginne auf ihn zuzulaufen. Es ist nur eine Sirene, nur eine einzige, und hinter mir ist alles, was mir wichtig ist.

Als wir nur noch wenige Schritte voneinander entfernt sind, wird mir klar, dass sein Blick nicht auf mir ruht, sondern auf den Leuten, die in Richtung Haus fliehen. Er knurrt, und seine Schritte donnern über die Erde. Er ist jetzt ganz nah. Nah genug, dass ich die Hand ausstrecke, um ihn zu packen. Aber ich greife daneben. Ich habe einen Fehler gemacht. Ich habe seine Geschwindigkeit falsch eingeschätzt, und jetzt ist er an mir vorbei und stürmt wie ein Blitz auf Charlie zu.

»Blue!«, ist das einzige Wort, das ich hervorstoßen kann.

Blue reagiert sofort. Er lässt Annabelle los und springt

vor Charlie hin. Er streckt die Arme nach hinten aus und schiebt sie zurück.

Aber die Sirene rennt sowohl an Blue als auch an Charlie vorbei.

Plötzlich begreife ich, auf wen er es abgesehen hat, auf wen er es *die ganze Zeit* abgesehen hatte.

Und jetzt ist es zu spät.

34
Mein Grund

Die Sirene – er kann nicht viel älter sein als ich – ergreift mit beiden Händen Annabelles Kopf. Die Stimme des Kerls ist rau, wie ein Truck, der über Kieselsteine fährt. »Ich werde ihr das Genick brechen. Und du wirst dabei zusehen.«

Charlie erwacht sofort zum Leben. Das Blut ist vergessen. Der Leichnam, den sie zurückgelassen hat – fort. Jetzt gibt es nur noch Annabelle. Sie schubst Blue von hinten, und er ist so erschrocken, dass er zu Boden fällt. »Ich weiß, was Sie wollen«, erklärt sie mit hoch erhobenem Kopf. »Ich werde mit Ihnen gehen.«

Die Sirene lächelt, und ich bekomme eine Gänsehaut.

»Charlie, nicht bewegen«, rufe ich und schiebe mich langsam auf sie zu. »Keinen Schritt weiter.«

Aber sie hört nicht hin. Sie will das. Sie hat auf einen Moment gewartet, in dem sie ihre Freunde beschützen kann, statt andersherum. Und sie wird sich nicht davon abbringen lassen. Charlie kommt näher, und das Grinsen der Sirene wird breiter.

»Rector wird so zufrieden sein.« Er leckt sich die Lippen.

Mein Blut pocht mir in den Schläfen, als ich den Namen höre. Rector. Das Oberhaupt der Sammler. Derselbe Sammler, der meiner Mom zu nahe gekommen ist, der Charlie gezwungen hat, ihre Seele zu verwirken, und der Blue *versehentlich* getötet hat.

»Geh zurück«, murmelt Annabelle Charlie zu. Sie ist kaum bei Bewusstsein. Es ist das erste Mal, dass ich sie sprechen höre, und ihre Worte, das Leben darin, geben mir neuen Mut.

Ich habe Charlie fast erreicht, als die Sirene sagt: »Rector will nur dich, daher spielt es vermutlich keine Rolle, was ich mit der da mache.«

Er meint Annabelle.

Er wird Annabelle töten, obwohl Charlie in Reichweite ist.

Aber plötzlich fliegt die Sirene in die Höhe.

Sie fliegt durch die Luft, und Kraven steht wie ein wilder Hund vor Annabelle. Seine Flügel breiten sich aus, und er brüllt seine ungezügelte Wut hinaus. Er dreht sich um, umfasst Annabelles Gesicht mit beiden Händen und sieht ihr forschend in die Augen.

Dann schwingt er sich auf und fliegt auf die Sirene über ihm zu, und seine Flügel erhellen den Nachthimmel.

Die Sirene schreit so laut, dass mir die Ohren klingeln. Ich weiß nicht, was Kraven mit ihr macht, und es ist mir auch egal. Ein schnelles, knackendes Geräusch erklingt, und die Schreie ersterben. Sekunden später landet Kraven vor Annabelle. Er sieht sich um und sucht nach einer anderen Gefahr, aber es ist nichts zu sehen.

Bis auf das Blut, das Charlie bedeckt.

Annabelles Knie geben unter ihr nach, und Kraven fängt sie auf. Er senkt den Kopf und drückt seine Wange an ihre. Und dann, als würde ihm bewusst werden, dass wir zusehen, löst er sich von ihr.

Valerie, Max und Aspen kommen um die Ecke des Bienenstocks geeilt. Max erreicht uns als Erster. »Sind alle in Ordnung?« Sein Blick fällt auf Charlie. »Heilige Scheiße.«

Ich suche nach Aspen, und sie sieht mich an. Sie nickt. »Wir können nicht länger warten«, sage ich zu Kraven und schaue immer noch Aspen an. »Falls du also Geheimnisse loswerden möchtest, dann ist jetzt der richtige Zeitpunkt.«

Kraven geht auf Blue zu und drückt ihm Annabelle in die Arme. Dann packt er mich an den Schultern und reißt meine Brust an seine. »Ich übernehme sie.«

»Alter, zieh Leine.« Ich verkrampfe mich. »Was soll das werden?«

Kraven hält mich fest. »Hast du nicht jüngst eine Seele befreit? Du kannst sie nicht mit *dort hinunter* nehmen. Jetzt beeil dich; jeden Moment werden weitere Sirenen hier sein.« Er schaut sich um, als könne er nicht glauben, dass sie nicht längst da sind, als könne dies eine Falle sein.

Die Erkenntnis bricht über mich herein. Oma. Kraven möchte, dass ich ihm ihre Seele gebe, damit er sie an den Oberguru weiterreichen kann. Logisch. Mir brennt vor Scham das Gesicht, weil ich das völlig vergessen hatte. Ich schließe die Augen und versuche, die Seele an ihn weiterzureichen, aber ich kann nicht.

»Hör auf zu versuchen, sie mir zu geben«, fährt er mich an. »Ich muss sie von dir nehmen. Anders geht es nicht.«

Woher zum Teufel soll ich das wissen? Man hat mir nie gezeigt, wie man Seelen stiehlt, obwohl das Rector nicht daran gehindert hat, es herauszufinden. Ich stehe einfach nur da und tue nichts, und dann verspüre ich ein leichtes Kitzeln an der Brust. Ich bin mir nicht sicher, ob das etwas zu bedeuten hat. Als Rector Charlies Seele von mir genommen hat, habe ich nichts gespürt, sonst hätte ich vielleicht gewusst, was geschieht. »Und? Hast du sie?«

»Was ist los?«, fragt Charlie neben mir. Sie ist immer noch benommen, aber es scheint ihr besser zu gehen. Sie und alle anderen starren auf Kravens Flügel. Selbst die Leute, die sie schon einmal gesehen haben, sind sprachlos.

Kraven antwortet keinem von uns. Er schießt auf Blue zu und holt sich Annabelle zurück. Ich schätze, man kann das als *ja, ich habe ihre Seele genommen* werten. »Geh jetzt, Dante. Schnell. Ich muss die anderen ins Haus schaffen.«

»Er kann jetzt nicht gehen«, widerspricht Valerie. »Er hat dir noch drei weitere Tage versprochen. Braucht er die nicht, um zu lernen …?«

»Red, es muss jetzt geschehen«, unterbreche ich sie. »Das weißt du.«

»Wovon redet ihr alle?«, wirft Blue ein. »Und warum reden wir hier draußen?«

»Max, wirst du uns führen?«, frage ich.

»Nein!«, blafft Valerie. »Du brauchst ihn nicht.«

Max tritt neben mich. »Klar, Mann. Wenn du darauf bestehst, etwas so Dummes zu tun, dann lasse ich dich das nicht allein machen.«

»Er darf nicht zurückkehren«, beharrt Valerie. Sie spricht zu mir, aber sie packt Max an dessen Hemd. Tränen füllen ihre Augen, und ihre Wangen sind knallrot.

»Blue, bring Charlie sofort ins Haus«, befiehlt Kraven. Obwohl Blue ihn verwirrt anschaut, tut er, worum Kraven ihn gebeten hat. Zuerst hält Charlie sich an mir fest und schüttelt den Kopf. Aber als Blue sie wegzieht und ich sie von mir schiebe, fängt sie an zu schreien. Mir ist klar, dass Charlie nicht genau weiß, was gerade geschieht. Aber sie weiß genug. Sie weiß, dass ich irgendwo hingehe und dass es kein guter Ort sein kann.

»Nein, nein!«, ruft sie. »Du darfst nicht gehen. Nicht nach dem, was passiert ist. Nicht nach dem, was ich getan habe.«

»Charlie, es ist okay.« Ein Kloß bildet sich in meiner Kehle. »Sie werden auf dich aufpassen.«

»Aber wo gehst du hin?«

Ich schaue über meine Schulter zu den Klippen und zu dem Meer dahinter. Blue hat recht, wir können nicht mehr lange hier draußen bleiben, aber ich fürchte, wenn ich jetzt ins Haus zurückkehre, dann gehe ich nie. »Charlie, du musst mir vertrauen. Geh zurück in den Bienenstock, bevor die anderen Sirenen …«

»Ich gehe nicht, bevor du mir nicht gesagt hast, wo du hinwillst«, knurrt sie. Charlie wird langsam hysterisch. Blut tropft von ihrem Shirt auf den Boden, und ihre Augen sind groß vor Angst. »Sag es mir. Sag es!«

Ich löse ihre Finger von meinem Shirt, während mir Tränen in den Augen brennen. Charlies Unterlippe zittert.

Mein Herz.

Es wird vielleicht nie wieder schlagen.

Aspen tritt neben mich. »Bist du so weit?«, frage ich sie im Flüsterton. Sie holt tief Luft und ergreift meine Hand. Ihr Handschuh fühlt sich glitschig an.

Als Charlie das sieht, dreht sie durch. Blue legt die Arme um sie, während Charlie sich auf mich werfen will. »Sie? Du nimmst *sie* mit?«

Während Charlie sich in Blues Griff windet, kann ich nicht umhin, erstaunt zu sein. Ich kann nicht glauben, dass sie je gedacht hat, ich würde wollen, dass sie sich ändert. Dieses schöne, friedliche Mädchen. Seht sie euch an. Schlägt um sich wie eine tollwütige Bestie. Kämpft für das, was sie will.

Nein, ich wollte nicht, dass sie sich ändert.

Aber sie hat es getan.

»Ich habe meine Oma verloren«, sagt Charlie. »Ich will dich nicht auch noch verlieren.« Ihr Gesicht ist vor Trauer verzerrt. Oma ist erst vor wenigen Tagen gestorben. Jede Nacht sehe ich es an der Art, wie Charlie schläft – unruhig und voller Albträume. Aber tagsüber verdrängt sie es, damit wir es nicht wissen, damit wir kein Mitleid mir ihr haben. Doch nicht jetzt. Jetzt ist der Schmerz da, roh und so nah, dass ich ihn schier mit Händen greifen kann.

Ihre Worte treffen mich, aber ich werde nicht bleiben. Denn ich liebe sie – *ich liebe sie* –, aber hier geht es darum, ihr das Leben zu retten. Und es geht auch darum, das Leben anderer zu retten. Ich will mich nicht für andere Leute interessieren, für Menschen, die ich nie gesehen habe und deren Namen ich nicht kenne. Aber ich tue es. Ich nehme Anteil, weil Charlie mir beigebracht hat, wie man Anteil nimmt. Und jetzt muss ich tun, was richtig ist.

Selbst wenn es bedeutet, sie zu verlassen.

Selbst wenn es bedeutet, dass ich vielleicht nie zurückkehren werde.

Ich lasse Aspens Hand los und umfasse Charlie Coopers Gesicht. Mein Herz geht über. »Mein süßer Engel«, flüstere ich. »Du bist mein Schmerz. Du bist mein Grund. Ich liebe dich. Ich liebe dich.«

Unsere Lippen treffen sich. Ich schmecke das Salz ihrer Tränen, das Sirenenblut auf ihrem Mund. Ich küsse sie, als wäre es das letzte Mal.

Und dann lasse ich sie los und wende mich ab.

Ich setze mich in Bewegung.

Max und Aspen folgen mir, und Charlie beginnt zu schluchzen.

»Du liebst mich?«, ruft sie. »Du *liebst* mich! Du hast

gesagt, für immer, Dante. Für immer heißt, dass du nicht fortgehen darfst. Das darfst du nicht. Du hast gesagt, für immer!«

Ich kann sie immer noch schreien hören, als man sie in den Bienenstock zerrt. Mit jedem Schritt, den ich mache, brennt mein Körper heißer. Meine Hände zittern, und ich beiße die Zähne aufeinander. Ich will zu ihr rennen, ihre Tränen trocknen. Aber ich gehe einfach weiter. Ich muss.

Für immer.

35

Lebe wohl, Freund

Zwölf Stunden später, nach einem strapaziösen Flug, wenig Schlaf und schlechtem Essen, warten Max, Aspen und ich auf einer privaten Landebahn auf unseren Wagen. Wir haben den Bienenstock zwar ohne einen Cent in der Tasche verlassen, aber Max hatte sein Telefon. Und obwohl Valerie nicht sonderlich erfreut darüber ist, dass Max mitgekommen ist, war sie einverstanden, uns die nötige Ausrüstung zu besorgen, sobald er erklärt hatte, was wir brauchen.

Ich denke immer noch an Charlies Worte, als eine schwarze Limousine vorfährt. Ich hoffe, Charlie weiß, dass ich das für sie tue.

Als wir im Wagen sitzen, dreht Aspen sich auf dem Ledersitz zu mir um und reißt mich aus meinen Gedanken. Sie befingert ihre Kette und schaut mich an. Sie wartet auf eine Anweisung, aber ich kann ihr keine geben.

»Also«, sagt sie. »Alaska.«

Ich zucke mit den Schultern.

»Ich dachte, es wäre irgendwo, wo es heiß ist.« Aspen richtet den Blick auf Max und hofft, bei ihm mehr

Glück mit der Informationsbeschaffung zu haben. Aber er sieht nicht zu ihr hin. Er ist in Gedanken verloren, und ich brauche nicht zu raten, an wen er denkt. Oder welche Haarfarbe sie hat.

Mir ist nicht nach Reden. Ich will einfach nur meinen Magen sich selbst auffressen lassen. Aber Aspen hat etwas Phänomenales getan. Sie hat sich freiwillig für diese Seelenklaumission gemeldet, ob es nun eine gute Idee ist oder nicht, und ich habe das Gefühl, dass ich ihr Aufmerksamkeit schulde.

»In zwei Stunden sind wir da«, sage ich. »Bei diesem Wetter dauert die Fahrt ein bisschen.«

Aspen blickt aus dem Fenster. Das Schneegestöber peitscht in einem seltsamen Kriegstanz an uns vorbei. Die Straße ist keine zwei Spuren breit, und außer den Reifenspuren anderer Fahrzeuge kann ich kaum etwas erkennen. Bald werden auch sie verschwunden sein. Dann steigen wir auf Schneemobile um.

»Ich dachte, es wäre irgendwo, wo es heiß ist«, wiederholt Aspen.

Genau, denke ich. *Das ist der Grund, warum wir stattdessen hier sind.*

Es dauert nicht lange, und der Fahrer hält an. Er steigt aus und öffnet den Kofferraum. Dann kommt er zurück und reicht uns Thermounterwäsche und dicke Jacken. Als er mir eine rote Mütze zuwirft, frage ich mich, wie viel er über das weiß, was wir hier draußen tun.

So gut wie gar nichts.

Sie wissen nie etwas. Genau das ist der Luxus, den

Geld ermöglicht. Wenn man jemandem genug bezahlt, wird er keine Fragen stellen. Manchmal sehe ich ein vertrautes Gesicht, aber das Endergebnis ist immer das Gleiche: Autos, Schneemobile, keine Fragen.

Als Max und ich den Wagen verlassen, beißt mir die Kälte in die entblößte Haut. Es gibt nicht viel davon, denn immerhin trage ich zwei Schichten dicker Winterkleidung, eine Schneebrille, eine Mütze und Handschuhe. Aspen zieht sich im Auto fertig um und steigt aus. Obwohl der Wind heult, kann ich hören, wie die plötzliche Temperaturveränderung sie scharf die Luft einziehen lässt.

»Es dauert nicht lange«, brülle ich. Dann deute ich mit dem Kopf auf die drei schwarzroten Schneemobile. Max schüttelt einem der Schneemobilfahrer die Hand. Aspen und ich stapfen hinüber, während die Männer an uns vorbeigehen und in die Limousine springen. Sie fährt mit klirrenden Schneeketten davon. Ich gebe Aspen eine schnelle Einführung in das Fahren eines Schneemobils. Sie nickt und schlägt sich die Arme um den Leib.

Max überprüft etwas in dem Stauraum hinter dem Sitz und reckt den Daumen hoch. Ich weiß, wonach er geschaut hat, aber ich will nicht daran denken. Noch nicht.

Ich schaue Aspen an und nicke ihr zu. Sie steigt auf ihr Schneemobil und setzt einen Helm auf. Ich sehe, dass sie zittert, aber ich bin mir nicht sicher, ob es wegen der Kälte oder etwas anderem ist.

Nachdem ich meinen eigenen Helm aufgesetzt habe, drücke ich mit dem rechten Daumen den Gashebel, und los geht's.

Ich lege mich in die Kurven und bemerke kaum die Taubheit, die meinen Körper ergreift. Ich brauche nicht nach dem Weg zu fragen. Max auch nicht. Wir würden den Weg mit geschlossenen Augen und Frostbeulen an den Eiern finden. Jedes Mal, wenn ich Aspen am Rand meines Gesichtsfeldes fahren sehe, wird mir flau im Magen, und ich denke: *Es war ein Fehler. Sie sollte nicht hier sein.*

Aber dann denke ich an das, was sie im Bienenstock gesagt hat, dass dies der Grund sei, warum man sie mir zugewiesen hat, der Grund, warum sie für den Oberguru so wichtig ist. Also konzentriere ich mich darauf. Und ich denke an Charlie. Ich versuche, sie beide in meinem Bewusstsein zu halten. Es hilft.

Zumindest, bis ich ihn sehe …

Den Eingang zur Hölle.

Max und ich lenken unsere Schneemobile nach rechts und nehmen den Daumen vom Gas. Dann steigen wir ab und gehen in den Wald. Aspen folgt uns. Als ich den Baum das erste Mal suchen musste, die Weiß-Fichte im Fichtenwald, dachte ich, ich würde sie kein zweites Mal finden. Es gibt nichts, was sie von den anderen unterscheidet. Nichts, das sagt: *Ich bin diejenige, die dich dort hinbringt.* Aber glaubt mir, wenn ich sage, dass man den Baum kaum wieder vergessen kann, wenn man erst einmal weiß, welcher es ist.

Wir stapfen durch knietiefen Schnee, und als wir ankommen, sind wir außer Atem. Die hohen Bäume, die von schaumartigem weißem Pulver bedeckt sind, und der Boden, der unter unseren Füßen glitzert, verbreiten wirklich so etwas wie Weihnachtsatmosphäre. Ich schätze, es wird höchste Zeit, in der Hölle ein bisschen Festtagsstimmung zu verbreiten.

»Ist das ein Scherz?«, übertönt Aspen den Wind. »Wollt ihr zwei mich hier draußen begraben?«

Ich werfe ihr ein Lächeln zu, obwohl mir nicht danach zumute ist. Ich erinnere mich an das erste Mal, als ich allein hierhin zurückgekehrt bin. Es war, als würde man zu einem Zahnarzttermin gehen, obwohl man weiß, dass es wehtun wird. Nur eine Million Mal schlimmer.

Wir bleiben vor dem Baum stehen. Er ist locker fünfundzwanzig Meter hoch und erinnert mich jedes Mal an einen Weihnachtsbaum. Ich bin mir sicher, dass Lucille das zum Schreien komisch findet. Aspen schaut nach oben und streicht über die spitzen Nadeln. Ihre Finger ragen aus orangefarbenen Handschuhen heraus.

Hatte sie die Dinger letzte Nacht beim Schlafen an?

Ich überlege, ob ich ihr meine Handschuhe anbieten soll, damit sie keine Frostbeulen bekommt. Aber sie wird die Wärme nicht mehr lange brauchen.

Max greift sich hinten in die Hose und zieht eine kurze Klinge hervor. Das ist der Gegenstand, nach dem er auf dem Schneemobil gesehen hat. Valerie hat an alles gedacht, worum Max sie gebeten hat. Obwohl ich wette, dass dieser Teil der Anweisung sie besonders nervös gemacht hat.

Mein bester Freund überreicht mir das Messer. Genau wie der Baum ist es nichts Besonderes – eine zehn Zentimeter lange Klinge mit Holzgriff.

Blut schießt mir durch die Adern, als ich das Messer auf die Innenseite meines Arms herabsenke. Aspen stößt einen kleinen Schrei aus.

»Warte«, sagt Max. »Wie willst du es machen?«

Ich lasse das Messer sinken und lege ihm die Hand auf die Schulter. »Du und ich, wir kennen jeden Winkel. Es wird leichter sein, als du denkst, weil niemand wagen würde, was ich gleich tun werde. Lucilles Arroganz ist seine Achillesferse.«

Max weiß, dass das stimmt, aber für ihn ist die Sache damit noch nicht erledigt. Er zieht mich so schnell in eine Umarmung, dass ich ihm fast ins Bein gestochen hätte. Ich schlinge meinen freien Arm um ihn, und meine Brust schmerzt. Mein bester Freund hat so viel für mich getan. Er hat seine Fußfessel riskiert, um die Sammler zu verlassen und bei mir und Red zu sein, und er hat sie erneut riskiert, indem er hierhergekommen ist. Ich wünschte, ich hätte während der letzten Tage mehr Zeit gefunden, mit ihm abzuhängen. Ich hoffe nur, dass ich ihm zeigen kann, wie viel mir unsere Freundschaft bedeutet, wenn ich zurückkomme. *Falls* ich zurückkomme. Ich mag zwar die Klappe aufreißen, aber ich weiß, dass ich diesen Teil der Erde vielleicht nie wiedersehen werde. Und Max auch nicht.

»Geh runter von mir, du Blutsauger«, sage ich und wische mir mit der Hand über die Augen. »Warte einfach bei den Schneemobilen. Wir sind in Null Komma nix zurück.«

Max betrachtet eingehend den Schnee unter seinen Stiefeln.

Als ich diesmal das Messer auf meinen Arm senke, zögere ich nicht. Ich ziehe die Klinge über die Innenseite meines linken Unterarms, bis sich darauf eine dunkle Blutspur erhebt. Dann drehe ich den Arm um und lasse das Blut auf den Fuß des Baumes tropfen. Anschließend gebe ich das Messer an Aspen weiter.

»Linker Arm«, weise ich sie an. Selbst vor diesem Teil möchte ich sie beschützen. Aber ich weiß, dass sie es ohne Hilfe tun muss, denn von jetzt an wird es nur noch schlimmer werden.

Aspen schließt die Augen, beißt die Zähne zusammen und macht es mir nach. Dann dreht sie den Arm um. Ihr Blut spritzt über den Schnee und färbt ihn rot. Max weicht zurück und starrt mir ins Gesicht.

Hinter dem Baum bricht die Erde auf.

Ein lautes Grollen ist zu hören, als sich unter den Wurzeln ein schwarzes Loch ausbreitet. Es verschlingt den blutbefleckten Schnee wie eine Opfergabe und klafft weit auf. Ich eile an Aspens Seite und ziehe sie von dem schwarzen Nichts zurück. Sie hält das Kinn hoch erhoben, aber ich sehe, wie sie die Fäuste ballt.

»Du kannst hierbleiben«, sage ich ihr. »Max kann dich zurückbringen.«

»Nein«, entgegnet sie. »Ich komme mit.« Ich weiß nicht, woher sie ihre Entschlossenheit nimmt, aber ich akzeptiere ihre Antwort und trete zur Seite. Aspen späht über den Rand der Öffnung und sieht die nach unten führenden Stufen. »Es ist ein richtiger Ort«, murmelt sie. »Die Hölle ist hier auf Erden.«

»Natürlich.« Ich lasse mich auf die erste Stufe hinab und drehe mich zu Aspen um. »Letzte Chance, Aspen. Du musst das nicht machen.«

Ihr Blick wandert zu Max, bevor sie wieder mich ansieht. Entschlossenheit brennt in ihren Augen, daher biete ich ihr die Hand, und sie tritt neben mich auf die Stufe.

Max kommt näher. »Ich weiß nicht, wie lange ich das noch aushalte«, bemerkt er unerwartet. »Ich kann kein Sammler sein, während sie eine Befreierin ist. Irgendwann werde ich ein Risiko eingehen müssen, wie ihr zwei es gerade tut.«

Ich weiß nicht, warum er mir das gerade jetzt sagt. Es wirkt beinahe so, als wolle er es mich für den unwahrscheinlichen Fall wissen lassen, dass ich nicht zurückkomme. Ich schaue auf seine Fessel. Er will sie abnehmen. Er will das Dargon zerbrechen und sehen, ob der Oberguru ihn akzeptiert, damit er mit Valerie zusammen sein kann.

»Noch nicht, Champion«, antworte ich. »Warte, bis ich zurück bin. Dann können wir es zusammen tun.«

Die Falte zwischen seinen Brauen verschwindet. Er lächelt.

Ich hebe die Hand zu einem Winken.

Er hebt den Stinkefinger, und ich lache.

Dann dreht er sich um und geht zurück zu den Schneemobilen. Zwischen uns bleibt so viel ungesagt. Besser als sonst irgendjemand weiß er, was Aspen und mich erwartet. Ich schaue ihm nach, wie er die Knie hochhebt, um nicht im Schnee zu stolpern.

Aspen drückt meinen Arm, und ich richte meine Aufmerksamkeit auf die Treppe.

»Bist du bereit?«, frage ich.

Aspen lässt mich los und beginnt den Abstieg. Ich folge ihr. Über uns schließt sich der Boden. Schnee tropft herab und landet zischend auf den Stufen.

Als ich das erste gequälte Stöhnen höre, weiß ich, dass ich wirklich hier bin.

Ich bin nach Hause gekommen. In die Hölle.

36
Willkommen in der Hölle

Aspen und ich streifen unsere dicken Klamotten ab, als die Temperatur steigt. Die Leute glauben, die Hölle sei der heißeste Ort, den man sich vorstellen kann. Das stimmt nicht, obwohl die Hölle auch nicht gerade kühl ist. Innerhalb weniger Sekunden brennt mir der Schweiß auf der Stirn und den Armen. Ich wünschte ernsthaft, ich könnte hier unten meinen Schatten nutzen; es würde alles viel einfacher machen. Aber mit Aspen an meiner Seite spielt es vermutlich keine Rolle. Ich bereue es auch, keine Waffe mitgenommen zu haben. Ich weiß, was Kraven über den Verlust meiner Fußfessel gesagt hat, aber im Moment mache ich mir wegen viel schlimmerer Dinge Gedanken.

Der Abstieg über die Treppe dauert eine gefühlte Ewigkeit. Ich versuche, den Blick auf die Stufen vor mir gerichtet zu halten statt auf die Wände. Aspen hat nicht bemerkt, woraus sie bestehen, und ich hoffe, dass es so bleibt. Aber als wir uns endlich dem Fuß der Treppe nähern, rutscht sie aus. Sie rudert mit den Armen und stützt sich an den Wänden ab.

»Pass doch auf«, sagt eine knarrende Stimme.

Aspen hätte beinahe geschrien. Ich muss ihr die Hand auf den Mund legen, um sie daran zu hindern. »Leise«, sage ich zu ihr. »Egal was du siehst, egal was passiert, du darfst auf keinen Fall schreien.«

Ich drehe mich zur Wand um. »Und *du*. Du sollst nicht sprechen, außer wenn du etwas Ungewöhnliches siehst.«

Aspen reißt die Augen auf, als sie die Gesichter erblickt. Hunderte von ihnen ragen wie Masken aus den Wänden heraus. Im Treppenhaus ist nicht viel Licht, aber es genügt, um zu erkennen, dass es Menschen sind.

»Sie hätte mich fast wieder reingedrückt«, beschwert sich das Gesicht. »Du weißt, wie schwer es ist, einen Platz zu ergattern.«

Ich stelle mir die Leiber vor, die zwischen den Mauern gefangen sind und ihre Gesichter hindurchschieben, um zu sehen, wer kommt und wer geht. Die Gesichter ragen nicht wirklich aus den Wänden heraus. Es ist eher so, als würden sie ihre Form durch die Wand drücken, sodass ein jedes die bläulich-schwarze Farbe des Steins hat, in dem sie eingeschlossen sind.

»Halt die Klappe«, befehle ich. »Du bist nicht verletzt.«

»Es ist Dante Walker«, flüstert ein Gesicht daneben.

»Ooh, Dante ist zurück«, sagt ein anderes.

»Wer ist das Mädchen?«

»Dante bringt dem König eine Lebendige.«

»Ich wusste, dass er nach Hause kommt!«

Ihre Stimmen vermischen sich wie ein schräges Lied. Es übertönt beinahe das allgegenwärtige Stöhnen.

Aspen versucht, sich so klein wie möglich zu machen. Ihre Wangen sind dunkelrot von Angst, und sie versucht, überall gleichzeitig hinzuschauen. »Das kann nicht echt sein. Ich muss …«

»Ich weiß.« Ich nehme ihre Hand und zwinge sie weiterzugehen. Unten an der Treppe sehen wir ein sanftes Schimmern. Aspen wird es für das Flackern einer Lampe oder einer Fackel halten. Aber es ist nichts dergleichen. »Denk dran, was auch geschieht, es wird nicht geschrien.« Ich schaue nach vorn und denke an das, was dort wartet. »Die Sammler sind die Einzigen, die definitiv wissen, dass ich nicht hier sein sollte. Die anderen haben vielleicht keine Ahnung.«

Die anderen. Die anderen sind Dämonen und gefolterte Menschen.

Ich erkläre ihr das nicht näher und gehe stattdessen voran. Währenddessen spreche ich ein stummes Gebet an den Oberguru, dass die Sammler nicht hier sind, dass sie alle auf der Erde sind und weitere Sirenen rekrutieren oder Seelen siegeln oder was auch immer tun.

Aspen und ich steigen von der letzten Stufe hinab und betreten einen runden, grün glühenden Raum mit rotem Lehmboden. Der Boden bebt, und ich verstärke meinen Griff um Aspens Hand.

»Was ist das für ein Geräusch?«, fragt sie mit zitternder Stimme.

Bevor ich antworten kann, tappt ein scheunengroßer Bär in den Raum. Das grüne Leuchten kommt aus seinen Augen. Es strahlt hell, während der Bär uns mustert. Aspen stolpert zurück, als der Bär sich auf die Hinterbeine stellt und ohrenbetäubend brüllt. Das Geräusch lässt meine Knochen klappern, und ich habe das Gefühl, als sei mein Trommelfell zerfetzt.

Hallo, alter Freund.

Der Bär hat ein dickes schwarzes Fell und Zähne von der Länge meines Arms. Er lässt sich auf alle viere fallen. Er kniet sich hin und reißt den Mund weit auf. Sein Maul ist so groß, dass ein Mensch hineinspazieren könnte, wenn er sich duckt.

Und genau das werden wir tun.

»Wir müssen da rein«, erkläre ich.

Aspen verzieht voller Grauen das Gesicht. »In sein Maul?«

»Nur kurz«, erkläre ich. Nachdem wir den Bienenstock verlassen hatten, haben Max und ich versucht, Aspen darauf vorzubereiten, was sie in der Hölle erwartet. Aber sie wollte es nicht hören. Sie sagte, wenn sie zu viel wüsste, käme sie in Versuchung, zu kneifen. Also erkläre ich nur das, was ich muss, wenn ich es muss.

Zusammen nähern Aspen und ich uns dem Maul des Bären, als wäre es ein Höhleneingang. Speichel tropft von seinen Zähnen wie Regen, der an einem Haus herabrinnt. Wir warten vor seinen Kiefern, und seine rosige Zunge rollt wie ein roter Teppich heraus. Sobald wir hineintreten, kommen die Schlangen. Wobei ich sagen muss: Sie haben länger gewartet als sonst, eingerollt in den Wangentaschen des Bären.

Zuerst tritt Aspen nach den Schlangen und versucht

vergeblich, ihre Beine von ihnen zu befreien. Aber sie kommen schneller, mehr und mehr, bis wir von ihnen bedeckt sind. Sie ringeln sich wie Armbänder um unsere Handgelenke und pressen uns den Leib zusammen, bis wir kaum noch atmen können.

Aspen ist gefährlich nah dran, *die Regel* zu brechen.

Eine Schlange mit schwarzen Schuppen und einem orangefarbenen Kopf senkt Aspen die Reißzähne in den Hals. Sie schreit auf, stopft sich aber die Faust in den Mund, um das Geräusch zu ersticken. Sie schüttelt den Kopf hin und her.

Ich verkrampfe mich. Ich will nicht, dass sie hier ist. Ich will nicht, dass irgendjemand erfährt, dass dies der Ort ist, von dem ich gekommen bin, oder dass jemand dieses Ausmaß von Schrecken erlebt. Aber ich versuche, den Gedanken zu verdrängen und mich auf mein Ziel zu konzentrieren: in das Seelenlager zu gelangen und von hier zu verschwinden.

»Aspen«, sage ich so leise wie möglich. »Die Schlangen werden dir nichts tun. Geh einfach weiter auf die Kehle des Bären zu. Wir müssen in seinen Bauch hinuntersteigen.«

»Oh Gott«, stöhnt Aspen, während ihr die Tränen übers Gesicht strömen.

Sie geht weiter.

Dunkelheit verschluckt uns, aber ich weiß, dass es nicht lange dauern wird. Ich höre Aspen wimmern. Sie ist stark, so stark, dass ihre Beine sie vorwärtstragen, obwohl sie blind vor Angst ist. Aspen mag denken, dass sie mich enttäuscht, aber sie macht ihre Sache so gut, wie ich es mir nur erhoffen konnte.

Schleim tropft mir den Rücken hinunter, als wir uns bücken und weiter durch den gewaltigen Schlund des Bären gehen. Neben mir erzittern glitschige rosafarbene Wülste, wenn ich sie berühre.

»Aspen, vertraust du mir?«, frage ich.

Aspen zögert. Dann spricht sie mit erstickter Stimme. »Ich vertraue dir.«

Ich kitzele den Bären mit den Fingerspitzen in der Kehle. Ich will das hier hinter mich bringen. Das Riesenvieh bewegt die Zunge, sodass wir hin und her geworfen werden.

»Was machst du da?«, brüllt Aspen.

Ich würde ihr sagen, dass sie leise sein soll, aber es spielt keine Rolle. Nicht hier drin.

Der Bär schluckt.

Wir gleiten seine Kehle wie eine Wasserrutsche hinunter. Aspen hält sich an meinem Bein fest, und wir purzeln kopfüber nach vorn. Mein Herz schlägt mir gegen den Brustkorb. Nicht wegen der Rutschpartie – die habe ich zu oft hinter mich gebracht, um noch Angst zu haben –, sondern weil ich weiß, wie Aspen sich fühlen muss, wie ihr Geist nach Erlösung schreien muss.

Wir landen hart, und ich ziehe Aspen auf die Füße.

Sie wischt sich mit ihren behandschuhten Händen über die Augen und versucht, die Tatsache zu verbergen, dass sie geweint hat. Ich weiß nicht, warum. Sie ist schließlich gerade von einem überdimensionalen Bären verschluckt worden, Scheiße noch mal. Da stehen ihr ja wohl paar Tränen zu.

Ich umfasse mit beiden Händen ihre Schultern. »Bist du okay? Wir müssen noch durch ein paar andere Räume, aber es wird nicht mehr lange dauern. Es ist ein endloses Labyrinth, aber ich kenne den Weg. Schaffst du das?«

Aspens Augen werden groß, als sie ihre Umgebung betrachtet. »Wo sind wir hier?« In ihrem Gesicht steht kindliche Faszination. Mir dreht sich der Magen um; diese Faszination wird sich bald in etwas völlig anderes verwandeln.

»Im Spiegelsaal«, antworte ich.

Der Raum ist ein perfektes Quadrat voller spiegelnder Gegenstände. Eine kunstvolle Truhe, ein herabhängender Kronleuchter, Musikinstrumente, Bilderrahmen, einzelne Möbelstücke, Kinderspielzeug, Treppen, die ins Nichts führen – es sind alles Spiegel. Ein unsicheres Lächeln gleitet über Aspens Züge. »Es ist so schön«, murmelt sie und dreht sich zu mir um. »Wie ist das möglich?«

Licht strömt aus einer unsichtbaren Quelle, beleuchtet uns und wird von den Spiegeln zurückgeworfen. Es ist ein makelloser Ort. Ein Haus der Wunder.

Aber es ist auch ein Ort der Albträume.

Aspen hebt eine Kugel auf und wirft sie zwischen den Händen hin und her. Es ist erstaunlich, wie schnell sie vom Heulen zu selbstbewusster Neugier gewechselt ist. Aber dann sieht sie sich die Kugel genauer an. Ihre Augen werden schmal und ihre Züge verhärten sich.

»Was sehe ich da?« Angst färbt Aspens Stimme.

»Es ist nicht echt.« Ich eile an ihre Seite, bleibe aber stehen, als die Bilder aus den Spiegeln auf mich einprasseln. Meine Mom steht mit dem Rücken zu mir da und lacht. Mein Vater beobachtet sie, und Blut tropft ihm von den Wangen. Ich gehe in die Mitte des Raumes und steige über Glaskacheln, die in Endlosschleife wiederholen, wie Max aufgeschlitzt wird. Im Geiste sage ich mir genau das vor, was ich gerade Aspen erklärt habe, aber es ist schwer, etwas nicht zu glauben, das sich direkt vor unseren Augen abspielt.

Dieser Raum ist immer hart. Egal, wie oft ich ihn passiere, mein Kopf pocht jedes Mal. Meine Muskeln verkrampfen sich.

Ich kriege keine Luft.

Aspen lässt sich auf den Boden fallen und bedeckt den Kopf mit den Händen. Sie hat die Knie an die Brust gezogen und murmelt etwas über ihren Vater. Ihr Rücken hebt und senkt sich zu schnell. Ich muss zu ihr, bevor ihr Herz versagt.

Aber das ist schwer, wenn Charlies Gesicht mir mit ausgestochenen Augen entgegenstarrt.

»Du musst daran glauben, dass es nicht echt ist«, sage ich zu Aspen und vielleicht auch zu mir selbst. »Du musst glauben, dass es nicht echt ist, sonst kommen wir hier nie mehr raus.«

Ich lasse mich auf den Boden fallen und sehe zu, wie Max unter meinen Händen ausgeweidet wird. Dann stürze ich auf Aspen zu. Ich reiße sie in die Arme und flüstere ihr ins Ohr: »Denk an Sahara. Denk an Lincoln. Erinnere dich daran, warum wir hier sind. Es ist nicht echt. Es ist in deinem Kopf. Glaube, was ich dir sage. Du musst daran glauben, Aspen.«

Mehrere Sekunden verstreichen, bevor sie den Kopf hebt. Sie sieht sich im Raum um, und obwohl ihr Gesicht schmerzverzerrt ist, wiederholt sie: »Es ist nicht echt.«

Sobald sie diese Worte ausspricht, glaube ich sie auch.

Der Raum wechselt die Farbe. Er ist rot. Überall sind menschliche Leiber, die sich die Augen zuhalten und schreien, dass die Bilder aufhören sollen. Aspen wusste nicht, dass sie da sind. Aber ich wusste es.

Unter uns zerspringt der Boden in tausend Stücke.

Aspen erstarrt, und ich sehe ihn – einen Sammler – im Spiegelsaal stehen, die Arme vor der Brust verschränkt.

Der Boden zerbricht, und wir fallen.

37
Wir stürzen hinab

Ich habe mir diesen Sturz eingeprägt. Ich weiß, wie die kleinen Steinchen sich in meine Muskeln graben werden, wenn ich lande. Aber das verringert die Wucht des Aufpralls nicht, als ich auf dem Boden aufschlage.

Aspen kracht auf die Seite und rollt nach links. Ich lande flach auf dem Rücken. Der Atem wird mir aus den Lungen gepresst, und wenn ich könnte, würde ich einfach nur still daliegen. Aber ich kann nicht. Nicht, nachdem ich den Sammler gesehen habe. »Es geht dir gut«, sage ich zu Aspen und helfe ihr auf die Beine. Ich bin mir nicht sicher, ob es ihr wirklich gut geht oder nicht, aber ich brauche sie, daher ziehe ich weiter an ihrem Arm. Sie steht auf und schaut nach oben. Der zerborstene Boden ist jetzt eine Buntglasdecke. Licht strömt durch die Puzzlestücke und verwandelt den Bereich in eine Orgie aus Blau-, Grün- und Purpurtönen. Die himmlischen Farben tragen nichts dazu bei, den Geruch abzumildern.

»Oh mein Gott«, stöhnt sie. »Was ist das? Es riecht nach …«

»Es ist Verwesung.« Mein Blut pocht mir in den

Schläfen, als ich nach ihm suche. Er ist hier. Er muss hier sein.

Eine schmale Brücke verbindet die dunkle Plattform, auf der wir stehen, mit einer zweiten auf der anderen Seite. Wir müssen hinübergehen, um unser Ziel zu erreichen. Ich erwäge, Aspen nichts von dem Sammler – von Patrick – zu erzählen, aber ich muss es tun. Sie muss es erfahren.

Aspen fährt sich über den langen dunklen Pferdeschwanz, als ich sage: »Sie wissen, dass wir hier sind.«

Sie reißt den Kopf herum. »Wie kommst du darauf?«

»Da hinten war einer. Im Spiegelsaal.«

Aspen schaut sich um, als suche sie nach ihm. »Vielleicht ist es nur einer«, meint sie, aber ihre gerunzelte Stirn verrät mir, dass sie das nicht glaubt. »Wie schnell können wir in dem Seelenlager sein?«

Als Antwort ergreife ich ihre Hand, und wir rennen auf die Brücke zu. Die Kiefernbretter knarren und schwanken, und tief unten blubbert und spritzt schwarzes Öl. Stöhnen erfüllt die Luft, und ich weiß, woher es kommt, aber wir müssen weiter.

Die Brücke schaukelt immer stärker hin und her, und ich befehle Aspen zu rennen.

Die Dämonen kommen.

Sie klettern die Pfeiler hoch, die die Brücke tragen, und graben ihre Nägel in das alte Holz. Wenn Aspen sie sieht, wird sie schreien. Und sobald das geschieht, werden die Dämonen ebenfalls schreien. Es gibt eine Regel in der Hölle: Egal was für Schmerzen du hast, egal was für Schrecken du siehst, du darfst nicht schreien. Denn wenn du das tust, dann kommen sie und holen dich. Und bestrafen dich.

Die Kreaturen sind nahe. Von ihrem Gestank wird mir schwindlig, aber ich muss weiterrennen.

»Wenn das nicht der berüchtigte Dante Walker ist«, ruft eine laute Stimme. Es ist kein Schrei, aber es kommt einem Schrei gefährlich nahe.

Ein Schauer läuft mir den Rücken hinab, als ich mich umdrehe und mich an dem Seilhandlauf festhalte, um nicht das Gleichgewicht zu verlieren. Patrick, der Sammler, sieht mich an, ein selbstgefälliges Grinsen im Gesicht. Ich habe Patrick vor zwei Jahren ausgebildet. Er ist ein guter Seelensammler und hat einen anständigen linken Haken, wenn mein Gedächtnis mich nicht trügt. Er ist ein rauflustiger kleiner Schleimscheißer. Patrick würde nichts lieber tun, als mich eigenhändig bei Lucille abzuliefern.

Ich schätze ab, wie weit Aspen und ich von der anderen Seite entfernt sind, und weiß, dass wir es vor ihm dorthin schaffen können. Er könnte sogar von den Dämonen überwältigt werden, sobald sie über den Rand gekrochen sind. Sie sind zwar langsam und dumm, aber es sind viele. Doch wenn er schnell genug rennt – und Gott weiß, dass der Mistkerl abartig schnell ist –, dann wird auch er es auf die andere Seite schaffen.

Aber nicht, wenn ich ihn aufhalte.

Ich sehe Aspen fest in die Augen. »Lauf.«

Dann drehe ich mich um und rase auf Patrick zu.

Die Brücke schwankt ruckartig hin und her, und zweimal wäre ich fast heruntergestürzt, aber ich renne weiter. Patrick nimmt die Herausforderung an und stürmt mir entgegen. Ich weiß nicht, was er vorhat. Vielleicht will er mich den Dämonen überlassen, damit ich in der Falle sitze und er mich an Lucille ausliefern kann.

Wir rennen beide, so schnell wir können, denn wir haben nur noch Sekunden, bevor die Dämonen oben sind. Als wir uns einander nähern, rechne ich damit, dass er auf meine Brust losgehen wird. Vielleicht sogar auf mein Gesicht. Aber stattdessen lässt er sich fallen und wirft sich gegen meine Beine.

Ich falle ächzend auf den Rücken. Patrick stürzt sich geschmeidig mit schnappenden Zähnen wie ein Dobermann auf mich. Er zielt auf meine Kehle, und ich lasse ihn kommen. Ich bohre ihm die Daumen in die Augen, und er beißt die Zähne zusammen, um nicht aufzuschreien. Ich nutze seinen Schmerz aus, ziehe die Knie an und trete zu, sodass er zurückfliegt. Wie der Blitz ist er wieder auf den Beinen. Er prescht mit großen braunen Augen auf mich zu.

Und bleibt stehen.

Ein Dämon kriecht über den Rand der Brücke.

Sein Körper ist wie der eines Menschen geformt, aber verkehrt. Die Gelenke sind zu spitz und das Rückgrat ist zu krumm. Schwarze und gelbe Schuppen bedecken den Leib der Kreatur, und statt Fingernägeln wachsen ihr Krallen. Die glänzenden schwarzen Augen des Dämons fixieren mich. Sein Unterkiefer klappt herunter. Ein leises Pfeifen dringt aus seiner Kehle. Das Geräusch könnte von einem jungen Mädchen kommen, das durch einen Park schlendert und an einen Jungen denkt. Es ist ein süßer, unschuldiger Laut, aber aus dem Mund dieser Kreatur klingt er unheimlich.

Dieses Ding, dieses *Geschöpf*, war einmal ein Mensch.

Der Dämon kommt auf mich zu, und seine Zehennägel klicken auf der Brücke. Hinter ihm huscht Patrick zurück. Er lächelt. Das ist genau das, was er wollte. Ich überlege, was ich tun soll. Wenn ich fliehe, wird der Dämon mich wahrscheinlich nicht einholen, aber ich verliere Patrick aus den Augen. Und es ist besser, den Feind im Blick zu haben, als dass er sich im Dunkeln versteckt. Also werde ich gegen den Dämon kämpfen. Ich werde ihn zurück in sein blubberndes Grab werfen und dann Patrick hinterherschmeißen.

Aber ich muss mich beeilen, denn es kommen noch mehr Dämonen.

Die Kreatur ist größer als ich, aber längst nicht so schnell. Darauf zähle ich. Ich renne auf das Monster zu, doch als hinter mir ein *Wum-Wum-Wum* erklingt, bleibe ich stehen.

Aspen schießt an mir vorbei und stürmt auf den Dämon zu. Sie rammt ihm den Handballen in die mutierte Nase, und die Kreatur zischt und weicht zurück. Aspen gibt dem Dämon keine Zeit zum Nachdenken. Sie duckt sich, als das Monster mit einer Krallenhand nach ihr schlägt, dann knallt sie ihm die geschlossene Faust in die Seite und versetzt ihm auf der anderen Seite einen weiteren Hieb.

»Oh Mann!«, sagt Patrick einige Schritte von mir entfernt. »Der große Boss wird sie lieben.«

Mein Kopf summt, als ich versuche, sie wegzuziehen, aber sie schüttelt mich ab und kämpft weiter. Diesmal holt sie aus und stößt dem Monster den Fuß in den Bauch. Als der Dämon sich mit einem grässlichen Gurgeln zusammenkrümmt, tritt sie ihm ins Gesicht. Er erholt sich schnell und greift an. Er zieht ihr eine einzelne Klaue über den Bizeps, und irgendwie gelingt es Aspen, nicht zu schreien.

Sie wird einfach nur wütend.

Ihre Fäuste fliegen schneller, als ich folgen kann. Sie macht das Vieh restlos fertig, und obwohl ich sie mit ihm nicht allein lassen will, weiß ich, dass sie mir die Möglichkeit gibt, mich um Patrick zu kümmern.

Ich hefte den Blick auf den Sammler. Dann schlängele ich mich an Aspen vorbei und ringe ihn auf die Bretter. Er packt das Seil über seinem Kopf und nimmt Schwung, um mich wegzutreten.

Wie der Blitz bin ich wieder auf ihm. Schweiß bedeckt meine Stirn. Es ist drückend heiß hier drin, und der Geruch macht es noch schlimmer. Ich ignoriere beides und kämpfe mit ihm. Wie Aspen ramme ich ihm die Faust in die Seiten, bevor ich einen Hieb mitten auf seine glänzenden Zähne platziere.

Sobald ich wieder stehe, ziehe ich ihn mit mir hoch.

Und dann unterschätze ich ihn, vergesse, wie schnell er auf den Füßen ist. Er beugt sich vor und greift mir mit der Faust ins Haar. Meine Kopfhaut brennt, als er mich vorwärts und dann an sich vorbei reißt. Ich fliege zum Rand der Brücke und wäre um ein Haar in die Tiefe gestürzt, wenn ich nicht das Seil gepackt hätte. Die Brücke schwankt wie ein betrunkener Matrose, und ich kann mich nur mit knapper Not festhalten.

Ich werfe einen Blick zu Patrick. Er grinst von einem Ohr zum anderen. Dann hebt er den Fuß. Schlagartig begreife ich, was er vorhat. Er wird mich über den Rand treten. Und das war's dann.

Doch als der Sammler das Pfeifen hinter sich hört, erstarrt er mitten in der Bewegung, das Knie noch immer erhoben.

Der Dämon erscheint hinter seiner Schulter wie ein aufgehender Mond. Er beugt seinen schwarzen, glänzenden Kopf vor, bis ihre Wangen aneinandergepresst sind. Sie sehen fast aus wie ein Liebespaar. Patrick zittert und wird so bleich, wie ich es nicht für möglich gehalten hätte.

Der Dämon schlingt die Arme um Patrick und stößt sich dann von der Brücke ab.

Sie sind weg.

Fallen auf das dicke Öl zu.

Der Sammler wird vielleicht eine Stunde dort bleiben. Vielleicht einen Tag. Oder für die Ewigkeit. Es hängt davon ab, wie hart er kämpft und wie lange. Vielleicht wird er seine Menschlichkeit vollständig fahren lassen und einer von ihnen werden. Bei Rector scheint genau das zu passieren.

Sobald ich höre, wie er spritzend auf dem Öl aufschlägt, schließe ich mich Aspen in ihrem Kampf gegen den wieder heraufkriechenden Dämon an. Gemeinsam gelingt es uns, ihn zurück in die dunkle Flüssigkeit zu stoßen. Aspen schaut sich schwer atmend um.

»Ist er weg?«, fragt sie.

»Für den Moment«, antworte ich. »Was macht dein Arm?«

Sie hält sich die Stelle, an der die Kreatur sie verletzt hat. »Das wird schon wieder. Was jetzt?«

»Wir halten uns an den Plan. Wir gehen ins Seelenlager und dann nichts wie weg. Wir bewältigen Hindernisse, wie sie kommen.« Wir rennen zum Ende der Brücke, während weitere Dämonen sich nach oben kämpfen. Wir haben Glück, dass sie uns nicht mehr erwischen. Wir nähern uns der Tür, und ich sage zu Aspen: »Erinnere mich daran, mich bei Lincoln dafür zu bedanken, dass er dir das Kämpfen beigebracht hat. Du bist ein Tier.«

Sie grinst. »Das war eine Lüge.«

»Was?«

»Er hat mir nicht beigebracht, wie man kämpft. Ich habe es ihm beigebracht.«

Ich werde langsamer und starre sie an. »Woher hast du …?«

»Dante. Die Tür. Brauchen wir einen Schlüssel oder …?«

Ich schüttele den Kopf. »Stimmt. Nein, wir gehen einfach durch.« Ich lasse die Tür aufschwingen und wir betreten den nächsten Raum. Aspen weicht vor Angst sofort zurück, aber ich schiebe sie vorwärts. Wir müssen die Tür hinter uns schließen, sonst kommen die Dämonen.

Aspen presst die Hände auf die Ohren und blickt mich an. Ihre Augen sprühen vor Furcht. Sie hat Angst vor dem, was sie sieht.

38

Feuertänzer

Rings um den kreisrunden Raum befinden sich zwölf Kamine. Sie sind drei Meter hoch und drei Meter breit. In ihnen sind Menschen an den Fußknöcheln gefesselt. Flammen schießen von Holzstapeln unter ihnen empor und lecken an ihrer Haut. Das Stöhnen ist hier lauter als fast überall sonst. Ab und zu stößt jemand einen Schrei aus. Wenn das geschieht, brennt das Feuer blau. Es verschlingt den ganzen Körper und versengt das Haar. Wenn hier jemand schreit, kommen keine Dämonen; das Feuer bestraft ihn.

Der Geruch von brennendem Fleisch und Rauch ist überall, und obwohl ich ihn schon hundert Mal gerochen habe, dreht sich mir fast der Magen um.

Ich deute mit dem Kinn auf einen leeren Kamin. Er brennt genauso hell wie die anderen, aber in diesem sind keine Körper. »Da müssen wir hin.«

»Da rein?«, keucht Aspen. »Bei dem Feuer?«

»Wir müssen einfach durch das Feuer hindurchgehen«, antworte ich, als sei das irgendwie besser.

Aspen richtet den Blick auf die brennenden Leiber. »Können wir irgendetwas für diese Leute tun?«

Ich schüttele den Kopf. »Für sie ist es zu spät.«

Sie beißt sich auf die Unterlippe und windet sich. Ich frage mich, was ihr am meisten zu schaffen macht – ob es das Stöhnen ist, das sie von sich geben, oder der Geruch oder vielleicht ihr Anblick. Sie schaut wieder zu dem leeren Kamin hinüber. »Wird es wehtun?«

Ich will ihre Frage verneinen. Ich will sie davor beschützen. Aber ich kann nicht. »Ja«, antworte ich aufrichtig. »Aber nur während du hindurchgehst. Sobald wir auf der anderen Seite sind, werden deine Wunden heilen.«

Sie hockt sich hin und berührt mit ihren behandschuhten Händen den Boden. Es ist, als hätte sie den Willen verloren, zu stehen. »Wie weit ist es noch?«

»Wir sind fast da.« Ich fasse sie an den Schultern, und sie steht wieder auf. Dann beißt sie die Zähne zusammen.

»Dann lass uns gehen.«

Wir fassen uns an den Händen und nähern uns den Flammen. Sie scheinen sich zu uns vorzubeugen, als wollten sie unbedingt von uns kosten. »Bereit?«, frage ich.

»Könnte ich dafür jemals bereit sein? Für irgendetwas hiervon?«

Ich muss fast lachen. Fast.

»Schnell!«, befehle ich. Wir spurten auf den Kamin zu, und binnen Sekunden werden wir von dem Feuer verschlungen. Der Geruch meines brennenden Fleisches erfüllt meine Nase und lässt mich würgen. Aspens Haar lodert in orangeroten Flammen. Ihr offener Mund bildet einen perfekten schwarzen Kreis, aber es kommt kein Laut heraus. Schmerz strahlt durch jeden Nerv in meinem Körper. Er ist so intensiv, dass ich glaube, zusammenbrechen zu müssen.

Ich vergesse Aspen. Ich vergesse Charlie. Es gibt nur die Qual, die meine Haut aufbrechen lässt und mit blendender Hitze erfüllt. Die Schädelschnalle an meinem Gürtel schmilzt und tropft silbern auf meine Schuhe. Mein rechtes Ohr schält sich ab und fällt in die Asche hinunter, ein Stück verkohltes Fleisch. Das brutzelnde Geräusch, das ich zuvor gehört habe, ist jetzt nur noch halb so laut. Meine Sicht verschwimmt, und ich weiß, dass das Feuer meine Augen frisst, dass es sie mir aus den Höhlen saugt wie die Paprikafüllung in einer Olive. Der Schmerz ist zu groß. Das Feuer ist zu gierig, zu hungrig. Ich habe dies schon erlebt, aber ich ertrage es nicht noch einmal. Nach diesem Schritt kann ich keinen weiteren mehr tun.

Es ist vorbei.

Wir fallen auf der anderen Seite des Kamins zu Boden. Aspen schlingt sich die Arme um den Leib und rollt sich auf den Rücken, aber unsere Haut hat sich bereits wieder selbst geheilt. Sogar meine Kleidung und die Gürtelschnalle sehen unberührt aus. Das ist das Schöne an der Hölle. Der Körper bleibt unversehrt. Auf diese Weise kann der Schmerz endlos weitergehen.

»Du bist okay«, sage ich und streiche ihr die Asche aus dem Haar. Es ist wieder schwarz. Nicht rot oder orange oder irgendeine andere Farbe, bei der sich mir der Magen umdreht. »Wir sind ganz nah.«

Aspen hustet in die offene Hand, aber es kommt nichts heraus. Ihre Lunge ist intakt. Unversehrt. Sie rappelt sich langsam hoch. Ich biete ihr den Arm, aber sie lehnt ab. Ein Schuldgefühl durchzuckt mich, aber ich verdränge es. Ich darf nicht daran denken, wie schrecklich es ist, dass sie jetzt hier ist, denn sonst kann ich mich auf nichts anderes mehr konzentrieren.

Wir sind in einem Raum, der ein perfektes Quadrat bildet. Die Wände und der Boden bestehen aus dunkelgrauem Beton, und nichts wirkt allzu bedrohlich. Hier gibt es keine Riesenbären, Schlangen, Dämonen oder Feuer. Nur die Begrenzungen. Aber wir haben alle unsere Schwächen. Und dies war immer schon der Raum, den ich am meisten gehasst habe.

Die Wände beginnen sich zu bewegen.

Sie schieben Aspen und mich vom Rand des Raumes weg. Aspen wirbelt zu dem Kamin herum, aber er ist verschwunden.

Schon ist auch die Decke in Bewegung und gleitet rumpelnd auf den Boden zu.

»Was ist hier los?«, fragt Aspen und dreht sich wie eine Tänzerin im Kreis, um zu beobachten, wie die Wände langsam näher rücken. Ich merke sofort, dass dies für sie anders ist. Sie weiß, was geschieht, und sie windet sich bereits vor Entsetzen.

»Wir können durch sie hindurchgehen«, sage ich mit so viel Überzeugung, wie ich aufbringen kann.

»Aber du musst daran glauben. Genau wie im Spiegelsaal.«

Aspen zieht panisch die Lippen zurück. »Ich kann das nicht, Dante. Mach, dass sie anhalten.«

Ich weiß genau, was sie meint. Es gibt nur eins, was meinen Verstand herunterfährt, und das ist eingeschlossen zu sein. Ich umfasse ihr Gesicht mit beiden Händen. »Hör mir zu«, sage ich. »Es wird nicht wehtun.«

Die Wände rücken knirschend näher. Die Decke ist noch anderthalb Meter über unseren Köpfen. Aspen schließt die Augen und schüttelt den Kopf.

»Aspen, hör auf«, dränge ich. »Sieh mich an.«

Aspen packt meine Handgelenke, öffnet die Augen aber nicht. »Ich kann nicht mehr«, murmelt sie. »Ich will hier weg. Ich will nach Hause.«

Ich halte den Mund dicht an ihr Ohr. »Ich möchte, dass du dich daran erinnerst, wie wir in Saharas Zimmer waren. Erinnerst du dich, wie Lincoln sich die Nägel schwarz lackiert hat und wie Sahara im Kreis herumgewirbelt werden wollte? Sie war zu schwer für dich, aber nicht für mich. Ich kann dich jetzt hochheben, aber du musst daran glauben.«

Aspen reißt die grünen Augen auf. Tränen schwimmen darin, während sie meinem Blick standhält. »Du hast gesagt, du würdest nicht weggehen.«

»Das werde ich auch nicht.«

Aspen legt den Kopf schräg. »Ich will nicht sterben. Nicht, ohne es ihm gesagt zu haben.«

Das bringt mich total durcheinander, aber jetzt ist

nicht der richtige Zeitpunkt, um darüber nachzudenken. Die Decke kommt herunter und berührt mich oben am Kopf. Ich lasse Aspens Gesicht los und taste nach ihrer Hand. Dann kneife ich die Augen fest zusammen und sage mir, dass ich aus Luft bestehe. Ich bin nichts. Ich bin nichts, und die Wand ist auch nichts.

Die Decke gleitet über meinen Kopf und meine Schultern. Ich bleibe unberührt, dringe durch den Beton wie ein Geist. Aspen bückt sich, und Tränen rinnen ihr über die Wangen. Ich beuge mich vor, um ihre Hand weiter festzuhalten.

»Aspen, du bist nicht wirklich hier«, brülle ich. »Du bist mit Sahara zu Hause in deinem Zimmer.«

Die Decke kriecht herab.

»Du bist bei Lincoln und lachst über seine Paranoia.«

Aspen schaut lächelnd zu mir hoch, obwohl sie wahrscheinlich nur meine Beine sehen kann. Der Rest meines Körpers ist für sie unsichtbar, begraben in dem Beton, der nicht wirklich da ist. Zumindest nicht, sobald man aufhört, daran zu glauben.

Ich überlege fieberhaft, was ich ihr sagen kann.

»Aspen«, beginne ich sanft, »du bist mit Blue zusammen. Du sagst ihm, wie du dich fühlst, und er hält deine Hand. Er bittet dich, mit ihm zu kommen. Du brauchst nur aufzustehen und durch die Decke zu gehen. Dann wird er da sein.«

Aspens Blick gleitet zu unseren verschränkten Händen. Ich kann sie nicht mehr lange festhalten. Sie schluckt und presst die Lider fest zusammen. Dann steht sie auf. Ihr Körper geht durch den Beton wie ein heißes Messer durch Butter.

Wir sind beide auf der anderen Seite. Die Decke fährt an unseren Beinen hinab. Ich steige auf sie hinauf, und Aspen tut das Gleiche. Und schon werden wir hochgehoben, statt heruntergedrückt zu werden.

»So, so«, sage ich und drücke ihr Kinn hoch, damit sie mich ansieht. »Blue, hm?«

Sie stößt ihr nervöses Lachen aus und zuckt mit den Achseln. »Ich wäre fast gestorben. Etwas Nachsicht bitte.«

»Du hast *geglaubt,* dass du beinahe gestorben wärst«, erkläre ich. »Wenn die Decke auf dich herabgekommen wäre, hätte sie dich zerquetscht, ja. Aber dann hätte sie die Folter einfach immer aufs Neue wiederholt. Keine große Sache.«

Aspen bringt ein kleines Lächeln zustande. »Tolle Art, seinen Geburtstag zu verbringen.«

Mein Herz setzt einen Schlag aus. »Was hast du gerade gesagt?«

»Ich habe Geburtstag«, antwortet sie.

Während Aspen und ich immer höher und höher zum nächsten Raum, dem Seelenlager, emporgehoben werden, gefriert mir das Blut in den Adern. Heute ist Aspens Geburtstag. Ihr *Geburtstag*. Heute vor achtzehn Jahren ist Aspen Lockhart geboren worden.

Und heute vor achtzehn Jahren ist auch Charlie Cooper geboren worden.

39
Ich kenne dich

Ich starre Aspen an, während wir hoch in die Luft gehoben werden. Rings um uns ist Schwärze. Leere. Dies ist der letzte Schritt, bevor wir ins Seelenlager gelangen.

Jeder Muskel in meinem Körper verkrampft sich, als ich mir überlege, was uns erwarten wird. Werden die Sammler dort sein? Oder gar Rector?

Aber vor allem muss ich an das denken, was Aspen gerade gesagt hat. Dass heute ihr Geburtstag ist. Es kann kein Zufall sein, dass sie und Charlie am gleichen Tag Geburtstag haben und genau gleich alt sind. Lucille hat mir den Auftrag erteilt, Charlie Coopers Seele einzusammeln, und dann hat der Oberguru mir den Auftrag erteilt, Aspen Lockharts Seele zu befreien.

Es muss eine Verbindung zwischen den beiden Mädchen geben, aber ich bin mir nicht sicher, woraus sie neben ihrem Geburtstag bestehen könnte.

Über uns kommt ein flackerndes Lichtquadrat in Sicht, und es dauert nicht lange, bis wir hindurchgehoben werden. Der Beton unter unseren Füßen kommt zum Stehen. Aspen stößt einen kleinen Laut aus, und ein zögerndes Lächeln umspielt meine Lippen.

»Selbst in der Hölle sind Seelen wunderschön«, bemerke ich.

Aspen grinst mich an, und das muntert mich auf. Die Regale stehen in langen Reihen hintereinander. Sie sind zwölf Meter hoch, und jedes hat Tausende von Ausschnitten für die Seelen, die sie enthalten. Die Regale lassen das Lager beinahe wie die größte Bibliothek der Welt erscheinen, wo jede Seele ein Buch ist – die Geschichte eines Lebens. Allerdings würden diese Geschichten Albträume verursachen.

Die Seelen leuchten wie eine Million Glühwürmchen und blinken, als wir an einer Seelenwand nach der anderen vorbeigehen. In diesem Bereich der Hölle ist es kalt. Nicht so kalt, dass ich friere, aber so kühl, wie man es von einem höhlenartigen Raum tief unter der Erdoberfläche erwarten würde. Ich atme ein und genieße den kräftigen, moschusartigen Duft, der an Regen erinnert. Dieser Raum ist nach denen, die wir gerade passiert haben, überwältigend schön.

»Das ist ja der Wahnsinn hier«, meint Aspen, die Hand auf dem Herzen. Das Licht wirft spielerische Schatten über ihr Gesicht und fällt auf ihren Mund und ihre Augen und selbst auf den Diamanten in ihrer Nase.

»Man kann sich kaum vorstellen, dass diese Menschen es verdienen, hier zu landen.« Ich berühre eine der Seelen mit dem Finger. Sie glitzert, als hätte ich sie gekitzelt.

Aspen hält inne und sieht mir in die Augen. »Du hattest es nicht verdient, hier zu landen.«

Ich lasse die Hand sinken. »Doch, das habe ich.«

»Nein, ich glaube nicht, dass …«

»Ich habe für mich selbst gelebt, Aspen«, unterbreche ich mit gepresster Stimme. »Und ich war kein netter Mensch. Es ist schwerer, als du denkst, im Himmel Gnade zu finden. Die Menschen hier unten, Menschen wie *ich,* haben jeden Tag gearbeitet, um sich selbst glücklich zu machen. Und wir haben nicht für den Oberguru gearbeitet. Das hätten wir nie getan. Er erwartet von seinen Anhängern, etwas für andere zu tun, nicht nur für sich selbst.«

Aspen mustert mich und denkt über das nach, was ich gesagt habe. »Du hast dich verändert.«

Ich lasse das Gespräch fallen und schiebe mich an ihr vorbei. »Wir müssen Charlies Seele finden.«

»Wie sollen wir das machen?«

Ich gehe über den makellosen Parkettboden und stelle mir die gleiche Frage. »Ich werde sie erkennen.«

Hoffe ich.

Aspen geht in eine andere Richtung, und binnen Sekunden höre ich ihre Schritte nicht mehr.

»Aspen?«, rufe ich.

»Ich bin hier drüben«, antwortet sie. »Ich schaue mich nur um.«

»Geh nicht zu weit weg.« Trotz der kühlen Temperatur in diesem Raum steht mir noch immer Schweiß auf der Stirn. Ich vergesse keine Sekunde lang, wo ich bin. Wenn ein Sammler wusste, dass wir hier unten sind, werden die anderen es wahrscheinlich ebenfalls wissen. Die Frage ist, wie viele von ihnen sind hier?

Als ich an Patricks finster entschlossenen Blick denke, beschleunige ich mein Tempo. Meine Füße werden schneller, während ich an Reihen leuchtender Seelen vorbeigehe. Ich nähere mich einem turmhohen Regal, das sich … anders anfühlt. Meine Hände zucken, während ich den Gang entlangeile und nach dem suche, was mich zögern ließ.

Aber da ist nichts, das mir zuschreit. Es ist mehr wie ein Flüstern.

Ich schüttele den Kopf und beschließe, dass es nicht Charlies Seele ist. Wenn es sie wäre, würde die Erkenntnis mich treffen wie ein Baseballschläger.

Aspens Stimme tönt durch die Halle. »Dante!«

Sie klingt nicht alarmiert. Sie klingt eher überrascht. Ich verlasse den Gang und eile in die Richtung ihrer Stimme. Als ich sie finde, beugt sie sich über etwas. Ihr Rücken ist gewölbt wie ein Fragezeichen, und ihr dunkler Pferdeschwanz schmiegt sich an ihre Wange.

»Es ist ein Brief oder so was«, sagt sie.

Ich gehe näher heran, bis ich sehe, wovon sie spricht.

Es ist eine Schriftrolle.

Die *zweite* Schriftrolle.

Sie ist in einer Glasvitrine eingeschlossen, als wären wir hier in einem Museum. Ich ringe mit mir, ob ich ihr erzählen soll, was ich über die Schriftrollen weiß, also so gut wie gar nichts. Soll ich ihr sagen, dass dies eine Fälschung sein könnte wie die im Bienenstock? Nicht, dass mir die echte Schriftrolle etwas genutzt hätte. Ich sehe genauer hin, um zu schauen, ob auf dieser Schriftrolle etwas steht – aber etwas hält mich davon ab.

Es ist kein Flüstern. Es ist ein *Schrei.*

Und das Geräusch kommt aus dem nächsten Gang. Aspen scheint es nicht zu hören, was bedeutet, dass es nur in meinem Kopf ist. Das könnte Charlies Seele sein. Ich entferne mich von Aspen und gehe auf die Stelle zu, die nach mir ruft. Als ich näher komme, überwältigt das Geräusch mich und lässt meine Beine zittern.

Ich biege um die Ecke, und da ist sie. Auf einer kunstvoll verzierten Säule, die mir bis zu den Bauchmuskeln geht, schwebt eine schillernde Kugel. Sie glüht und dreht sich wie ein Kinderspielzeug. Mir stockt der Atem, als ich mich der Kugel nähere. In ihrem Inneren ruht eine Seele, und sie ist das Bemerkenswerteste, was ich je gesehen habe. Sie schimmert, als ich herangehe, beinahe so, als erinnere sie sich an die Nacht, in der ich sie eingesammelt habe.

Hinter mir höre ich Aspen meinen Namen rufen. Sie redet von der Schriftrolle, aber ich scheiß auf dieses Ding, solange Charlies Seele zu mir singt. Ich trete näher heran und strecke die Hand aus.

Ist sie mit einer Alarmanlage gesichert?

Wird die Kugel mich verletzen, wenn ich sie berühre?

Egal. Ich kann mich nicht zurückhalten, strecke die Hand aus …

»Dante, dieses Ding macht mir wirklich panische Angst«, bemerkt Aspen gerade.

Ich bin Charlies Seele so nah, so nah, dass ich die Wärme, die sie verströmt, selbst durch die Kugel spüre.

Aspens Worte dringen weiter an mein Ohr, obwohl ich kaum zuhöre. »Auf dem Ding hier steht, dass es …«

Wie bitte?

Ich reiße die Hand von Charlies Seele zurück, als mich ein Energiestrom durchfährt. »Aspen, willst du damit sagen, dass du die Schriftrolle lesen kannst?«

»Ähm, ja. Ich habe sie dreimal gelesen. Sie ist scheißgruselig.«

Obwohl jede Faser von mir sich danach sehnt, nach Charlies Seele zu greifen, eile ich zu Aspen zurück. Ich trete neben sie, überzeugt, dass dies eine weitere Fälschung ist. Aber als ich die Schriftrolle sehe, stellen sich mir die Nackenhaare auf.

Sie ist leer.

Ich lege die Hand auf die Glasvitrine und kneife die Augen zusammen. »Bist du dir sicher, dass du etwas geschrieben siehst?«

Aspen sieht mich an, als sei ich verrückt. »Bist du blind? Da steht es doch.«

»Ich sehe die Schriftrolle«, antworte ich. »Ich sehe nur keinen Text.«

Aspen tritt drei Schritte von der Vitrine zurück. »Verarsch mich nicht.«

Ich drehe mich um und sehe sie an. Aspens grüne Augen sind rund vor Angst. Aber da ist noch etwas anderes – Aufregung. »Als ich es das erste Mal gelesen habe, wusste ich irgendwie, dass es wahr ist.«

»Was steht da?«, frage ich mit klopfendem Herzen.

Statt zu antworten, steht sie stocksteif da und starrt über meine Schulter. Ich folge ihrem Blick.

Ein Sammler tritt aus der Dunkelheit.

40
Böse kleine Rose

Ich erkenne ihn sofort. Es ist derselbe Sammler, der mich seit der Nacht, in der er Charlie angegriffen und Blue getötet hat, bis in meine Albträume verfolgt.

»Rector«, zische ich.

Der Sammler senkt zum Gruß den rasierten Kopf. Ein schmallippiges Lächeln zieht seinen Mund in die Breite, als er sein gestärktes dunkelblaues Hemd vorne glatt streicht. Immer förmlich, von den abgehackten Worten bis zu seinem militärischen Auftreten. Rector gibt einen Wink, und Kincaid tritt neben ihn. Die beiden stehen jetzt drei Meter vor mir, Aspen ist eine Armeslänge hinter mir.

»Nur ihr zwei?«, frage ich.

Rectors Grinsen wird noch breiter. »Patrick ist auch hier. Alle anderen arbeiten auf der Erde.«

»Patrick ertrinkt gerade bei den Wasserdämonen«, entgegne ich.

Sein Lächeln verschwindet, aber nur kurz. »Macht nichts. Du bist hier, mehr brauchen wir nicht.«

»Ich habe eine Freundin mitgebracht«, erkläre ich.

Rector lässt die Schultern kreisen. »Das sehe ich.«

»Wir treten dir in deinen faltigen Arsch, alter Mann. Und dann holen wir uns Charlies Seele.«

Kincaid lacht neben Rector. »Netter Plan.«

Kincaid war der neuste Sammler in meinem alten Team. Er zieht an seinem kurzen blonden Pferdeschwanz, als bereite er sich aufs Tangotanzen vor. Seine Nase ist zu groß für sein Gesicht, und seine Augen sind zu klein. Er hat ein Muttermal auf dem rechten Wangenknochen. Es ist wie ein Landesignal für meine Faust.

Aspen tritt neben mich und streckt die Brust raus. »Ihr wisst nicht, mit wem ihr euch anlegt.«

»Ich denke schon«, entgegnet Rector und sieht ihr mit seinen dunklen Augen forschend ins Gesicht.

Aspen zieht scharf die Luft ein. Irgendwie habe ich das Gefühl, ich würde etwas Wichtiges verpassen. »Hast du Dante Charlies Seele gestohlen?«

Rector verschränkt die Hände, als würde es gleich Kaffee und Kuchen geben. »Mein liebes Kind …«

»Untersteh dich, mich so zu nennen. Ich bin nicht deine Tochter, Arschloch.«

Autsch. Da hat Rector wohl einen Nerv getroffen.

»Lass es mich noch einmal versuchen«, erwidert Rector. »Ihr zwei werdet nicht von hier weggehen. Aber ich habe einen Vorschlag.«

Wut steigt in mir hoch. Ein Vorschlag? Von *ihm?* Scheiß drauf. Ich erinnere mich plötzlich mit schmerzlicher Klarheit daran, wie dieser Mistkerl meiner Freundin wehgetan hat. Ich erinnere mich daran, dass er der Grund ist, warum meine Freunde in Gefahr sind. Er hat mir Charlies Seele genommen, aber heute Nacht werde ich sie zurückstehlen.

»Hey, Rector«, knurre ich. Er schaut in meine Richtung. »Lass uns stattdessen spielen.«

Ich springe vor und ringe ihn zu Boden. Jedes Mal, wenn meine Knöchel auf sein Kinn krachen, blitzen mir Gedanken an Charlie durch den Kopf. Kincaid rammt mir den Absatz in die Seite, aber ich schlage unbeirrt weiter auf den Sammler unter mir ein. Kincaid hebt den Fuß zu einem weiteren Tritt ...

Und Aspen stürzt sich auf ihn.

Sie springt ihm auf den Rücken, schlingt die Beine um ihn und hält ihm mit einer Hand die Augen zu. Kincaid stolpert blind umher, während Aspen ihn mit der anderen Hand am Ohr packt. Sie reißt es nach unten, und Kincaid brüllt.

Rector legt mir die Hände um die Kehle, aber ich rufe mir alles ins Gedächtnis, was Kraven mir beigebracht hat. Statt zu versuchen, seine Hände wegzuziehen, ziele ich direkt auf seine Augen und drücke ihm die Daumen hinein. Er reißt den Kopf zurück und lässt meine Kehle los, und ich ramme ihm ein Knie zwischen die Beine.

Rector krümmt sich zusammen, und ich stoße ihn zu Boden. Es gelingt ihm, sich auf Hände und Knie zu erheben, bevor ich auf seinem Rücken lande wie auf einem Pferd.

»Hüa, du lahmer Klepper«, brülle ich.

Aspen lacht, während sie gegen Kincaid kämpft, was ihn fuchsteufelswild macht. Er geht auf sie los. Blut strömt ihm aus dem Ohr und den Hals hinab. Er will sie um die Mitte packen, aber Aspen springt zur Seite. Eben noch ist sie eine Schlange, im nächsten Moment ist sie ein Kaninchen. Sie zielt immer auf seine lebenswichtigen Organe und weicht dann seinem Angriff aus. Aspen scheint zu wissen, dass sie es nicht mit einem Mann aufnehmen kann, wenn sie beide zu Boden gehen. Also bleibt sie auf den Beinen, egal was geschieht. Ich habe sie mehr als einmal stolpern sehen, aber sie kommt sofort wieder hoch wie ein Korken unter Wasser.

Unter mir lässt Rector sich auf den Bauch fallen und rollt sich schnell nach rechts. Ich habe nicht damit gerechnet und lasse ihn los. Er zieht sich hoch und landet einen Fausthieb direkt in meinen Magen. Ich stöhne und halte mir den Bauch. Das ist falsch. Kraven hätte mir gesagt, ich soll den Schmerz ignorieren und die Deckung oben lassen.

Rectors Hand peitscht über mein Gesicht.

Heilige Scheiße. Der Typ hat mir gerade eine mit der Rückhand verpasst wie ein verfickter Zuhälter.

Wut kocht in mir hoch, bis ich Angst habe zu explodieren. Ein Knurren baut sich in meiner Brust auf. Rector muss die Veränderung spüren, denn er macht zwei schnelle Schritte rückwärts. Ich rase wie ein hungriger Grizzly auf ihn zu, und er sucht hinter einer Reihe von Seelen Deckung. Ich habe ihn fast erreicht, als ich bemerke, dass das Regal vor- und zurückschwankt.

Ich versuche noch zurückzuweichen, aber es ist zu spät. Das hohe Regal stürzt um. Aus dem Augenwinkel sehe ich, wie Aspen die Hände nach mir ausstreckt. Kincaid nutzt aus, dass sie abgelenkt ist, und ringt sie zu Boden.

Das Regal landet auf mir, und ich verliere das Bewusstsein.

Als ich wieder zu mir komme, steht Rector über mir. »War's das? Ein paar Sekunden? Ich dachte, Sie wären mindestens einen Tag außer Gefecht, Mr Walker.«

Aspen schluchzt auf. Das Geräusch ist halb Kummer, halb Erleichterung. Kincaid hält sie mit einem Arm um den Bauch fest. Ich weiß, dass sie aus seinem Griff entkommen könnte, aber Rector ist mir vermutlich für ihren Geschmack zu nah und könnte mir größeren Schaden zufügen, wenn sie sich jetzt wehren würde.

Rector reibt sich die Hände, während mir der Schmerz in die Beine fährt. Das Regal ist auf mein Becken gestürzt und hält mich am Boden fest. Ich versuche, es hochzustemmen, und schreie auf, als das riesige Teil sich keinen Millimeter bewegt. Um mich herum ist der Boden mit Seelen übersät, die wie eine Lichterkette blinken. Als ich zurückfalle und aufhöre, mich freizukämpfen, breitet sich eine Taubheit in meiner Mitte aus.

Rector hockt sich hin. Ich würde ihm am liebsten die Faust ins Knie rammen, aber beim bloßen Gedanken daran überrollt eine neue Schmerzwelle meinen Unterleib. Der Schmerz wird zu einem lebenden, atmenden Wesen; er nagt an meinen Muskeln – meinem Geist – wie ein Virus.

»Es war so leicht, dich zu erledigen«, sagt Rector naserümpfend.

Ich sehe Aspen in die Augen, und obwohl ich vor Zorn koche, beruhigt sich mein Puls. Sie wartet auf meine Anweisungen, aber sie wird nicht hören wollen, was ich zu sagen habe. Sie könnte sich vermutlich an Rector und Kincaid vorbeikämpfen, aber dann würde sie mich und vielleicht auch Charlies Seele zurücklassen müssen.

»Weißt du, ich hatte irgendwie erwartet, dass du so etwas versuchen könntest«, fährt er fort. »Aber ich hätte nie gedacht, dass du so dumm sein würdest, *sie* mitzubringen.« Rector richtet sich auf und geht auf Aspen zu. Sie hebt ihre behandschuhten Hände und nimmt eine Abwehrhaltung ein, obwohl Kincaid versucht, sie festzuhalten. »So eine böse kleine Rose.« Rector streicht ihr übers Gesicht, und aus irgendeinem Grund lässt sie ihn gewähren, obwohl ihr schneller Atem mir verrät, dass sie seine Berührung nicht lange tolerieren wird. »Solch eine Schönheit. Aber deine Dornen stechen, nicht wahr?«

»Fass mich nicht an, alter Mann«, zischt Aspen. »Hilf mir lieber, Dante von diesem Regal zu befreien.«

Rector lässt die Hand sinken. Er grinst. »Sonst?«

»Sonst bringe ich dich um.«

»Aspen«, krächze ich, »verschwinde von hier.«

»Vergiss es«, antwortet sie, den Blick fest auf Rector gerichtet. »Nicht ohne dich. Und nicht ohne Charlies Seele.«

Wie der Blitz greift Rector nach der Kette um Aspens Hals. Sie zerreißt mit einem hellen Schnappen.

Aspen steht der Schock ins Gesicht geschrieben. Rector liebt es, seinen Opfern das zu nehmen, was ihnen wichtig ist. Ich werde nie vergessen, dass er bei unserer letzten Begegnung meine roten Sneakers an den stinkenden Füßen und den Penny meines Vaters in der Hand hatte.

Aspens Augen werden schmal, als hätte sie einen Entschluss gefasst. »Nimm sie. Ich will diese Galgenschlinge eh nicht.«

Rectors Lächeln wird noch breiter. Er greift nach ihren Handschuhen.

Aspen dreht durch.

Sie beißt ihm in die Schulter und knurrt. Aber Rector schafft es, sie ihr von den Händen zu schälen, während Kincaid sie festhält. Es überrascht mich, dass Aspen sich kaum wehrt, aber dann bemerke ich wieder ihren verletzten Arm und frage mich, wie schlimm es ist.

»Nimm sie mir nicht weg«, fleht Aspen. »Bitte, gib sie zurück.«

Mein Herz krampft sich zusammen, und mein Verstand droht, sich zu verabschieden. Ich versuche noch einmal, das Regal hochzustemmen, aber mir wird sofort wieder schwarz vor Augen. Ich muss von dem Ding weg. Ich muss Rector erledigen.

»Halt still«, befiehlt Rector mir, ohne sich von Aspen abzuwenden. »Und du, meine böse kleine Rose, warst ein sehr unartiges Mädchen.« Er hält ihre Hände hoch, um sie genauer zu untersuchen. »Anscheinend fand jemand, du solltest nicht so ein Wildfang sein. Ganz meine Meinung.« Rector nickt Kincaid zu, und der jüngere Sammler lässt sich zu Boden fallen und zieht Aspen mit sich.

Rector zieht den Fuß zurück und tritt Aspen in die Seite.

Sie schreit.

41
Der Ruf

Das Geräusch von Aspens Weinen gibt mir den Rest. »Ich mache Hackfleisch aus dir, Rector«, brülle ich. »Ich reiße dich in Stücke.«

»Große Worte für einen Befreier, den ein Regal umgehauen hat«, gibt er zurück, bevor er Aspen die Faust in den Magen rammt.

Aspen windet sich unter Kincaid, und ihre Schreie gellen mir in den Ohren. Kincaid schlingt die Arme und Beine fester um sie, sodass sie sich kaum noch bewegen kann.

Rector schlägt noch mal zu. Und noch mal.

Bilder der Nacht, in der Rector Charlie das Gleiche angetan hat, stehen mir wieder vor Augen. Und obwohl ich Charlie liebe, tut es nicht weniger weh, mit anzusehen, wie er Aspen misshandelt. Sie ist meine Freundin, die Schwester, die ich nie hatte.

Sie ist ein Teil von mir.

Und jedes Mal, wenn sie unter Rectors Schlägen und Tritten aufschreit, zerreißt es mich innerlich.

Bald ist nichts mehr übrig als Dunkelheit, die in meiner Brust kauert. Sie durchdringt jeden Teil meines Körpers, und roher Zorn sorgt für einen Adrenalinstoß. Ich stemme mich mit ganzer Kraft gegen das Regal, und es bewegt sich – erst nur ein wenig, dann weiter.

Das erregt Rectors Aufmerksamkeit. »Ich wollte sie nicht umbringen, weißt du. Sie musste nur ein wenig gezähmt werden.« Er klopft sich seine schwarze Hose ab und fährt sich mit der Hand über den rasierten Kopf. »Versuchst du, dir da unten ein wenig Raum zum Atmen zu verschaffen?« Er kichert, und bei dem Geräusch stellen sich mir die Haare auf. »Weißt du eigentlich, wie schön es war, die Seele deiner Freundin einzusammeln? Ich konnte sie beinahe schmecken, als sie in mir war.«

Mein Zorn lodert noch heller auf.

Der Schmerz in meiner Hüfte und meinen Beinen ist vergessen.

»Worauf ich wirklich sehr gespannt bin, ist das Mädchen selbst.« Rector saugt an seiner Unterlippe. »Sie ist so herrlich unschuldig. Ich träume von dem Moment, in dem unsere Soldaten sie hereinbringen. Denn sobald wir sie hier haben, werde ich sie zu meiner Prinzessin machen.«

Meine Hände ballen sich zu Fäusten, und mir wird rot vor Augen.

Töte ihn – töte ihn – töte ihn.

»Ich kann es gar nicht erwarten, bis unsere Lippen sich zum ersten Mal berühren«, fährt er fort. »Dann werde ich sie in mein Bett legen und ihr zeigen, was es bedeutet, die Braut eines Dämons zu sein.«

Ich kann es keinen Moment länger ertragen.

Ich nehme meinen letzten Rest Kraft zusammen und drücke, so fest ich kann, gegen das Regal.

Es ist nicht genug.

Rector tritt mir in die Rippen, und ich beiße die Zähne zusammen, um nicht zu schreien. Meine Energie ist erschöpft. Aspen wird zu Boden gedrückt. Und Rector steht wie ein Tornado über mir, als würde ihn jede Bewegung stärker machen.

Ich schließe die Augen und lausche auf das *Wumm-Wumm-Wumm* meines Herzens in meinen Ohren. Das Geräusch scheint ihren Namen zu hämmern.

Charlie.

Charlie.

Charlie.

Die Dunkelheit lässt nach, während ich mir ihr Gesicht vorstelle, ihre strahlenden, eifrigen Augen und den Schwung ihrer rosigen Lippen. Wie sie in der Nacht ausgesehen hat, als wir das erste Mal wirklich zusammen waren, und das Propellergeräusch, das sie gemacht hat, als sie mich mit Tomatensuppe gefüttert hat. Ihr Anblick in diesem sexy Kleid im Ballerinastil und wie sie sich gegen Blue gewehrt hat, weil sie mich hierher begleiten wollte, mit Blutflecken auf der Brust. Sie ist der Grund, warum ich atme, der einzige Grund, warum ich in die Hölle zurückgekehrt bin.

Seit ich ihr zum ersten Mal begegnet bin – ihre Wangen wurden rot wie Erdbeeren – wusste ich, dass sie anders war. Ihr Lachen hat mich wieder zum Lächeln gebracht, und ihre Berührung hat mich alles hinterfragen lassen. Sie ist das Mädchen, das ihr Mittagessen an Waschbären verfüttert hat, das Skittles aus ihrer Tasche ausgegraben hat. Sie war unmodisch und schüchtern und unbeholfen und der mit Abstand größte Nerd, dem ich je begegnet bin. Ich habe mich bis über beide Ohren in sie verliebt. Selbst jetzt, mit jeder verstreichenden Minute, sehne ich mich mit jeder Faser meines Herzens nach ihr. Ich will sehen, wie sie Freundlichkeit verströmt. Ich will sie lächeln sehen. Ich will sie küssen.

Brandgeruch steigt mir in die Nase.

Zuerst erkenne ich den Geruch nicht, aber dann reiße ich die Augen auf. Rector sieht unverändert aus, daher weiß ich, dass es nicht von ihm kommt.

Es kommt von mir.

Wie ein Blitzschlag kracht mir ins Herz, was Kraven gesagt hat: Ich muss meine Dämonen loswerden. Ich muss meine Dämonen loswerden, damit ich mich auf das in mir konzentrieren kann, was rein ist.

Aber nichts in mir ist rein.

Bis auf meine Liebe zu Charlie Cooper.

Schmerz durchzuckt meinen Körper. Ich werfe mich vor Qual hin und her, und mein Rücken hebt sich vom Boden ab. Meine Muskeln zerreißen, und ich beiße die Zähne so fest zusammen, dass ich sie schier zu Staub zermahle. Etwas knackt in meiner Brust, und dann bricht mein Leib auf. Meine Haut reißt auseinander, und ich werde sterben. Ich werde sterben, weil ich nicht weiß, wie ich dies kontrollieren kann und es stattdessen mich kontrolliert.

Alles hört auf.

Der Schmerz verebbt, und das Klingeln in meinen Ohren verstummt. Ich stehe aufrecht da. Rector ist an die Wand zurückgewichen und verzieht entsetzt das Gesicht. Kincaid hat Aspen losgelassen, und die beiden kauern auf dem Boden. Alle starren mich mit großen Augen und offenem Mund an.

Instinktiv spanne ich den Rücken an und spüre, wie sich hinter mir etwas Schweres bewegt. Es ist so, wie wenn ich den Arm bewege, ein einfacher Gedanke genügt. Aber es ist kein Arm. Und auch kein Bein. Auch keine offene Hand.

Es ist ein Flügel.

Ich lege den rechten um meinen Leib, damit ich ihn sehen kann, und schnappe nach Luft. Er ist nicht wächsern-ledrig, wie die Flügel von Rector es waren, und er ist nicht steril weiß wie die von Kraven. Er ist etwas von beiden. Ein Meer aus schwarzen Federn bedeckt meinen Flügel, so dunkel, dass sie fast blau sind. Ich ziehe den linken nach vorn und untersuche ihn. Sie sind beide gleich. Als ich verstehe, was das bedeutet, dass ich das Unmögliche möglich gemacht habe, durchströmt mich eine unglaubliche, ungezähmte Macht.

Mein wütender Blick findet Rector.

Meine Flügel öffnen sich krachend.

Und ein Knurren dringt aus meiner Kehle.

Rector schließt die Augen und scheint sich konzentrieren zu wollen. Ich weiß, dass er versucht, seine eigenen Flügel heraufzubeschwören, aber das werde ich nicht zulassen. Ich stürme los und schlage meinen linken Flügel vor meinen Körper. Dann lasse ich ihn vorschnellen und schleudere Rector mehrere Meter weit durch die Luft. Er landet auf der Seite und überschlägt sich dreimal. Als er versucht, sich wieder hochzurappeln, stolpert er und ächzt vor Schmerz. Ein schönes Geräusch.

Binnen eines Wimpernschlags bin ich auf ihm. Ich hebe ihn mit meinen Flügeln hoch, dann schließe ich meine gefiederten Glieder um ihn und bändige ihn in einem schwarzen Kreis. Seine Arme stoßen vor, auf der Suche nach etwas. Aber da bin nur ich. *Peng!*

Ich ramme ihm die geballte Faust in die Eingeweide. Und die Rippen. Und das Kinn. So wie es sich anhört, reißt Aspen Kincaid außerhalb unseres Boxrings den Arsch bis zur Halskrause auf. Ich trete einen Schritt zurück und stoße Rector die Flügel vor die Brust. Als ich sie auseinanderreiße, fliegt er durch den Raum und kracht gegen ein Seelenregal. Das Regal kippt vor und zurück, fällt jedoch nicht um.

Ohne zu zögern, stürme ich erneut auf ihn los. Ich habe Charlies Gesicht vor Augen, als ich ihn einmal, zweimal, dreimal in die Seite trete. Dann denke ich an das, was er Aspen angetan hat, und verliere mich in meinem Zorn. Meine Faust kracht so oft in sein Gesicht, dass meine Knöchel irgendwann von seinem feuchten Fleisch abrutschen. Ich schüttele das Blut von den Händen und bin dankbar, dass wir unsterblich sind, dass die Fußfessel um seinen Knöchel bedeutet, dass die Folter kein Ende nehmen wird.

Rector liegt am Boden. Ich schaue zu Aspen hinüber, die gerade einen weiteren Tritt gegen Kincaids Knie landet. Er fällt, kommt aber schnell wieder hoch. Er ist zäh, das muss ich ihm lassen.

»Hey, Aspen«, sage ich und deute mit dem Kopf auf Rector. »Willst du ein bisschen Rache für vorhin?«

Aspen lässt von Kincaid ab und kommt auf mich zu. Kincaid wischt sich das verschwitzte blonde Haar aus der Stirn und kneift die Knopfaugen zusammen. Sein Gesicht sieht aus, als gehöre es auf ein Fahndungsplakat.

Aspen betrachtet vorsichtig meine Flügel. »Ich wusste gar nicht, dass du …«

»Ja«, sage ich. »Ich auch nicht. Nicht wirklich.«

Sie kommt näher, und Kincaid macht eine Bewegung, als wolle er sie von hinten angreifen. Ich drohe ihm mit dem Zeigefinger. »Immer mit der Ruhe, Rektum. Als Nächstes spielen wir beide.«

Kincaid hebt die Hände, als lehne er dankend ab.

Ich strecke die Hand zu Aspen aus, die zurückzuckt. Unsere Blicke treffen sich. »Es ist okay. Ich bin immer noch ich«, flüstere ich. Dann umfasse ich ihr Gesicht mit den Händen. »Bist *du* okay?«

Ihr Blick wandert über meine Flügel und dann zu Boden, wo Rector stöhnt. Sie nickt.

Ich deute auf ihn. »Mein Geschenk an dich.«

Aspens Mund verzieht sich zu einem dünnen Strich. Sie wirft einen letzten Blick auf meine Flügel, bevor sie ihre Aufmerksamkeit Rector zuwendet. Ich drehe mich um und schlendere auf Kincaid zu.

»Lust, zu tanzen?«, frage ich. Kincaid schüttelt den Kopf. »Wie schade.«

Ich schlage Kincaid genau sechs Mal mit der Faust und noch einmal mit dem Flügel, bevor er wie ein Sack Steine umkippt. Seine Augen rollen in seinem Kopf zurück. Er ist natürlich nicht tot, aber er wird uns auch keine Probleme mehr machen.

Aspen kniet neben Rectors Gesicht und flüstert ihm etwas zu. Er beißt die Zähne aufeinander, aber seine kreidebleiche Gesichtsfarbe verrät ihn. Ich bin so stolz auf Aspen, als wenn ihr Hoden gewachsen wären.

Ich stoße Kincaid mit dem Fuß an und überzeuge mich davon, dass er k. o. ist. Zufrieden mit meinem Werk gehe ich zu Rector und Aspen zurück. Aspen sieht mich kommen und richtet sich auf. Rector hustet Blut auf den Boden. Er fährt sich mit der Zunge durch den Mund, bevor er einen Zahn ausspuckt.

»Das gehört sich nicht«, bemerke ich. »Heutzutage wissen die Leute einfach nicht mehr, was sich gehört.«

Aspen schlingt sich die Arme um die Taille und zuckt zusammen.

»Bist du sicher, dass es dir gut geht?«, frage ich sanft.

»Es geht ihr bestens«, antwortet Rector für sie.

Ich trete ihn. »Mit dir habe ich nicht gesprochen, Arschkrampe.« Ich deute mit dem Kopf auf Kincaid. »Siehst du diesen Sack Scheiße da drüben? Deinen Sammler-Kumpel? Er ist erledigt. Also sind nur noch wir drei übrig, Großer. Und bald wirst du der Einzige sein. Denn Aspen und ich werden uns Charlies Seele nehmen und den Abflug machen.«

Ich ergreife Aspens Hand und entferne mich von Rector. Ich spiele den harten Kerl, aber tief in mir drin würde ich am liebsten zusammenbrechen. Als ich Rector und Kincaid gesehen habe, vielleicht sogar schon, als ich Patrick vorhin bemerkt habe, dachte ich, wir würden hier nicht wieder rauskommen. Ich fahre die Flügel wieder ein, als sei das nichts, als hätte ich es schon eine Million Mal getan. Es tut nicht so weh wie beim Ausfahren, was immerhin etwas ist. Plötzlich fällt mir auf, dass mein langärmliges T-Shirt immer noch unversehrt ist. Vermutlich ist das erste Brennen durch meine Kleidung hindurchgegangen.

Aspen seufzt. Als ich sie ansehe, lächelt sie. Wir stehen beide wegen unserem Erfolg unter Schock. Ich würde sie am liebsten in eine große Umarmung reißen und lachen, beschließe aber, damit zu warten, bis wir diesen Laden endgültig haben hochgehen lassen.

Wir sind erst wenige Schritte von Rector entfernt, als er anfängt zu sprechen.

»Habt ihr gedacht, es würde so einfach sein?«, fragt er. Ein Frösteln überläuft mich. »Habt ihr gedacht, ich würde euch beide mit Charlies Seele hier rausspazieren lassen?«

Ich überwinde die Entfernung zwischen uns. »Was noch, Rector?«, knurre ich. »Hör auf, blöd rumzulabern, und spuck's aus, denn Aspen und ich werden es mit allem aufnehmen. Also, lass hören, Champion.«

Rector setzt sich etwas gerader hin und grinst. Blut rinnt ihm aus dem Mundwinkel. »Wie du wünschst.« Rector füllt seine Lungen. »Kommt, meine süßen Kinder! Kommt zu mir!«

Aspen und ich stolpern rückwärts und ziehen uns, so schnell wir können, von dem zurück, was vor uns erscheint.

42
Eine Entscheidung

Dämonen strömen in den Raum. Ihr Pfeifen überflutet meine Sinne. Es sind so viele, zu viele, um sie zu besiegen. Meine Gedanken überschlagen sich, während ich überlege, ob ich trotzdem gegen sie kämpfen soll.

Aspen klammert sich an meinen Arm. Ich schaue sie an, die Falte zwischen ihren grünen Augen. Wir sind uns einig. Wir werden es nicht hier rausschaffen. Ich warte darauf, dass ich zornig werde, dass dieser Zorn jeden Winkel in meinem Kopf ausfüllt. Stattdessen fühle ich mich schuldig. Ich habe Aspen erlaubt, mich auf dieser aussichtslosen Mission zu begleiten.

Und ich bin der Grund, dass sie heute Nacht sterben wird.

Dämonen kriechen näher heran, während Rector mühsam versucht aufzustehen. Schließlich schafft er es. Ich weiß nicht, was ich tun soll. Ich bin mir nicht sicher, ob es überhaupt etwas zu tun *gibt*. Rector hat gewonnen. Er wollte mich vernichten, seit er zum ersten Mal meinen Namen gehört hat. Und jetzt hat er mich in die Enge getrieben. Daher überrascht es mich, als er auf Aspen zuhumpelt, als sei ich nicht einmal da.

»Meine böse kleine Rose«, sagt er zu Aspen. »Ärgere dich nicht. Schließlich hast du sie mit deinen Schreien hierhergebracht.«

»Hör auf, sie so zu nennen«, blaffe ich.

»Nein«, flüstert Aspen.

Ich drücke ihre Hand. Es ist nicht ihre Schuld. Die Dämonen wären so oder so irgendwann gekommen, angelockt vom Geruch unserer verschwitzten Haut.

Rector beachtet mich nicht. »Wie ich vorhin schon sagte, ich habe einen Vorschlag.«

»Scheiß auf deinen Vorschlag.« Ich trete zwischen ihn und Aspen. Ich mag zwar nicht in der Lage sein, die Dämonen zu besiegen, aber ich kann ihm ein letztes Mal in den Arsch treten, bevor sie uns angreifen.

»Lass ihn reden.« Aspen steht gerade aufgerichtet da, ihr Kinn hoch erhoben. Sie sieht aus wie eine Göttin.

»Kluges Kind«, sagt Rector.

Ich starre ihn noch einige Sekunden lang nieder, dann trete ich zur Seite. Im Moment will ich einfach nur, dass es Aspen besser geht; wenn sie also hören will, was er zu sagen hat, dann werde ich mich fügen.

»Leg los, alter Mann«, verlangt Aspen.

Rector verschränkt die Arme vor der Brust und grinst. »Mein Vorschlag ist einfach«, erklärt er Aspen. »Dante kann gehen und Charlies Seele mitnehmen. Aber du bleibst hier.«

Meine Faust trifft Rectors Kinn. Er geht zu Boden.

Die Dämonen werden unruhig. Ihre langen Fußnägel klappern im Raum, und sie erheben ihre riesigen

Köpfe und zischen. Die gelben und schwarzen Schuppen, die sich über ihre Körper ziehen, erinnern mich an Hummeln. Einer von den vorderen lässt seine gegabelte Zunge hervorschnellen. Die Dämonen warten auf einen Befehl zum Angriff, während sie ihre glasigen Augen durch den Raum wandern lassen. Wenn Rector nicht hier wäre, hätten sie uns zweifellos längst überwältigt.

Ich trete von Rector weg und beschirme Aspen mit meinem Körper. Sie schiebt mich weg, aber es entgeht mir nicht, wie sie ihren verletzten Bizeps umklammert hält.

Rector schaut vom Boden auf, als sei er nicht völlig überrascht, dort zu sein. »Trotz dieser äußerst unhöflichen Geste bleibt mein Angebot bestehen.«

Aspen schluchzt leise. Ich umfasse ihre Schultern. »Ich werde das nicht zulassen. Ich habe dir versprochen, dich niemals im Stich zu lassen, und das werde ich auch nicht tun. Verstehst du das?«

»Das ist nicht deine Entscheidung«, murmelt sie.

»Und ob sie das ist.«

Aspen schüttelt meine Hände ab und holt tief Luft. »Was wirst du mit mir machen?«

Sie redet mit Rector, aber ich will seine Stimme nicht hören. »Sag kein verdammtes Wort zu ihr.«

Er ignoriert mich. Es kostet mich meine ganze Kraft, ihm nicht auch noch den Rest seiner Zähne auszuschlagen. »Dir wird kein Haar gekrümmt«, antwortet Rector. »Aber ich denke, dass du eines Tages eine ausgezeichnete Sammlerin abgeben wirst.«

Aspen richtet sich kerzengerade auf. Die beiden funkeln einander an und scheinen ein stummes Gespräch zu führen. Nach einem Moment bricht Aspen den Blickkontakt zu ihm ab und drückt sich an meine Brust. Diese Geste bringt mich aus dem Konzept. Ich brauche einen Moment, um zu reagieren, aber dann schlinge ich die Arme um sie.

Natürlich will Rector Aspen zur Sammlerin machen, nachdem er gesehen hat, wie brutal sie kämpft. Er hat ihre Stärke als versteckte Bösartigkeit fehlgedeutet. Aber warum sollte er Charlies Seele gegen eine zukünftige Sammlerin eintauschen? Es spielt keine Rolle, beschließe ich. Ich werde nicht zulassen, dass er sie bekommt.

»Ruhig«, flüstere ich ihr ins Ohr. »Es wird alles gut.« Ich senke die Stimme noch weiter. »Wenn ich dir das Zeichen gebe, will ich, dass du rennst, wie du noch nie zuvor gerannt bist. Bleib nicht stehen, bis du draußen bist. Such nach Max und verschwinde von hier.«

Aspen tritt weg von mir. Tränen strömen ihr über die schmutzigen Wangen. »Du bist wie mein Bruder, Dante. Ich liebe dich wie einen Bruder.« Sie dreht sich zu Rector um. »Ich bleibe.«

»Nein!«, brülle ich.

Aspen versucht, meine Hand zu ergreifen, aber ich zucke vor ihr zurück. »Das wirst du nicht.«

Rector nähert sich Aspen. Ich versuche, ihm den Weg zu versperren, aber Aspen geht auf ihn zu. Der Sammler sieht mir in die Augen. »Ich behalte Aspen, mit Leib und Seele. Als Gegenleistung schenke ich dir dein Leben und Charlies Seele. Sie hat ihre Entscheidung getroffen. Geh jetzt.«

Mir wird übel. Meine Augen brennen, und plötzlich ist mir schwindlig. »Ich kann nicht …«

»Geh«, wiederholt Aspen Rectors Befehl. »Bring Charlies Seele zurück.«

Ich mache einen Schritt auf Aspen zu, aber sie stößt mich weg. Das Brennen in meinen Augen raubt mir die Sicht. »Ich kann dich nicht verlassen«, sage ich, während meine Tränen auf den Boden tropfen. »Ich kann nicht.«

»Das ist nicht deine Entscheidung, Dante.« Aspens Stimme ist kalt, als sei sie schon unerreichbar weit weg.

Ich steche mit dem Finger in ihre Richtung. »Das lasse ich nicht zu.«

»Es ist bereits geschehen.«

»Verdammt, ich habe *nein* gesagt! Du hast mir erklärt, du würdest hier unten tun, was ich verlange, ohne Wenn und Aber. Du hast es versprochen!« Ich bin wütend, aber das ist mir egal. Sie muss auf mich hören. Ich werde sie nicht hier zurücklassen.

Aspen schließt die Augen. Als sie mich wieder ansieht, liegt nichts als Entschlossenheit in ihrem Blick. Sie wird ihre Meinung nicht ändern. Und ich kann sie nicht dazu zwingen fortzugehen, ohne uns beide umzubringen.

»Aspen …«, flehe ich.

»Du wolltest mich zu einem besseren Menschen machen«, sagt sie mit einem sanften Lächeln. »Wie sich herausgestellt hat, bist du ein verdammt guter Befreier. Entweder das, oder ich hatte schon immer die Kraft, mich zu ändern.« Sie reibt sich über die Augen. »Sag Sahara ... sag Sahara, dass ich das hier für sie getan habe. Wenn sie älter ist. Wenn sie es versteht. Sag Lincoln, dass er ein guter Freund war. Mein *bester* Freund. Und sag Blue ... nein, sag Blue nichts.«

Ich ersticke beinahe, als ich erwidere: »Wie soll ich das machen? Wie soll ich dich einfach im Stich lassen?«

»Valerie hat gesagt, ich sei wichtig. Alle haben gesagt, ich sei wichtig. Dies ist der Grund – mein Leben für ihre Seele«, fährt sie fort. »Ich bleibe für Sahara. Und für Lincoln und Blue und für alle anderen, die eine Chance auf eine friedliche Welt verdienen. Geh jetzt, Dante.«

»Aspen, bitte.«

»Geh!«, schreit sie.

Es fühlt sich an, als habe mir jemand eine Klinge aus Eis zwischen die Schulterblätter gestoßen. Aspens Gesicht ist gerötet, und ihre Hände sind zu Fäusten geballt. Ich wende mich ab. Ich bin mir immer noch nicht sicher, ob ich das kann, aber ich werde die Gelegenheit nutzen, um Charlies Seele zu holen.

Rector und seine Dämonen versuchen nicht, mich aufzuhalten, als ich auf die schwebende Kugel zugehe. In ihr befindet sich der Lichtball. Mit jedem Schritt sehnt mein Körper sich danach, ihr näher zu sein. Charlies Seele ist wie ein Leuchtfeuer, das mich herbeiruft. Ich bleibe eine Armeslänge entfernt vor ihr stehen. Mein

Herz schlägt mir bis zum Hals, und ich beuge mich gegen meinen Willen vor und dränge nach vorn. Mein Körper reagiert, als grüße er ihre Seele, als seien sie alte Freunde. Auch ihre Seele presst sich gegen die Kugel, als könne sie es gar nicht erwarten, wieder mit mir vereint zu sein.

Diesmal stelle ich nichts infrage. Ich lege die Handflächen auf die Kugel, und sie platzt wie eine Spüliblase. Charlies Seele schießt auf mich zu, und in dem Moment, in dem sie meine Brust berührt, reiße ich die Arme auseinander und lasse den Kopf in den Nacken fallen. Ein überwältigendes Gefühl von *Richtigkeit* überkommt mich. Die Dämonen sind fort. Rector ist nicht da. Und Aspen ist sicher in ihrem Bett.

Es gibt nur mich und diese Glückseligkeit.

Vorsichtig führe ich die Hand an meine Brust, und meine Knie geben beinahe unter mir nach. Mit Charlie Coopers Seele in mir bin ich erfüllt. Ich bin wieder ganz.

Bevor ich meine Entschlossenheit verliere, gehe ich zu Aspen hinüber. Ich nehme sie in die Arme. »Ich verstehe jetzt, dass wir alle Opfer bringen müssen«, sage ich. »Aber ich werde zurückkommen, um dich zu holen, Aspen. Ich werde wiederkommen und diesen ganzen Laden mit der Kraft Gottes in die Luft jagen, um dich zu retten.«

Aspen lässt sich gegen mich fallen und weint in meine Schulter.

»Bist du sicher, dass du das tun willst?«, frage ich sie ein letztes Mal.

»Ich bin mir sicher«, flüstert sie. Und dann: »Komm zurück und hol mich hier raus.«

Ich halte ihren Kopf in den Händen und weiß, dass dies der Moment ist – der Moment, in dem ich tue, was nie zu tun ich versprochen habe. Ich muss Aspen zurücklassen. Ich halte den Mund dicht an ihr Ohr, damit nur sie hören kann, was ich als Nächstes sage. »Dein Vater wird vielleicht nie wissen, wie unglaublich seine Tochter ist, aber ich weiß es.«

Aspen schlägt die Hände vors Gesicht. Dann schiebt sie mich weg. »Geh, Dante. Geh jetzt.«

Ich tue, was sie von mir verlangt. Ich wende mich von ihr ab – von meiner Freundin, meiner Schwester – und gehe. Aber zuerst verpasse ich Rector einen letzten Hieb in den Magen. Er fällt auf ein Knie.

»Eines Tages, Rector, gibt es nur dich und mich«, sage ich.

Dann renne ich los.

Als Zeichen seines guten Willens gibt Rector mir einen Vorsprung von dreißig Sekunden, bevor er die Dämonen hinter mir herhetzt.

43
Licht

Dreißig Sekunden sind mehr, als ich von Rector erwartet habe. Er hat gesagt, er würde mich mit Charlies Seele gehen lassen, aber Rector ist ein geradezu krankhafter Lügner. Ich wette, dass er den Befehl erteilt hat, sobald er Aspen aus dem Raum hat bringen lassen und sie außer Hörweite war.

Ohne Aspen komme ich schneller durch die Hölle. Ich kenne die Ein- und Ausgänge und weiß, welche Bereiche man besser meidet, wie etwa die, die zu Lucille führen. Obwohl alles in mir danach schreit, an Aspens Seite zurückzukehren, weiß ich auch, dass ich Glück habe, dass Rector selbstgefällig genug ist, das allein regeln zu wollen. Wenn Lucille wüsste, dass ich hier unten bin, wäre ich längst ein menschliches Eis am Stiel.

Ich laufe schneller, doch das Pfeifen wird lauter. Die Dämonen sind langsam, aber es sind so verdammt viele. Und wenn sie sich erst einmal in die Raserei hineingesteigert haben, kriechen sie aus unsichtbaren Ritzen und alarmieren sich gegenseitig in ihrer schrecklichen Sprache.

Einer taucht vor mir im Spiegelsaal auf. Es gelingt

mir, mit einer Körpertäuschung an ihm vorbeizukommen und weiterzueilen. Nichts passiert.

Als ich mich dem Ende des verspiegelten Raumes nähere, greifen drei Dämonen nach meinen Beinen. Der Eingang zum Bauch des Bären ist in Sicht, aber immer noch zu weit entfernt. Ich stürze zu Boden, als ein Dämon mich am Schienbein packt. Meine Ferse kracht in seine Zähne und zwingt ihn, mich loszulassen.

Ich springe auf und renne durch die Kehle, ohne zurückzuschauen. Ich will nicht in die Dunkelheit, aber ich habe keine Wahl. Also laufe ich weiter. Ich laufe weiter, als ich auf dem glitschigen Boden ins Rutschen gerate. Ich grabe Halt suchend die Finger in das fleischige Gewebe, und das gefällt dem Bären gar nicht. Seine Kehle zuckt, und die verkrampften Muskeln machen es mir schwer, mich festzuhalten.

Auf halbem Weg nach oben stürzt sich ein Dämon auf mich. Ich stolpere zurück. Im letzten Moment erblicke ich die Zunge des Bären und klammere mich daran fest. Ich baumele über der offenen Kehle wie ein Felskletterer, während der Dämon sich an meinen Knöchel klammert. Er ist schwerer als ich, und ich kann mich nicht mehr lange halten. Ich hebe mein freies Bein und ramme dem Dämon mit aller Kraft den Stiefel ins Gesicht.

Der Dämon fällt. Ich erreiche die Zähne des Bären, laufe im Zickzack durch die Lücken und hätte mich fast auf der Spitze seines Eckzahns aufgespießt. Als ich draußen vor dem Maul des Bären lande, schnappt die

Kreatur nach mir. Er will sein Fressen zurück. Ich rolle mich nach rechts ab und springe wieder auf. Dann rase ich auf die Treppe zu, wo die herausragenden Gesichter mir dabei zuschauen können, wie ich an die Erdoberfläche zurückkehre.

Doch als ich den Fuß der Treppe erreiche, bleibe ich wie angewurzelt stehen. Auf jeder einzelnen Stufe hockt ein Dämon und versperrt mir den möglichen Fluchtweg. Gemeinsam wirken die schnappenden Kiefer und verzerrten Leiber wie eine Armee. Es ist ein so niederschmetternder Anblick, dass ich fast zu dem Bären zurückgekehrt wäre und ihn gebeten hätte, mich wieder herunterzuschlucken und diesmal in seinem Bauch zu behalten. Die Gesichter, die aus den Wänden ragen, grüßen mich und plappern über die Dämonen auf den Stufen, aber ich höre sie kaum.

Ich bin so nah.

Nur wenige Hundert Schritte stehen zwischen meinem Verbleib in der Hölle und der Rückkehr von Charlies Seele.

Doch es sind zu viele Dämonen. Zu viele, um irgendeinen Plan zu versuchen. Zu viele, um auch nur davon zu träumen, das hier zu überleben.

Als die Dämonen auf mich zuschleichen, lege ich mir die Hand auf die Brust und schließe die Augen.

Ich atme ein.

Ich atme aus.

Ich koste das Gefühl aus, mit dem meine Lungen sich ausdehnen und mein Herz schlägt. Jeder Nerv in meinem Körper verlangt eine Lösung für dieses Problem. Aber ich habe keine. Es ist vorbei. Wenn Lucille erfährt, dass ich hier bin, wird er mir meine Fußfessel abnehmen. Und wenn ich Glück habe, werde ich schnell in das ewige Nichts hinübergleiten.

Es ist wirklich traurig. Ende. Ich habe so hart um mein Leben gekämpft, als Mensch, als Sammler und als Befreier. Ich wollte einfach nur mehr Zeit. Aber selbst ich weiß, wann der Zeitpunkt gekommen ist, dass die Uhr stehen bleibt.

Dies ist er.

Ich wünschte, ich könnte Charlie noch ein letztes Mal küssen. Ich wünschte, ich könnte sie in ein gutes Restaurant führen, um die weltbesten Krabbenküchlein zu essen. Ich wünschte, ich könnte mit ihr Riesenrad fahren, nur um sie lachen zu hören. Ich wünschte, ich könnte ihr eine Valentinskarte und einen Strauß Sonnenblumen und einen Beaglewelpen kaufen, den sie sich selbst aussuchen würde.

Ich wünschte, ich könnte ihr einen Smaragdring über ihren schönen Finger streifen.

Ich wünschte, ich könnte den Schleier von ihrem lächelnden Gesicht heben und ihre weichen Lippen küssen und der ganzen Welt sagen, dass sie meine Frau ist.

Ich wünschte, ich könnte ein Kind in ihrem Bauch treten fühlen und wissen, dass es unseres ist.

Als die Dämonen näher herangleiten ... noch näher ... weiß ich, dass ich das alles niemals haben werde. Aber ich werde mich hiermit begnügen: Ich werde mich damit begnügen, mein Leben für Charlie Cooper zu geben.

Ich öffne den Mund, so weit es geht, und stoße den markerschütterndsten Schlachtruf aus, zu dem ich fähig bin. Dann rufe ich nach meinen Flügeln. Sie erheben sich wie eine schwarze Sonne von meinem Rücken, und der Schmerz erfüllt mich. Mit Charlies Namen auf der Zunge stürze ich mich auf die Dämonen.

Ich werde so oft geschlagen und gebissen und gekratzt, dass ich es nicht mehr zählen kann. Der Schmerz hüllt mich in einen Kokon, bis er alles ist. Ich halte stand, solange ich kann, nehme mir einen Dämonen nach dem anderen vor und ringe sie zu Boden. Meine Flügel sind eine mächtigere Waffe, als ich gedacht habe, aber in diesem beengten Raum ist es schwierig, sie zu benutzen.

Trotzdem kämpfe ich wie ein Weltmeister. Wie jemand, der gerade eine Horde Teufel überwindet, um das Mädchen zu retten, das er liebt. Das ist das Schlimmste – Hoffnung. Selbst als mir klar wird, dass ich in Dämonen ertrinke, dass sie wie Ameisen auf mir herumkriechen, klammere ich mich noch an die Vorstellung, dass ich es hinausschaffen könnte. Ich weiß, dass das nicht stimmt. Das habe ich mir schon vor meinem Angriff eingestanden. Aber die Hoffnung ist noch da und hängt an mir wie ein loser Zahn.

Als ein Dämon mir in die Schulter beißt und ich spüre, wie der Knochen aus dem Gelenk springt, weiß ich, dass es vorbei ist. Ein warmer Strom dringt aus meiner

Brust in meine Glieder. Er gelangt in meinen Geist und flüstert beruhigende Worte. Ich werde endgültig sterben oder bis in alle Ewigkeit leiden, aber so oder so ist es okay. Es ist okay, weil sie für kurze Zeit mir gehört hat.

In meinem Kopf sende ich ihr eine Botschaft, von der ich weiß, dass sie sie niemals hören wird. *Ich liebe dich, Charlie. Für dich hätte ich gegen tausend Höllen gekämpft. Mein Engel.*

Als ich die Augen öffne, sehe ich nur einen Wirbel aus Schwarz und Gelb, aus Zähnen und Speichel. Und ich weiß, dass mir die Wirklichkeit entgleitet, denn hinter den Leibern der Dämonen entdecke ich den Geist des Mädchens, das ich liebe.

Ihr Shirt ist rotbefleckt, und ihr Gesicht ist dunkel vor Zorn. Sie sieht nicht aus wie das Mädchen, das ich in Erinnerung habe.

Sie sieht aus wie ein Killer.

Sie hält ein Messer umklammert. Sie wirft es in die rechte Hand. »Ihr wollt mich?«, schreit sie.

Die Dämonen drehen ihre schaurigen Köpfe in Charlies Richtung.

»Dann kommt und holt mich!«

Charlie eilt die Treppe hinab, als stehe ihr eine Schar von Engeln zur Seite. Sie schlitzt dem ersten Dämon, den sie sieht, die Kehle auf und stößt einen Schrei aus, als ihr das rotschwarze Blut über die Hände spritzt.

Sie ist es. Sie ist es *wirklich*.

Der Anblick von Charlie Cooper, meiner wahren Liebe, erlöst mich aus meiner Qual. Und obwohl viele meiner Knochen gebrochen sind und ich mit dem linken Auge kaum noch etwas sehen kann, rappele ich mich hoch. Ich verstehe nicht, wie es möglich ist, dass sie wirklich hier ist. Aber ich kann nicht lange darüber nachdenken, weil die Dämonen sich ihr zu schnell nähern, um zu zögern.

Mein Puls rast, während ich mich durch die Dämonen pflüge. Sie versuchen nicht, mich aufzuhalten. Sie sind zu neugierig auf diese zierliche Frau und ihr blinkendes Messer.

Ich springe vor Charlie hin und wünsche mir nur, sie zu berühren, mich davon zu überzeugen, dass sie aus Fleisch und Blut ist. Stattdessen starte ich einen neuen Angriff. Ich kämpfe mit dem rechten Arm, so gut ich kann, da mein linker nutzlos herabbaumelt. Weil ich Charlie hinter mir beschütze, bin ich in der Lage, die Dämonen zurückzuhalten. Meine Freundin sticht mit ihrer Klinge auf die ausgestreckten Arme der Dämonen ein, und ich bin beeindruckt, wie brutal sie dabei vorgeht.

Trotz der Übermacht der Dämonen gelingt es Charlie und mir, einen Schritt in Richtung Erdoberfläche zu tun. Und dann noch einen. Und noch einen. Wieder regt sich in mir ein Hoffnungsschimmer, wenn auch nur ein kleiner. Aber er ist da, und das ist alles, was mich interessiert.

»Charlie, geh weiter nach oben.« Es sind die ersten Worte, die ich sprechen kann. Ich weiß nicht, ob sie reagiert; das Pfeifen ist zu laut. Ich trete zurück und pralle gegen sie. Einen Moment später geht sie weiter. So steigen wir die Treppe hinauf, Stufe für Stufe, Rücken an Rücken. Charlie richtet die Klinge gegen die wenigen Dämonen weiter oben auf der Treppe, und ich kämpfe gegen die unter uns. Wir erledigen keinen einzigen von ihnen, aber wir halten sie auf, und das ist genug.

Die Gesichter in den Wänden beobachten unseren Rückzug. Einige scheinen sich über unseren Fortschritt zu freuen, andere wirken erzürnt. Wir beachten sie nicht und kämpfen weiter. Nach einer Zeit, die sich wie Stunden anfühlt, nähern wir uns dem oberen Ende. Nur wenige Dutzend Stufen trennen uns von der Welt da draußen. In dem Moment geht mir auf, dass nur einer von uns hier herauskommen wird – dass einer von uns sie aufhalten muss, während der andere flieht.

Mein Herz sackt mir in die Kniekehlen.

Charlie ist umsonst hierhergekommen. Ich hatte nie eine Chance, es lebend hinauszuschaffen. Aber sie ein letztes Mal zu sehen, zu beobachten, wie sie kämpft, um *mich* zu retten, das erinnert mich daran, für wen ich sterbe. Es erinnert mich daran, dass es genau so sein soll.

»Charlie«, brülle ich. »Wenn ich sage ›lauf‹, musst du an den Dämonen vorbeirennen. Bleib nicht stehen, bis du oben bist.«

»Ich werde dich nicht verlassen«, ruft sie, den Rücken noch immer gegen meinen gepresst.

Am liebsten würde ich mich umdrehen und meinen Mund auf ihren drücken. »Du verlässt mich nicht. Wenn du gehst, gehe ich auch.«

Charlie antwortet nicht, und ich bete darum, dass sie tut, was ich sage.

Ich packe den nächstbesten Dämon, um ihr den Weg freizumachen. »Lauf!«

Sie läuft.

Sie läuft mehrere Sekunden lang, ohne zurückzuschauen. Genau wie ich gehofft habe, jagen die Dämonen ihr nicht nach. Stattdessen richten sie ihre Aufmerksamkeit auf mich.

Leb wohl, Engel.

Charlie dreht sich um. Unsere Blicke treffen sich, und reiner Kummer gleitet über ihre Züge.

Dann verändert sich ihr Gesichtsausdruck. Sie reißt die Augen auf, sodass sie beinahe wahnsinnig aussieht, als hätte sie vor Angst den Verstand verloren. Ich stoße den Dämon vor mir beiseite, damit ich ihr Gesicht ein letztes Mal sehen kann.

Sie kommt auf mich zugerannt.

»Nein!«, donnere ich. »Lauf weiter!«

Aber sie bleibt nicht stehen. Sie fliegt die Treppe hinab, als hätte sie selbst Flügel.

Mein Herz hämmert in der Brust, denn ich fühle es – ich *fühle,* dass etwas Großes geschehen wird.

Charlie Cooper erreicht den Dämon, der mir am nächsten ist, und legt ihm die Hände auf. Sie schreit so laut, dass mir fast das Trommelfell platzt.

Ein elektrisches weißes Licht bildet sich unter ihren Händen. »Geh *zurück!«,* brüllt sie.

Der Dämon segelt durch die Luft.

Er landet tief unter uns und rührt sich nicht mehr. Die anderen Dämonen mustern Charlie kurz. Dann treten sie den Rückzug an. Sie klappern die Treppe hinunter, um vor der Macht zu fliehen, die gerade aus ihren Händen gekommen ist. Die Gesichter in den Wänden ziehen sich eins nach dem anderen zurück und sind nicht mehr zu sehen. *Plop-Plop-Plop!*

Für den Bruchteil einer Sekunde beobachte ich die Flucht der Dämonen, und um mich dreht sich alles. Dann nehme ich Charlie an die Hand und stolpere hinauf, hinaus aus der Hölle und hinein in den Nachmittagshimmel. Charlie stößt einen überraschten Laut aus, als meine schwarzen Flügel sich vor dem verschneiten Hintergrund ausbreiten und eine Flut von Federn sich über uns wölbt.

Ihre Augen rollen zurück in die Höhlen.

Ich fange sie auf, als sie fällt.

44
Kuss im Dunkeln

Während Charlie schläft und die Schweigsamen meine Wunden versorgen, erklärt Valerie noch einmal, was passiert ist. Charlie hat Reds und Max' Gespräch darüber belauscht, was er brauchte, um zum Eingang der Hölle zu gelangen. Dann hat sie Valeries Kreditkarte geklaut und ist mir gefolgt.

Ich schätze, das ist der Haken, wenn die Männer, die einen zur Hölle bringen sollen, keine Fragen stellen.

Aber ich bin immer noch sauer auf Max. Ich glaube nicht, dass Charlie so »offensichtlich irre« war, wie er sagt. *Anscheinend* ist sie von ihrem Schneemobil gesprungen, hat das Messer gezogen und gedroht, sich das Leben zu nehmen, wenn er ihr nicht verriete, wie sie mich finden könne. Sobald Charlie in die Hölle hinabgestiegen war, sagt er, habe er Valerie angerufen und um Verstärkung gebeten.

Max ist mein bester Freund und Charlie bedeutet ihm viel, aber ich schätze, ich kann ihm keinen Vorwurf machen, dass er nicht bis in alle Ewigkeit gefoltert werden wollte, weil meine Freundin eine Spritztour in die Hölle unternehmen wollte.

Valerie ist Max seit unserer Rückkehr in den Bienenstock nicht von der Seite gewichen. Obwohl es ihnen immer noch nicht erlaubt ist zu heiraten, sagt die Art, wie sie ihn ansieht, dass sie froh ist, dass er nicht mit mir und auch nicht mit Charlie in die Hölle gegangen ist, und wie man hört, ist der Oberguru erfreut über das Potenzial, das Max gezeigt hat. Das löst zwar nicht die Beziehungsprobleme von Valerie und Max, denn sie werden nicht froh sein, bis sie endlich ganz zusammen sein dürfen. Aber es ist ein Anfang.

Blue hat seit meiner Rückkehr kein einziges Wort mit mir gesprochen, aber er hat mir einen Kinnhaken verpasst. Nachdem Valerie ihm erzählt hat, wofür Aspen sich entschieden hat und dass ich sie zurückgelassen habe, habe ich nichts anderes von ihm erwartet. Um ehrlich zu sein, ich habe es genossen, seine Faust zu schmecken. Ich habe sie verdient.

Annabelle hat die beiden Tage, an denen Charlie geschlafen hat, an ihrem Bett verbracht. Wir beide sind uns nähergekommen, und sie tröstet mich, wenn ich an Aspen denke, also eigentlich immer.

Als die Schweigsamen uns endlich Zeichen geben, dass Charlie aufwacht, eilen wir alle zu ihr hinein – Max, Valerie, Kraven, Blue, Annabelle und ich. Sobald sie die Augen aufschlägt, greife ich nach ihrer Hand.

Sie lächelt.

Mein Herz bricht auf.

»Sie haben mir versprochen, dass du okay bist«, sage ich und schlucke einen Kloß im Hals herunter.

Charlie lässt den Blick über unsere Gesichter schweifen. »Wo ist Aspen?«

Ich beiße mir innen auf die Wange, und Blue funkelt mich wütend an. Valerie setzt sie ins Bild, während Kraven in der Tür steht und zuschaut. Als Charlie alles gehört hat, strömen ihr Tränen übers Gesicht. Es erinnert mich an den Tag, als sie Blues Tod betrauert hat. Ich kann nur hoffen, dass Aspens Geschichte ein genauso gutes Ende findet.

»Es ist meine Schuld, dass sie da runtergegangen ist«, sagt Charlie. »Es ist meine Schuld, dass sie immer noch dort ist.«

»Es ist niemandes Schuld«, erwidert Kraven. Dann wirft er die Frage auf, die sonst niemand zu stellen wagt. »Charlie, was ist dort unten mit deinen Händen passiert?«

Sie betrachtet sie. Als ihre Augen groß werden, weiß ich, dass sie sich erinnert. »Ich habe keine Ahnung«, flüstert sie. »Es war wie ein … Instinkt.«

Kraven nickt. Aber ich weiß, dass er genauso ratlos ist wie wir alle.

Ich beuge mich vor und küsse Charlie, und obwohl alle zusehen, kommt es mir so vor, als seien wir beide ganz allein. Als wir uns schließlich voneinander lösen, sage ich: »Ich habe etwas für dich.«

Kraven hat mir bereits erklärt, dass Charlies Seele nicht in ihren Körper zurückgebracht werden kann. Aber sie kann in den Himmel überführt werden. Kraven und ich stehen dicht beieinander, und ich sage zu Charlie: »Schau her.«

Wir pressen unsere Oberkörper aneinander.

Kraven verzieht angestrengt das Gesicht.

Nichts passiert.

Als er sich nach mehreren Sekunden immer noch nicht zurückgezogen hat, frage ich: »Geht das auch etwas schneller, Alter? Ich weiß, dass du meine Nähe genießt, aber ich empfinde das langsam als etwas aufdringlich.« Kraven lässt mich los und schüttelt den Kopf. Etwas Kaltes explodiert in meiner Brust, und ich habe das Gefühl, als ob mir der Boden unter den Füßen weggezogen wird. Ich weiß, was er sagt, indem er aufgibt, aber ich *will* es nicht wissen. »Warum schüttelst du den Kopf? Nimm ihre Seele. Nimm sie!«

Der Befreier sieht Valerie an, dann wieder mich. »Bist du sicher, dass du ihre Seele eingesammelt hast?«

»Natürlich bin ich das«, entgegne ich, meine Stimme vor Panik gepresst. »Ich habe sie sofort erkannt. Es war, als wüsste mein Körper ...« Ich breche ab, und das Zimmer dreht sich um mich. Plötzlich ergibt alles einen Sinn.

Ich trage nicht Charlies Seele in mir.

Es ist meine eigene.

Deshalb hat Rector mich aus der Hölle entkommen lassen. Jetzt, da ich für die andere Seite arbeite, ist es Lucille eigentlich egal, ob er meine Seele hat. Ich wette sogar, dass es ihn angewidert hat, dass sie da einfach nur rumlag. Vielleicht hätte er sie aus Gehässigkeit behalten, aber sobald Rector eine Gelegenheit sah, mir Hoffnung zu machen, um sie dann wieder zu zerstören, hat er sie ergriffen.

Zorn kocht in mir hoch. Ich fühle mich wie eine tickende Zeitbombe, als würde ich explodieren, wenn ich jemals wieder Rectors Namen höre. Mit schmalen Augen flüstere ich: »Ich habe meine eigene Seele zurückgestohlen. Ich dachte nur, es sei Charlies.« Ich balle die Hände zu Fäusten. »Ich habe alles versaut. Alles. Ich hätte Aspen niemals da unten lassen dürfen.«

»Ist schon gut, Dante.« Charlie streckt die Hände nach mir aus. Die Neigung ihres Kopfes sagt mir, dass sie wegen Aspen todtraurig ist, dass sie aber auch erleichtert ist, dass ich in Sicherheit bin.

Da ist sie die Einzige.

Valerie tritt vor. »Vielleicht war es Aspens Schicksal, Dante«, flüstert sie. »Vielleicht war das der Grund, warum sie so wichtig war. Kein anderer Sammler oder Befreier trägt seine eigene Seele in sich. Wer weiß, wozu du jetzt fähig bist, wo du deine Seele zurückhast.« Sie beugt sich zu mir vor. »Vielleicht bist du so besser in der Lage, Charlie zu beschützen, und das ... das ist wichtig.«

»Nein!«, knurre ich. »Aspens Anwesenheit hier ist wichtiger als meine Seele.« Meine Gedanken drehen sich im Kreis und landen bei dem einen Punkt, über den ich seit meiner Rückkehr aus der Hölle nicht nachgedacht habe. »Sie konnte die Schriftrolle lesen.«

»Was?« Kraven tritt auf mich zu. »*Wer* konnte die Schriftrolle lesen?«

»Welche Schriftrolle?«, fragt Charlie.

Blue und Annabelle sehen genauso verwirrt aus.

Kraven stürzt aus dem Raum. Binnen Minuten ist er wieder da, die Schriftrolle in der Hand. Er sieht Valerie an. »Da steht immer noch nichts.«

Valerie streckt die Hand nach der Schriftrolle aus, und Kraven reicht sie ihr. Sie beißt sich frustriert auf die Unterlippe. Dann geht sie zum Bett und legt Charlie das Schriftstück auf den Schoß.

»Was machst du da?«, fragt Kraven. »Die Nachricht kann nur von den Königen gelesen werden.«

»Vielleicht auch nicht«, blafft Valerie.

Alle halten den Atem an, während Charlie den Blick über den goldenen Bogen Papier wandern lässt. Sie schaut auf und fragt mit bebender Stimme: »Ihr könnt das wirklich nicht lesen?«

Valerie schnappt nach Luft.

»Was steht dort?« Kraven zittert vor Erwartung am ganzen Leib.

Charlie schaut wieder auf die Schriftrolle. Die Wände stellen ihr Knarren ein. Der Ozean hört auf zu wispern. Wir alle warten darauf, dass Charlie Cooper uns unser Schicksal verliest. »Da steht«, flüstert sie, »dass es auf der Erde eine große Schlacht zwischen Himmel und Hölle geben wird. Da steht, dass der Sieger über die Erde und all ihre Bewohner herrschen wird.« Als sie unten auf der Seite ankommt, verengt sie die Augen. Sie prallt von der Schriftrolle zurück, als wolle sie den letzten Teil nicht laut aussprechen.

»Was ist?«, fragt Blue. »Was steht da noch?«

Charlie sieht mir in die Augen. »Da steht, dass die

Schlacht von zwei Mädchen gewonnen werden wird, die am selben Tag im selben Jahr geboren wurden. Zwei Mädchen – eine Retterin und eine Soldatin.«

Die Welt kippt, und ich falle. Ich halte mich an der Bettkante fest.

»Oh Gott«, murmelt Valerie. »Charlie ist die Retterin, und … und …«

Blue packt eine nahe Lampe und schleudert sie quer durch den Raum. »Und Aspen ist die Soldatin!«, brüllt er und zeigt mit einem Finger auf mich. »Sie ist die Soldatin, und du hast sie da gelassen. Du hast sie im Stich gelassen!«

»Blue, hör auf«, fleht Charlie. Aber er ist bereits weg.

Ich bedecke das Gesicht mit den Händen und erinnere mich, wie Aspen mir erzählt hat, es sei ihr Geburtstag. Wie sie mir erzählt hat, dass sie es war, die Lincoln das Kämpfen beigebracht habe, und nicht andersherum.

Das also ist der Grund, warum Aspen Lockhart so wichtig ist. Sie sollte nicht helfen, Charlies Seele aus der Hölle zu retten. Sie sollte auch nicht meine eigene Seele in meinen Körper zurückbringen. Es war ihr bestimmt, in einem Krieg zwischen Himmel und Hölle an Charlies Seite zu stehen, und jetzt ist sie unter der Erde eingeschlossen.

Ich hebe die Hand, als wolle ich eine Frage stellen, aber ehrlich gesagt bin ich mir nicht sicher, was ich tue.

Alle sehen mich an.

»Es ist okay, oder?« Ich fahre mir mit der Hand über die Stirn und denke nach. »Wir gehen runter und holen Aspen. Wir alle. Und dann sind wir bereit für diese Schlacht, falls sie überhaupt jemals stattfindet.«

Valeries Blick landet auf Kraven. Er tritt unbehaglich von einem Fuß auf den anderen.

»Was?«, frage ich. »Was verbirgst du sonst noch?«

»Ich verberge nichts. Es ist nur …« Kraven räuspert sich. »Alle Befreier müssen die Ausbildung abschließen.«

Ich lache. Was er gesagt hat, ist einfach zu absurd. Charlie ergreift meine Hand. Ich drücke unsere verschränkten Hände an meinen Oberschenkel. »Du bist verrückt, wenn du glaubst, dass ich länger als einen Tag warte, bevor ich in die Hölle zurückkehre und sie hole«, erkläre ich Kraven. »Wir gehen hin. Wir können sie nicht dalassen. Du hast gehört, was auf der Schriftrolle steht. Außerdem … außerdem darf sie einfach nicht in der Hölle sein. Sie ist unsere Freundin. Sie war bei uns …«

»Dante.« Valerie tritt auf mich zu.

Ich schüttele den Kopf. »Ich höre mir das nicht an. Wir können nicht trainieren, während sie in der Hölle ist. Ich werde nicht dasitzen und …«

»Dante!« Bei Valeries Ton schweige ich erschrocken. Sie richtet ihr grünes Kleid und legt die Hand an die Brust. Da ist noch etwas, das sie weiß, etwas, das sie gleich sagen wird, das ich aber nicht hören will. Ich will es verdammt noch mal nicht *hören.* Sie sagt es trotzdem. »Unser König hat uns einen Befehl erteilt.«

Sie sieht Kraven Hilfe suchend an.

»Und, wie lautet der Befehl?«, knurre ich.

Valerie schaut Annabelle und dann Charlie und schließlich mich an. »Er hat der Hölle den Krieg erklärt«, sagt sie. »Wir ziehen in den Krieg.«

Später, als alle schlafen und Charlie in meinen Armen liegt, denke ich darüber nach, was Valerie gesagt hat: dass der Oberguru der Hölle den Krieg erklärt hat. Die Befreier werden kämpfen. Und ich werde meine Chance bekommen, ein für alle Mal mit Rector abzurechnen. Aber was ist mit Lucille? Wird er auch kämpfen? Und wenn ja, wie sollen wir ihn jemals besiegen?

Ich streiche mit dem Finger über Charlies Wange und beobachte, wie ihre Brust sich sanft hebt und senkt. An meiner Seite ist sie sicher. Ich nehme eine ihrer Hände und betrachte sie. Diese Hände haben Macht verströmt, eine Macht, von deren Existenz Charlie nichts gewusst hat. Ich lege ihren Arm neben sie und lächle vor mich hin. Die *Retterin* träumt und bewegt die Unterlippe, als würde sie sprechen.

Mein Engel, die Retterin. Wie oft hat sie mir gesagt, dass sie mich liebt, während wir hier gelegen haben, eingehüllt in diese Decken? Zu oft, um es zu zählen. Nicht oft genug, um uns zu befriedigen.

Ich streiche mit den Lippen über ihr Ohr und flüstere: »Für immer.« Ich hoffe, dass sie meine Worte in ihrer Traumwelt hört. Als ich wieder auf dem Kissen liege, schiebe ich mich näher an ihre kleine, schlafende Gestalt heran und küsse sie in den Nacken.

Charlie und Aspen sind große Dinge vorherbestimmt – eine Retterin und eine Soldatin.

Und ich?

Ich bin nur das, was Charlie – und Aspen – jetzt brauchen. Feuer wütet in meinen Adern, als ich daran denke, diese beiden Mädchen zu beschützen. Daran denke, was ich tun werde, wenn eine von ihnen verletzt wird.

Ich gehöre nicht mehr zur Hölle. Und ich gehöre nicht zum Himmel.

Ich bin kein Sammler.

Ich bin auch kein Befreier.

Ich bin ein Krieger.

Danksagung

Erst einmal danke ich Laurie McLean dafür, dass sie Dante Walker so liebt, wie eine Agentin einen Helden lieben kann (oder lieben sollte?). Ich werde dir ewig dafür dankbar sein, dass du meine Karriere als Schriftstellerin in Gang gebracht hast.

Ich danke Liz Pelletier, Heather Riccio, Jessica Estep, Stacy Abrams und dem ganzen Team bei Entangled Teen dafür, dass ihr Dante, den schlimmen Finger, für seine Art liebt. Ihr seid klasse.

Wendy Higgins, Brigid Kemmerer und Trisha Wolfe – seid gedrückt, dass ihr frühere Fassungen von *Seelenretter* gelesen und über Dantes Eskapaden gelacht habt.

Ich danke meiner ganzen Familie – der, in die ich hineingeboren wurde, und der, in die ich eingeheiratet habe – für ihre endlose Liebe und Unterstützung. Ein ganz dickes Dankeschön an Peggy, Hassan, Kristi, Nancy und Tommy dafür, dass ihr so vielen Leuten die *Dante-Walker*-Bücher in die Hände gedrückt habt.

Jo Ford, meine geliebte Oma, gehört zu meiner Familie, verdient aber besondere Aufmerksamkeit, weil sie ihre Enkelin für unfehlbar hält. Manchmal habe ich das Gefühl, als würde mich niemand so verstehen wie du. Danke, dass du mir beigebracht hast, dass jedes Mädchen ein Recht darauf hat, schamlos verwöhnt zu werden. Ich liebe dich abgöttisch.

Angee, Gianina, Laryssa und Jaga – großartige Freundinnen, die mich jedes Mal nach meinen Büchern fragen, wenn wir uns sehen.

Ein riesiger Dank geht an Felger & Friends Hair Salon – besonders an Teresa Gomez für das fabelhafte Airbrush-Make-up und an Tyse Kimball, die bei meinem Haar wahre Wunder gewirkt hat. Ihr habt dafür gesorgt, dass ich mich bei der Release-Party von *Seelenretter* wie ein Rockstar gefühlt habe.

Ich danke der V-Mafia und den Dante-Fans für alles. Ohne euch und eure andauernde Begeisterung würde mir mein Job nur halb so viel Spaß machen. Ich liebe euch.

Und schließlich danke ich wie immer Ryan, meinem Mann. Du hast dir Dante Walker ausgedacht (nein, hast du nicht), und dafür liebe ich dich (ich liebe dich für andere Sachen, aber nicht dafür). Ich kann mir ein Leben ohne dich nicht vorstellen, buh. Du bist der einzige Ehemann, der seiner Frau beim Spielen mit Stofftieren zusieht und mit todernstem Gesicht die Motive der Figuren hinterfragt. Ich liebe dich … für immer.

Amy Engel

Heart Of Ivy – Geliebter Feind

ca. 350 Seiten, ISBN 978-3-570-31069-4

Nach einem verheerenden Krieg hat sich das Leben aller verändert: Die Mädchen der Verlierer sind auf ewig dazu verdammt, die Söhne der Gewinner zu heiraten. Nur eine kann für Gerechtigkeit sorgen: Ivy Westfall. Doch dazu muss sie Bishop Lattimer töten, Sohn des Präsidenten – und ihr Bräutigam ... Bishop ist jedoch nicht wie gedacht, sondern der einzige Mensch, dem sie wirklich vertrauen kann. Prompt verliebt sich Ivy und steht vor einer folgenschweren Entscheidung.

30251

www.cbt-buecher.de